KB052385

세계 민담 전집

세계 민담 전집

18

중국 소수민족 편

이영구 엮음

황금가지

세계 민담 전집을 펴내면서

민담이란 한 민족이 수천 년 삶의 지혜를 온축하여 가꾸어 온 이야기들입니다. 그 민족 특유의 자연관, 인생관, 우주관, 사회 의식이 속속들이 배어 있는 민담은 진정 그 민족이 발전시켜 외부와 교통해 온 문화를 이해하는 골간입니다. 세계화 시대를 맞아 국경의 의미가 나날이 퇴색되고 많은 사람들이 인류 공통의 문제를 피부로 느끼는 지금, 한편으로는 국가와 민족, 인종 간의 몰이해로 인한 충돌이 더욱 빈번해져 가고 있습니다. 서로의 문화를 진정으로 이해해야 할 필요성이 더욱 커진 오늘, 한 민족의 문화에서 민담이 갖는 중요성을 생각할 때, 우리나라에 아직 믿고 읽을 만한 민담 전집이 없다는 것은 여러모로 불행한 일이 아닐 수 없습니다.

지금까지 세계 여러 민족의 옛이야기들이 전혀 출판되지 않았던 것은 아니지만, 개별적으로 나와 망실되고 절판된 데다가 영어나 일본어 판에서 중역된 것이 대부분이었고, 그나마 아동용으로 축약 변형되어 온전한 모습으로 소개되지 못했습니다. 황금가지에서는 각 민족의 고유 문화를 이해하는 실마리가 될 민담을 올바르게 소개하고자 다음과 같은 원칙에 따라 편집을 진행하였습니다.

첫째, 근대 이후에 형성된 국가의 구분에 얽매이지 않고 더 본질적인 민족의 분포와 문화권을 고려하여 분류하였습니다. 국가적 동질성과 문화적 동질성이 반드시 일치하지는 않기 때문입니다.

둘째, 각 민족어 전공자가 직접 원어 텍스트를 읽은 후 이야기를 골라 번역했습니다. 영어 판이나 일본어 판을 거쳐 중역된 이야기는 영어권과 일본어권 독자들의 입맛에 맞도록 순화되는 과정에 해당 민족 고유의 사유를 손상시켰을 우려가 높습니다. 황금가지 판 『세계 민담 전집』은 해당 언어와 문화권을 잘 이해하고 있는 전공자들이 엮고 옮겨 각 민족에 가장 널리 사랑 받는 이야기, 그들의 문화 유전자가 가장 생생하게 드러나는 이야기들을 가려 뽑도록 애썼습니다.

셋째, 기존에 알려져 있던 각 민족의 대표 민담들뿐 아니라 그동안 접하기 힘들었던 새로운 이야기들을 여럿 소개합니다. 또한 이미 들은 적이 있는 이야기일지라도 축약이나 왜곡이 심했던 경우에는 원형에 가까운 형태로 재소개했습니다.

황금가지 판 『세계 민담 전집』은 또한 작은 가방에도 들어가는 포켓판 형태로 제작되어 간편하게 들고 다니며 읽을 수 있게 하였습니다. 세계를 여행하면서 그 지역에 뿌리를 두고 자라난 이야기들을 읽고 확인하는 것도 이 전집을 읽는 또 다른 즐거움이 될 것입니다.

세계 민담 전집 편집부

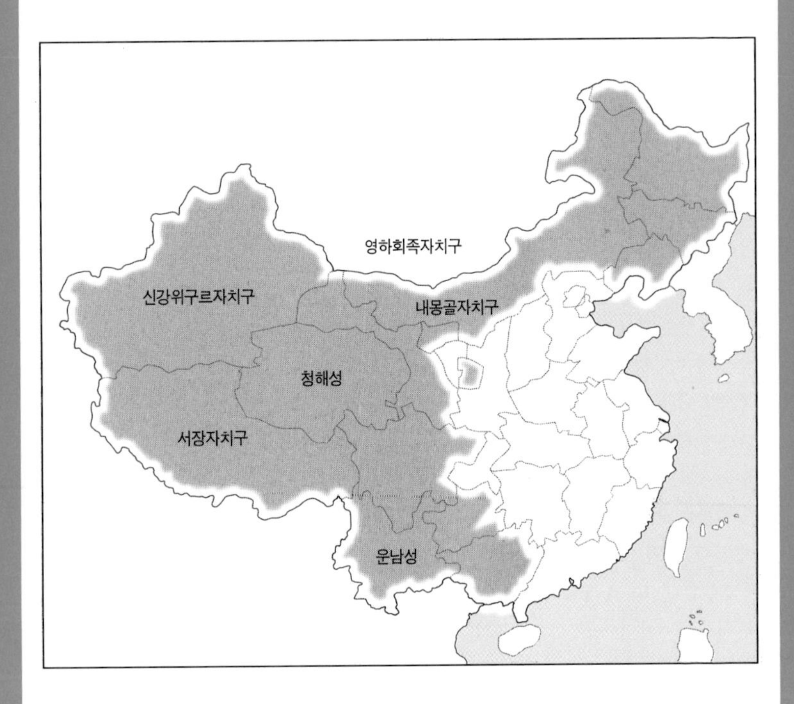

●—중국에는 55개의 소수민족이 있다. 이들 소수민족은 비록 그 인구수는 적지만 이들이 거주하는 면적은 중국 전체 면적의 50~60%를 차지할 정도로 그 분포도가 넓다. 뿐만 아니라 55개의 소수민족은 그 수만큼이나 분포 지역, 개별 역사와 민족의 명칭, 인구수, 문화, 자연환경, 그리고 이들이 처한 현재적 위치가 다양해 그들의 문화적 특성을 한마디로 표현하는 것은 불가능하다. 소수민족의 민담에는 각 지리 문화권에 해당하는 기후, 풍토 종교적 특징이 내재되어 있을 뿐만 아니라 각 민족의 고유한 정서와 문화가 고스란히 배어 있다.

황금가지 세계 민담 전집 중국 소수민족 편

제 1 부 동북 지역 소수민족

주혼 봉우리 이야기(만주족) ● ● ● 11
여진정수(만주족) ● ● ● 23
누르하치의 전설: 어린 칸 이야기(만주족) ● ● ● 38
누르하치의 전설: 칠성포 ● ● ● 44
누르하치의 전설: 신혼 첫날밤의 내력 ● ● ● 49
누르하치의 전설: 색륜간자와 영벽의 내력 ● ● ● 53
누르하치의 전설: 한왕이 인삼을 맛보다 ● ● ● 56
천지 이야기(만주족) ● ● ● 62
산삼과 소나무(만주족) ● ● ● 68

제 2 부 서북 지역 소수민족

흰 토끼 소녀(회족) ● ● ● 73
태양의 대답(회족) ● ● ● 86
뽕나무 그늘 이야기(위구르족) ● ● ● 92
한 여인의 사랑(위구르족) ● ● ● 103
목마(위구르족) ● ● ● 120
납스열정 아범제의 이야기(위구르족) ● ● ● 136

제 3 부 중남 지역 소수민족

포백 이야기(장족, 壯族) ● ● ● 165
도령산의 나무꾼(장족, 壯族) ● ● ● 181
달가와 달륜 자매(장족, 壯族) ● ● ● 194
암강하의 내력(장족, 壯族) ● ● ● 209

제 4 부 서남 지역 소수민족

쌀보리 씨앗의 내력(장족, 藏族) ● ● ● 223

문성공주 이야기(장족, 藏族) ● ● ● 238

청개구리(장족, 藏族) ● ● ● 246

반강산 이야기(묘족) ● ● ● 265

야배 도령과 몽지채곡취 아씨(묘족) ● ● ● 279

고아와 용왕의 딸(묘족) ● ● ● 300

아세 아가씨의 홍록색 허리띠에 얽힌 내력(이족) ● ● ● 313

아이처와 아이구 자매(이족) ● ● ● 332

영웅 슈갈 이야기(이족) ● ● ● 349

외할머니에게 가다(이족) ● ● ● 357

뇌공을 사로잡는 바람에 생긴 일(동족) ● ● ● 363

개갑 이야기(동족) ● ● ● 373

호랑이 담배 피우다(동족) ● ● ● 376

총명한 부인(동족) ● ● ● 381

해설 | 중국 소수민족 민담을 소개하며 ● ● ● 385

제1부

동북 지역 소수민족

주혼 봉우리 이야기

•••만주족

이 이야기는 아주 오래전부터 중국 만주족에 전해 오는 민가다. 지금 가사와 곡조를 기억하는 사람은 없지만, 이야기만큼은 매혁륵합랍梅赫勒哈拉이라는 지방에 계속 남아 있다.

전설에 따르면 아주 오랜 옛날 경박호 옆에 있는 주혼 봉우리珠渾哈達, 여기서 哈達은 만주어로 산봉우리를 가리킴에 매혁륵합랍이라고 불리는 선인이 있었다. 그리고 부락에는 활을 아주 잘 쏘는 영삼고이英森庫爾라는 젊은이가 살고 있었다. 영삼고이는 80력力, 활의 강도 단위 강궁強弓을 잡아당길 수 있고, 90장丈, 길이 단위로 1丈은 3.33미터 길이의 바윗덩이를 들어 올릴 수 있을 만큼 힘이 세 근방에서는 알아주는 사냥꾼이었다. 그에게는 누이동생 하나가 있는데, 그녀 역시 말에 오르면 활을 쏘고 말에서 내리면 비단을 짜는 마을 백 리 안에서 손꼽히는 훌륭한 아가씨였다.

어느 날 오누이는 서로 다른 길을 택하여 산으로 들어가면서 사냥을 하기 시작했다. 영삼고이는 다리를 건너자마자 무리에서 떨어져 나온 멧돼지 한 마리가 냇가에서 물을 마시고 있는 것을 발견했다. 그는 재빨리 한 손으로 활을 들고 다른 손으로 등에 멘 화살을 뽑으려다 깜짝 놀랐다.

"어, 이상한 일도 다 있네! 화살 통이 어째서 텅텅 비었지?"

이때 인기척이 나서 뒤를 돌아보니 흰 수염 노인이 자신을 바라보고 있는 것이 아닌가!

"하하! 나 같은 늙은이도 이기지 못하는 주제에 그러고도 네가 소문난 사냥꾼이더냐?"

영삼고이는 부끄러워 얼굴이 빨개지면서 말했다.

"당신이 내 화살을 훔쳐 갔군요. 만약 화살이 있다면……."

"어, 아직 사실을 인정하지 못하겠다? 그래 좋다. 화살을 돌려줄 테니 백 보 떨어진 곳에서 내 수염을 맞혀 보아라. 수염을 맞힌다면 내 비록 나이 많은 늙은이지만 너를 기꺼이 스승으로 모시겠다."

"어르신을 쏘아 맞히라고요? 그렇게는 못 합니다. 절대 못 합니다! 제 화살은 못된 호랑이 같은 짐승을 쏘기 위한 것입니다. 여기에 두 갈래 길이 있으니 각자 갈 길이나 갑시다."

"잠깐! 산속 길은 영웅호걸이 밟고 다니는 길일세. 자네가 화살 세 발로 나를 쏘아 맞힐 수 없다면 화살을 돌려받을 생각일랑 하지 말게! 그리고 오늘 이후로 절대 이 길로 다녀서는 안 되네."

영삼고이는 화가 났지만 곰곰이 생각해 보았다.

'이 노인네가 아무리 어깃장을 놓아도 나보다 연장자다.'

영삼고이는 생각이 여기에 미치자 뒤로 세 걸음 물러나서 긴 옷소매를 세 번 떨치고는 두 손을 눈썹꼬리까지 추어올려 노인에게 공손히 절하면서 말했다.

"비록 이 산에 들어갈 수 없을지라도 까닭 없이 어르신께 해를 입힐 수는 없습니다."

영삼고이는 말을 마치고 아까처럼 절을 올리고 나서 산을 내려가려고 했다.

"잠깐 기다리게나."

흰 수염 노인이 영삼고이를 불러세우더니 다시 제안했다.

"젊은이가 나를 쏘지 않겠다면 향불을 쏘는 건 어떤가?"

'이 노인이 내 솜씨를 너무 모르는 것 같은데 한번 본때를 보여줘야겠군.'

영삼고이는 이렇게 생각하고는 자신 있게 대답했다.

"좋습니다."

노인은 향불을 피우더니 백 보 밖의 나뭇가지 위에 꽂았다. 영삼고이가 천천히 활에 살을 먹이고 향불을 조준하여 힘껏 당기자 "씽" 하는 소리와 함께 향불이 순식간에 꺼졌다. 영삼고이는 득의양양한 표정으로 말했다.

"어떻습니까, 어르신? 할 말이 남았습니까?"

노인은 전혀 개의치 않고 말했다.

"쏘게나."

"뭘 또 쏘라는 겁니까?"

"두 번째 화살로 향을 뽑고 세 번째 화살로 향을 다시 제자리에 갖다 놓게."

"그…… 그게…… 그게 어떻게 가능하단 말입니까?"

"샘물은 높은 산을 스스로 솟구쳐 오르네. 자네가 활쏘기에 공력이 있다면 어찌 불가능하단 말인가?"

노인이 자신의 활을 꺼내 화살을 먹인 다음 가볍게 두 번 움직이자 나뭇가지 위의 향이 3척尺, 길이 단위로 1척은 처음에 18센티미터 정도였음이나 튀어 오르더니 곧 원래 자리로 되돌아왔다.

노인의 실력에 감탄한 영삼고이는 무릎을 꿇고 땅에 머리를 조아리며 애원했다.

"어르신, 저를 거두어 제자로 삼아 주십시오."

노인은 흰 수염을 쓰다듬으며 웃었다.

"일찍부터 자네가 훌륭한 사냥꾼이라는 소문을 듣고 제자로 받아들일 생각이었다네. 내게 화도 내지 않고 활을 쏘지 않는 것을 실제로 보고 자네가 선량한 젊은이라는 걸 알았네. 사실 자네가 나를 쏘았다 하더라도 나는 화살을 피할 수 있었네. 내 말을 믿는가?"

"믿습니다."

"그럼 이번에는 나한테 화살 세 발을 쏘게나."

"안 됩니다. 제가 어떻게 감히 사부를 쏠 수 있겠습니까?"

"내게서 무예를 배우고 싶다면 이것부터 시작해야 하네. 사람의 급소가 어디인가?"

"목과 가슴입니다."

"맞네. 자, 내 급소를 찾아 화살 세 발을 쏘게."

노인은 백 보 밖으로 걸어가더니 영삼고이를 등지고 선 뒤 "쏘게!" 하고 소리쳤다. 영삼고이는 더는 거절할 수 없어서 시위를 천천히 반쯤 잡아당겨 노인의 목으로 화살을 날렸다. 화살은 노인 목덜미에서 살짝 벗어나 허공에 떨어졌다.

"영삼고이, 화살이 너무 늦네. 시위를 팽팽하게 잡아당겨 다시 쏘게나."

영삼고이는 하는 수 없이 노인의 심장 쪽으로 있는 힘을 다해 다시 활을 쏘았다. 화살은 노인 등판을 정확히 명중했고 노인은 얼굴을 돌린 채로 꿈쩍도 하지 않았다. 영삼고이는 몹시 놀라서 노인한테 뛰어가며 자신의 행동을 후회했다.

"아이고, 이 일을 어떻게 하지!"

그러자 꿈쩍도 하지 않던 노인이 얼굴을 획 돌려 손바닥 안에 꽉 움켜쥔 화살을 젊은이에게 내보였다.

"젊은이, 좀 더 노력해야겠네."

오기가 발동한 영삼고이는 이번에는 제 실력을 유감없이 발휘하겠다고 결심하고는 노인의 머리 쪽으로 화살을 힘껏 쏘았다. 그러자 이번에는 노인이 입으로 화살을 받는 게 아닌가! 노인은 영삼고이한테 다가와서 말했다.

"자네 활은 80력으로 너무 무르네! 120력 정도는 잡아당겨야지. 이것부터 배워 보기로 하세."

영삼고이는 누이동생에게 작별을 고하고 나서 흰 수염 노인을 따라 길을 나섰다. 피곤하면 동굴이나 나무 위에서 잠자고 배고프면 산과 들에서 먹을거리를 찾아 먹었다. 얼마나 많은 해와 달을 보았는지 정확히 헤아릴 수는 없지만 낙엽이 세 번 지고, 달자達子, '진달래'의 다른 이름의 향기를 세 번 맡은 뒤에야 고향인 주혼 봉우리로 돌아올 수 있었다.

그 뒤에 영삼고이는 무리 중 가장 젊었지만 부락 사냥꾼들이 그를 족장으로 추대했다.

한편 매혁륵 마을에는 도이혼都爾渾이라 불리는 사냥꾼이 있었는데 범의 등과 곰의 허리에 험상궂은 얼굴을 하고 있었다. 그는 새 족장이 된 영삼고이에게 늘 불만을 품고 있어서 두 사람은 사사건건 부딪쳤다.

가을 제사를 지내고 식량을 나누던 날이었다. 이번 사냥에서 수확량이 많아 매혁륵 사람들은 크게 기뻐했다. 해가 서쪽으로 넘어갈 무렵 마을 사람들은 주혼 봉우리의 너른 목초지를 골라 동서남북 네 곳에 각각 장막을 치고, 장막 앞쪽에는 번쩍번쩍 빛나는 무기를 꽂아 두었다. 동쪽과 서쪽에 걸어 둔 커다란 솥 두 개에서는 고기 냄새와 밥 짓는 냄새가 코를 찔렀다. 사냥꾼들은 모든 수렵물을 목초지 중앙에 놓고, 화살 박힌 사냥감을 그대로 둔 채 공평하게 몫을 나누기로 했다.

날이 어두워지자 사방에 불을 피우고 높은 제단 위에는 돼지를 올려놓았다. 그리고 산 · 오五, 길 · 흙 · 물 · 나무의 신위 앞에 달자향을 피웠다. 제사장인 노달살만老達薩滿은 제사를 주관하는 사람이 쓰는 무당의 신모神帽를 쓰고 있었는데, 신모 위에는 구리 매가 떨리고 있었다. 허리에 묶은 요령腰鈴은 띵땅띵땅거리며 요란하게 산야에 울려 퍼졌다. 노달살만이 앞장서서 신전 앞에 무릎을 꿇고 앉아 조고抓鼓, 제사지낼 때 사용하던 만주악기를 치고 찰제察齊, 목판으로 만든 타악기와 태고台鼓를 함께 연주하면서 만주족의 산가山歌인 파음박라巴音博羅, '부유한 산'이라는 뜻를 부르기 시작했다. 이어서 두 사람이 짝을 지어 한 사람이 양대兩對, 사면투四面鬪, 사대四對, 팔면풍八面風, 팔대八對, 십육개화十六開花 춤을 추면 다른 한 사람은 장수를 기원하며 구만십팔九彎十八 춤을 추었다. 또 태고를 가지고 만삼점慢三點부터 긴삼점緊三點까지 연주하며 사람들은 노래 부르고 손뼉을 치면서 발을 굴러 장단을 맞추고 노는데, 춤판은 아주 시끌벅적하고 흥겨움이 넘쳐 났다.

신명난 춤판이 끝나면 마음껏 술을 마시고 밥과 고기로 배를 채웠다. 이때쯤 초원의 뭇별도 다 나와서 총총한 빛을 비추며 수확의 기쁨을 함께 나누었다.

젊은 족장 영삼고이는 몇몇 연장자를 초청해 고기를 나누어 주기 시작했다. 그는 먼저 백 살 먹은 노인에게 가장 큰 고깃덩어리를 비롯해 제일 많은 수렵물을 나누어 주었다. 그러자 도이혼이 펄쩍 뛰면서 화를 내더니 족장의 분배 방법을 걸고넘어졌다.

"영삼고이, 당신은 일 처리가 불공평하군요."

그러자 영삼고이는 어리둥절해서 물었다.

"뭐가 불공평하다는 거요?"

"제일 좋은 사냥감은 내가 가장 많이 잡았소. 눈 있는 사람이라면 모두 보았을 거요. 당신 기준에 따르면 젊은 나는 가장 질이 낮은 수렵물에다 제일 적은 양을 받을 텐데, 그런 불공평한 처사가 어디 있단 말이오?"

"노인들은 우리한테 말 타고 활 쏘는 법을 가르쳐 주셨소. 우리라고 해서 지금처럼 늘 젊기만 하겠소? 노인들께 가장 좋은 수렵물을 제일 많이 나누어 드리는 것은 조상 대대로 내려오는 규범이자 우리 매혁륵인의 자랑이오."

"당신은 혀에 꿀을 바른 것처럼 거짓말을 잘도 둘러대는군요. 당신이 이렇게 수렵물을 분배하는 속셈은 연장자의 인심을 사려는 것이 아니고 무엇이란 말이오!"

이때 영삼고이의 누이동생이 자신의 오라버니를 모욕하는 언사를 더는 참지 못하고 화를 내며 끼어들었다.

"도이혼, 당신 얼굴은 잘생긴 범 같지만 속마음은 음흉한 승냥이군요."

다른 사냥꾼들도 모두 영삼고이를 두둔하며 한마디씩 거들었다.

"영삼고이, 당신 방법이 옳소. 그러니 하고 싶은 대로 하시오. 분배는 그렇게 해야 하는 것이오."

자신의 의견이 지지를 받지 못하자 도이혼은 부끄러운 나머지 도리어 화를 내며 허리춤의 칼을 뽑아 허공을 한 번 그었다.

"좋소. 당신들은 지금까지 내 형제였지만 이제부터는 모두 적이

나 마찬가지요."

말을 마친 도이혼은 애마를 날쌔게 부려 타고 목초지 중앙으로 돌진해 들어가 수렵물을 한 아름 안고 달려 나갔다. 도이혼과 평소 가까이 지내던 친구 20여 명도 수렵물을 훔쳐 함께 달아났다.

영삼고이의 활 솜씨라면 달아나는 도이혼을 충분히 맞추고도 남았다. 하지만 그는 활을 쏘지 않았고 누이동생과 다른 사람들도 쏘지 못하게 했다.

"그냥 놓아주어라. 무리를 떠난 기러기는 언젠간 반드시 후회하는 법이다."

영삼고이는 도이혼 무리의 이탈이 훗날 재앙의 씨앗이 되리라고는 전혀 생각하지 못했다.

그때부터 도이혼은 영삼고이를 죽이려고 갖은 모략을 꾸미기 시작했다. 그는 영삼고이가 자주 지나다니는 길목에 독약 묻은 화살로 쏴 죽인 노루나 토끼를 놓아두었다. 영삼고이가 이 사냥감을 주워 먹고 죽게 만들려는 속셈이었다. 하지만 정직한 사냥꾼인 영삼고이는 주인 없는 사냥감일지라도 한 번도 함부로 주워 온 적이 없었다. 그리하여 도이혼의 계략은 빗나가고 말았다.

그러자 도이혼은 다른 방법을 생각해 냈다.

과이가합라瓜爾佳哈喇 부락은 매혁륵합라와 함께 대족장 밑에서 서로 왕래하며 친하게 지내는 이웃 마을이었다. 서로 초청해서 함께 춤추고 노래하고 술과 음식을 나눠 먹으며 좋은 수렵물을 선물로 주거니 받거니 했다. 이번에는 매혁륵합라가 과이가합라를 초대했다. 도이혼은 그 소식을 들은 뒤 과이가 마을에 연통을 놓아 이런 유언비어를 흘렸다.

"술은 좋은 술도 아니고 잔치는 성대하지도 않다. 매혁륵 사람들은 함정을 파 놓고 과이가 부락을 통째로 삼킬 계획을 갖고 있다."

당시 사람들은 신의를 제일 중요하게 여겨 거짓말한 사람은 단칼에 목을 베던 때였다. 배신감을 느낀 과이가 사람들은 무기를 앞세우고 바람처럼 달려 주혼 봉우리로 쳐들어갔다.

영악한 도이혼은 이미 매혁륵 마을에도 사람을 보내 이간질을 해 놓았다.

"과이가 사람들은 좋은 손님이 아니고, 예의라고는 털끝만큼도 찾아보기 힘들다. 그들은 매혁륵을 피바다로 만들려고 칼과 창을 숨겨서 잔치에 참석할 것이다."

매혁륵의 젊은 사람들은 이 말을 믿고 사람들을 모아서 과이가 사람들을 상대하러 나갈 준비를 했다.

이때 매혁륵의 노인들이 전장에 나가려는 영삼고이의 말을 붙잡으며 말했다.

"젊은 족장, 우리는 평소 과이가 사람들과 친분이 돈독한 관계로 한 번도 원수지간인 적이 없으니 군사 대신 예물을 가져가시오. 틀림없이 누군가 두 부락 사이를 이간질해서 망하게 하려는 속셈인 것 같소."

영삼고이는 비로소 깨달은 바가 있어 급히 무기를 내려놓았다. 매혁륵 사람들은 과이가 부락의 신조神祖를 앞세워 등에 곡주와 고기를 짊어지고, 손에는 등불과 횃불을 들어 사방을 환히 밝히고 북을 치면서 과이가 사람들을 맞이하러 갔다.

노기충천하여 달려오던 과이가 사람들은 멀리서 이 광경을 보고 어리둥절해졌다. 그리고 자신들이 누군가의 속임수에 말려든 것을 깨닫고 매혁륵 사람들을 마주할 낯이 서지 않았다. 그래서 급히 칼과 활을 풀더미 속에 던져두고 급히 신조 앞에 가서 무릎을 꿇었다.

도이혼의 계략은 또다시 실패로 돌아갔다. 하지만 영삼고이의 누이동생이 대족장 아들과 사흘 뒤에 혼례를 올린다는 소식을 들은 도이혼은 다시 모략을 꾸미기 시작했다.

그날 영삼고이의 누이동생은 말을 타고 화살에 맞은 노루를 뒤쫓다가 화려하게 차려입은 기병에게 저지를 당했다.

"당신이 영삼고이의 누이동생이지요. 우리 대족장이 부근에서 사냥을 하고 계신데 당신을 한번 만나 보시고자 합니다."

관습에 따르면 아직 혼례를 올리지 않은 예비 며느리는 시아버지를 자유롭게 만나 볼 수 있었다. 누이동생은 조금도 의심하지 않고 그 기병 뒤를 따라 적송 숲으로 들어갔다. 이때 갑자기 "멈춰라!" 하는 고함소리와 함께 20여 명의 건장한 사내가 몰려들어 그녀를 포위하는 것이 아닌가. 선두에 선 사람은 다름 아닌 도이혼이었다. 그는 음흉한 미소를 띠고 말했다.

"우리는 친척 사이인데, 네가 시집간다는 기쁜 소식을 듣고 가만히 앉아 있을 수가 없더구나."

"도대체 나를 어찌하려는 거냐?"

"네게 줄 선물을 준비했다."

그러고는 사내 무리가 달려들어 영삼고이의 누이동생을 때려눕혔다. 그녀가 아무리 맹호를 때려잡는 여걸이라 해도 떼를 지어 덤벼드는 건장한 사내들의 힘을 당해 낼 재간이 없었다. 결국 그녀는 그들에게 꼼짝없이 붙들리고 말았다. 도이혼은 끝이 날카롭게 선 무기로 누이동생 얼굴에 글자를 새기기 시작했다. 고통에 몸부림치던 그녀는 필사적으로 빠져나와 옆에 있던 말을 집어타고 달아나서 힘들게 숲을 벗어났다. 누이동생은 주혼 봉우리로 달려와 오라버니를 보자마자 말 한 마디 못 하고 정신을 잃고 말았다.

한편 도이혼은 영삼고이가 대족장 아들에게 누이를 시집보내지 않으려는 못된 마음을 먹고 동생 얼굴에 일부러 상처를 냈다는 거짓 소문을 흘렸다. 그 말을 믿은 대족장은 주혼 봉우리를 포위하고 영삼고이에게 누이동생을 내놓으라고 협박했다.

"네 누이동생의 얼굴에 상처가 있다면 도이혼의 말이 사실로 증명될 것이다. 만약 그 말이 사실이라면 당장 너와 네 부락을 몰살시켜 버리겠다."

난데없는 최후통첩에 주혼 봉우리 전체가 들썩였다. 집집마다 닭과 개가 어지러이 날뛰고, 사람들은 황망한 마음에 어쩔 줄 몰라 했다. 영삼고이는 물 한 모금 입에 대지 않은 채 쓰러져 있는 누이동생을 품에 안고 울기만 할 뿐이었다. 사람들이 달려와서 대족장이 주혼 봉우리를 포위했다고 알렸지만 그는 여전히 목놓아 울기만 했다. 마을 사람들은 이제 눈뜨고 죽음을 기다리는 수밖에 없었다.

이 절박한 순간 영삼고이의 사부였던 흰 수염 노인이 대족장 앞에 홀연히 모습을 드러냈다.

"영삼고이의 누이동생을 보고 싶다면 사흘만 기다려 주시오."

사흘째 되는 날 대족장은 새벽닭이 울고 해가 중천에 뜰 때까지, 또 해가 중천에서 서산으로 넘어갈 때까지 꼬박 기다렸다. 하지만 그 흰 수염의 엉뚱한 노인은 그림자조차 보이지 않았다. 또한 주혼 봉우리에서도 아무런 움직임이 없었다. 이에 분노한 대족장이 이를 바드득 갈며 복수를 다짐하고 있는데, 갑자기 며칠 전에 나타난 그 노인이 양손을 뒤로 묶은 도이혼을 끌고 와서 땅바닥에 내동댕이치는 것이 아닌가.

영삼고이, 도이혼, 대족장 세 사람을 한데 모아 놓으니 진상이 저절로 밝혀졌다. 대족장이 아들한테 말했다.

“엎지른 물은 주워 담을 수 없고, 한번 내뱉은 말은 되돌릴 수 없으니 너와 그녀의 혼사는 내가 보기에…….”

대족장이 말을 채 끝내기도 전에 아들은 영삼고이의 어깨를 잡으며 말했다.

“누이동생의 얼굴이 흉하게 변했다 하더라도 그녀는 여전히 내 아내입니다.”

이때 노인이 흰 수염을 매만지며 끼어들었다.

“허허, 당신이 그렇게 너그러운 마음을 지니고 있으니 내가 도와주리다.”

잠시 후 노인이 영삼고이의 누이동생을 데리고 왔는데 예전처럼 상처 하나 없는 고운 얼굴이 아닌가. 싸움터는 순식간에 잔치판으로 바뀌고 “떡 본 김에 제사 지낸다.”고 두 사람의 혼례식을 거행했다.

이때 도이혼은 사람들이 흥겨워 정신없는 틈을 이용해 오라를 끊고 몰래 빠져나가 말을 타고 삼십육계 줄행랑을 놓았다. 그 사실을 알자 영삼고이는 사람들에게 계속 술을 마시며 즐기라고 말하더니 자신 혼자 말을 달려 도이혼의 뒤를 쫓아갔다.

도망가던 도이혼은 영삼고이가 뒤쫓아 오는 것을 보고 그에게 화살 세 발을 쏘았다. 영삼고이 또한 조금의 흐트러짐 없이 화살 세 발을 쏘았다. 화살들은 허공에서 부딪쳤고 도이혼이 쏜 화살은 모두 땅에 곤두박질쳤다. 순간 얼이 빠져 말에서 떨어진 도이혼은 사람들을 불러 자신을 부축케 하려고 했으나 그것도 여의치 않자 거의 구르다시피 하여 산골짜기로 도망쳤다. 그 뒤로 도이혼의 모습을 아무도 볼 수 없었다.

여진정수

••• 만주족

이 이야기는 아주 오랜 옛날에 있었던 일이다. 당시 흑룡강중국 최북단에 있는 강은 용 세 마리에게 땅을 빼앗긴 상태였고, 강 양쪽 기슭은 바닷물에 침수되어 초목이 자라지 못하는 상황이었다.

대흥안령大興安嶺이라는 곳에 완달完達과 여진女眞이라 불리는 젊은 부부가 살고 있었다. 그해 그들은 흑룡강변에 보리와 메기장과 마를 심었다. 그런데 추수 때가 되자 못된 용들이 광풍과 폭우를 몰아쳐서 농작물이 모두 물에 잠기고 말았다. 범람한 물이 집 안으로 들어와 아궁이까지 차오르고도 멈출 기세를 보이지 않자 완달과 여진은 하는 수 없이 산꼭대기로 피신했다.

대흥안령은 산허리에 구름이 걸칠 정도로 높이 솟아 있으며 정상에는 풀 한 포기 자라지 않고 크고 작은 바위뿐이었다.

부부가 정상에 서서 산 아래를 굽어보니, 백룡과 청룡이 보주寶珠를 이리저리 굴리면서 구름 속을 뒹굴며 장난치고 있었다. 보주의 기복에 따라 지상의 검은 강줄기가 오르락내리락 요동치고 있었다.

이 보주는 본래 천상의 명주明珠로, 이것만 있으면 때에 맞춰 바람을 불게 하고 비도 내릴 수 있어 사계절을 분명하게 구분할 수 있었다. 그런데 지금은 못된 용 세 마리가 그것을 훔쳐 비바람을 제멋대로 일으키는 중이었다. 이를 본 완달과 여진은 못된 용들에게 고함쳤다.

"시끄럽게 떠들지 말고 얼른 강물 속으로 들어가라!"

못된 용들은 그 말을 듣고는 보주를 위로 던졌다. 그러자 삽시간에 물결이 산더미처럼 일어나 완달과 여진을 덮쳤다. 부부는 돌을 마구 집어던지며 용을 더욱 흥분시켰다. 용 세 마리 가운데 한 마리는 물을 내뿜고, 한 마리는 불을 토해 내며, 또 한 마리는 바람을 일으키면서 일제히 산꼭대기로 달려왔다.

완달과 여진은 굴하지 않고 계속해서 돌로 용의 몸통을 내리쳤다. 산 정상의 돌들이 빠르게 줄어들면서 산은 점점 낮아지고 홍수는 계속 커져 갔다. 큰 돌이 바닥나자 여진은 하는 수 없이 두 손으로 땅을 힘껏 긁어 잔돌을 파 모으기 시작했다. 파고 또 파다 보니 땅 속 깊숙이 큰 돌들이 박혀 있었다. 하지만 어찌 된 영문인지 큰 돌들은 꿈쩍도 하지 않았다. 완달과 여진은 젖 먹던 힘까지 내서 돌을 꺼내려고 안간힘을 썼다. 그러자 "펑" 하는 굉음과 함께 큰 돌 하나가 뽑혔다. 여진의 손은 상처투성이가 되어 선홍색 피가 흘렀다. 붉은 피가 큰 돌 위에 떨어지자 돌이 반쪽으로 갈라지더니 그 속에서 번쩍이는 칠성이 그려진 도끼가 나왔다.

완달이 칠성도끼를 들어 돌을 쪼개니 반으로 쩍 갈라지고, 물을 내려치니 물줄기가 나누어졌다. 못된 용들이 그것을 보고 깜짝 놀라 펄쩍 뛰어오르자 먹구름이 흩어지고 검은 물줄기는 다시 강으로 돌아갔다.

완달과 여진은 이참에 물속으로 내려가 용들을 잡아서 그들이 훔친 정수보주定水寶珠를 빼앗아 수해를 없애기로 결심했다. 그들은 고하도古河道에서 용의 흔적을 발견하고는 칠성도끼로 얼음을 가르고 물줄기를 열면서 흑룡강으로 내려갔다.

물속에 들어간 지 얼마 되지 않아 그들은 강바닥에서 구슬로 장식한 청석대문青石大門을 발견했다. 대문에는 '용담龍潭' 이라는 두 글자가 선명하게 새겨져 있고, 연어 한 마리가 졸면서 문을 지키고 있었다.

여진은 뒤로 몇 걸음 물러나 메기장으로 빚은 떡을 던져 놓고, 이어 완달이 도끼로 문을 가볍게 몇 번 두드리자 연어가 깜짝 놀라 깨어났다. 연어는 설 깬 잠에 어리둥절해하다가 떡을 발견하고 허겁지겁 주워 삼켰다. 이 틈을 타서 완달과 여진은 돌문을 열고 용담부龍潭府 안으로 들어갔다. 용담부 대청에 자리한 검은 돌 위에서 흑룡이 똬리를 틀고 앉아 드르렁드르렁 코를 골며 자고 있었다.

완달은 용을 사로잡겠다는 급한 마음에 도끼를 꽉 움켜쥐고 흑룡에게 돌진했다. 그런데 검은 돌 근처에 이르자 급류가 가로막고 있었다. 깜짝 놀란 완달은 그만 넘어지고 말았다. 그러자 여진이 몸에 지니고 다니던 삼실을 완달에게 주었다. 그는 그것을 잡고서야 겨우 일어설 수 있었다.

소란에 놀라 잠이 깬 흑룡은 머리를 뒤흔들며 붉은 눈을 부릅뜨고 전신의 비늘을 떨면서 소리를 질렀다. 흑룡이 두 사람에게 달려오자 여진은 남편한테 삼실을 다시 던졌고, 완달은 재빠르게 몸을 날려 삼실로 용의 몸통을 돌 위에 단단히 옭아매었다.

문지기 연어가 이 광경을 보고 고래고래 고함을 지르자 게 장군을 앞세운 새우 군대 한 무리가 들어와서 이리저리 날뛰며 소란을 피우기 시작했다. 여진이 연어의 한쪽 지느러미를 잡아채어 급류 속으로 밀어 넣으니 종전의 난리굿을 벌이던 소란은 사라지고 주변이 고요해졌다. 물고기와 자라, 게가 주위를 에워싸고 이 광경을 지켜보고 있었으나 감히 어느 누구도 앞으로 나와 맞서지 못했다.

흑룡이 완달에게 물었다.

"너희가 감히 뭘 믿고 날 잡느냐?"

"네가 하늘의 정수보주를 훔쳐서 멋대로 비바람을 일으키고 백성을 괴롭히니, 어찌 너를 가만둘 수 있겠느냐?"

시무룩해진 흑룡은 황소 같은 눈망울을 뒤룩뒤룩하며 제안 한 가지를 했다.

"당신이 내게 하해 같은 은혜를 베풀어 살려 주신다면 보주를 당장 되돌려 드리겠습니다."

그러자 여진은 흑룡을 재촉했다.

"그렇다면 얼른 약속을 지켜라."

흑룡은 하는 수 없이 훔쳐간 보주를 입에서 게워 냈다. 구슬을 강물에 비추자 황금빛이 돌기 시작했다.

여진이 흑룡에게 물었다.

"이것이 정수보주냐?"

"예, 이것이 제가 가진 한 알입니다."

완달은 흑룡의 능글맞은 태도가 미심쩍었지만, 못된 심술보를 고쳐 놓고 말겠다는 결심으로 용을 크게 꾸짖으며 말했다.

"구슬이 진짜든 가짜든 너처럼 못된 놈을 꾸짖지 않으면 오늘 이후로도 얌전해질 리가 없다."

완달이 도끼를 들어 힘껏 내려치자 용의 뿔이 "딸각" 하고 소리 내며 땅에 떨어졌다. 용은 데굴데굴 구르며 몹시 아파했다. 이때부터 흑룡은 더는 구름을 타거나 안개를 부릴 수 없게 되었고, 그저 물속만 지키는 신세로 전락하고 말았다.

여진과 완달은 보주와 용 뿔을 품에 안고 득의양양하게 육지로 돌아왔다. 용 뿔은 본래 하늘에 오를 수 있는 보물로 크기가 자유자재로 변했다. 완달이 "길어져라." 하고 소리치자 용 뿔은 즉시 작은 배만큼 길어졌다. 그들은 용 뿔에 올라타서 구름을 가르며 하늘로 올라갔다. 이때 아내가 남편에게 말했다.

"보주를 바닷속으로 던져 버리지요. 보주한테 강물이 영원히 동쪽으로 흘러 바다로 가게 해 달라고 빌면서요."

완달은 두 손을 받쳐 보주를 머리 위로 떠받들고 축원했다.

"강물을 계속 동쪽으로 흐르게 해 주십시오. 집집마다 매년 풍년이 들게 해 주십시오."

소원을 빌고 나서 완달은 보주를 동쪽으로 힘껏 던졌다. 보주는 허공을 가르는 큰 소리와 함께 바다로 떨어졌다. 그런데 보주가 바다에 떨어진 뒤에도 물은 멈추지 않을 뿐 아니라 도리어 굉음을 내며 높은 물기둥이 솟구쳤다. 물기둥은 맹렬하게 대지로 달려들고, 강물은 방향을 바꾸어 흐르며 시커먼 물을 쉴 새 없이 육지로 토해내니 모든 농경지가 순식간에 물에 잠기고 말았다. 그 물길은 이미 홍안령중국 동북 지방의 산맥까지 닿아 있었다.

여진이 화를 내며 말했다.

"이놈의 못된 용이 우리를 속였어요. 정수주定水珠가 아니라 삽풍주颯風珠였어요."

완달도 분노로 이를 악물었다.

"백룡에게 갑시다. 정수주는 틀림없이 그놈에게 있을 거요."

그들은 용 뿔을 돌려 장백산長白山까지 날아갔다. 산허리에 있는 커다란 얼음 돌 뒤에서 캄캄한 동굴 하나를 발견했다. 동굴 입구로 막 날아들어 가려는데, 갑자기 용 뿔이 자석에 끌리듯 빙벽 쪽으로 내달리기 시작했다. 완달과 여진은 재빨리 뛰어내려 차디찬 돌난간을 부여잡은 채 간신히 목숨을 건졌다. 동굴 속으로 빨려 들어간 용 뿔은 얼음산과 함께 단단해져 갔다.

교활한 백룡의 짓이었다. 대흥안령에서 있었던 싸움을 기억하고 있던 백룡이 한기를 내뿜어 용 뿔을 빨아들인 것이다. 동굴 깊숙이 들어앉은 백룡은 음흉한 미소를 지으며 말했다.

"비록 너희가 많은 재주를 가졌다고 하지만 이번에는 절대 달아날 수 없을 것이다. 이곳에서 얼어 죽거나 굶어 죽는 일만 남았을 뿐이다."

백룡이 대가리를 한 번 휘두르자 서리를 동반한 찬바람이 완달과 여진에게 거세게 몰아쳤다. 완달은 도끼를 들어 동굴 위 단단한 얼음을 내리치려 했다. 그런데 이상하게 도끼자루를 들면 얼음이 먼저 갈라지고, 막상 도끼날을 내리면 얼음이 도로 붙어 버려서 도무지 얼음을 깰 방법이 없었다. 혹한의 광풍은 점점 거세게 휘몰아치고 날카로운 얼음 조각이 온 산을 날아다녔다.

갑자기 하늘이 갈라지는 듯한 천둥소리가 들리더니 봉우리마다 두터운 눈이 내려앉아 설산雪山이 되었다. 그리고 설산 봉우리들이 모두 달려들어 완달과 여진을 짓누르기 시작했다. 그들은 황망히 산을 내려와 바람을 등진 산욱리山瞥審, 산모퉁이라는 뜻에 숨었다.

기진맥진해서 땅에 털썩 주저앉은 여진은 갑자기 무릎 아래가 흠뻑 젖어 오는 것을 느꼈다. 자세히 살펴보니 산골짜기에서 가느다란 물줄기가 흘러나오고 있었다. 부부가 물길을 따라 걸어가고 있는데, 난데없이 개미 떼가 나타났다. 개미 떼는 부부를 보송보송한

흙과 석벽이 있는 설산 끝으로 인도했다. 부부에게 개미 떼는 구세주였다.

"흙이 있으니 파 보세요!"

완달은 도끼로 석벽을 내리쳤다. 돌이 갈라지면서 땅이 내려앉고 샘물이 솟더니 곧 강이 되었다. 지금까지도 사람들은 이 강을 '개미강蟻蟻河'이라고 부른다.

완달은 계속해서 도끼로 산을 파내려 갔고, 결국 백룡이 똬리를 틀고 앉은 동굴 벽까지 구멍을 뚫었다. 그 동굴은 위를 보아도 캄캄하게 아득하고, 아래를 보아도 깊이를 알 수 없을 만큼 아득했다. 또한 사방이 깎아지른 듯이 경사가 급하고 미끄러웠다. 여진은 삼실을 꺼내 완달한테 붙잡게 하고 동굴 여기저기를 살펴보게 했다.

마침 백룡이 제 집에서 술법을 펼치고 있는데, 갑자기 커다란 돌 하나가 꼬리에 뚝 떨어지는 것이 아닌가. 갑작스러운 봉변에 아픔을 느낄 새도 없이 얼른 몸을 숨긴 용은 조심스럽게 대가리를 들어 위를 쳐다보았다. 그런데 완달이 어깨에 도끼를 걸머지고 동굴 아래로 내려오고 있지 않은가. 백룡은 즉시 동굴 입구에 박힌 검은 용뿔을 뽑아서 올라타고 얼음산 밖으로 날아갔다.

이때 동굴 입구에서 삼실을 지키고 있던 여진은 갑작스럽게 나타난 백룡이 떠미는 바람에 넘어지고 말았다. 그 바람에 삼실을 놓친 완달은 동굴 바닥으로 곤두박질쳤다. 백룡은 여진도 동굴 속으로 밀어 넣을 작정으로 얼음덩이를 움켜잡고 여진에게 돌진해 왔다. 이 모습을 본 여진은 몸을 날쌔게 날려 용 대가리 뒤로 피하고 다시 몸을 돌려서 돌로 용 꼬리를 내리찍었다. 고통으로 몸부림치던 용은 대가리를 틀어 꼬리에 붙어 있는 여진을 잡으려고 했다. 여진과 용의 한판 승부가 벌어졌다.

여진이 위험에 빠진 사실을 알게 된 완달은 동굴 입구로 기어올라 갔다. 입구에 이르니 백룡이 이빨을 드러내고 발톱을 휘두르며 여진에게 달려드는 중이었다. 다급해진 완달은 도끼를 휘두르며 용에게 내달려 허리를 찍었다. 그러자 백룡은 허리가 두 동강 난 채로 죽고 말았다. 여진은 용의 껍질을 벗기고 힘줄을 뽑아냈다. 완달 역시 용의 주둥이를 자르고 목구멍에 걸려 있는 붉은 보주를 끄집어 냈다.

여진이 보주를 살피며 물었다.

"이게 정말 정수주일까요?"

완달이 대답했다.

"이 용이 얼음 만드는 걸 보니 입 속에 물고 있던 구슬은 정수주가 틀림없을 거요. 한번 보시오. 얼마나 환하게 빛나는가!"

그들은 장백산 정상에 올라 태양이 뜨는 동쪽으로 보주를 힘껏 던지며 이렇게 기원했다.

"이 보주로써 바람을 멎게 하고, 봄의 물을 길어 가뭄을 없애 주십시오. 또한 그로 인한 모든 재앙도 없애 주십시오."

보주는 마치 불덩어리처럼 이글거리며 바다로 날아갔다. 하늘도 온통 붉게 변했다. 보주가 물 위에 떨어지자 불씨가 화살처럼 일어나고 마침 일어난 광풍에 데구루루 굴러간 불씨가 눈덩이처럼 커지더니 무수한 불덩이가 되어 흑룡강으로 곧장 달려갔다.

강 양쪽 기슭에는 나무가 불타고 연기가 치솟으며 땅이 새까맣게 그슬렸다. 장백산의 눈마저 녹아내려 동북쪽 화해火海로 흘러들고 곧 연기가 되어 사방으로 흩어졌다.

완달 부부는 이 광경을 보며 소리쳤다.

"또 속았어, 속았다고!"

이때 여진의 배가 아프기 시작했다. 여진은 임신 중이었는데 곧 아이가 나올 것 같았다. 완달은 아내를 부축하여 골짜기를 따라 산에서 내려왔다.

광풍이 불어 수많은 불덩이가 장백산 설봉에 부딪히자 녹아내린 눈들이 저마다 아우성을 지르며 산 아래로 쏟아졌다. 완달은 도끼로 이쪽저쪽 막느라 바빴다. 하지만 내리꽂히는 물줄기는 마치 고삐 풀린 망아지와 같아서 도끼 한 자루로는 도저히 당해 낼 수가 없었다. 여진은 홍수에 떠밀려 내려갔다. 완달도 여진을 구하러 급히 산 아래로 내달렸다.

이때 눈 녹은 물이 평지까지 흘러 못이 되었는데, 이것이 바로 현재의 천지연이다. 완달이 천지연에 이르러 고함을 지르자 그의 소리는 첩첩 연봉에 메아리치며 줄달음쳤다. 뒤이어 호수 위에 한 줄기 찬란한 무지개가 떠오르더니 아기의 울음소리가 들려왔다. 아기 울음소리를 따라가니 여진이 커다란 연잎 위에 누워 있고, 그 옆에 탐스럽게 피어난 연꽃 두 송이 안에 남자 아기와 여자 아기가 각각 하나씩 누워 있는 게 아닌가. 완달은 급히 여진과 아기들을 조심스럽게 안아 강기슭으로 갔다. 그러자 여진과 아기들을 감싸고 있던 연잎과 연꽃은 구름으로 변하여 천지연에 잠시 감돌더니 푸른 하늘로 올라갔다.

한꺼번에 아기 둘을 얻은 부부는 정말 기뻤다. 그래서 남자 아기는 홍개興凱, 여자 아기는 모란이라고 이름 지었다. 여진은 용의 근육으로 실을 잣고 그 껍질로 천을 짜서 두 아이한테 옷을 해 입혔다. 완달은 도끼로 나뭇가지를 잘라 침상을 만들고 나무에 걸어 아이들을 재웠다. 아이들은 쌔근거리며 달콤한 잠에 빠져 깨어날 줄을 몰랐다.

여진이 다시 정수주 이야기를 꺼냈다.

"정수주는 청룡이 갖고 있어요. 제가 가서 그것을 꼭 빼앗아 오겠어요."

그러자 남편은 고개를 가로저으며 말했다.

"아이들이 아직 어리고 당신도 움직이기 불편하니 우선 장백산에 머무르시오. 정수주는 내가 빼앗아 올 테니 걱정하지 말고 기다리시오."

여진은 괴로운 듯 말했다.

"당신 혼자서 청룡과 싸워야 하는데 마음이 놓이질 않아요."

그녀는 품에 지니고 있던 삼실을 꺼내 남편에게 주었다.

"이것을 갖고 가세요. 어려움을 만나면 이 삼실이 쓸모가 있을 거예요. 하루빨리 보주를 빼앗아 돌아오세요."

남편은 아내와 아이들한테 작별을 고하고 나서 북쪽으로 향했다. 산봉우리 열 개를 넘어서 불에 그슬린 땅에 도착했다.

하늘에는 푸른 구름이 맴돌고 주위에 안개가 자욱하게 피어오르고 있었다. 완달은 어디선가 물소리가 들린다고 생각했다. 계속 앞으로 가보니 호수 한가운데 제단이 놓인 용왕의 사당 안에서 경쇠예불을 드릴 때 흔드는 작은 종 치는 소리가 들려왔다. 제단 사면 벽에는 각종 괴룡怪龍이 새겨져 있고, 제단 아래 호수에는 수초가 물결을 따라 일렁이고 있었다. 바로 그 제단 위에 두 눈은 하늘을 향한 채 입 속에서 연신 물을 내뿜는 청룡 한 마리가 벌러덩 누워 있었다. 수초 위에는 수정처럼 맑은 보주가 물방울을 따라서 통통 튀고 있었다. 청룡은 입으로 보주를 뱉었다가 받았다가 하면서 한가로이 노닐고 있었다.

완달이 보주를 자세히 살피려고 물가로 다가가니 수초들은 다름 아닌 이무기였다. 이무기들은 완달을 보더니 입을 벌리고 붉은 혀를 날름거리면서 물속으로 들어갔다. 깜짝 놀란 완달은 물속으로 따라들어 갔다가는 이무기에게 물려 죽기 십상이라는 것을 깨달았다. 그는 급히 품에서 삼실을 꺼내 도끼로 몇 가닥을 나눈 뒤 물속에 던졌다. 삼실이 물속에 들어가자마자 이무기들은 아우성치며 원을 그리더니 이내 미동도 없이 잠잠해졌다.

완달은 칠성도끼로 수면을 가르며 재빠르게 용의 제단 위로 올라갔다. 이때 청룡은 한창 보주를 입에서 뿜어내고 있어서 완달은 도끼로 구슬을 정확하게 내리칠 수 있었다. 구슬은 산산조각이 났다.

그런데 너무 힘껏 내리치는 바람에 도끼자루가 손에서 튕겨 멀리 달아나고 말았다. 구슬 파편은 마치 유성처럼 하늘로 솟구치더니 결국 연주산連珠山에 떨어져서 여기저기 흩어졌다. 그러자 퐁퐁 솟던 샘물이 맑은 호수로 변했다.

난데없이 구슬을 잃은 청룡은 구슬 조각을 찾아 연주산으로 서둘러 날아가 몸을 웅크린 채 허겁지겁 발톱으로 땅을 긁기 시작했다. 이 기회를 놓치지 않고 완달은 급히 청룡 등에 올라타서 용 대가리를 쥐어 잡고 돌 모서리에다 밀어붙였다. 청룡은 이빨이 깨지고 눈에서 피가 흘렀다. 고통으로 몸부림치며 온 산을 데굴데굴 구르며 괴성을 지르더니 불현듯 몸통을 휙 돌려 완달을 공격하기 시작했다. 완달과 청룡은 사흘 밤낮을 싸웠다. 큰 바람이 불고 모래가 휘몰아치며 해와 달은 빛을 잃어 천지사방이 암흑처럼 어두워져서 밤낮을 구별하기 힘들었다.

사흘째 되는 날 저녁 용과 완달 모두 온몸이 상처투성이가 되었지만 필사적으로 상대를 공격했다. 완달은 마지막으로 온 힘을 쏟아 부어 청룡의 목을 틀어쥐었다. 고통을 느낀 청룡은 허우적거리며 발톱으로 사방을 긁기 시작했다. 불행히도 완달 역시 용 발톱에

긁히고 말았는데, 칼에 찔린 듯 속살을 파고들어 피가 샘물처럼 쏟아졌다. 하지만 승리는 완달 쪽으로 기울었다. 힘이 쇠한 용은 결국 온몸에 상처를 입고 숨이 끊어졌다.

비록 용을 물리치기는 했으나 완달 역시 상처가 깊어 몸을 일으키자마자 눈앞이 아득해지면서 결국 장백산 쪽으로 쓰러지고 말았다. 그러고는 자신의 몸을 우뚝 세워 장백산 연봉 중 하나가 되어 바다에서 불어오는 폭풍과 홍수를 막고, 두 눈은 사랑하는 가족이 있는 곳을 바라보았다. 흑룡강의 거센 바람이 멈추고 사나운 화염도 꺼졌으며 강물도 제 물길을 찾아 다시 흐르기 시작했다.

하지만 재난은 거기에서 끝나지 않았다. 강바닥에 웅크리고 있던 뿔 잘린 흑룡은 완달이 쓰러지는 것을 보고 머리와 꼬리를 세차게 흔들어 흑룡강 대지 쪽으로 비바람을 일으켰다.

그 비바람은 오늘은 하남, 내일은 하북 하는 식으로 정해진 자리 없이 물길을 사방으로 떠돌게 했다. 완달은 옴짝달싹할 수 없는 신세가 되어 흑룡강이 겪는 재앙을 그저 바라볼 수밖에 없었다. 두 눈에서 눈물이 흘렀고 그 눈물은 두 줄기 산천山泉으로 변했다. 그리고 비바람이 몰아치던 어느 날 밤 그의 두 눈은 가슴이 희고 머리가 까만 까치 한 쌍이 되어 장백산으로 날아갔다.

한편 여진은 정성을 다해 아이들을 기르면서 날마다 완달이 돌아오기만을 기다렸다. 어느덧 세월이 지나 들불이 지나간 양지바른 언덕에 초목이 자라기 시작했다. 홍개와 모란 역시 하루가 다르게 성장했다.

어느 날 여진은 홍개와 모란을 데리고 장백산 꼭대기에 올랐다. 세상은 여전히 광풍과 홍수로 흉흉한 날이 그치지 않았다. 여진은 북쪽에 새로 솟아서 광풍의 바람막이를 하고 있는 산봉우리를 향해 소리쳤다.

"완달! 이겼어요, 졌어요? 당신은 지금 어디 계세요? 어째서 집으로 돌아오지 않는 거죠?"

이때 아름다운 까치 한 쌍이 구름 속에서 날아와 여진과 아이들 머리 위를 맴돌면서 "집 집 집" 하며 울음을 멈추지 않았다.

사람 심곡을 찌르는 듯한 까치 울음소리에 그제야 모든 것을 깨달은 여진은 두 아이를 품에 끌어안으며 말했다.

"아버지는 이미 돌아가셨단다. 살아생전 숙원을 이루지 못한 채 말이다. 이 까치 한 쌍이 너희 아버지 계신 곳까지 데려다 줄 거다."

여진과 아이들은 까치들을 앞세우고 그 뒤를 쫓아갔다. 수풀이 무성한 도랑을 건너고 낙락장송 노송령을 지나 연주산에 도착했다. 여진은 연주산에 있는 여러 샘물과 산기슭 연못을 본 순간 남편이 찾아 헤매던 정수주가 부근에 있다는 사실을 깨닫고는 까치들에게 말했다.

"까치들아, 얼른 돌아가서 칠성도끼를 찾아오너라. 나라도 용을 죽여 보주를 빼앗아야겠다."

까치들이 숲 속으로 날아갔다. 그 뒤를 바짝 쫓아간 여진은 큰 나무들이 하늘을 찌르고 기암괴석이 여기저기 흩어져 있으며 금빛이 새어 나오는 곳에 이르렀다. 여진은 관목 더미 뒤에서 커다란 돌 위에 놓인 칠성도끼를 발견했다. 도끼를 본 순간 아들 홍개는 기쁜 나머지 팔짝 뛰면서 도끼를 뽑으려고 했다. 그때 사나운 호랑이가 튀어나오더니 홍개한테 곧장 달려들 태세였다. 그러자 홍개는 소나무 위로 피신했고 여진과 모란은 돌을 집어 호랑이에게 던졌다. 호랑이는 나무 위로 펄쩍 뛰어올랐다가 다시 뛰어내리면서 포효하더니 이번에는 여진과 모란 쪽으로 몸을 돌렸다.

이 기회를 놓치지 않고 홍개는 나뭇가지 위에서 꼬리를 있는 힘껏 잡아당겨 호랑이를 거꾸로 넘어뜨렸다. 홍개가 호랑이 꼬리를 나뭇가지에 매어 놓자 모란은 도끼를 뽑아 호랑이를 죽였다. 오누이는 호랑이 가죽을 벗겨 앞치마에 묶고 나무를 베어 뗏목을 만들었다. 세 사람은 뗏목을 타고 강을 따라 완달산 아래로 갔다. 산 아래에서 그들은 세 번 절하고 나서 다시 뗏목을 타고 가던 길을 재촉했다.

후에 여진은 보주가 이미 산산조각 난 것을 알아내고 아들딸과 함께 도끼를 든 채 산천의 샘물을 찾아다니며 구슬 조각을 파냈다. 주운 조각이 많아지자 여진은 이것을 꿰맞춰 보주를 조합했는데, 딱 한 군데가 빠져 있었다. 그렇다면 마지막 한 조각은 어디에 있는 걸까?

어느 날 이들 일행은 흑곰 한 마리가 북쪽으로 달려가는 것을 보았다. 또한 샘물 한 줄기도 곰을 따라 북쪽으로 흘러들고 있었다. 그런데 곰의 시커먼 아가리에 빛나는 물건이 물려 있는 게 아닌가. 이를 본 여진이 말했다.

"저것은 틀림없이 나머지 구슬 조각일 것이다. 빨리 곰의 뒤를 쫓아가 보자!"

홍개는 도끼를 들고 연주산으로 떠나고, 여진과 모란은 뗏목을 타고 목릉하穆柚河와 천왕강天王江을 거쳐 흑룡강으로 배를 저어 갔다.

이때 강바닥에 똬리를 틀고 있던 흑룡은 여진이 뗏목을 타고 흑곰을 따라가는 것을 보았다. 못된 용은 회심의 미소를 지으며 몸을 힘껏 놀려 천왕강에 물보라를 일으켜 흑룡강으로 드는 길목을 막았다. 하지만 흑곰에게는 물속 다리가 되어 강을 건너게 할 작정이었다.

이때 까치 두 마리가 쏜살같이 날아와 흑곰의 두 눈을 쪼아 댔다.

흑곰은 피가 흐르는 얼굴을 감싸 안고 흑룡의 등을 밟으며 강을 건너기 시작했다. 어느새 도끼를 들고 쫓아온 홍개는 곰 허리를 내리쳤다. 흑곰은 물에 가라앉으면서 보주의 나머지 조각을 토해 냈는데 공교롭게도 흑룡 등에 꽂혔다. 이때부터 강물이 잠잠해지더니 천왕강 물줄기는 다시 흑룡강으로 흘러들어 갔다. 두 강물이 어우러지는 강 한복판에 섬 하나가 새로 생겼는데, 사람들은 이를 '흑할자도黑鍵子島' 라고 불렀다.

여진은 보주 조각이 용 등에 박히는 것을 보고 아이들과 뗏목을 타고 강을 거슬러 올라갔다. 모란이 상앗대로 배를 젓는 동안 홍개는 도끼를 챙기고, 여진은 꿰맞춘 보주를 던졌다. 보주 조각이 박히자 용은 못이 박히듯 강바닥에 처박혀 움직일 줄 몰랐다. 용은 필사적으로 발버둥쳤지만 전신이 옴짝달싹 못 하는 못 아닌 못이 되고 말았다. 그리하여 물길은 모두 제자리로 돌아가고 수면은 다시 고요함을 되찾았다.

여진이 물길을 되돌려 안정을 찾게 한 정수定水 이야기는 지금까지 대대로 전해져 내려오고 있다.

누르하치의 전설: 어린 칸 이야기

•••만주족

명나라 때 장백산맥 부근 어느 마을에 부모를 여읜 소년이 살았다. 소년은 배가 고프면 산에 올라가 열매를 주워 먹고, 목이 마르면 천지연의 물을 마셨다. 아홉 살쯤 되자 소년은 체격이 옹골차지고 다른 아이들보다 총기가 흘렀다. 또한 호기심이 왕성해서 열네댓 살 즈음엔 살던 마을을 벗어나 사람이 많이 모여 사는 마을에 이르렀는데, 요양遼陽이라는 도읍이었다.

당시 명나라 조정의 부름을 받고 요양을 수비하던 총병관總兵官 이성량李成梁은 평소 군사와 말의 조련을 게을리하지 않았다. 소년은 날마다 이 훈련 모습을 구경했다. 그러다가 배가 고프면 군영에 가서 남은 국과 찬밥 덩이를 얻어먹고, 피곤하면 군영 침상에서 한잠 늘어지게 자기도 했다. 이렇게 해서 장군 이성량과 모든 병사가 소년을 알게 되었다. 마침 하인을 물색하고 있던 이 장군은 소년을 하인으로 받아들였다. 사람들은 소년이 씩씩하고 늠름하고 충직한 것을 보고 모두 귀여워하면서 "어린 칸"이라고 불렀다. 그날 이후 소년은 날마다 이 장군의 시중을 들었는데, 요강을 비우랴 말을 씻기랴 온갖 더러운 일도 마다하지 않고 손발을 부지런히 움직였다.

하루는 어린 칸이 장군 발을 씻기다가 주인 발에 난 붉은 사마귀를 보고 말했다.

"나리, 나리 발에 붉은 사마귀 세 개가 있습니다."

그러자 장군은 우쭐거리며 대답했다.

"이 붉은 사마귀는 평범한 사람한테서는 볼 수 없는 것이란다. 내가 오늘날 부귀영화를 누리게 된 것도 모두 이 보배 덕분이지."

이 말에 어린 칸은 고개를 갸우뚱하며 말했다.

"정말 희한한 일이네요. 제 발에는 일곱 개가 나 있는데요."

장군은 그 말을 듣고 깜짝 놀랐다. 일찍이 조정에서는 그에게 비밀스러운 칙령을 내려 '천하를 혼탁하게 하는 혼룡混龍'이 나타날 것이니 낌새 있는 자를 족족 잡아들이라고 일렀다.

만약 혼룡을 잡아들이면 큰 상을 내리고 관직 세 품계를 올려 주리라는 어명도 있었다. 장군은 칙령을 받은 뒤 암암리에 혼룡을 찾아다녔지만, 몇 달이 지나도 찾아내지 못해 마음이 조급한 상태였다. 그런데 뜻밖에도 이곳에서 혼룡을 만나게 된 것이다. 그는 마음속으로 생각했다.

'붉은 사마귀 일곱 개가 무엇을 의미하는가? 바로 북두칠성을 밟고 서 있는 것이 아닌가! 혼룡은 바로 이 어린 놈이 틀림없다.'

그날 저녁 장군은 이 사실을 자신이 가장 총애하는 넷째 부인에게 넌지시 알려 주었다. 그녀는 본래 가난하지만 아주 선량한 집안의 딸로 용모가 출중해서 이성량에게 뽑혀 관아에 들어와 첩실이 된 여자였다. 장군은 넷째 부인이 이 이야기를 들으면 매우 기뻐할 것이라고 생각했지만, 뜻밖에도 그녀는 몹시 놀라고 난처해하는 눈치였다.

마음 착한 그녀는 한참을 고민하다가 결국 어린 칸의 목숨을 구해 주어야겠다고 마음먹었다. 밤이 깊어지자 넷째 부인은 살그머니 침상에서 내려와 어린 칸이 잠자는 곁채로 갔다. 그녀는 소년을 흔들어 깨운 뒤 귀에 대고 낮은 소리로 무언가를 속삭였다. 어린 칸은 그 말을 듣고 한동안 말 한 마디 없더니 잠시 후 겁에 질린 채 더듬거리며 말했다.

"그…… 그렇다고…… 내가 어디를 가더라도 도처에 관문이 있으니……."

넷째 부인이 고개를 가로저으며 안심하라는 듯이 말했다.

"마구간에 말 두 필이 있는데 하나는 대청大青이라 불리는 말로 하루에 팔백 리를 달리는 말이요, 다른 하나는 이청二青이란 말로 하루에 천 리를 간단다. 네가 이청을 타고 간다면 어느 누구도 너를 따라잡을 수 없을 거야."

또 넷째 부인은 소년에게 물건 두 개를 건네주며 말했다.

"이것은 영전令箭, 옛날 군중軍中에서 명령 전달의 증거로 사용한 화살 모양의 깃발으로 네가 손쉽게 관문을 통과할 수 있게 도와줄 거야. 또 이건 피稗, 밥에 섞어 먹거나 떡이나 엿을 만들 때 사용하는 풀 가루이니 길양식으로 쓰도록 하거라."

어린 칸은 뜨거운 눈물을 흘리며 이마를 땅에 대고 부인에게 세 번 절한 뒤 작별을 고했다.

"제가 입신양명하게 되면 부인의 은혜를 절대 잊지 않겠습니다."

부인이 길을 재촉하며 등을 떠밀자 소년은 영전을 가슴속에 고이 품고 마구간으로 달려가 말 한 필을 끌어냈다. 그리고 말안장을 얹은 뒤 몸을 날쌔게 날려 말 등에 올라타고는 곧장 화원 쪽으로 달려갔다. 관아에는 몇 년 동안 어린 칸을 따라 들락날락 한 황구 한 마리가 있었는데, 소년이 달아나는 것을 보더니 따라나섰다.

날이 밝고 나서야 장군은 어린 칸이 달아난 것을 알아챘다. 병사들을 풀어 소년을 추격하도록 하니 해가 중천에 이르렀을 무렵 저 멀리 먼지를 날리며 달아나는 어린 칸이 보였다.

도망 나오면서 경황이 없던 어린 칸은 천리마 이청 대신에 하루에 팔백 리밖에 달리지 못하는 대청을 끌고 나온 것이었다. 장군은 이청을 타고 빠른 속도로 어린 칸을 바짝 뒤쫓아오고 있었다. 소년은 앞에 큰 산이 가로막고, 뒤로는 병사들이 쫓아오는 진퇴양난에 빠졌다. 산기슭에 이르러 평지가 끝나자 어린 칸은 두 눈을 꽉 감고 말등자를 힘껏 굴러 산을 오르도록 했다. 하지만 얼마 못 가서 산골짜기에 자란 커다란 대추나무에 걸려 말과 함께 땅으로 곤두박질치고 말았다.

때마침 갑자기 까마귀 떼가 날아왔는데 어떤 놈은 깍깍거리면서 시끄럽게 울어 대고 어떤 놈은 어린 칸의 몸에 내려앉아 마치 시체를 뜯어먹는 것처럼 머리를 쪼아 댔다. 어린 칸은 잠시 기절하여 죽은 듯이 쓰러져 있었던 것이다. 이를 보고 추격병들은 어린 칸이 죽었다고 생각하고 온 산에 불을 놓았다.

병사들이 놓은 불로 산골짜기는 순식간에 활활 타올랐다. 이에 주인 뒤를 따라온 황구가 소년의 옷깃을 물어뜯으며 깨우려는 듯 계속해서 짖었다. 하지만 어린 칸은 여전히 몸을 일으키지 못했다. 마른 풀을 타고 번지는 화염은 순식간에 대추나무를 태워 버릴 듯한 기세였다.

주인 목숨이 위태롭다고 느낀 황구는 급히 도랑으로 달려가 털을 적시고는 다시 돌아와서 주인 주변을 뒹굴기 시작했다. 어린 칸은 사방이 불길에 휩싸인 후에야 가까스로 정신을 수습할 수 있었다.

그리고 황구가 열어 놓은 길을 따라 내달려 겨우 화마를 피했다. 하지만 탈진한 황구는 더는 주인을 따르지 못했다. 어린 칸은 불길을 벗어나자마자 곧장 장백산으로 달려가서 그곳에 있는 동굴에 몸을 숨겼다.

한편 관아로 돌아온 장군은 넷째 부인이 어린 칸이 달아나도록 도왔다는 사실을 알고 그녀를 발가벗겨 마구간에 목매달아서 때려 죽였다.

몇 년 뒤 어린 칸은 문무를 겸비하고 지혜를 갖춘 뛰어난 여진족의 한 사람으로 자라나서 부락 족장에 추대되었는데, 그가 바로 청나라를 개국한 '누르하치'다.

후에 누르하치는 대군을 이끌고 대륙을 종횡무진하며 다른 부족들을 복속시키고 중국 동북 일대를 장악하는 대업을 이루었다. 그리하여 사람들은 그를 황제라는 뜻의 "칸"이라고 부르기 시작했다.

만주족 사이에서는 이런 뒷이야기도 전해진다. 칸이 후금後金 왕조를 세우고 심양沈陽으로 입성할 때 그의 마음은 세상을 다 얻은 듯이 흡족했다. 하지만 자신의 은인인 이성량의 넷째 부인과 대청마, 황구와 까마귀를 절대 잊어버리지 않았다.

칸은 이성량의 넷째 부인을 "부처의 모친"이라 칭하고 받들어 모셨다. 청 왕조를 수립하기 전부터 그는 매년 돼지를 잡고 제사를 올리며 넷째 부인과 대청마, 황구와 까마귀의 은덕을 기렸던 것이다. 제를 올릴 때는 엄격하게 제례를 지켜야 했는데, 제의 희생물인 돼지를 잡을 때 반드시 돼지 귀에 데운 술이나 물을 부어 흔들었다. 이는 넷째 부인에게 가져가도 좋다는 의미였다.

또한 음복할 때는 반드시 불을 끄고서 등불을 등지고 음식을 먹어야 했는데, 이는 몸에 실오라기 하나 걸치지 못하고 죽음을 맞은 넷째 부인이 제사상을 찾아와도 부끄럽지 않게 하기 위한 배려였다. 또한 음복할 때 이야기를 금하는 것은 혼령을 놀라게 하지 않으려는 생각 때문이다.

남은 고기와 밥은 대문밖으로 던져 까마귀와 황구 혼령이 먹도록 했다. 마지막으로 누르하치는 대청마를 기리기 위해 자신이 세운 왕조의 국호를 '대청大清'이라고 정했다.

누르하치의 전설: 칠성포

혼춘성琿春城 남쪽에 칠성포七星泡라는 호수가 있었는데, 규모는 크지 않지만 명성이 자자했다. 이는 호수에 얽힌 내력이 평범치 않았기 때문이다.

칸이 하루 종일 사냥만 하던 어린 시절 이야기다. 그는 항시 멧돼지 가죽을 걸치고 큰 백마를 타고 다녔는데, 이 둘은 칸이 가장 아끼는 것이었다. 사람들은 멧돼지 가죽을 한시도 몸에서 떼지 않는 칸을 보고 만주어로 멧돼지 가죽을 의미하는 "누르하치"라고 부르기 시작했다. 또 백마는 항상 곁에 두고 음식까지 나누어 먹는 벗이나 다름없었다. 숲 속에서 사냥할 때도 늘 백마가 가는 대로 내버려 둘 정도였다.

어느 날 누르하치가 다른 사람들과 사냥을 나갔다. 백마는 성을 나서자마자 곧장 영고탑寧古塔 서남쪽으로 백 리 남짓을 달려 경박호鏡泊湖 기슭에 이르렀다. 백마가 걸음을 멈추었을 때 마침 백발이 성성한 노인이 호수에 빠진 것을 발견했다. 누르하치는 곧장 말에서 뛰어내려 노인을 구해 강가로 나왔다. 겨우 목숨을 건진 노인은 허리춤에서 콩알 한 움큼을 꺼내 생명의 은인인 누르하치에게 답례로 주려고 했다. 그러자 그는 손사래를 치며 공손하게 말했다.

"어르신, 제가 어르신을 구해 드린 것은 보답을 받기 위해서가 아니니 콩알은 그냥 넣어 두십시오."

하지만 노인은 반드시 줘야겠다는 듯이 콩알을 얹은 두 손을 거두지 않았다. 그러면서 콩알이 대단한 물건은 아니지만 기념 삼아 가지고 있으라고 말했다. 노인의 호의를 더는 거절하기 어려웠던 누르하치는 손을 내밀어 콩알을 조금 집었는데, 손바닥에 놓고 보니 딱 일곱 알이었다.

콩알을 대충 전동箭桐, 오동나무로 만든 화살집에다 넣고 누르하치는 노인에게 작별을 고한 뒤 말을 되돌려 집으로 왔다. 그날 밤 잠에서 깬 누르하치는 전동에서 빛이 새어 나오는 것을 보았다. 전동을 기울이자 콩알이 굴러 나왔는데, 순식간에 촛불 열두 개의 빛보다 더 환하게 방 안을 비추었다. 누르하치는 그제야 이 콩알이 야광주夜光珠임을 깨달았다. 야광주를 처음 본 누르하치는 그것들을 품 안에 넣고 다니며 한가할 때마다 꺼내 요리조리 굴리며 만지작거렸다.

며칠 뒤 누르하치는 다시 사냥을 나갔다. 성을 나서자마자 백마는 동남쪽으로 달리기 시작해서 날이 저물 때쯤 혼춘성 남쪽에 도착했다. 그곳에서는 몇몇 사람이 강가에 불을 밝혀 놓고 사금을 캐고 있었다. 사람들은 멧돼지 가죽을 걸친 사냥꾼 몸에서 빛이 나는 것을 보고 말했다.

"누르하치, 당신 품속에서 빛나는 그 물건을 우리가 좀 빌려 쓰면 안 되겠소?"

누르하치는 다른 사람에게 야광주를 빌려 주기가 아까웠지만 고

생하며 사금 캐는 사람들을 보자 그것을 꺼내 건네주었다. 사람들이 야광주 일곱 개를 강가 돌 위에 올려놓자 야광주는 광채를 내면서 마치 일곱 개의 샛별처럼 그곳을 환하게 밝혔다. 사금을 캐던 사람들은 몹시 기뻐하며 큰 소리로 "샛별이다."라고 소리쳤다. 그들은 신이 나서 노래를 부르며 계속해서 금을 캤다.

누르하치는 야광주로 사람들을 도운 것에 몹시 흡족해하며 집으로 발길을 돌렸다. 반쯤 왔을 때 맞은편에서 어떤 사람이 다가오더니 누르하치를 잡고 말을 걸었다.

"당신이 야광주를 얻은 바로 그 사냥꾼입니까?"

"그렇소."

"돈을 많이 드릴 테니 야광주를 내게 파십시오."

"당신이 내게 황금 산을 준다고 해도 팔 수 없소. 그것들은 어떤 노인이 내게 기념으로 준 것이오."

사내는 반드시 야광주를 사야 한다며 계속해서 졸랐다. 누르하치는 성가신 것이 싫어 말을 타고 가려 했다. 그러자 이번에는 말머리를 붙들고 늘어지며 이렇게 말했다.

"팔지 않겠다면 한 번만이라도 보여 주시오."

누르하치가 사내한테 말했다.

"야광주는 지금 내 손에 없소. 사금을 이는 사람들한테 빌려 주었소."

"어디에서 사금을 일고 있습니까?"

"혼춘성 밖이오."

사내는 무슨 생각에서인지 눈을 한 번 깜빡거리고 나서 말했다.

"아, 그것 잘되었군요. 더는 당신을 막지 않을 테니 편할 대로 하시오."

어느덧 누르하치는 말을 타고 집 앞까지 왔지만, 말 등에서 내리기도 전에 백마가 다시 왔던 길을 되짚어 쏜살같이 달리기 시작했다. 강가에 도착하니 이미 날이 밝았다.

그런데 한 무리 사람들이 남쪽 강기슭에서 옥시글거리며 어떤 사람은 고함치고 어떤 사람은 만류하며 시끄럽게 떠들고 있었다. 무슨 일인가 싶어 누르하치는 서둘러 말에서 내려 신을 벗고 맨발로 강을 건너갔다. 가까이 가서 보니 어제 야광주를 사려 했던 사내가 그것을 빼앗아 손에 넣고는 누르하치가 자신한테 팔았다고 우기는 중이었다. 사금 캐는 사람들은 사내 말이 미덥지 않아 그를 에워싸고 놓아주지 않았다. 누르하치는 사람들을 밀치고 가운데로 들어가 이렇게 소리쳤다.

"이렇게 간 큰 놈을 보았나. 감히 나의 야광주를 빼앗아 가려고 하다니!"

그 사람은 누르하치를 보더니 깜짝 놀라서 온몸을 사시나무 떨듯하다가 그만 손에 들고 있던 야광주 일곱 개를 땅에 떨어뜨리고 말았다. 사내가 다시 야광주를 주우려 하자 누르하치는 재빨리 발로 야광주를 짓밟아 버렸다. 그러자 사내는 누르하치 발을 치우고 다시 찾아보았지만, 야광주는 온데간데없이 사라지고 말았다. 온종일 땅을 파고 샅샅이 뒤져 보았지만 결국 야광주를 찾지 못했다. 그 사람은 가슴을 치며 개탄했다.

"당신은 정말 복도 없구려! 야광주 일곱 개를 얻는 사람은 누구든 황제가 될 수 있다고 했습니다. 그때가 되면 누가 감히 당신을 '누르하치'라고 부르며 비아냥거릴 수 있겠습니까? 모두 당신을 태상황제라고 부를 테지요. 그런데 당신이 그 귀한 물건을 발로 밟아 없앴으니 차라리 내게 파는 것만 못 하게 되었습니다."

사금 캐던 사람들은 너나 할 것 없이 사내에게 퉁명스럽게 핀잔을 주었다.

"남을 속이는 사람을 상황제에 오르도록 놔둘 것 같소. 당신 같은 사람이 높은 자리에 오르면 다른 사람은 나 몰라라 하며 탐욕이나 부릴 게 뻔하오. 당신이 상황제가 된다면 우리 백성한테 재앙이 되고 말 것이오."

누르하치도 한마디 거들었다.

"내 야광주를 박살 낼망정 당신 같은 사람을 황제가 되게 놔둘 수는 없소."

사내가 돌아가고 사금 캐던 사람들은 누르하치에게 몹시 미안해했다. 처음에 자신들이 빌려 쓰겠다고 하지만 않았다면 야광주를 잃어버리지 않았을 거라고 하면서 말이다. 그래서 사람들은 야광주를 찾아서 사흘 밤낮으로 땅을 파고 헤집었지만 큰 구덩이만 생겼을 뿐 구슬 비슷한 것도 나오지 않았다.

그런데 구덩이를 너무 깊이 팠는지 땅 밑에서 물이 나오기 시작하더니 어느덧 큰 호수로 변하고 말았다. 사람들은 이 호수를 '일곱 개의 빛나는 별'이라는 뜻인 "칠성포"라고 불렀다. 그런데 도대체 야광주는 어디로 간 것일까? 그 야광주는 누르하치가 발로 밟을 때 그도 모르는 사이에 발에 박혔다.

이때부터 누르하치는 "이기적이지 않고, 남을 속이지도 않고, 높은 자리에 올라 다른 사람을 무시하지도 않고, 가만히 앉아서 남의 공이나 차지하지 않겠다."라는 결심을 가슴속 깊이 새겼다. 후에 황제가 된 누르하치는 여전히 자신을 멧돼지 가죽, 즉 누르하치라 부르게 하고 '태상황제'라는 칭호를 별로 좋아하지 않았다고 한다.

누르하치의 전설: 신혼 첫날밤의 내력

명나라 말기의 어느 날 누르하치는 장수와 병사들을 이끌고 엽혁葉曄赫, 만주족의 중요 발상지 중의 하나 부락을 치기 위해 쳐들어갔다. 군대의 대오가 덩굴나무 무성하게 우거진 치계령雉鷄嶺에 도착하자 누르하치는 제일 먼저 고갯마루로 올라갔다.

그때 마침 꿩 한 쌍이 숲에서 날아올랐다. 꿩을 본 누르하치는 물고기 가죽 주머니에서 활을 뽑고, 짐승 가죽 주머니에서는 수리 깃털을 단 화살을 뽑아 쏘았다. 장끼는 그대로 땅에 떨어졌고, 이를 본 장수와 병사들은 일제히 환호성을 질렀다.

그중 한 사람이 이렇게 외쳤다.

"아! 아깝게도 까투리는 날아가 버렸네."

그 말이 채 끝나기도 전에 까투리 역시 푸드덕거리며 땅에 곤두박질쳤다. 병사 둘이 나는 듯이 뛰어가서 장끼와 까투리를 주워 왔다. 이 광경을 지켜보던 장수와 병사들은 속으로 까투리가 어떻게 떨어졌는지 궁금해했다.

바로 그때 한 사람이 홀연히 나타나 가까이 다가오는데 아주 아름답게 생긴 여자였다. 붉은 치파오旗袍, 중국 여자가 입는 원피스 모양의 의복를 입고 손에 굽은 활과 화살을 쥔 여자는 지금 막 한 듯한 나무를 한 짐 지고 있었다. 그 순간 사람들은 이 여자가 까투리를 쏘아 떨어뜨렸다는 사실을 눈치 챘다.

누르하치는 깊은 산골에서 뛰어난 인재를 만나게 되자 아주 기뻐하며 연신 칭찬했다.

"활 솜씨가 뛰어나구나. 정말로 활 솜씨가 뛰어나구나."

그러고는 어느 병사한테 지시했다.

"얼른 저 까투리를 여자한테 돌려줘라."

그러자 여자가 손을 내저으며 말했다.

"아니에요! 돌려줄 필요 없습니다. 이 까투리는 제가 쏘아 떨어뜨린 것이지만, 정벌 나가는 누르하치 족장님의 술안주로 드리고 싶습니다."

이 말에 누르하치는 크게 웃으며 생각했다.

'정말 대담하고 활 솜씨도 빼어난 영리한 여장부군.'

동시에 마음속으로 몹시 기이하다는 생각이 들었는데, 그녀가 어떻게 자신이 누르하치인 것을 알았는지 몹시 궁금했다. 누르하치가 궁금증을 참지 못해 물었더니 여자는 허공에서 펄럭이는 군대 깃발을 가리키며 말했다.

"저 깃발이 그 증거가 아니겠습니까?"

누르하치는 여자가 무예도 정통하고 글자도 읽을 줄 아는 문무를 겸비한 사람이라는 사실을 알고 몹시 기뻤다. 누르하치는 그녀에 대한 궁금증이 일어 물었다.

"당신 이름은 무엇이오? 누구한테서 그렇게 훌륭한 활 솜씨를 배웠소?"

"저는 납앵앵拉鶯鶯이라고 하는데, 어머니 나새과니那賽果尼로부터 무예를 배웠습니다."

누르하치는 머리를 끄덕이며 또 물었다.

"어머니는 무엇을 하는 사람이오?"

그런데 뜻밖에도 그 말이 마음을 건드렸는지 여자는 흐느껴 울면서 이렇게 몇 마디 했다.

"제 어머니는 정황기正黃旗, 만주 팔기군 중 하나 휘하의 우록액진牛錄額眞, 열 명 정도 그룹을 지휘하는 총령이었는데, 불행히도 한 달 전에 전쟁터에서 전사했습니다. 그 슬픔을 이기지 못하여 얼마간 정신이 혼미했으나 겨우 정신을 차리고 이곳에서 땔나무나 하면서 지내고 있습니다."

누르하치는 깊은 동정을 느끼며 생각했다.

'이 여자는 충렬지사의 딸이니 내가 어찌 휘하에 거두지 않을 수 있겠는가. 게다가 무예가 출중하고 총명하니 틀림없이 나라를 위해 큰 공을 세울 것이다.'

누르하치는 한 걸음 앞으로 나서며 말했다.

"납앵앵, 울지 마시오. 당신만 좋다면 내 휘하의 장수로 삼고 싶은데 어찌 생각하오?"

여자는 뜻밖의 제안에 무척 기뻐하며 무릎을 꿇고 예를 갖추어 말했다.

"족장님 은덕에 그저 감사할 따름입니다."

그 뒤 납앵앵은 누르하치를 따라 이웃나라 정벌에 참가해서 전쟁터를 누비고 다녔다. 그리고 얼마 지나지 않아 두 사람은 부부가 되었다.

혼례를 올리던 날 누르하치와 납앵앵은 밖에 간단한 장막을 드리우고 입구에 칼과 창, 화살과 깃발을 세우고 나서 합방했다. 신랑과 신부는 투구를 쓰고 갑옷을 입었으며 호심보경護心寶鏡, 투복의 가슴과 등 뒤에 적군의 화살을 막는 구리거울 문양을 새겨넣었음을 걸쳤는데, 그 모양이 아주 독특했다.

이는 칸이 성경盛京, 누르하치가 다른 부족을 복속시키고 심양을 차지한 일한 뒤에 이웃나라를 정벌하고 대통일의 과업을 이룬 업적을 기리려고 생긴 습속이었다. 남녀가 혼인하면 집 밖에다 장막을 치고, 신부는 가마에서 내릴 때 가슴 앞뒤에 구리거울을 달았다. 그러고는 장막 안으로 들어가 앉으면 입구 양쪽에 작두와 불 갈고리를 두었다. 이는 후세 사람들에게 나라를 쉽게 바꾸어서는 안 된다는 경각심을 일깨우기 위해서였다.

누르하치의 전설: 색륜간자와 영벽의 내력

옛날 만주족은 집집마다 정원에 신간神杆과 영벽影壁이라는 것을 두었다. 이것은 명절을 보낼 때 사람들이 태평저太平猪, 태평구에서 생산되는 돼지를 죽여서 하늘에 제사를 지내던 의식에 사용하던 구조물이다. 민담설화를 잘 아는 어느 노인에 따르면 그 내력은 다음과 같다.

어느 해 봄에 칸이 다른 나라와 싸우다 패해서 혼자 달아나게 되었다. 주위에 말 한 필 없고 뒤로는 적군이 쫓아오는 긴박한 상황이었다.

도망가던 도중에 그는 소 한 마리와 함께 밭을 가는 노인을 만났다. 다가가 보니 늙은 소 엉덩이 뒤로 키 하나가 걸려 있었다. 칸이 의아해하며 영문을 물어보자 노인이 대답했다.

"이 소는 평생 죽어라 일만 해서 더는 이놈한테 고통을 줄 수가 없습니다. 그래서 빨리 걸어도 고통스럽지 않도록 이 키를 만들어 주었습니다."

노인의 착한 마음씨에 감복한 칸은 그에게 자신의 다급한 상황을 알리고 도움을 요청해야겠다는 생각이 들어 이렇게 말했다.

"노인장, 나는 지금 쫓기고 있는 몸인데 도와줄 수 있겠소?"

그러자 노인이 말했다.

"쫓기고 있다고요? 그럼 밭고랑에 엎드려 계시오."

칸이 깊은 밭고랑을 찾아 바싹 엎드리자 노인은 쟁기로 흙을 긁어 그를 덮기 시작했다. 때마침 까마귀 한 무리가 날아와 그 위에 내려앉으니 칸의 흔적을 찾기 힘들 정도였다.

이윽고 병사 한 무리가 쫓아와서 사방을 살펴보았으나 칸은 어디에도 보이지 않았다. 그들은 몹시 이상하게 여기며 한창 밭을 갈고 있는 노인에게 물었다.

"노인장, 어떤 놈이 이곳으로 도망치는 것을 못 보았소?"

노인은 쟁기를 내려놓으며 말했다.

"나 외에는 사람 그림자 하나 못 봤소이다."

병사들은 글렀다 싶었는지 말머리를 돌려 그대로 돌아갔다. 병사들이 멀리 떠나자 노인은 칸에게 어서 나오라고 했다. 노인의 도움을 받아 목숨을 건진 칸은 이마를 땅에 대고 노인에게 큰절을 하며 말했다.

"구해 줘서 정말 감사하오. 나중에 황제가 된다면 오늘 이 은혜를 꼭 갚겠소."

"자, 얼른 일어나기나 하시오."

노인은 칸을 부축해 일으키더니 길을 알려 주면서 달아나도록 도와주었다.

훗날 황제 자리에 오른 칸은 자신의 목숨을 구해 준 그 노인을 기억해 냈다. 당시 경황없이 달아나면서 노인의 성과 이름, 어느 부府

어느 현縣에 살고 있는지 묻는 것을 잊어버렸던 것이다. 칸은 사람을 풀어 가까스로 노인의 소식을 알아냈지만, 그는 이 세상 사람이 아니었다. 칸은 한탄하며 속으로 생각했다.

'내가 구사일생으로 살아난 것이며 오늘날 황제가 된 것까지 모두 그 노인의 덕이다. 만약 살아 있다면 큰 벼슬을 내리거나 모셔와 봉양하며 천수를 누리게 해 주었을 텐데, 이제 죽고 없으니 어떻게 보답한단 말인가?'

한참 고민하던 칸에게 한 가지 묘안이 떠올랐다. 그를 만주족의 신으로 정해 자손 대대로 잊지 않게 하면 되겠다는 생각을 한 것이다. 칸은 곧장 대전에 올라 패륵貝勒 대신에게 말했다.

"우리 만주족이 하늘에 제사 지낼 때는 집집마다 반드시 신간을 하나 세워 두고, 신간 위에 원두圓斗를 두어 희생물을 올리고 하늘과 까마귀에 제를 올리게 하라. 또한 각 집의 문 앞에 영벽을 쌓아 신위神位로 삼게 하라. 매년 추수가 끝나면 반드시 영벽과 신간 앞에서 돼지를 잡아 제사를 올리게 하라."

칸이 남긴 명령은 만주족 자손들에게 대대로 전해져 내려왔는데, 신간과 영벽을 세우는 풍속 역시 모든 가정에 계승되고 있다.

누르하치의 전설: 한왕이 인삼을 맛보다

청나라 초 찌고 말려서 가공을 거친 홍삼을 한삼罕參이라 높여 부르며 귀하게 여겼다. 홍삼은 색깔이 곱고 약효가 탁월할 뿐 아니라 오랫동안 보관하기에도 좋았다. 일찍부터 "홍삼은 비싸고 백삼은 싸다."라는 말이 있다. 어째서 홍삼을 한삼이라 높여 부르게 된 걸까? 여기에는 한왕이 홍삼을 맛본 이후에 유래한 이야기가 있다.

인삼, 담비 모피, 녹용, 우랄초[1]는 중국 관동關東 지방에서 '보물'이라 불릴 만큼 귀한 특산물이었는데, 그중에서도 인삼이 으뜸이었다. 그래서 누르하치는 틈틈이 적진의 산에 올라가 인삼을 캤다. 훗날 혁도아랍赫圖阿拉, 낮은 언덕이라는 뜻에 도읍을 정하고 한왕이 된 이후에도 해마다 신하인 버일러, 버일자와 팔기군 병사들을 데리고 나가 사냥을 하고 인삼을 캤다. 인삼은 풍족해서 매번 수천 근을 얻을 수 있었다. 인삼을 갖고 돌아갈 때는 반드시 준마에 실어 백 리 남짓한 길을 달려 이송했으므로 도착해서도 여전히 싱싱하고 촉촉했다. 그는 산 곳곳에 삼밭을 두어 병사들한테 밤낮으로 지키게 했다.

한왕은 인삼, 동주,[2] 생금生金, 정련하지 않은 황금, 밀랍 따위의 토산물을 가지고 명나라 변방 상인들과 매매를 하거나 철기와 비단, 일반 식기로 바꾸는 등 무역업에도 신경 쓰며 나라의 정치 · 경제 안팎을 두루 살폈다. 그런데 인삼은 출하한 뒤 시간이 길어지면 곰팡이가 피어 썩거나 껍질이 말라서 쭈글쭈글해졌다. 그래서 매년 많은 손해를 보게 되어 골칫거리가 아닐 수 없었다.

당시 인삼을 책임지고 관리하던 사람을 '삼대인參大人' 혹은 '옥이곽달장경[3]'이라고 불렀다. 그때는 형벌이 무거워서 인삼이 썩어 못 쓰게 되면 가볍게는 녹봉을 삭감하고 무겁게는 생매장 혹은 참수형 처벌을 받았다. 그래서 차라리 요강 단지를 받들면 받들었지 삼대인은 맡지 않겠다고 했다.

한왕도 인삼 보관 문제로 몹시 골치 아파했다. 어느 날 아침 막 편전에 들어 나랏일을 보려는데, 삼대인 하나가 머리를 조아리며 읍소하는 것이었다.

"죽을죄를 지었습니다. 어젯밤 인삼 1000근에 곰팡이가 피기 시작했습니다."

한왕은 잠시 머뭇거리며 물었다.

"멀쩡한 인삼은 얼마나 남았느냐?"

"송구스럽사옵니다만 3000근 정도 남았습니다."

좌우에서 왕을 보좌하던 신하 버일러와 버일자는 불호령이 떨어질 것을 생각하고 가슴이 두방망이질 치기 시작했다. 법이 엄한지라 그저 왕의 관대한 처분만 기다릴 뿐이었다.

하지만 누가 예상이나 했겠는가! 한왕은 도리어 마뜩해하며 무릎 꿇은 신하를 일으키더니 다른 여러 대신에게 일렀다.

"상제께서 은혜를 베푸셨구나. 3000근이나 되는 인삼을 남겨 주시다니 말이다. 나는 하늘의 뜻을 받들어 3000근의 인삼을 효기교驍騎校, 우좌영于佐領의 예하관리隷下官吏 이하 병사들한테 나누어 주어 그 노고를 치하하고자 한다. 죄를 묻지 않을 터이니 나머지 인삼은 알아서 처리하도록 하오."

신하들은 어찌 된 영문인지 몰라 했다. 본래 기병은 군량미와 녹봉만으로 생활하고 개인적으로 인삼을 캐거나 소유할 수 없었다. 어명을 받은 하급 관리들은 병사들에게 인삼 3000근을 골고루 나누어 주었다.

효기교에 어느 병사가 있었는데, 그는 녹봉으로 받은 엽전 몇 푼과 얼마간의 논마지기로 아흔 살 아버지와 여든 살 어머니를 봉양하고 있었다. 이날 인삼 몇 뿌리를 하사받은 병사는 날듯이 기뻐하며 집으로 돌아왔다. 인삼을 약으로 바꿔 부모님의 병을 치료해야겠다고 생각하며 집으로 들어서는데, 갑자기 아버지 병세가 악화되어 정신을 잃고 쓰러져 있었다. 그 옆에서 눈먼 어머니는 흐느껴 울고 있었다. 병사는 급히 인삼을 내려놓고 의원을 부르러 갔다.

얼마 뒤 아버지는 간신히 정신이 들었고 어머니는 더듬거리며 바깥채로 나가 남편에게 먹일 콩꼬투리와 줄기를 찌기 시작했다. 어머니는 다 찐 콩꼬투리를 채반에 듬성듬성 헤쳐 놓았다. 그리고 다른 생 콩꼬투리와 마침 채반 옆에 놓여 있던 인삼을 싸잡아 솥 안에 집어넣고 또 찌기 시작했다.

약을 지어 집에 돌아온 병사는 잠시 아버지를 보살피고 나서 인삼을 찾았지만 도무지 보이지 않았다. 병사는 당황해서 집 안팎을 샅샅이 뒤졌지만 인삼 그림자조차 찾을 수 없었다. 병사가 눈물을 흘리며 부모님께 일의 앞뒤를 이야기하니 두 사람 모두 마음이 다급하고 안타까웠다. 그때 어머니가 문득 생각난 듯 말했다.

"이크! 방금 콩코투리를 찐다고 쪘는데, 혹시 솥 안에 같이 딸려 들어간 것이 아닌지 모르겠구나."

그 말을 듣고 병사가 급히 물었다.

"솥 안에 있다고요? 그럼 얼른 가져와 보세요."

"마당 한가운데 걸려 있단다."

병사는 급히 마당으로 뛰어나가 솥뚜껑을 열어 보니 다 쪄진 콩깍지 사이에 인삼이 있었다. 인삼 역시 익어 있었다. 그는 다 익은 인삼을 손에 들고 울면서 말했다.

"한왕께서 내리신 삼인데……. 이 일을 아신다면 왕을 능멸한 죄로 우리 가족 모두 죽음을 면치 못할 거예요."

정말 청천벽력 같은 일이었다. 세 사람은 놀랍고 두려운 나머지 먹지도 자지도 못하고 안절부절못하며 지냈다.

공교롭게도 인삼을 나누어 준 지 채 스무 날도 되지 않아 하사품을 받은 병사들은 그 인삼을 어떻게 썼는지 왕에게 아뢰라는 명령이 떨어졌다.

그날 한왕은 병사들의 보고를 들으러 일찍부터 전각 앞에 나와 있었다. 어떤 병사는 인삼으로 천리마를 샀다고 하고, 어떤 병사는 여우 가죽 옷 몇 벌과 맞바꿨다고 하고, 어떤 병사는 예물을 갖추어 처를 맞았다고 했다. 또 어떤 병사는 인삼이 아까워 실에 꿰어 집 처마에 말려 두었다고도 했다.

한왕은 병사들의 말을 듣고 하나같이 값지게 쓴 데 매우 기뻐했다. 그러던 중 얼굴에 수심이 가득하고 고개를 들지 못하는 병사를 발견했다. 이상하게 여긴 한왕이 그에게 다가가 물었다.

"상관이 네게는 인삼을 주지 않았더냐? 그렇다면 내 친히 그 상관을 벌하리라!"

그러자 병사는 급히 무릎을 꿇으면서 아뢰었다.

"소인도 귀한 인삼을 상으로 받았나이다."

"그럼 어서 말해 보아라. 인삼을 어디에 썼느냐?"

병사는 두려움에 몸을 떨며 이야기하기를 주저했다.

"소인이 어찌 감히 여쭐 말이 있겠습니까! 제게 벌을 내려 주십시오."

병사의 말에 잠시 얼떨떨해진 왕이 다시 말했다.

"네 보물을 네 마음대로 썼는데 무슨 죄가 있겠느냐!"

한참 뒤에야 병사는 앞뒤 사정을 왕에게 털어놓았다. 이 말을 들은 왕은 갑자기 무슨 생각이 들었는지 이렇게 말했다.

"내일 그 인삼을 가져와 내게 보여 다오."

그리고 하사품을 사용하지 않은 다른 병사들에게도 인삼을 가져오라고 명령했다.

이튿날 한왕은 아침부터 버일러와 버일자, 문무백관 대신들을 불러 모은 뒤 하사품을 쓰지 않고 보관했던 병사들이 가져온 인삼을 상 위에 죽 늘어놓으라고 말했다. 그 인삼들은 껍질이 모두 말라비틀어지고 색깔도 누렇게 변해 있었다. 단지 어제 그 병사가 가져온 인삼만 몸통이 단단하고 말간 갈색을 띠었으며 줄기와 수염도 그대로 붙어 있었다.

이에 한왕은 용한 의원들을 불러들여 인삼탕을 끓이게 한 뒤 여러 대신한테 맛보라고 했다. 그 인삼탕은 향이 진하고 입에 달라붙는 듯 맛이 좋았다.

한왕은 흡족해하며 말했다.

"옛날부터 인삼은 맛이 쓰고 보관하기도 힘들었다. 과거에 인삼을 구하면 창고에 보관했는데, 썩어도 막을 길이 없었다. 짐이 여러 병사한테 인삼을 나누어 준 까닭은 모두 인삼을 귀히 여겨 심혈을 기울여 보관하고, 또 좋은 보관법을 고안해 보라는 생각에서였다. 인삼은 우리의 귀한 특산물로 많이 생산되고 있는데, 그동안 이것을 쪄 볼 생각을 하지 못했다. 오늘 이후로는 신선한 인삼만 팔고, 나머지는 모두 쪄서 팔도록 하여라!"

한왕은 몹시 대견해하며 그 병사에게 비단과 은 백 냥을 상으로 내리고, 요동의 증삼蒸參 관리에 봉했다. 이때부터 인삼은 찌고 말리는 가공 과정을 거쳤으며, 사람들은 가공 기술을 여러 차례 발전시킨 끝에 온전한 방법을 터득할 수 있었다. 이후 찌고 말린 인삼, 즉 홍삼 역시 귀해져 한삼이라 불리게 되었다.

●—주

1 중국 동북 지방에서 나며 신발 속에 넣어 발을 따뜻하게 하던 다년초 풀이다.

2 중국 동북 지방에서 나는 품질이 아주 좋은 주옥으로 인삼, 우랄초와 더불어 관동 3대 보물 중 하나다.

3 만주어로 옥이곽달(沃爾禱達)은 인삼이란 뜻이고, 장경(章京)은 이것의 관리를 맡은 관직 이름이다.

천지 이야기

•••만주족

전설에 따르면 아주 오랜 옛날 매년 7월 15일이 되면 장백산에서 짙은 연기가 뿜어져 나오고, 연기가 사라지면 화염이 하늘로 치솟았다고 한다.

장백산이 연기를 뿜은 지 9980일이 지난 뒤에 화염이 천천히 멈춰 서더니 땅으로 내려왔다. 연기가 다 흩어진 뒤에 보니 온 산의 나무와 꽃은 모두 잿더미로 변하고, 새와 짐승은 흔적도 없이 사라져 버렸다. 그리하여 산기슭 마을에 살던 사람들은 다른 곳으로 터전을 옮겨 갈 수밖에 없었다. 장백산이 왜 불을 뿜고, 또 어떻게 꺼졌는가 하는 것이 바로 이 천지天池 이야기에 전해진다.

예전에 불을 아주 좋아하는 요괴가 있었는데, 어디를 가든 그곳의 불을 모두 먹어 치웠다. 어느 해인가 요괴가 장백산에 놀러 왔다가 하늘의 불을 먹어 버렸는데, 그 뒤로 하늘에서는 비 한 방울 내리지 않았다. 요괴는 산의 들불까지 먹어 버려 날씨가 추워지기 시작했다. 또한 일대 민가에서 피우는 불마저 먹는 바람에 이곳 백성은 굶어 죽기도 하고 얼어 죽기도 했다.

백성은 요괴가 몹시 원망스러워 합심해서 요괴를 잡아 묶은 채 눈 덩어리와 얼음 덩어리로 죽도록 때렸다. 결국 요괴가 죽자 사람들은 깊은 산속 땅 몇백 장을 파내려 간 뒤 그곳에 요괴를 묻었다.

하지만 요괴는 되살아나서 땅속에서도 불을 닥치는 대로 먹기 시작했다. 요괴는 원한을 갚으려고 매년 사람들이 자신을 파묻은 날인 7월 15일이 되면 짙은 연기를 써서 산봉우리를 무너뜨리고, 일 년 동안 땅속에서 집어삼킨 불을 모두 토해 냈다.

요괴가 뿜어낸 큰불은 산림과 초목, 들짐승과 날짐승 따위를 가리지 않고 불태우고 소와 양, 전답과 마을을 통째로 집어삼켰다. 이후로도 요괴는 9980년 동안 불을 뿜고 연기를 토하고 나서야 사라졌다.

그리하여 장백산은 민둥산으로 변하고 생명체도 모두 사라졌다. 사람들도 장백산을 떠나 먼 곳으로 이주했다. 어느 해 봄 마을 두령이 백성을 모아 놓고 대책을 논의했다. 그때 겨우 열일곱 살 난 두견화라는 처녀가 말했다.

"우리 산을 되찾으려 저를 신께 보내 주세요. 그러면 요괴를 처치해 달라고 신께 부탁드려 보겠습니다."

사람들은 두견화의 제의에 동의하면서도 그녀의 안위를 걱정했다. 사람들은 가장 좋은 말과 꽃을 주며 두견화를 전송했다. 두견화는 꽃 한 아름을 품에 안은 채 곧장 준마를 타고 길을 떠났다. 며칠을 달려 바람신이 살고 있다는 높은 산에 이르렀다. 그녀는 신에게 절을 올리며 말했다.

"장백산의 큰불을 꺼뜨려 우리 백성의 앞길을 열어 주세요!"

바람신은 두견화의 요구를 받아들여 요괴가 불을 내뿜는 날에 천지를 뒤흔들 만한 큰 바람을 일으켰다. 그런데 어찌 된 일인지 불은 꺼지지 않고 도리어 더 크게 타올랐다. 바람신은 입을 헤벌쭉 벌린 채 숨을 헐떡이며 말했다.

"내 힘으로는 도저히 안 되겠군. 비신을 찾아가 도움을 청해 보도록 하여라."

두견화는 낙담하지 않고 다시 말머리를 돌려 바닷가로 비신을 만나러 갔다. 그녀는 비신에게 간곡하게 부탁했다.

"장백산의 큰불을 꺼뜨려 우리 백성을 살려 주세요!"

비신은 그렇게 하겠다고 약속하고, 이듬해 요괴가 불을 내뿜는 날을 기다렸다가 장백산에 억수 같은 비를 퍼부었다. 그런데 비는 불 위에 떨어지자 곧 안개로 변해 흩어졌고 불은 여전히 기세 좋게 타올랐다. 이를 지켜본 비신이 말했다.

"내 힘으로는 안 되겠군. 눈신을 찾아가 도움을 청해 보도록 하여라."

길을 떠난 지 3년째 되던 해에 두견화는 다시 준마를 타고 서북쪽에 있는 큰 얼음산으로 달려갔다. 그녀는 눈신을 보자 머리를 조아리며 부탁했다.

"당신의 얼음과 눈으로 장백산의 큰불을 꽁꽁 얼려 우리 백성을 편안히 살게 해 주세요!"

눈신은 두견화의 청을 받아들여 3년째 되는 해 7월 15일에 맞춰 장백산에 큰 눈보라를 일으켰다. 하지만 눈은 큰불에 떨어지기도 전에 녹았으며, 불은 여전히 타올랐다. 결국에는 눈신도 포기하고 말았다.

"내 힘으로는 안 되겠군. 다른 신을 찾아가 도움을 청해 보도록 하라."

두견화는 상심한 나머지 흐느껴 울었다. 집을 떠나 3년 동안 갖은 고생을 했지만 요괴를 제압하지 못한 탓에 마을 백성과 두령, 그리고 부모님을 어떻게 보아야 할지 암담하기만 했다.

두견화는 말을 몰고 사방을 돌아다니며 불을 끌 수 있는 다른 신을 찾아보았다. 그러던 어느 날 호숫가에서 백조 한 마리를 만났다. 두견화는 말에서 내려 백조에게 부탁했다.

"제게 높이 날 수 있는 두 날개를 빌려 주십시오. 그러면 그것을 타고 하늘에 올라가 천제天帝를 찾아뵙고 장백산 요괴를 없애 달라고 청하려 합니다."

그러자 백조는 주저 없이 자신의 날개를 두견화에게 빌려 주었다. 그녀는 날개가 생기자 바로 하늘로 날아올라 갔다. 구름을 뚫고 밤낮으로 날아올라서 하늘나라에 도착했다.

두견화는 마침내 천제를 알현할 수 있게 되었다. 그녀는 천제 앞에 무릎을 꿇고 간곡하게 말했다.

"천제님, 장백산 요괴를 항복시켜 우리 백성을 살려 주세요!"

"네 스스로 요괴를 항복시킬 만한 재주를 갖고 있단다."

"만약 정말 그런 재주가 있다면, 저는 온 힘을 다해 요괴와 싸울 것입니다!"

"네가 기꺼이 목숨까지도 내놓겠다면 요괴를 항복시킬 수 있을 것이다."

"제 목숨을 내놓겠습니다!"

결의에 차서 자신 있게 대답하는 두견화에게 천제는 요괴 퇴치법을 자세히 일러 주었다.

"네게 가장 차가운 얼음을 줄 테니 그것을 가지고 요괴가 불을 내뿜을 때 곧장 요괴의 뱃속으로 들어가라. 요괴 심장을 얼려야만 그 사악한 놈을 항복시킬 수 있다."

두견화는 천제에게 감사의 절을 올리고 나서 얼음 덩어리를 가지고 하늘 밖으로 나왔다.

그해 7월 15일 장백산에 다시 짙은 연기가 피어오르더니, 이어서 요괴가 아가리를 벌리고 큰 불덩이를 하늘 높이 내뿜었다. 두견화는 요괴가 있는 산 아래로 날아갔다. 요괴에게 다가갈수록 짙은 연기 때문에 눈을 제대로 뜰 수가 없었다. 그리고 솟구치는 불은 그녀의 머리카락을 모두 태워 버렸다. 하지만 두견화는 이에 굴하지 않고 온 힘을 모아 단번에 불길을 뚫고 요괴의 뱃속으로 들어갔다. 그 순간 하늘이 무너지고 땅이 갈라지는 듯한 굉음이 들리더니 연기와 불이 멎고 산봉우리가 무너져 내렸다.

이때 바람신이 와서 하늘의 연기를 사방으로 흩트려 놓았다. 비신은 불덩이 위에 큰 비를 내렸다. 그러자 눈신이 붉게 그을린 산봉우리를 얼음과 눈으로 식혀 주었다.

그리하여 장백산은 원래 모습을 회복했다. 다만 산 어귀가 비신이 내린 물에 잠겼는데, 그곳은 큰 연못으로 변했다. 사람들은 두견화의 은덕을 기리기 위해 이 연못을 "천지"라고 부르기 시작했다.

두견화는 어떻게 되었을까? 전하는 말에 의하면 그녀는 죽지 않았다고 한다. 두견화는 요괴를 항복시키고 나서 다시 하늘로 올라가 천제에게 감사 인사를 올렸다. 두견화의 희생정신과 용맹함에 감복한 천제는 왕모王母와 상의하여 그녀를 딸로 삼기로 했다.

그때 왕모에게는 이미 딸 여섯이 있었는데, 두견화는 일곱째 딸이 되었다. 선녀가 된 두견화는 비록 몸은 하늘에 있지만, 마음은 여전히 땅을 잊지 못했다. 그리하여 매년 7월 15일 깊은 밤이 되면 그녀는 여섯 선녀를 이끌고 구름을 타고 장백산 천지연으로 내려와 목욕을 했다.

어느 해 7월 15일 일곱 선녀가 천지에서 목욕을 하는데, 한 사냥꾼이 이 광경을 목격했다. 사냥꾼이 자세히 살펴보니 무리 중 맨 앞에 있는 선녀가 예전 같은 마을에 살던 두견화였다. 그는 기쁜 마음에 얼른 산을 내려와 이 소식을 마을 사람들에게 전했다.

그래서 마을 사람들은 모두 산으로 몰려가 불을 지폈다. 이들은 이미 오래전에 헤어진 두견화를 만나 보고 그녀를 장백산에 머물게 하고 싶어 했다. 하지만 사람들이 천지에 이르렀을 때 선녀들의 모습은 온데간데없고 연못의 물결만 잔잔하게 일고 있었다. 그리고 연못가에는 탐스러운 꽃 한 묶음이 놓여 있었다. 산에 지핀 불과 인기척에 놀란 일곱 선녀가 서둘러 옷을 챙겨 입고 하늘로 돌아간 것이다.

그날 이후 왕모는 천기가 누설될까 염려스러워 일곱 선녀의 천지연 목욕을 금했다. 두견화는 고향과 마을 사람들을 그리워하며 장백산에다 많은 씨앗을 뿌렸다. 이 씨앗은 훗날 진기한 약재로 자라나서 대대로 많은 사람의 병을 고쳐 주었다.

산삼과 소나무

•••만주족

옛날부터 산삼과 소나무는 아주 친한 친구 사이였다. 이들은 모두 산세가 빼어나고 토질이 비옥한 계곡이나 평원에서 살기를 좋아했다. 소나무는 가지를 펼쳐 산삼에게 그늘을 만들어 주고, 산삼은 소나무에 부드러운 토양을 제공하여 그 뿌리를 튼튼하게 만들어 주었다. 그래서 그들은 늘 함께 살며 서로 도와주었다.

세월이 흘러 지상에 사람이 살기 시작하고 갈산(綱珊, 마을)도 생겨났다. 사람들은 소나무를 베어 집을 짓고 수레를 만들었다. 시간이 흐를수록 산과 들에 자라는 소나무의 숫자가 점점 줄어들었다. 하루는 소나무가 슬픈 목소리로 말했다.

"여보게, 산삼 친구. 재앙이 다가오는데 내가 어찌해야 할지 알려 주게."

"흥안령으로 이사 가는 게 어떤가? 고요한 심산에 들어앉아 있으면 사람 자취는 찾아볼 수 없을 걸세."

"내가 가면 자네는 어떻게 할 건가?"

"소나무여, 걱정하지 말고 떠나게. 산속의 풀들이 내 친구가 되어 햇빛을 가려 줄 걸세. 그곳에 가서도 부디 나를 잊지 말게나."

서로 의지하던 두 친구는 이렇게 해서 헤어지게 되었다. 소나무는 연봉이 줄지어 달리는 흥안령 골짜기에 새 터전을 잡고 편안하게 여생을 보냈다. 이때부터 소나무 자손들은 번성하여 흥안령 도처에 녹음이 우거지게 되었다.

많은 세대가 지나고 어느 날 대료왕大遼王이란 자가 나타났다. 그는 산삼만을 즐겨 먹어 마을 사람들에게 열흘에 한 번씩 산삼 한 뿌리를 바치도록 명했다. 열두 냥 정도 무게가 나가는 용조삼龍爪參을 바치면 큰 상을 내렸는데, 해퇴蟹腿, 계심鷄心, 이갑二甲 등의 값싼 인삼을 바치면 목에 칼중죄인에게 씌우던 형틀의 한 가지을 채워 옥살이를 하게 한다는 조건이 따라붙었다.

산삼 재촉을 받은 마을 사람들은 마치 들짐승처럼 산과 들판 여기저기를 헤집고 다녔다. 산삼은 걱정이 되어 집을 옮겨서 그들을 피해야겠다고 생각했다. 그리고 소나무가 이사한 흥안령으로 자리를 옮기면 산세가 깊고 초목이 무성하니 그들이 쉽게 찾지 못할 거라고 여겼다.

산삼은 곧장 소나무한테 도움을 청하러 갔다. 하지만 한가롭게 생활하던 소나무는 오래전에 죽마고우를 잊어버렸다. 소나무는 산삼의 말을 듣고 머리에 정을 맞은 듯 당황하며 한참 고민했다.

'산삼한테 오지 말라고 말하기도 뭐하고, 그렇다고 이곳에 와서 살라고 하면 사람들이 점점 들끓을 것이고. 어떻게 하지?'

소나무는 반나절이나 생각해 봤지만 친구를 물리칠 뾰족한 묘안이 떠오르지 않았다. 하지만 산삼이 거듭해서 간곡하게 부탁하자 소나무는 하는 수 없이 그렇게 하라고 대답했다.

드디어 산삼도 홍안령 소나무 밑으로 이사를 왔다. 그래도 산삼은 여전히 마음이 놓이지 않아 소나무에게 다시 부탁했다.

"소나무 친구, 만약 사람들이 여기까지 올라와서 나를 찾아도 절대 말하면 안 되네. 내가 여기 있다는 게 밝혀지면 우리 둘 다 끝장날 거야!"

산삼의 말을 들은 소나무는 속으로 그럴 리가 없다고 생각했다. 며칠 지나지 않아 정말 몇 사람이 산삼을 찾으러 왔다. 그들은 반나절 동안 헤매고 다녔지만 결국 찾지 못하고 소나무 밑동에 기대어 쉬고 있었다. 갑자기 친구가 귀찮아진 소나무는 자신의 이익을 따지며 이리저리 셈을 해보았다.

'말해 버릴까? 이들이 산삼을 데리고 간다면 나는 여생을 편안하게 살 수 있을 거야.'

생각이 여기에 미치자 소나무는 사람들에게 산삼의 존재를 고해바쳤다.

"산삼을 찾으시오? 산삼은 여기 내 밑동 흙 속에 숨어 있다오."

사람들은 웬 횡재냐 싶어 소나무 숲을 휘젓고 다니며 산삼이란 산삼을 모조리 캤다. 하지만 온 산의 산삼을 다 얻었으나 돌아갈 길이 막막했다. 산삼의 신선도를 유지할 수 있게 잘 포장해야 했던 것이다. 이때 그 무리 가운데 두령인 듯한 사람이 제의했다.

"소나무 껍질로 산삼을 잘 감싸서 돌아가자."

그 뒤로 산삼을 캔 사람들은 모두 소나무 껍질을 벗겨 산삼을 감쌌다. 결국 친구와의 의리를 저버린 소나무도 재앙을 면치 못했던 것이다.

제 2 부

서북 지역 소수민족

흰 토끼 소녀

•••회족

대하大夏 하류가 지나가는 곳에 맥아산麥芽山이 있다. 옛날부터 이 산을 중심으로 앞쪽과 뒤쪽에 회족回族 사람들이 마을을 이루고 살았다. 산허리에 긴 동굴이 하나 있는데, 산 앞쪽에서 뒤쪽까지 통할 정도로 길었다. 사람들은 앞산의 샘물을 동굴까지 끌어들여 뒷산으로 흐르게 했다. 사람들 말에 따르면, 옛날 어느 토끼 소녀가 동굴 구멍을 뚫었다는 이야기가 전해져 사람들은 이를 '토끼 동굴'이라고 불렀다.

아주 오랜 옛날 맥아산 앞쪽 어느 인가에 아주 총명하고 예쁘게 생긴 아이사艾伊莎라는 소녀가 살고 있었다. 아이사의 어머니는 이슬람교의 유일신인 '알라'를 신봉했다. 그녀는 종종 딸을 데리고 사원에 가서 이슬람 성직자가 주도하는 코란경 강연을 들었다. 이 성직자는 귀밑머리가 희끗희끗할 정도로 나이가 들었지만, 속은 음흉해서 이제 겨우 열세 살이 된 소녀 아이사를 마음에 두고 있었다.

어느 날 이 늙은 성직자가 혼인 예물로 은 백 냥을 갖추어 아이사의 어머니에게 보내자 욕심 많은 어머니는 딸의 의사에 아랑곳하지 않고 그 혼사를 허락했다.

이 혼담을 전해들은 아이사는 몹시 괴로웠다. 그녀는 어머니 앞에 무릎을 꿇고 앉아 옷자락을 잡아당기며 울면서 말했다.

"어머니, 저는 나이가 아직 어려 혼사가 무엇인지도 모릅니다. 그러니 급하게 저를 다른 사람에게 시집보내지 마세요. 그리고 저는 늙은 성직자가 싫습니다……."

"쓸데없는 소리 하지 마라."

어머니는 아이사가 말을 끝내기도 전에 버럭 화를 내며 크게 소리쳤다.

"네가 아직 어리다고? 나는 열네 살에 혼인했다. 그 성직자로 말하자면 알라가 인간 세상에 보낸 사자로 살아서는 함께 복을 누리고 죽어서는 함께 천당에 갈 수 있는데, 너는 어째서 싫다는 거냐?"

아이사는 어머니의 뜻을 꺾지 못한 채 그저 두려운 마음으로 하루하루를 지낼 수밖에 없었다.

한 해 두 해가 흘러가고 아이사가 열다섯 살이 되었다. 그러자 성직자는 금년의 이덕절爾德節[1]이 지난 뒤에 혼례를 올리자는 소식을 전해 왔다.

불행인지 다행인지 성직자는 이덕절 때 신자들이 보내온 떡과 양고기를 먹다가 장질부사라는 몹쓸 병에 걸려 자리에 드러눕고 말았다. 성직자는 자신이 오래 살지 못할 것을 직감하고 아이사의 어머니를 불러 이렇게 당부했다.

"알라신이 사람이 부족해 저더러 천당으로 돌아와 자신을 보필하라고 하십시다. 아이사는 알라께서 제 아내로 짝지어 준 사람이니 제가 승천한 뒤에도 다른 사람에게 시집보내서는 안 됩니다. 기회가 있으면 내가 다시 와서 그녀를 천당으로 데리고 가겠습니다."

그로부터 얼마 지나지 않아 성직자는 천당으로 돌아갔다.

어머니는 늙은 성직자가 승천한 이튿날부터 아이사를 집 뒤 작은 후원에 가두고 죽은 사위가 와서 딸을 데려가기만 기다렸다.

작은 후원은 사방이 높은 담으로 둘러쳐 있고, 담에는 곰팡이와 이끼가 진득거리고 풀도 누리끼리하게 색을 잃었다. 음침하고 작은 흙집 두 칸이 아이사의 침실이었다. 중문을 사이에 두고 안채와 바깥채로 나뉘었는데, 문에 굵은 빗장을 지르고 그 빗장 위에는 단단한 자물쇠가 걸려 있었다. 아이사의 어머니는 문에 난 구멍을 통해 매일 세 끼 밥을 건네주면서 말했다.

"아이사, 쓸데없는 생각하지 말고 경전이나 읽어라!"

생기발랄한 나이의 어린 소녀가 캄캄한 '감옥' 안에 갇혀 지내니 코란을 낭송하고 싶은 생각이 들 리가 있겠는가! 아이사는 우울할 때마다 「화아花兒」라는 민요를 낮은 소리로 불렀다. 입으로 「화아」를 부르면서도 마음속으로는 자신의 비참한 신세를 생각하니 두 눈에 눈물이 그렁그렁 맺혔다.

이처럼 외롭고 적막한 정원 안에 검은 토끼 한 마리가 살고 있었다. 토끼는 정원에서 산 지 오래되어 아예 달아날 생각조차 없었다. 이 뜰로 거처를 옮긴 뒤로 토끼는 아이사의 유일한 친구가 되어 주었다.

아이사는 밥을 먹을 때마다 토끼를 불러 국수와 채소를 나누어 주었다. 또 저녁이면 자신의 발 위에 토끼를 재웠다. 또 토끼에게 자신의 분노와 원망을 털어놓기도 했다. 그러면 토끼는 마치 사람의 말을 알아듣는 것처럼 두 귀를 쫑긋 세우고 도리질 치며 한숨을 내쉬었다.

한번은 아이사가 토끼에게 이렇게 말했다.

"토끼야, 토끼야. 나는 젊은데 설마 평생 이렇게 살아야 하는 것은 아니겠지? 하지만 문은 자물쇠로 잠겼고 사방은 높은 담으로 둘러싸여 있으니 어떻게 이 감옥을 나갈 수 있겠니?"

검은 토끼는 아이사를 바라보며 붉은 두 눈을 끔벅거리더니 갑자기 입을 열고 말했다.

"아가씨, 당신한테 의지만 있다면 이 생지옥에서 벗어나 자유와 행복을 누릴 수 있습니다."

토끼가 사람처럼 말을 할 수 있다니, 이 얼마나 기이한 일인가! 아이사는 놀랍기도 하고 두렵기도 해서 얼른 일어나 그 자리를 피하려고 했다.

"아가씨, 두려워하지 마세요."

토끼의 말투는 자상한 노인같이 아주 부드러웠다.

"나는 이 정원에서 산 지 꼭 백 년이 되었습니다. 곧 죽을 때가 되었으니 마지막으로 당신을 도와주고 싶습니다."

말을 끝낸 토끼는 집 모퉁이에서 흰 토끼 가죽으로 만든 작은 적삼을 물고 와 아이사 앞에 내려놓았다.

"아가씨, 이것은 당신께 드리는 작은 선물입니다. 이 가죽 적삼을 입으면 당신은 흰 토끼로 변할 것입니다. 그러면 이 집 온돌 가장자리에 구멍을 하나 내십시오. 그러고는 먼저 땅 밑으로 7척 3촌을 파고 난 뒤에 다시 남쪽으로 방향을 바꿔 맥아산까지 뚫으십시오. 930장까지 파야 합니다. 이 굴을 다 파는 날이 당신이 밝은 세상에 머리를 내미는 날일 것입니다."

"어머니가 밥을 가져와서 저를 부르면 어떻게 해요?"

“그때는 적삼을 벗기만 하면 다시 사람으로 돌아올 겁니다.”

“하지만 동굴이 얼마나 깊은지, 얼마 동안 파야 하는지 어떻게 알 수 있죠?”

“적삼 안에 털실 한 뭉치가 있는데, 털실 끝자락을 동굴 입구에 묶어 두세요. 그러고 나서 이 털실을 들고 들어가 땅굴을 파면 됩니다. 털실이 다 풀리는 날이 당신이 밝은 세상에 머리를 내밀 수 있는 날입니다.”

“동굴을 파낼 때 나온 흙은 어디에 쌓아 두어야 하나요?”

“똑똑한 아가씨군요. 여기 작은 개울이 담 밖으로 흐르지 않습니까? 흙을 개울에 던지면 물을 따라 먼 곳까지 흘러갈 겁니다.”

“마음씨 고운 토끼님, 정말 감사해요. 만약 제가 토끼님이 하라는 대로 해서 자유와 행복을 얻게 된다면 영원토록 당신한테 감사하며 살 거예요.”

토끼는 고개를 끄덕이며 당부의 말을 했다.

“명심하세요, 아가씨. 반드시 인내심을 갖고 오랜 시간 갖은 고생을 해야 비로소 행복을 얻을 수 있다는 것을요.”

그날 밤 토끼는 죽었다. 유일한 친구가 영원히 자기 곁을 떠나자 아이사는 가슴이 몹시 아팠다. 이튿날 아이사는 눈물을 흘리며 햇살이 비치는 뜰 가운데 구멍을 파고 토끼를 묻어 주었다.

슬픔이 어느 정도 사그라지자 아이사는 시험 삼아 토끼 적삼을 입어 보았다. 그런데 적삼을 몸에 걸치자마자 몸이 줄어들면서 순식간에 흰 토끼로 변하는 것이 아닌가! 머리 위에는 쫑긋한 귀가 솟고 온몸은 흰 털로 뒤덮였다. 몸이 가벼워서 빨리 달릴 수 있고 높이 뛸 수도 있었다. 발톱은 날카로워 땅을 몇 번 긋자 바로 구멍 하나가 생겨났다. 흰 토끼로 변한 아이사는 곧 검은 토끼가 가르쳐 준

대로 굴을 파기 시작했다.

식사 시간이 되자 어머니가 문밖에서 소리쳤다.

"아이사, 밥 가져왔다."

흰 토끼는 급히 동굴 속에서 뛰어나와 대답했다.

"어머니, 오셨어요."

아이사가 대답하면서 서둘러 토끼 가죽 적삼을 벗으니 본래의 사람으로 돌아왔다.

동굴 속은 얼음처럼 차갑고 칠흑처럼 어두웠다. 아이사는 굴을 파느라 두 발톱이 닳아 피까지 흘렀다. 뜰 밖으로 나올 때마다 두 눈이 가물가물하고, 몸도 나른한 게 마치 병을 앓는 것 같았다. 하지만 아이사는 조금도 낙담하지 않았다. 동굴을 파면서 다시 세상을 볼 수 있고, 자유와 행복을 얻을 수 있다는 생각에 고통도 잊은 채 온 힘을 다했다.

파란 나뭇잎이 어느덧 노랗게 변하는가 싶더니 정원의 잡초는 시들었다가 다시 생기를 찾았다. 돌아오는 기러기가 창공을 가르는가 싶더니 뻐꾸기가 봄노래를 부르기 시작했다. 시간은 마치 시내를 흐르는 물처럼 흘러갔다. 흰 토끼 소녀 아이사는 매일 밤 굴을 파며 갖은 고생을 다했다. 털실 뭉치가 점차 줄어들고 동굴의 깊이가 더해지면서 그녀의 희망은 점점 커졌다.

어느 날 아이사는 동굴 속에서 단단한 물건을 파냈는데, 만져 보니 둥글고 딱딱했다. 다름 아닌 자기 항아리였다. 그 항아리에는 눈처럼 흰 은이 가득 담겨 있었다. 그녀는 동굴 옆에 작은 구덩이를 파고 은이 담긴 자기 항아리를 잘 숨겨 두었다.

한 해가 지나고 또 한 해가 지나서 소녀가 동굴을 판 지 꼭 3년째 되던 해에 마침내 맥아산의 남북을 관통하는 긴 동굴이 완성되었다. 털실은 다 풀렸고 소녀는 드디어 바깥 세상에 얼굴을 내밀 수 있었다.

그동안 어두운 동굴 속에서 생활해서 밝은 세상에 얼굴을 내밀자 한 줄기 빛이 아이사의 두 눈을 강하게 자극했다. 가물가물한 눈으로 자세히 살펴보니 공기는 후텁지근하고, 아궁이에서는 불꽃이 붉게 타오르고 있었다. 밥 짓는 소리와 밀방망이 소리가 들리고, 백발의 할머니가 밥을 짓고 있었다. 여기는 다름 아닌 어느 인가의 부엌이었다.

동굴은 담 모퉁이에서 끝났는데, 모퉁이에는 땔감이 쌓여 있었다. 흰 토끼 소녀는 땔감 뒤에 몸을 숨기고 이 광경을 자세히 살펴보았다.

선량해 보이는 할머니는 서둘러 밥을 지으면서 혼자 중얼거렸다.

"태양이 서쪽으로 넘어가니, 우리 아포다阿布多가 돌아올 시간이 됐구나. 아직 밥도 안치지 못하고 국수 가락도 뽑지 못했으니 아포다가 와도 밥을 먹을 수 없을 텐데……. 아이고, 나도 이제 늙어 쓸모가 없어졌어! 솜씨 좋은 며느리가 들어오면 좋겠는데……."

멀리서 방울 소리가 들려왔다. 이어서 사람과 짐승의 발자국 소리가 또렷해지자 할머니는 손에 쥐고 있던 밀방망이를 내려놓으며 말했다.

"아포다가 벌써 돌아왔구나."

할머니는 급히 밖으로 나가 아들을 맞았다. 잠시 뒤 할머니와 함께 건장한 젊은이가 집 안으로 들어왔다. 할머니는 아들 몸에 묻은 먼지를 떨어내며 말했다.

"배고프냐? 목마르지? 어미가 아직 밥을 짓지 못했구나. 얘야, 먼저 차를 마시면서 목부터 축여라……."

"어머니, 천천히 하세요."

아들은 미소를 띤 채 종이꾸러미를 꺼내 놓으며 말했다.

"하주성河州城에서 어머니 드리려고 여자용 두건 하나를 사 왔어요. 마음에 드세요?"

아들이 꾸러미 속에서 비단 두건 하나를 꺼냈는데 눈처럼 희고 새털처럼 가벼워 보였다.

"아주 곱구나."

할머니는 두건을 자세히 살펴보더니 얼굴에 흐뭇한 미소를 띠며 말했다.

"우리 아들이 정말 효자구나. 어미를 위해 이런 좋은 물건을 사 오다니. 그런데 너무 비싸 보이는구나."

그러자 아들은 손을 저으며 말했다.

"어머니, 이번엔 말몰이가 잘 되어 은 세 꾸러미를 벌었어요."

"알라께서 도와주셨구나."

할머니는 이어 말했다.

"이번에 멀리 말몰이 갔다 돌아오면 그 돈으로 며느리를 맞아들였으면 좋겠구나."

"어머니, 또 그 말씀이세요."

겸연쩍은 웃음을 흘리며 아들은 부엌 아궁이 앞에 쪼그려 앉아 불 지피는 것을 도우며 하주성에서 들은 재미난 소식을 어머니에게 들려주었다.

땔감 뒤에 숨어 있던 아이사는 이 모자의 행동과 말소리를 유심히 관찰했다. 모자의 다정한 모습을 보면서 자신의 처지를 생각하자 아이사는 절로 가는 한숨이 흘러나왔다. 그녀는 불현듯 어머니가 밥 가져올 시간이 되었다는 것을 떠올리고 급히 일어나 동굴 속으로 뛰어들어 갔다. 반대쪽 입구에 막 도착하자 문밖에서 고함치는 어머니의 소리가 들렸다.

"아이사, 밥 가져왔다. 이 어미 소리가 안 들리느냐?"

"어머니, 저 여기 있어요……."

흰 토끼 소녀는 적삼을 벗으며 가까스로 대답했다.

그날 이후 아이사는 토끼로 변신하여 할머니 집을 드나들며 모자의 생활을 엿보았다. 그들의 정다운 모습에 흐뭇함을 느끼는 동시에 부럽기까지 했다.

이제 모자의 일상생활을 지켜보는 게 아이사의 일상사가 되었다. 할머니는 선량하고 정이 깊었다. 그리고 건장한 아들은 성품이 얼마나 훌륭한지 감탄이 절로 났다. 하지만 아이사는 가까이서 지켜볼 뿐 감히 그들에게 말을 걸 용기가 나지 않았다.

어느 날 모자가 집을 비우자 아이사는 대담하게 적삼을 벗어던졌다. 그러고 나서 설거지를 하고 마당을 쓰는가 하면 닭 모이까지 주었다. 할머니를 돕고 있다는 생각에 아이사는 한없이 기뻤다.

시간이 흘러 점점 이상한 생각이 든 할머니가 아들 아포다에게 말했다.

"애야, 참으로 이상하구나. 내가 집에 없을 때 누군가가 솥도 씻고 마당도 쓸고 집안일을 도와주지 뭐냐. 벌써 여러 번 그랬단다."

그러자 아포다는 웃으며 대답했다.

"어머니, 그럴 리가요? 틀림없이 어머니가 다 치워 놓고 깜박 잊어버리셨을 거예요."

"그래, 내가 늙어 잘못 본 걸 수도 있겠구나."

흰 토끼 소녀는 그 말을 듣고 속으로 웃었다.

그러던 어느 날 식사를 마친 아포다가 찢어진 무명 적삼을 벗으며 말했다.

"어머니, 이 옷 좀 기워 주세요."

"그래, 내일까지 기워 놓으마. 아이고, 이젠 눈이 어두워서 등잔불 밑에서는 바느질을 할 수 없으니……."

이렇게 말하고 할머니는 아들 옷을 창틀 위에 올려 두었다.

이튿날 아침 할머니는 창틀에 올려놓은 아들의 적삼을 찾았다. 그런데 아무리 찾아도 적삼이 어디로 갔는지 도통 보이질 않았다.

"참, 이상한 일도 다 있지!"

할머니는 혼자 중얼거렸다.

"도둑이 바보가 아니라면 찢어진 옷을 훔쳐 갔을 리가 없고, 그렇다고 옷에 발이 달려 어디로 도망갔을 리도 없고."

사흘 뒤 아포다가 말몰이를 끝마치고 집으로 돌아왔다.

"어머니, 제 옷은 어떻게 되었어요?"

"얘야, 말도 마라. 옷을 깁기도 전에 없어졌단다."

"어머니, 그런 우스운 말이 어디 있어요. 저기 있는 게 제 옷이 아닌가요?"

아포다는 웃으면서 손으로 창틀을 가리켰다. 그곳에는 깨끗해진 적삼이 잘 개켜져 있었다.

할머니는 그것을 보더니 어리둥절해했다.

"아니, 별일일세. 우리 집에 우렁각시라도 숨어 있나……."

어머니의 말을 들은 아포다도 이상하다는 생각이 들었다.

며칠 뒤 아포다는 며칠간 말몰이 일을 나갔는데 관가의 일을 맡게 되어 많은 짐을 싣고 산길을 다녀야 했다. 그런데 갑자기 비가 내려 길이 미끄러운 진흙탕이 되더니, 등에 짐을 잔뜩 실은 당나귀가 그만 산비탈로 데굴데굴 굴러 떨어져 죽고 말았다. 이번에 돈 한 푼 벌지 못한 아포다는 달랑 당나귀 가죽 한 장만 짊어진 채 터덜터덜 집으로 돌아왔다. 두 모자는 당나귀 한 마리에 의지해 겨우 연명하고 있었는데, 그 당나귀가 죽고 없으니 밥줄이 끊긴 거나 마찬가지였다. 아포다 모자는 한숨을 내쉬면서 앞으로 밥 먹을 일을 걱정했다.

이튿날 아침 할머니는 근심이 지나쳐 몸져눕고 말았다. 아포다는 어머니께 드릴 물을 끓이기 위해 부엌으로 갔다. 그런데 그가 부엌문을 여는 순간 눈앞이 환해지며 솥 위에 은이 번쩍번쩍 빛나고 있었다.

이상한 일이 연달아 일어나자 우연이 아니라는 생각이 들었다.

"이것은 틀림없이 알라께서 우리를 불쌍히 여겨 내려 주신 선물일 게다."

어머니의 말을 듣고 한참 생각에 잠겨 있던 아포다가 이렇게 말했다.

"하늘 아래 가난한 사도가 얼마나 많은데 알라께서 왜 우리한테만 선물을 주시겠어요? 제가 보기엔 무슨 까닭이 있는 것 같아요."

총명한 아포다는 비밀을 밝히려고 방법을 궁리하기 시작했다. 그는 어머니에게 일어나지 말고 계속 신음을 내도록 했다. 그리고 자신은 근심스러운 표정으로 부엌에 가서 무엇인가 찾는 척하며 이렇게 혼잣말을 했다.

"아, 정말 불행하구나. 당나귀가 죽은 지 얼마 되지 않았는데 어머니마저 병으로 앓아누우시다니…… 얼른 사원에 가서 기도라도 하고 와야겠다. 그런데 집안일은 누가 하지? 전처럼 우렁각시라도 나와 불을 지피고, 밥을 지어 놓으면 좋으련만……."

아포다는 이렇게 중얼대며 마로 엮은 신발로 바꿔 신고 허리에 전대를 둘렀다. 그리고 부엌문을 세게 닫고 나서 발소리를 요란스럽게 내며 멀리 사라졌다.

땔감 더미 뒤에 숨어 있던 토끼 소녀는 아포다의 푸념을 똑똑히 들을 수 있었다.

"아, 정말 불쌍한 사람이야."

아이사는 탄식하며 다시 말했다.

"내가 아니면 누가 그를 도와주겠어!"

젊은이가 멀리 갔을 거라고 생각한 아이사는 대담하게 걸어나와 토끼 적삼을 벗었다. 손이 야무지고 발이 빠른 아이사는 그 많던 집안일을 뚝딱 해치웠다. 아궁이에 불을 지피고 솥에 물을 끓이고 그릇과 채소를 씻고 밀가루 반죽까지 밀었다. 자신이 차린 밥을 맛있게 먹을 아포다를 상상하자 마냥 즐겁기만 했다.

이때 몰래 숨어 있던 아포다 모자는 문틈으로 이 광경을 지켜보았다. 일을 끝마친 아이사가 다시 토끼 적삼을 입으려고 하자 두 사람은 소리를 지르며 집 안으로 뛰어들어 왔다. 아포다는 잽싸게 아이사의 적삼을 빼앗았다. 깜짝 놀란 아이사는 "어머나!" 하고 소리를 지르며 다시 적삼을 빼앗으려고 했다. 그러자 할머니는 아이사의 손을 잡고 웃으며 말했다.

"이제 이 적삼을 입지 말아요, 선녀님. 당신과 내 아들은 하늘이 맺어준 인연이에요."

아이사는 얼굴이 발갛게 달아오른 채 천천히 고개를 숙이더니 작은 목소리로 말했다.

"어머니, 저는 선녀가 아니라 사람이에요……."

아이사는 자신의 비참한 생활을 처음부터 끝까지 털어놓았다. 그 이야기를 하는 동안 그녀의 볼에는 두 줄기 눈물이 계속 뺨을 타고 흘렀다.

할머니는 아이사의 슬픔을 달래 주며 말했다.

"아가씨, 돌아가지 말아요. 우리 아포다는 올해 스무 살인데, 비록 가난하지만 마음씨 하나는 정말 좋은 애예요. 그러니 여기서 우리와 함께 살도록 해요."

아이사는 수줍게 허락했다. 두 사람은 매파나 성직자의 코란 낭독도 없이 몰래 혼례를 올리고 부부가 되었다. 아이사는 동굴 안에 숨겨 두었던 은을 모두 가져와 당나귀 세 마리를 사고 맥아산을 떠나 멀리 영하寧夏 은천銀川이라는 마을로 이사했다. 그 뒤 이들은 행복하게 오래오래 살았다.

한편 딸이 사라지자 아이사의 어머니는 죽을 때까지 그 성직자가 자신의 딸을 제도해서 천당으로 데려갔다고 생각했다.

●—주

1 '이덕'은 아랍어로 명절이란 뜻인데, '개재절(開齋節)'이라고도 부른다. 이슬람교에서는 매년 9월을 라마단 기간으로 정하고 여명 전부터 해가 질 때까지 금식과 금욕을 하면서 그동안 자신의 잘못을 반성한다. 이는 10월 1일에 끝나는데, 그 뒤 한 달간의 예배를 경축하기 위해 성대한 모임을 갖는다.

태양의 대답

•••회족

옛날 옛적에 어느 할아버지가 살고 있었다. 부인과 아들은 죽고 며느리는 재가했다. 그의 곁에는 오직 어린 손자만 남아 있었는데, 이 아이가 할아버지의 유일한 혈육이었다. 손자 이름은 이사마伊斯麻로, 비록 나이는 어리지만 총명하고 재주가 많았다. 또한 효성이 지극해 노인은 말년에 손자의 보살핌을 받을 수 있었다.

어느 해 할아버지가 병이 들자 이사마는 탕약을 끓이는 등 할아버지를 극진히 간호했다. 황혼에서 오경[1]까지, 또 날이 새고 달이 뜰 때까지 잠시도 할아버지 곁을 떠나지 않았다. 그리고 언제라도 할아버지가 부르면 달려가 시중을 들었다.

다행히도 할아버지는 어린 손자의 극진한 간호로 추운 겨울을 무사히 넘기고 병세가 점점 가벼워지더니 봄이 되자 거의 나았다. 그리고 여름에는 한참 동안 침상에 앉아 있을 정도로 회복되었다. 이사마는 할아버지의 건강한 모습을 보자 말로 표현할 수 없을 만큼 기뻤다.

오랫동안 병상에 누워 있던 할아버지는 몸을 일으킬 수 있게 되자 햇볕을 쬐고 싶어 했다. 그날은 날씨가 맑았는데, 만 리에 구름 한 점 없이 붉은 태양만 하늘에서 빛나고 있었다. 이사마는 할아버지를 부축해 정원으로 나가 햇볕이 잘 드는 곳을 골라 담요를 깔고 그 위에 할아버지를 앉혔다. 한창 햇볕을 쬐던 할아버지가 말했다.

"싱싱한 배 한 쪽이 먹고 싶구나."

"할아버지, 여기 앉아 계세요. 제가 얼른 사 가지고 올게요."

이사마가 배를 사러 간 동안 할아버지는 혼자 정원에 앉아 있었다. 할아버지는 오랫동안 병석에 누워 있어 몸이 허약해진 상태에서 뜨거운 여름 햇볕을 갑작스럽게 쬐자 그 볕을 감당할 수가 없었다. 순간 눈앞이 아득하고 하늘과 땅이 빙빙 돌더니 결국 혼절하고 말았다.

배를 사온 이사마는 할아버지가 일사병으로 돌아가셨다고 생각하고 크게 상심해서 목놓아 울었다. 그는 울면서 할아버지를 안고 집 안으로 들어가 침상에 편안히 눕히면서 생각했다.

'태양아, 네가 어쩌자고 감히 우리 할아버지를 돌아가시게 했니. 내 너희 어머니를 찾아가 따져야겠다.'

이 용감한 소년은 쌀 한 자루를 짊어지고 태양의 집이 있는 서쪽으로 걸어갔다. 그는 걷고 또 걸었다. 그날 소년은 길에서 농사꾼 몇 명을 만났는데, 그들은 이사마를 불러 세우더니 물었다.

"애야, 어디를 그렇게 급하게 가니?"

"태양의 어머니를 찾아가는 길이에요."

"그렇구나. 태양의 어머니는 튼튼한 심장을 가졌다고 들었는데 그녀를 만나거든 한 가지 물어봐 다오. 나무 쟁기를 끌어 밭을 갈면 힘이 들고 느리니 무슨 좋은 방법이 없느냐고 말이다."

“좋아요. 기억해 두었다가 한번 물어볼게요.”

또 한참을 걸어가다 이사마는 양치기를 만났다.

“얘야, 땀을 뻘뻘 흘리면서 어디로 가는 중이냐?”

“태양의 어머니를 찾아가는 길이에요.”

“아, 정말 잘됐다! 나를 위해 한 가지만 물어봐 다오. 여기 이 양들은 털이 너무 많이 자라 걷기도 힘들 지경인데, 이를 해결할 좋은 방법이 있는지 물어봐 다오.”

“좋아요. 제가 반드시 물어볼게요.”

“고맙구나.”

양치기가 이어 말했다.

“하지만 태양의 집은 아주 멀다는데 갈 수 있겠니?”

이사마는 결심을 다지면서 이렇게 대답했다.

“걱정하지 마세요. 백 년을 걷는 한이 있어도 꼭 태양의 집에 갈 거예요.”

이때 양치기 옆에 서 있던 긴 털을 가진 양이 갑자기 이사마에게 말을 걸었다.

“용감한 소년아, 내가 도와줄게. 내 뿔을 잡으면 너를 태양의 어머니한테 금방 데려다 줄 수 있을 거야.”

그 말을 듣고 이사마는 깜짝 놀라 말했다.

“불가능할 것 같은데요?”

그러자 양치기가 말했다.

“가능해. 이 양은 영성靈性을 가지고 있거든.”

이사마는 양의 등에 걸터앉아 뿔을 잡아당겼다. 털이 긴 양은 갑자기 하늘로 뛰어오르더니 마치 날개가 있는 듯 하늘을 유유히 달리기 시작했다. 귓전에 스치는 바람 소리를 들으며 수만 리를 달려 이웃고 해변가의 큰 산에 도착했다. 양은 소년을 가만히 내려놓고 붉은 담과 푸른 기와로 치장한 궁전을 가리키며 말했다.

"여기가 바로 태양의 집이야. 여기서 기다릴 테니 너는 들어가서 일을 보고 와."

이사마가 붉은 대문을 두드리자 백발이 성성한 나이 든 부인이 걸어 나왔다. 부인은 이사마를 보더니 깜짝 놀라 물었다.

"얘야, 어떻게 이곳까지 왔니?"

"당신이 태양의 어머니인가요?"

"그렇단다. 그런데 무슨 일로 나를 찾아왔니?"

"당신 아들이 제 할아버지를 말려 죽여서 따지러 왔어요."

"내 아들이 큰 잘못을 저질렀구나. 내가 그를 타일러 보겠다."

그러고 나서 부인은 온화한 미소를 띠며 말했다.

"용감한 소년아, 우리 집에 들어가서 잠시 쉬었다 가지 않겠니? 몹시 피곤해 보이는구나."

이사마는 태양의 어머니를 따라 궁전 안으로 들어갔다. 부인은 맛있는 음식을 내놓으며 소년을 귀하게 대접했다.

"얘야, 걱정하지 마라. 내 아들이 돌아오거든 네 할아버지를 살릴 수 있는 방법을 물어보마. 또 다른 볼일이 있니?"

이사마는 농사꾼과 양치기의 질문을 대신해 물어보았다. 그러자 태양의 어머니는 하나같이 태양에게 물어보겠다고 했다. 한참 이야기를 하고 있는데, 집 밖에서 갑자기 붉은빛이 비치기 시작했다. 그러자 부인이 급하게 말했다.

"아들이 돌아왔구나. 얘야, 너는 내 등 뒤에 숨으렴. 그렇지 않으면 네가 다칠지도 모르겠다."

태양 거인이 숨을 몰아쉬면서 집으로 들어왔다. 그 순간 집 안이 마치 불을 지핀 것처럼 더워지기 시작했다.

"어머니, 그동안 잘 지내셨어요."

태양이 어머니에게 인사를 했다.

"나는 편안히 잘 지내고 있단다, 아들아."

태양의 어머니는 이어 말했다.

"그런데 올 여름 네가 인간 세상을 비출 때 그 빛이 너무 강해 농작물이 모두 말라죽어 인간한테 재난을 가져다 준 것 같구나."

"알았습니다, 어머니. 이후로는 구름 누이한테 항상 저를 따라다니라고 이르겠습니다. 빛이 너무 강하면 대지에 비를 좀 뿌리라고 하지요."

"그거 좋은 방법이구나. 그런데 네가 있는 힘껏 빛을 쏘는 바람에 선량한 노인 한 사람이 죽었으니, 그를 살릴 만한 방법이 있겠느냐?"

"어머니, 그 노인은 기절했을 뿐 죽지 않았어요. 맑고 시원한 물로 이마를 적셔 주면 바로 깨어날 겁니다."

"또 한 가지 질문이 있는데, 농사꾼은 늘 가뭄을 겪을 뿐 아니라 나무 쟁기를 끌며 밭을 갈아야 하니 오죽 힘들겠니."

"쟁기에 가래 같은 날카로운 것을 달아 소 두 마리한테 끌게 한다면 힘이 덜 들 겁니다."

"또 한 가지 남았다. 양치기와 양들은 날씨가 더워 고통을 받고 있는 데다가 양털이 길게 자라니 걸을 때마다 양들이 오죽이나 무겁고 힘들겠니."

"아주 간단합니다. 길게 자란 양털을 매년 두 차례 가위로 자르면 양은 시원할 것이고, 자른 털은 내다 팔거나 옷을 짜 입고 양탄자도 만들 수 있으니 쓰임새가 얼마나 많은데요. 그런데 어머니, 또 물어볼 일이 남아 있나요?"

"없다, 얘야. 그저 이 어미는 네가 게으름을 피우지 않고 제때 사람들한테 따뜻한 햇살을 뿌려 주기만 바랄 뿐이다."

"알았습니다, 어머니."

태양 거인은 어머니와 대화를 끝내고 길이가 2장이나 하는 목욕수건을 들고 씻으러 곧장 바닷속으로 들어갔다.

이사마는 착한 태양의 어머니에게 정중히 감사 인사를 하고 털이 긴 양의 등에 올라탔다. 돌아오면서 양치기와 농사꾼에게 태양의 대답을 들려주자 그들 모두 좋아하며 그대로 따라 했다. 농사꾼은 가래를 쟁기에 걸어 소에게 끌도록 했고, 양치기는 매년 가위로 양털을 두 차례 잘랐다. 이 방법은 후세에도 전해져 대대로 전해 오고 있다.

집에 돌아온 이사마는 즉시 맑은 샘물로 할아버지를 구해 냈고, 두 사람은 다시 즐거운 날을 보내게 되었다.

●—주

1 하룻밤을 다섯으로 나눈 다섯째 시간으로, 새벽 3시부터 5시까지다.

뽕나무 그늘 이야기

•••위구르족

옛날 어느 마을에 색래파의色來巴依라는 이름을 가진 아주 인색하고 욕심 많은 부자가 살고 있었다. 그는 시장으로 통하는 대로 옆에 살았는데, 집 문 앞에 큰 뽕나무 한 그루가 있었다. 뽕나무 그늘은 태양을 따라 움직이면서 오전에는 도로를 가리고 오후에는 색래파의의 정원을 가리고 저녁달이 서쪽에 걸리면 색래파의의 지붕에 떨어졌다.

매번 장이 열릴 때마다 사람들은 모두 이 뽕나무 그늘에 앉아 쉬면서 바람 쐬기를 좋아했다. 하지만 그때마다 인색한 욕심쟁이 색래파의가 밖으로 뛰어나와 소리를 질렀다.

"당신네 집 나무 그늘로 가시오."

그러고는 사람들을 족족 쫓아내는 것이었다.

마을 사람 대부분이 이런 수모를 겪었다. 그 가운데 애보기리목艾甫其里木이라는 청년은 색래파의의 이런 인색한 행동이 못마땅했지만, 그렇다고 어떻게 할 방법도 없었다. 그는 몇몇 가난한 친구를 찾아다니며 색래파의를 응징할 방법을 궁리했다. 그러던 중 겨울이 다가왔다. 겨울이 되면 가난한 사람은 더욱 살기가 어려웠는데 "우리 집 부뚜막이 너무 좁으니 당신 집으로 돌아가세요."라는 속담까지 생겨날 정도였다.

추운 겨울을 보내려고 가난한 사람들은 하루 종일 동분서주했다. 멀리까지 가서 땔나무를 해 왔지만, 그것을 판 돈으로 겨우 그날 입에 풀칠할 정도였다. 그중에서도 애보기리목은 더욱 궁핍해서 근근이 살아갈 정도였다. 그렇다 보니 먹고 살기 바쁜 나머지 친구들과 어울리며 인색한 색래파의를 골려 줄 방법을 더는 상의할 수가 없었다.

겨울이 지나고 만물이 소생하는 봄이 찾아왔다. 봄은 아름다운 계절이었다. 아이들은 들판에서 뛰놀고 도처에서 노랫소리가 들려오고 싱싱한 풀 냄새가 가득하고 온갖 새가 나뭇가지에 앉아 노래를 불렀다.

그날 애보기리목은 들에 나갔다가 가난한 친구 몇 명과 우연히 만나 몇 마디 농담을 나누게 되었다. 한참 기분 좋게 이야기를 나누다가 갑자기 색래파의에게 보복할 좋은 생각이 떠올랐다. 그는 은화 50냥을 뜯어낼 묘안을 생각하고 곧장 빠른 걸음으로 시장으로 통하는 대로로 걸어가면서 이렇게 노래를 불렀다.

사막의 길은 길기만 한데
어찌하여 행인은 쉬어 갈 곳이 없는가?
큰 뽕나무 그늘 아래 잠시 쉬어 가고 싶지만
색래파의가 눈을 부릅뜨고 고함을 지르네.
천지간이 이렇게 넓은데

부자들은 어째서 이렇게 인색하단 말인가?

대지는 이렇게 풍요로운데

가난한 사람은 어째서 바람 쐴 곳도 없단 말인가?

거의 뛰다시피 해서 도착한 애보기리목이 색래파의의 뽕나무 그늘 아래서 잠시 쉬려고 하자 아니나 다를까 색래파의가 득달같이 달려 나와 화를 냈다.

"여보게, 가던 길이나 어서 가게나. 도대체 여기서 뭘 하고 있는 건가?"

"색래파의, 당신은 이 대로가 사람들이 다니는 길이라는 것을 모르십니까?"

"대로는 다른 사람의 것인지 모르겠지만, 이 뽕나무 그늘은 내 것일세."

"잠시 쉬고 있는데 당신의 뽕나무 그림자가 여기로 떨어졌을 뿐입니다."

"어! 설마 이 나무를 베라는 말은 아니겠지? 내 뽕나무 그늘이 얼마나 귀한 것인지 자네도 잘 알고 있을 텐데. 나뭇잎 한 장이 은화 한 냥의 가치라는 것을 자네도 알고 있겠지?"

"당신이 말한 대로라면 지금 저는 당신의 은화 그늘에 앉아 있는 셈이네요."

"그렇지! 이 은화 그늘은 돈 있는 사람만 앉을 수 있다네. 다시 말하지만 돈을 내면 여기 앉아도 좋네."

"그래요? 돈만 있으면 앉을 수 있단 말이죠?"

"당연하지."

"그렇다면 뽕나무 그늘을 파세요."

"뭐라고? 설마 자네 같은 가난뱅이가 이 뽕나무 그늘을 사겠다는 건 아니겠지? 괜히 큰소리치지 말고 자네 갈 길이나 가게!"

"큰소리치는 사람은 내가 아니라 바로 당신입니다."

부자는 말문이 막혀 한참 한마디도 하지 못했다. 하지만 색래파의는 마지막으로 돈 이야기를 다시 꺼내 이 가난뱅이가 정말 돈을 낼 수 있는지 시험해 볼 작정이었다.

애보기리목이 말을 이었다.

"물건을 사고파는 것은 중요한 일이므로 증인이 없으면 안 됩니다. 당신이 의마목依麻木과 매승買僧 등 이슬람교 성직자 몇 명을 불러온다면, 저도 친구 두 명을 데려와 증인으로 삼겠습니다. 그 뒤에 양자가 모여 뽕나무 그늘에 대한 거래계약서를 작성합시다."

그러자 색래파의는 흔쾌히 동의했다.

"좋아. 만약 자네 말이 진심이라면 먼저 가격을 정하고 저당 잡을 물건을 가져온 다음 다른 일을 처리하세."

두 사람은 뽕나무 그늘 값을 은화 400냥으로 정했다. 청년은 그 자리에서 50냥을 계약금으로 걸고 친구들을 데리러 갔다.

색래파의는 기뻐서 입이 귀에 걸렸다. 신이 난 그는 혼자 중얼거렸다.

"저런, 어리석은 놈을 봤나! 자기 꾀에 자기가 넘어갔군. 이게 웬 떡이냐!"

그는 하인을 보내 의마목과 매승을 데려오려다가 갑자기 생각을 바꿨다.

'이런 횡재를 놓치지 않으려면 다른 사람에게 알려서는 안 되지. 만약 의마목이나 매승과 같은 별 볼일 없는 성직자를 불러온다면 이 일이 성사되지 않을지도 모르는데, 그럴 바엔 내가 직접 가서 종

교학자 대모랍大毛拉을 모셔 오는 것이 낫겠군.'

이튿날 색래파의는 대모랍을 모셔 와서 모든 계책을 상의했다. 한편 애보기리목도 자신의 친구 육자肉孜와 매제買提를 불러 놓고 어떻게 할지 미리 의논하고 나서 색래파의에게 줄 잔금을 준비했다.

드디어 양쪽은 증인을 대동하고 애보기리목과 색래파의의 거래 계약을 시작했다. 대모랍이 먼저 말했다.

"좋소, 여기 모인 우리 모두가 증인입니다!"

이렇게 말하고 뽕나무 그늘을 매매한다는 계약서를 작성했다.

나 색래파의는 우리 집 문 앞에 있는 뽕나무 그늘을 은화 400냥에 애보기리목에게 판다. 그의 친구 등이 증인이다. 뽕나무가 말라죽기 전까지 뽕나무 그늘의 소유권은 애보기리목에게 있고, 만약 친구와 이웃이 간섭한다면 이전 소유자인 색래파의가 책임지기로 하겠다.

그러고는 마지막으로 매도인과 매수인, 증인이 각각 서명과 날인을 했다. 대모랍은 이 계약서를 쓰고 나서 이렇게 말했다.

"애보기리목, 축하하네! 당신 같은 빈민이 이런 보물을 사들일 수 있다니 정말 대단하네. 이 집 뽕나무 그늘은 알라께서 주신 은총이니, 오늘 이후로 자네 머리 위에는 뽕나무 그림자가 아니라 부귀의 그림자가 떨어질 것일세."

말을 마친 대모랍은 계약서에 이슬람교 문양의 도장을 찍음으로써 계약을 마무리 지었다. 애보기리목은 그에게 돈 50냥을 주어 수고의 대가를 치렀다.

봄이 가고 여름이 오자 날씨가 점점 더워졌다. 애보기리목은 시장에 갔다 돌아오는 길에 항상 뽕나무 그늘 아래서 바람을 쐬었다.

이번에는 많은 친구와 함께 쉬면서 열와보熱瓦甫, 위구르족의 악기로 현이 다섯 줄 있는 금琴를 타며 노래를 부르기도 했다. 한창 떠들썩하게 노래를 부르고 있는데 색래파의가 뛰어나오더니 고래고래 고함을 쳤다.

"자네들, 도대체 여기서 뭐하느라 이렇게 시끄러운가?"

애보기리목과 친구들은 그 말에 전혀 개의치 않고 대답했다.

"이 그늘은 이제 우리 것인데 당신이 웬 간섭이오!"

"아! 이런 일을 두고 '양파의 껍질은 층이 많고, 가난뱅이는 친구가 많다' 라고 했구나."

색래파의는 눈엣가시 같은 한 무리의 남사당패를 보면서도 어떻게 할 수 없어 이를 악물고 화를 삼키며 정원을 왔다 갔다 했다.

이튿날 색래파의가 정원 누각에서 꾸벅꾸벅 졸고 있는데, 애보기리목과 그의 친구들이 당나귀를 몰고 집 안으로 들어왔다. 색래파의는 몹시 화가 나서 고함을 쳤다.

"이번엔 또 무슨 짓을 하려는 거냐!"

"미안합니다. 우리 뽕나무 그늘이 당신 집 정원으로 뛰어들어 오더군요. 그래서 하는 수 없이 우리도 그늘을 따라 들어왔습니다."

말을 마친 애보기리목은 정원 안에 말뚝을 박고 당나귀를 묶더니 웃옷을 벗고 벌렁 드러누웠다. 색래파의는 자기 살을 자기가 뜯는 것처럼 견디기 힘들었다.

다음 날 색래파의의 부인은 눈썹을 그리다가 아이들이 무엇인가에 놀라 얼굴이 새파랗게 질려 뛰어들어 오는 것을 보았다. 그녀는 허둥거리는 아이들에게 물었다.

"아니 왜들 그러느냐? 누가 너희를 괴롭히더냐?"

"나무 그늘 밑에 당나귀를 묶어 놓은 사람이 저희를 그늘에서 놀지 말라면서 마구 욕을 했어요!"

"아니 뭐라고! 우리가 쉴 곳까지 없어졌단 말이야? 정말 기가 막힌 이야기로구나. 가난뱅이가 도리어 수작을 부릴 줄이야! 이건 너희 아버지가 돈을 너무 좋아한 탓이다. 돈만 생긴다면 아버지는 우리까지도 팔아 버릴 양반이다. 울지 마라. 아버지가 돌아오시면 말씀드려 보자."

정원 안의 괴로움과는 대조적으로 문밖에서는 열와보의 연주 소리가 갈수록 커졌다. 한바탕 난리판을 벌인 뒤에야 악기 소리가 잦아들었다. 애보기리목과 그의 친구들은 고성방가를 하며 각자 집으로 돌아갔다.

이튿날 색래파의는 창백한 얼굴에 식은땀으로 범벅이 된 채 싸움판에서 진 수탉처럼 의기소침해져 집으로 돌아왔다.

사정인즉 다음과 같다.

애보기리목은 색래파의가 뽕나무 아래에 말을 매는 것을 기다렸다가 얼른 달려와 말했다.

"부자 나리! 당신이 돈만 내면 뽕나무 그늘을 당신에게 되팔 수도 있습니다."

이 말을 들으면서 색래파의가 주위를 둘러보니 모두들 자신을 비웃고 있었다. 그는 치밀어 오르는 화를 누르면서 말했다.

"당장 말해 보게나, 얼마면 되겠는가?"

"은화 50냥이면 됩니다."

색래파의는 사람들 앞에서 망신 당하고 싶지 않아 급하게 말했다.

"좋네! 지금 당장 돈을 줌세."

이렇게 해서 애보기리목은 대모랍에게 주었던 은화 50냥을 도로 찾아왔다.

다음 날은 마침 장날이어서 색래파의는 성 안의 많은 친구를 자기 집으로 초대했다. 손님들은 뽕나무 그늘이 시원해 보이자 자리를 대청에서 정원의 그늘로 옮겼다. 그런데 자리를 잡고 앉으려는 순간, 한 무리의 사람이 당나귀까지 끌고 안으로 몰려들었다.

색래파의는 이들이 애보기리목과 그의 친구들이고, 또 무슨 짓을 하려는지 알고 있었다. 하지만 막을 도리가 없어 아무것도 보지 못한 척하면서 고개를 들어 뽕나무와 하늘만 번갈아 쳐다보았다. 이 광경을 지켜본 손님들은 몹시 이상하다고 생각했다. 한 손님은 그들이 이 집의 머슴일 것이라 여기고 색래파의에게 말했다.

"저들한테 한마디 하게. 당나귀를 좀 멀리 끌고 가서 묶는 것이 어떻겠냐고 말일세."

"……."

"설마 저들을 감당하지 못하는 것은 아니겠지? 그런데 어째서 자네는 한마디도 하지 않는 건가?"

이 말을 들은 애보기리목과 그의 친구들은 서로 쳐다보며 웃기 시작했다.

그러자 색래파의가 이들에게 다가와 다급한 어조로 말했다.

"알라가 보우하사, 조금 있다가 다시 이야기하세. 내 지금 자네들을 손님으로 청하고 자네들한테 음식 한 상 차려 주겠네."

이 말을 듣고 애보기리목의 친구 육자와 매제가 말했다.

"나으리의 밥상을 산 적이 없는데, 왜 우리를 손님으로 청한단 말이오?"

이렇게 말하고 일제히 당나귀를 나무에다 매어 놓더니 웃옷을 벗고 잠을 자기 시작했다.

색래파의는 어떻게 할 방법이 없자 손님들에게 돌아와 말했다.

"저들이 어찌하든 상관하지 마시고 식사를 준비했으니 얼른 드시지요."

그러자 애보기리목이 끼어들었다.

"우리가 은화 400냥을 주고 산 뽕나무 그늘을 당신들이 차지하고 있으니 이를 어찌해야 합니까!"

이 말에 애보기리목의 친구들은 고개를 끄덕이더니 시끄럽게 떠들기 시작했다.

색래파의가 급히 말했다.

"잠깐 멈추게! 은화 50냥을 주고 도로 사지 않았는가?"

"그것은 문밖의 그늘만 산 것이지 정원 안의 그늘까지 산 건 아니지 않습니까."

애보기리목의 반박에 색래파의는 할 말이 없어졌다. 그는 손님들 앞에서 면치레도 못 하고 완전히 묵사발이 되었다.

어찌할 방법이 없었던 색래파의는 하는 수 없이 집 안으로 들어가 버렸다. 애보기리목과 그의 친구들은 한참 쉬고 나서 만족해하며 각자 집으로 돌아갔다.

이 일은 사람들에게 빠르게 전해졌다. 애보기리목이 시장으로 통하는 대로의 사원 문 앞에 이 사실을 대문짝만하게 써서 방문을 붙이자 거리 전체가 들썩이더니 이 괴이한 소문은 입에서 입으로 퍼져 나갔다.

이때부터 색래파의는 감히 문밖으로 나오지 못하게 되었다. 사람들은 그를 비웃으며 이렇게 노래했다.

뽕나무 그늘을 은화 400냥에 바꾸었네.

돈 귀신! 인색한 색래파의.

지금까지도 부끄러워 감히 바깥출입을 하지 못하네.

돈 귀신! 인색한 색래파의.

이 노래는 비수가 되어 수전노 색래파의의 가슴을 찔렀다. 일은 여기서 끝나지 않았다.

어느 날 저녁 지붕 위에서 짜랑짜랑 하는 소리가 들려왔다. 잠이 쏟아지던 색래파의는 그 소리에 깜짝 놀라 벌떡 일어났다. 자세히 들어 보니 지붕 위에서 노랫소리가 나는 것 같았다. 색래파의는 몸을 일으켜 뜰 가운데로 나가 지붕을 살펴보았다. 마치 개들이 무언가를 보고 미친 듯이 짖어 대는 것 같았다. 색래파의는 두려움을 느껴 얼른 집 안으로 들어왔는데, 부인과 아이들도 두려움에 떨고 있었다. 부인과 아이들은 모두 색래파의가 집안을 시끄럽게 만들었다고 원망했다.

색래파의는 하는 수 없이 사다리를 타고 지붕 위로 올라가 보았다. 거기에서는 다름 아닌 애보기리목과 그의 친구들이 달빛을 벗 삼아 금琴을 타고 노래를 부르며 농담을 주고받으면서 한창 시끄럽게 떠들고 있었다. 머리끝까지 화가 치민 색래파의는 하마터면 사다리에서 굴러 떨어질 뻔했다. 하지만 그는 한마디도 할 수 없었다.

그때 애보기리목이 말했다.

"미안합니다. 여기 뽕나무 그늘에 우리만 있을 뿐 다른 사람은 없으니 안심하고 돌아가십시오."

색래파의는 기가 막혀 몸을 부르르 떨면서 말했다.

"나는 절대로 달빛 아래의 뽕나무 그림자를 자네에게 판 적이 없다네."

"부자 나리, 계약서에는 당신이 언제, 어느 곳의 뽕나무 그늘을 팔았다고 하는 내용이 적혀 있지 않습니다. 얼른 돌아가셔서 계약서를 자세히 살펴보시지요."

색래파의는 자신을 추스르고 나서 서둘러 사다리를 내려왔다. 집 안에서 그들을 쫓아낼 다른 방법을 생각해 보려고 했다. 하지만 부인과 아이들이 시끄럽게 떠들며 하나같이 그를 원망했다. 그는 하는 수 없이 다시 정원으로 나가 옥상을 바라보며 말했다.

"달빛 아래의 뽕나무 그늘을 다시 나한테 팔게."

결국 색래파의는 400백 냥의 은화를 주고 달빛의 뽕나무 그늘을 사들였지만 고민은 더욱 많아졌다. 그날 이후로 이웃 사람들은 그를 더욱 비웃을 것이며, 아내와 아이들도 그를 더욱 원망할 것이기 때문이다. 그리고 오늘 비록 지붕 위의 달빛 뽕나무 그늘은 사들였지만, 이 그늘이 지붕에서 정원 또는 다른 곳으로 옮겨다니니 그것이 더 큰 문제였다. 대낮의 뽕나무 그늘은 더욱 처리하기가 어려웠다. 생각이 여기까지 미치자 색래파의는 뽕나무에 대한 논쟁은 이제부터가 시작이며, 이후에 대처하기 어려운 일이 더 많아질 거라는 사실을 깨닫게 되었다. 그는 생각할수록 두려워졌다.

그리하여 색래파의는 이튿날 아침 일찍 가족을 데리고 가재도구를 챙겨 먼 곳으로 이사 가 버렸다.

한 여인의 사랑

•••위구르족

어느 마을에 한 처녀가 살고 있었다. 가난하지만 아름답고 총명한 데다 뛰어난 손재주를 가지고 있어서 그녀가 수놓은 꽃송이는 세상에서 으뜸으로 손꼽힐 정도였다.

처녀는 어려서부터 한 총각을 사랑했다. 총각의 집은 처녀와 마찬가지로 몹시 가난하여 다 허물어진 집 한 칸밖에 없었다. 하지만 고생을 두려워하지 않고 자신의 힘으로 열심히 일해서 굶지는 않았다. 다만 사람됨이 그리 총명하지 못했다. 너무 고지식하여 남을 조금도 속일 줄 모르고 귀가 얇아서 남이 하는 말도 곧잘 믿었다. 어려서부터 함께 자라 와 총각에 대해 잘 아는 처녀는 일편단심 그만 바라보았다. 그녀의 부모도 딸의 뜻을 좇다 보니 혼사는 이미 정해진 셈이었다. 그래서 이제 가을이 지나 총각이 품삯을 받기만 하면 곧 혼례를 올릴 작정이었다.

그런데 어느 고장이나 마을에 절세가인이 나오면 그 마을도 덩달아 유명세를 타기 마련이어서 소문은 날개 달린 듯 멀리까지 퍼져 나갔다. 결국 처녀에 대한 소문이 왕의 귀에까지 들어갔다. 소문에 솔깃한 왕은 처녀가 탐나기는 했지만, 체면 때문에 시골까지 가서 그녀를 직접 볼 수는 없었다. 어쨌든 그 소식을 들었으니 언젠가 기회를 만들어 처녀를 손에 넣고 마음에 들면 며칠 희희낙락하고 싫증 나면 다른 처녀를 데려오면 그만이라고 생각했다.

그런데 왕의 마음을 사로잡는 일이 하나 생겼다. 아첨꾼인 신하 한 명이 처녀가 직접 수놓은 꽃송이를 왕에게 가져와 보였던 것이다. 이를 본 왕은 마음이 동하여 매파를 놓아 처녀의 집으로 보냈다.

"이 댁 따님한테 복이 떨어졌습니다. 왕께서 이 댁 따님과 혼인을 하시겠답니다."

처녀의 아버지는 혼사 문제를 일체 딸에게 맡겼으므로, 정중히 예의를 차리며 말했다.

"내 딸은 이미 다른 사람한테 몸과 마음을 허락했소. 그러니 나를 난처하게 만들지 말고 딸한테 직접 물어보시오."

중매쟁이는 처녀에게 다가가 꾀꼬리 노랫소리보다 더 달콤하게 처녀를 구슬렸다. 하지만 매파가 아무리 입이 닳고 부르트도록 구슬려도 처녀의 의지를 꺾을 수는 없었다.

"돌아가서 왕께 전하세요. 왕께서 저를 이처럼 어여삐 여기시니 그저 황송할 따름이라고요. 하지만 왕께서 저 같은 가난한 집 딸을 아내로 얻으신다면 왕의 명성에도 누가 될 겁니다. 저는 가난한 집 딸이어서 굶기를 밥 먹듯 해도 가난뱅이한테 시집가겠어요. 왕궁에서 먹는 따뜻한 밥과 고기는 사양하겠어요."

우습게 코 떼이고 면이 안 선 중매쟁이는 왕에게 돌아가 그 사실을 곧이곧대로 전했다. 이 말을 전해 들은 왕은 이를 악물고 말했다.

"언제일지 모르지만 내 꼭 손아귀에 넣고 말 테다!"

처녀는 끝내 가난뱅이 총각과 혼인했다. 부부는 부지런히 일하면서 아껴 먹고 아껴 써서 은전 여덟 닢을 모았다. 그러자 아내가 말했다.

"여보, 이 돈을 다른 데 쓰지 말고 성에 가서 실을 좀 사 오세요."

남편은 아내 말대로 실을 사 왔다. 아내는 그 실로 밤낮을 쉬지 않고 수를 놓아 아름다운 띠 네 개를 짰다. 남편은 그 띠를 성 안으로 팔러 가서 잠깐 사이에 은전 열여섯 닢을 벌었다. 그중 열두 닢으로 양식을 사고 네 닢으로 다시 실을 사서 돌아왔다. 아내는 더욱 공을 들여 띠 몇 개를 더 만들어 은전 사십 닢에 팔았다. 이렇게 해서 돈을 좀 모으자 아내가 남편에게 말했다.

"이번에는 색실을 사 오세요. 꽃 보자기를 만들어 드릴게요."

아내는 정교한 솜씨로 보자기에다 꽃수를 놓고, 남편더러 성에 가지고 가서 팔라고 했다.

"이 꽃 보자기는 은전 스무 닢을 받고 파세요. 성 안의 마흔 개 거리를 다 돌아다니며 팔아도 상관없지만 마흔한 번째 거리로는 절대 가지 마세요. 팔리지 않으면 도로 가지고 돌아오시더라도 말이에요."

꽃 보자기는 거리에서 굉장한 인기였다. 수많은 사람이 앞다투어 에워싸고 구경하면서 칭찬을 아끼지 않았다. 그런데 남편이 값을 부르자 모두 슬금슬금 뒤로 물러섰다. 세월이 뒤숭숭하여 은전 스무 닢을 주고 꽃 보자기를 살 사람은 성 안에서도 찾기 힘들었다. 그는 날이 저물 때까지 돌아다녀 보았지만 여전히 꽃 보자기를 팔지 못했다. 그렇다고 그대로 집에 돌아가자니 아내 마음이 상할까 봐 걱정스러웠다.

이런 생각을 하며 발길이 가는 대로 걷던 남편은 자신도 모르게 마흔한 번째 거리에 들어서고 말았다. 아내의 당부를 깜빡 잊어버렸던 것이다. 고대광실이 즐비하게 늘어선 이 거리에는 사람 그림자 하나 보이지 않고 고요했다. 왕궁이었다. 그는 문득 아내의 부탁이 생각나 막 돌아서서 가려고 하는데, 큰 대문 안에서 한 무리의 사람이 말안장에 위풍당당하게 앉아서 한 손에는 개를 끌고 어깨에는 매를 앉힌 채 달려 나왔다. 선두에 서서 말을 몰던 사람은 다름 아닌 이 나라 왕이었다.

"넌 여기서 뭘 하느냐? 여기가 왕궁인 줄 몰랐더냐?"

왕의 말소리는 마치 종을 두드리는 것처럼 쩌렁쩌렁해서 귀가 다 멍멍할 정도였다.

"저는 여기가 왕궁인 줄 몰랐습니다. 곧 돌아가겠습니다."

왕은 남편의 손에 물건이 들려 있는 것을 보고 물었다.

"네 손에 든 것이 무엇이냐?"

"꽃 보자기입니다."

꽃 보자기를 펼쳐 본 왕은 그것이 누구 솜씨인지 금방 알아차렸다. 이전에 그 처녀가 수놓은 꽃을 본 적이 있었기 때문이다. 제 발밑에 남루한 차림으로 서 있는 사내를 보며 왕은 질투심을 느꼈다.

"이 보자기는 누가 수놓은 것이냐?"

이 질문을 받으리라고 생각지 못했던 남편은 당황한 탓에 그만 엉뚱한 대답을 하고 말았다.

"제가 수놓은 것입니다."

그의 말에 주위 사람들은 모두 웃음을 터뜨렸다. 말을 잘못했음을 안 남편은 더욱 당황했다.

"솔직히 말해라! 뭐가 겁날 게 있느냐? 도대체 누가 수를 놓은 것이냐?"

"제 누이가 놓은 것입니다."

그런데 남편은 자신에게 누이가 없던 터라 이 대답도 어쩐지 이상하다는 생각이 들었다. 왕은 두 눈을 부릅뜨고 수염을 곤두세우며 호통을 쳤다.

"무슨 허튼소리냐. 어서 바른 대로 말하라!"

왕을 속일 수 없음을 안 그는 사실대로 말하지 않을 수 없었다.

"제 아내가 수놓은 것입니다."

그 말을 들은 왕은 고개를 끄덕이며 빙그레 웃었다.

"꽃 보자기가 아주 훌륭하구나. 얼마에 팔겠느냐?"

"은전 스무 닢입니다."

왕은 꽃 보자기를 받고 사람을 시켜 은전 스무 닢을 남편에게 주며 말했다.

"내일 너희 마을을 거쳐 사냥을 가는데 너희 집에 잠깐 들러 좀 쉬어 갈까 한다. 그러니 음식을 마련해 놓아라."

집으로 돌아가며 남편은 아내의 말을 듣지 않은 것을 후회했다.

"내가 왜 그 보자기를 급히 팔아 버리려고 했던가? 왜 그 거리로 갔단 말인가?"

자책감에 빠져 집으로 돌아온 그는 돈을 아내에게 주고서도 여전히 수심 어린 얼굴로 앉아 있었다. 아내는 곧 무슨 일이 있었음을 눈치 챘다.

"왜 그렇게 걱정 가득한 얼굴이세요?"

남편은 하는 수 없이 성 안에서 있었던 일을 빠짐없이 아내에게 이야기했다. 그 이야기를 들은 아내는 몹시 화를 내며 남편을 원망했다.

"그리로 가지 말라고 했는데, 왜 그랬어요. 봐요, 끝내 일을 저지르고 말았잖아요."

남편도 괴로운 마음을 달랠 길 없어 자신을 책망하며 눈물까지 글썽거렸다. 아내는 그런 남편의 모습을 보자 가슴이 아파 그를 위로했다.

"괜찮아요. 내일 그들이 오면 저는 숨어 있을 테니 어디 있느냐고 물으면 집에 없다고 하세요."

이튿날 왕은 약속대로 부부의 집을 찾아왔다. 왕은 집 안에 발을 들여놓자마자 차를 내오라고 명령했다. 이렇게 하면 여자가 나올 것 같았기 때문이다. 그런데 뜻밖에도 여자 대신 그 남편이 나서서 찻물을 끓였다. 왕은 남편에게 말했다.

"너한테 물어볼 말이 있으니 아내더러 찻물을 끓이라고 해라."

"제 아내는 벌써 여러 날 집을 비우고 없습니다."

그 말에 왕은 얼굴빛이 어두워졌다. 하지만 이내 남편의 말이 진실이 아님을 깨달았다.

'아니, 그럴 리가 없어. 틀림없이 이 집 안에 숨어 있을 거야! 그 여우 같은 것이 내 손에서 빠져나가려고 하다니…….'

생각이 여기에 미치자 왕의 얼굴빛이 풀렸다.

"자, 이리 와서 우리 함께 술이나 들게나."

왕이 이렇듯 친절을 보이자 남편은 차마 거절할 수 없어 그 술을 받아 마셨다. 그런데 남편은 술이 뱃속을 타고 흐르자 금세 제 몸을 가누지 못하고 쓰러졌다. 왕이 술에 최면 약을 섞어 사나흘 후에나 깨어날 수 있게 미리 손을 써 놓았던 것이다.

남편이 술에 취해 쓰러진 것을 보고 왕은 군사들에게 명령하여 집 안을 뒤지게 했다. 한 칸밖에 안 되는 콧구멍만한 집에서 숨으면 어디로 숨겠는가?

그들은 곧 아내를 찾아냈다. 아내가 천하일색인 것을 본 왕은 그녀가 마음에 들자 자기와 혼인할 것을 요구했다. 왕은 달콤한 말과 함께 별의별 조건을 다 내세웠지만 아내는 한마디로 거절했다.

"저는 이미 혼인한 몸으로 남편이 아직 살아 있고, 그이를 변함없이 사랑해요. 그러니 저를 죽인다고 하셔도 다른 사람과 또 혼례를 올릴 수는 없습니다."

거절당한 왕은 크게 노하여 여자를 말 등에 묶어 왕궁으로 끌고 가기로 결심하며 속으로 생각했다.

'네가 나를 안 따르고 어디까지 버틸 수 있는지 보자!'

아내는 자기가 왕에게 붙잡혀 가는 것을 남편이 깨어난 뒤에 알 수 있도록 한 가지 꾀를 생각해 냈다.

"기어코 저와 혼인할 생각이시라면 제 청을 하나 들어주세요."

왕은 반색하며 대답했다.

"어서 말하라. 한 가지가 아니라 백 가지라도 들어주마."

"이곳에서는 여인이 재가할 때 떡과 물로 신께 제를 올리는 풍습이 있습니다. 그렇지 않으면 불길하다고 생각합니다."

"응, 그래. 하고 싶은 대로 하여라!"

아내는 남편의 머리맡에 자기가 가는 방향으로 떡을 한 무더기 괴고 물 한 그릇을 떠 놓았다. 왕궁까지 끌려가는 길에도 계속해서 일정한 간격을 두고 떡과 물을 놓아두었다.

사흘 후 남편이 깨어나 보니 집 안은 텅 비어 있었다. 그는 그제야 자신이 왕의 꾐에 빠졌다는 것을 깨달았다. 아내가 틀림없이 왕에게 붙잡혀 갔을 거라고 생각하다가 문득 땅바닥을 내려다보니 떡과 물이 놓여 있었다.

남편은 그것이 아내가 남겨 놓은 물건이라는 걸 깨달았다. 떡을 먹고 물을 마신 뒤 그는 아내가 가리킨 방향을 따라 길을 나섰다. 얼마 가지 않아 같은 방식으로 떡과 물이 놓여 있었다. 그는 이렇게 길에서 먹고 마시면서 아무 어려움 없이 방향도 잃지 않고 왕궁 앞에 이르렀다.

하지만 왕궁은 사위가 높은 담장으로 둘러싸였고, 왕궁 입구는 수문장의 보초가 삼엄해서 쉽게 들어갈 수가 없었다. 그는 온종일 담장 밖을 서성이며 머리를 쥐어짰지만 묘안이 떠오르지 않았다.

그런데 웬 노파가 수심에 잠겨 서성이는 남편을 보고 다가와 무엇을 찾는 중이냐고 물었다. 노파의 상냥한 표정을 보고 안심이 된 그는 사실대로 말했다. 이야기를 들은 노파는 이렇게 말했다.

"내가 젊은이한테 은전 한 닢을 줄 테니 그걸로 바늘과 실, 거울과 빗 같은 물건을 사서 왕궁 앞에서 싸구려 방물장수로 행세하게. 그러면 혹시 아내를 만날 수 있을지도 모르지."

한편 왕궁에 돌아온 왕은 곧바로 여자와 혼인하려고 했다. 그러자 여자는 두 눈을 내리깔고 수줍은 듯 여러 가지 이유를 둘러대며 시간을 벌었다.

"제가 이렇게 따라온 이상 당신과 혼인하겠다는 뜻 아니겠어요. 그렇지만 지금은 안 돼요. 제 몸에 병이 있어서 그러니 한 달 동안 제 방에 오지 마세요. 그리고 저는 답답할 때면 문어귀에 나가 바람도 쏘여야 해요. 그렇지 않으면 병이 낫지 않을 거예요. 제가 이미 왕궁에 온 이상 급할 게 뭐 있겠어요?"

할 말이 없게 된 왕은 여자의 요구를 들어주었다.

며칠 지나 왕이 사냥을 나간 뒤, 문어귀에 나와 있던 여자는 방물장수 소리를 들었다. 그것은 다름 아닌 남편 목소리였다. 그녀는 몹시 기뻐하며 다가가 살펴보니 틀림없는 남편이었다.

하지만 머리가리개를 쓰고 있어서 남편은 아내를 알아보지 못했다. 여자는 그를 가까이 불러 자신의 목소리를 알아듣도록 이것저것 값을 물어보았다. 남편이 자기를 알아보자 주위에 사람이 없는 틈을 타서 나직하게 속삭였다.

"제게 금전 두 닢이 있는데, 이걸 갖고 거리로 나가 말 파는 사람한테 가 보세요. 말 두 마리를 사서 사흘 뒤에 한밤이 되면 이 담장 밖으로 와서 저를 기다리세요."

말을 마친 그녀는 남편에게 돈을 찔러 주고 급히 왕궁 안으로 들어갔다. 다행히 아무에게도 들키지 않았다.

사냥하고 돌아온 왕은 여자를 보러 갔다. 그는 여자의 시큰둥한 얼굴 표정을 보고 물었다.

"누가 당신을 노엽게 했소?"

여자는 입이 뾰로통해서 대답했다.

"왕이시지 누구겠어요. 당신은 저를 아내로 삼겠다고 하시지만 제가 무엇이라고요? 저는 아무것도 할 수 없는 처지인데요."

그 말에 왕은 얼른 마흔한 개의 열쇠를 꿴 꾸러미를 꺼내더니 말했다.

"여기 있소! 이것을 당신한테 전부 맡기겠소."

열쇠 꾸러미를 받아쥔 여자는 그제야 얼굴에 웃음꽃이 피었다. 그러자 왕은 넌지시 그녀를 채근했다.

"당신이 약속한 기한이 끝나 가고 있소."

"저도 알고 있어요. 이제 사흘밖에 안 남았는데 뭐가 그리 급하세요?"

왕이 다시 사냥을 나가자 여자는 왕의 마구간을 열고 준마 두 마리를 골라 사람을 시켜 거리에 내다 팔게 했다. 여자의 남편은 금전 두 닢을 주고 그 말을 샀다. 사흘째 되는 날 저녁에 남편은 말 두 필을 끌고 왕궁의 담장 밖에서 아내를 기다렸다.

마음은 조급한데 한밤이 되도록 아내는 나오지 않았다. 가까스로 마음을 달래며 담장에 기대앉아 기다리고 있노라니 어느새 졸음이 밀려들었다.

이때 성 안의 대머리 망나니가 어디서 술을 먹었는지 곤드레만드레가 되어 담장을 지나치다 말 두 필 옆에서 단잠에 빠진 남편을 발견했다.

대머리는 '이런 야밤에 무엇을 하는 사람일까' 하고 생각하며 말 참견을 하려는데, 문득 담장 위에서 보따리 두 개가 떨어지더니 이어서 사람이 뛰어내렸다. 대머리는 한눈에 왕이 빼앗아 온 여자임을 알아차리고 틀림없이 무슨 변고가 생겼다고 생각했다.

담장 위에서 뛰어내린 여자는 자세히 살펴볼 틈도 없이 대머리더러 보따리를 말 잔등에 싣게 하더니 말 위로 훌쩍 뛰어올라 채찍을 때리며 앞으로 달려 나갔다. 대머리도 급히 말을 잡아타고 여자의 뒤를 따라 성 밖으로 달려 나갔다. 두 사람은 달빛을 밟으며 한동안 계속 달렸다.

고개를 돌려 성에서 멀리 벗어난 것을 확인한 여자는 그제야 숨을 돌리고 손으로 머리를 빗질하며 말고삐를 늦추었다.

"여보, 저를 어떻게 찾았어요?"

대머리는 "응" 하고 가볍게 콧소리를 냈을 뿐 감히 말을 입 밖으로 내지 못했다. 이상한 느낌이 들어 말을 멈추게 하고 남편이 가까이 오기를 기다리던 여자는 그만 기겁하고 말았다. 겨우 호랑이 소굴에서 벗어났더니 다시 구렁이 소굴로 기어든 것 같아 자신의 처지가 원망스러웠다.

하지만 여자는 낙담하지 않고 말을 타고 가면서 빠져나갈 방법을 궁리했다. 그러다 좋은 생각이 떠오르자 입을 열었다.

"저는 어쨌든 도망칠 수만 있다면 처음 만나는 사람을 따르겠다고 생각했어요. 하지만 대머리인 채로 저와 혼인한다면 얼마나 보기 흉하겠어요. 당신에게 은전 다섯 닢을 드릴 테니 가서 솥 하나와 기름을 사 오세요. 제가 대머리를 고쳐 드리겠어요. 그런 다음에 혼인하면 어때요?"

대머리는 여자가 미인인 데다가 대머리까지 고쳐 준다니 이거야말로 누이 좋고 매부 좋은 일이라고 생각했다. 그는 곧 마을로 내려가서 솥과 기름을 사 오고, 오는 길에 나뭇가지까지 주워서 손수 기름을 끓였다. 여자는 마음을 모질게 먹고 펄펄 끓는 기름 한 솥을 몽땅 그 대머리에게 쏟아 부었다. 여자는 마음속으로 '누가 너더러 사람을 해치라더냐!' 라고 생각했다.

여자는 혼자 말을 타고 앞으로 달려갔다. 하지만 얼마 가지 않아서 사냥꾼 네 명을 만났다. 사냥꾼들은 그녀를 서로 자기 아내로 삼겠다고 다투기 시작했다. 그 꼴을 본 여자가 입을 열었다.

"당신들이 이렇게 옥신각신한들 무슨 소용이 있겠어요. 어쨌든 저 혼자서 네 사람과 혼인할 수는 없잖아요? 그러니 이렇게 하죠. 네 사람 모두 활과 화살을 제게 주세요. 그러면 제가 사방으로 화살 한 대씩 쏠 테니 누구든 그것을 먼저 주워 오면 그 사람과 혼인하겠어요."

여자의 말에 사냥꾼들은 기뻐하며 자신의 솜씨를 자랑하기에 바빴다.

"그 방법이 좋겠소! 자, 쏘시오!"

여자는 활과 화살을 받아 쥐고 사방으로 한 대씩 쏘았다. 그녀는 힘이 무척 세었던지라 화살이 아주 멀리 날아갔다. 사냥꾼이 저마다 화살을 주우러 간 사이에 여자는 채찍을 휘두르며 말을 몰아 달아났다.

여자는 말을 달려 도망가다 또다시 네 사람을 만났는데, 이번에는 노름꾼이었다. 그들은 그녀를 보자 노름판을 접고 서로 혼인하겠다고 다투기 시작했다. 그러자 여자가 입을 열었다.

"이렇게 하지요. 제가 네 분에게 술을 한 잔씩 올릴 테니 누구든 단숨에 쭉 들이켜서 취하지 않는 사람과 혼인하겠어요."

노름꾼들은 여자가 하자는 대로 술을 마시고 모두 취해서 고꾸라졌다. 여자는 이렇게 해서 또다시 위험에서 빠져나올 수 있었다.

그녀는 여자의 몸으로 길에 나선 게 아무래도 위험하다는 생각이 들어 왕궁에서 가지고 나온 남자 옷으로 바꿔 입고 남자 행세를 하기 시작했다. 이날 그녀는 어느 성에 이르게 되었다.

그런데 이곳은 아주 심상치 않았다. 알록달록한 옷을 입은 사람들이 고개를 젖혀 하늘을 보면서 손에는 큰 고깃덩어리와 닭, 비둘기를 들고 서로 밀치락달치락하며 분주히 돌아다니고 있었다.

여자는 앞으로 다가가서 한 사람에게 물었다.

"무슨 일이라도 생겼소? 모두 뭘 하고 있는 거요?"

"오늘 우리 국왕께서 승하하셨는데, 왕이 기른 행복의 새를 놓아준답니다. 그 새가 누군가의 몸에 가 앉으면 그 사람은 곧 국왕으로 추대될 겁니다."

그들이 이렇게 말하고 있는 사이에 행복의 새가 공중에서 날아내려 왔다. 사람들은 왁자지껄 떠들며 그 새가 자기에게 행복을 가져다 주기를 바랐다. 그런데 새는 사람들 머리 위를 한 바퀴 빙 돌더니 남자로 변장한 여자의 어깨 위에 단정히 내려앉았다.

사람들은 손에 들었던 고깃덩이를 집어던지고 우르르 몰려와서 여자에게 입궐해야 한다고 주장했다. 얼마나 갑작스러운 일인가! 그녀는 아무 준비도 하지 못했다. 하지만 아무도 그녀의 말을 들어주지 않았다. 이것은 예부터 전해내려 오는 관습으로, 누구든 이를 어기면 형벌을 받는다고 말했다.

그래서 여자는 느닷없이 한 나라의 국왕이 되었다. 이 나라는 큰 나라로 그녀를 강제로 취하려던 왕도 이 나라의 관할 하에 있었다. 여자는 사람들의 축하를 받으면서 공무 처리하는 것을 배워 나갔다. 그녀는 일 처리가 매우 공정하고 현명해서 사람들은 국왕을 진심으로 따르게 되었다. 사람들 입에서는 저마다 이런 소리가 흘러나왔다.

"이처럼 어진 국왕을 모시게 되었으니 우리는 얼마나 행복한 사람들인가!"

그녀는 백성에게 평안과 풍요를 가져다 주고, 백성 역시 국왕의 안녕과 행복을 기원했다. 국왕의 사정을 알 턱 없는 신하들은 아직 혼자인 국왕을 걱정하며 서둘러 왕비를 맞아들이라고 권했다.

"아직 왕비가 계시지 않으니 어서 아름다운 처녀를 왕비로 삼아 후사의 안위를 보존하소서."

국왕은 이 일을 슬쩍 뒤로 미뤘다.

"급하지 않소. 짐은 아직 혼인할 때가 되지 않았소. 때가 되면 대신들에게 말하리다."

어느 날 국왕이 나랏일을 보던 중 한 대신이 들어와서 아뢰었다.

"밖에 사냥꾼 네 명이 상소를 올리러 왔습니다. 그들은 어떤 여인이 자기들과 혼인하겠다고 대답해 놓고선 도망쳤는데, 우리나라로 왔는지도 모르겠다고 합니다. 이 일을 어떻게 처리하면 좋겠습니까?"

"먼저 그들을 옥에 가두고, 그 여인을 찾은 다음 일을 처리했으면 하오."

그들이 누구인지 알아챈 국왕은 급한 대로 임시변통의 방법을 썼다. 대신은 분부대로 일을 진행했다. 며칠 지난 뒤 대신이 들어와서 국왕에게 아뢰었다.

"밖에 또 네 사람이 찾아왔습니다. 그들은 어떤 여인이 혼인을 빙자하여 자기들을 속이고 술에 취하게 만든 다음 몰래 도망쳤다고 합니다."

"그들도 옥에 가두고, 그 여인을 찾은 다음에 일을 처리했으면 하오!"

며칠 후 이 나라의 관할 하에 있는 제후국 왕이 찾아왔다. 한때 그 왕의 아내가 될 뻔한 국왕은 그가 뼈에 사무치도록 미웠다. 하지만 제후국 왕인지라 친히 만나서 인사를 차리지 않으면 안 되었다. 국왕에게 예를 표하고 나서 왕은 자신이 찾아온 용무를 말했다.

"한 가지 소소한 일로 국왕 폐하의 도움을 청할까 합니다!"

"무슨 일인지는 짐의 대신과 말하시오."

국왕은 이렇게 대답하고 나서 용포 자락을 휘날리며 자리를 떠났다. 이윽고 대신이 들어와서 국왕에게 아뢰었다.

"그 제후국 왕이 말하기를 여인 하나를 얻었는데, 듣자 하니 그 여인이 우리 영토로 도망쳐 왔다고 합니다."

국왕은 버럭 성을 내며 말했다.

"또 여인을 찾는군! 먼저 그 왕을 가두어 놓고, 그 여인을 찾은 다음에 일을 처리하도록 하시오."

대신은 "예, 예." 하고 대답하는 수밖에 없었다.

그로부터 며칠 뒤 대신이 들어와 아뢰었다.

"국왕 폐하! 오늘 또 한 사람이 여인을 찾으러 왔는데 젊은 가난뱅이입니다. 신이 보건대 그자도 옥에 가두어 버리는 게 좋을 것 같습니다."

"가만, 그 사람을 이리로 들여보내시오."

국왕의 속내를 알 길 없는 대신은 분부대로 젊은 가난뱅이를 데리고 들어왔다. 그는 바로 국왕이 그토록 찾아 헤매던 그리운 남편이었다.

하지만 남편은 자기 아내를 전혀 알아보지 못했다. 국왕은 대신을 다 물러가게 한 다음 그에게 물었다.

"당신이 아내를 찾고 있다는데, 아내임을 증명할 만한 몸의 표적 하나를 말해 보시오."

"제가 어찌 그걸 모르겠습니까. 제 아내 왼쪽 어깨에 검은 점이 하나 있습니다."

국왕은 옷고름을 풀어 어깨를 보이고는 말했다.

"이것이 맞습니까?"

고개를 든 남편은 깜짝 놀라 당황해하면서 그 점을 더듬었다.

"어떻게 당신이……."

국왕은 급히 손을 저었다.

"떠들지 마세요. 이제 당신을 내보낼 테니 내일 여자로 변장해서 제가 알려 드리는 주막에 가서 음식을 드세요."

국왕은 그를 풀어주었다. 이 젊은 가난뱅이의 상소는 속사포처럼 처리되었으나 누구 하나 반문하지 못했다. 이튿날 대신들을 거느리고 거리 구경을 나간 국왕은 한 주막에 이르러 문득 걸음을 멈추고 안을 들여다보았다. 안에선 젊은 여인 하나가 앉아서 식사를 하고 있었다. 넋을 잃고 한참 들여다보던 국왕은 대궐로 돌아와서 대신에게 분부했다.

"대신들은 모두 짐이 왕비를 맞아들이기를 바라지 않았소? 짐은 오늘 주막에서 식사하는 어여쁜 여인을 보았는데, 그녀를 아내로 삼고 싶소."

대신들이 이런 경사를 마다할 리가 있겠는가! 그들은 발벗고 나서서 이 혼사를 단번에 성사시켰다. 국왕의 가례는 성대하고 화려하게 치러졌다. 가례를 치른 뒤 그녀는 매일 남편에게 나랏일 보는 방법을 가르쳐 주었다. 남편이 이를 모두 배우자 아내는 용포를 벗어 남편에게 입혀 주며 나랏일을 맡겼다. 남편은 정사를 마친 다음 돌아와서 아내에게 일을 어떻게 처리했는지 보고했고, 아내는 일 처리가 공정함을 알고 남편에게 이렇게 말했다.

"이렇게 대신들과 백성을 계속 속일 수는 없어요. 그러니 대신들을 불러 사실대로 이야기하고, 다른 밀린 일을 처리해야겠어요."

대신들은 퇴궐하는 길에 국왕의 안색이 창백한 걸 보고 병이라도 걸린 게 아닐까 걱정했다. 그들이 자신의 집에 도착하지도 않았는데 갑자기 대궐에서 종소리가 들렸다. 이는 국왕이 모든 백성을 불러 모으는 종소리였다. 대신들은 황급히 다시 대궐로 향했다.

대궐 문 앞에 모인 백성은 국왕이 무슨 일로 자신들을 모이게 했는지 궁금했다. 이윽고 국왕이 나와 높은 단 위에 오르더니 백성을 향하여 자신의 기구한 운명을 하소연했다. 백성은 모두 눈물을 흘리면서 국왕에게 악한 짓을 한 그자들을 처벌하라고 요구했다.

이에 국왕은 단호히 선포했다.

"노름꾼 네 명을 놓아주도록 하시오. 짐이 스스로 그들 손에 걸려들지 않았다면 그들도 감히 사람을 해치려 하지 않았을 것이오.

사냥꾼 네 명도 내보내도록 하시오. 그들도 나와는 원수를 진 일이 없소. 하지만 그 왕만은 영원히 감옥살이를 하도록 하시오! 그렇지 않으면 그자는 계속해서 남의 집 여인을 모욕할 거요."

목마

•••위구르족

옛날 어느 고을에 목수와 대장장이가 살았는데, 두 사람 다 솜씨가 빼어났다. 그러던 어느 날 그들은 서로 자신의 솜씨가 더 훌륭하다면서 옥신각신했다. 누구 재주가 더 뛰어난가 하는 문제로 그들은 반나절이나 입씨름을 했다. 하지만 아무런 결론도 얻지 못하고 왕에게 가서 심판을 받자고 합의했다.

두 사람은 함께 왕을 찾아갔다. 왕은 그들에게 자신을 찾아온 까닭을 물었다.

"너희는 무엇 때문에 나를 찾아왔느냐?"

"소인은 목수이옵니다. 소인이 만든 작품은 다른 어떤 목수의 것보다 정교하온데, 저 대장장이는 자신이 벼린 쇠붙이보다 못하다는 것이옵니다."

목수가 앞질러 말하자 대장장이도 뒤질세라 말했다.

"소인이 만든 물건은 누가 봐도 칭찬이 자자한데, 저 목수는 기어코 자신이 만든 물건보다 못하다는 것이옵니다."

이리하여 목수와 대장장이는 누구 솜씨가 더 뛰어난지 왕의 판정을 요청했다. 왕은 한참 생각하더니 난처한 얼굴로 말했다.

"너희가 만든 물건을 직접 보지 못했으니 어떻게 판정을 내릴 수 있겠느냐? 너희한테 열흘의 기한을 줄 테니 물건을 하나씩 만들어 와서 내게 보여라."

두 사람은 자신의 재주를 한껏 발휘하여 물건을 만든 다음 열흘 뒤에 다시 왕을 찾아왔다. 대장장이는 큰 쇳물고기 하나를 만들어 왔다. 왕이 그것을 보고 물었다.

"이것은 무엇에 쓰는 것이냐?"

"이 쇳물고기는 곡식 만 자루를 싣고도 바다에서 헤엄쳐 다닐 수 있사옵니다."

그 말에 왕은 속으로 코웃음을 쳤다.

'저놈이 미친 소릴 하는군! 저렇게 무거운 쇠를 물에 띄우면 영락없이 가라앉고 말 텐데, 떠다닐 수 있다고 거짓말을 하다니!'

왕은 곧 사람들을 시켜 곡식 만 자루를 준비해서 쇳물고기 등에 싣게 했다.

"어디 시험해 보라!"

왕의 분부가 떨어지자 강가의 쇳물고기는 나는 듯이 물 위를 달렸다. 그 광경을 본 사람들은 저마다 혀를 내두르며 감탄해 마지않았다.

"과연 솜씨가 대단하구나."

왕도 연거푸 칭찬하며 그에게 큰 상을 내렸다.

한편 목수의 야심작은 날개 달린 목마였다. 왕은 나무 몇 토막으로 뚝딱 만든 것 같은 목마를 보면서 심드렁하게 말했다.

"그것은 아이들 장난감이 아니냐?"

"이것은 목마이온데, 목마의 오른쪽 귀를 비틀면 하늘로 올라가고 왼쪽 귀를 비틀면 땅으로 내려오나이다. 오른쪽 귀를 비틀수록 하늘 높이 날아오르므로 이것을 타고 여러 곳을 유람할 수 있사옵니다."

왕과 목수가 서로 이야기를 주고받는 사이 옆에 있던 왕자가 기뻐하며 끼어들었다.

"하늘을 날아 세상 구경을 할 수 있다면 얼마나 좋을까요!"

그러면서 왕자는 자신이 목마를 타고 한번 시험해 보겠다고 했으나 왕은 끝내 승낙하지 않았다.

"그게 어디 될 법한 소리냐? 이 목마가 날 수 있는지 없는지도 모르는데, 그랬다가 떨어지는 날이면 큰일 아니냐?"

이 말을 들은 목수가 도리질 치며 그 말을 받았다.

"전하, 절대 떨어지지 않사옵니다!"

왕자는 부왕의 만류에도 불구하고 거듭 간청했다. 아들을 몹시 사랑하는 왕은 평소에도 왕자의 청이라면 무엇이든 다 들어주었다. 이번에도 왕자가 기어코 목마를 타 보겠다고 조르는 통에 하는 수 없이 허락하며 거듭 당부했다.

"한시도 너를 곁에서 떼어 놓기가 불안하니 가까운 곳에서 좀 타 보고 얼른 내려오너라! 절대 먼 곳으로 날아가서는 안 되느니라."

왕자는 그렇게 하겠다고 대답하고는 목마에 올라탔다.

목마의 오른쪽 귀를 비틀자 왕자를 태운 목마는 곧 땅을 솟구쳐 날아오르기 시작했다. 아래를 굽어보니 산봉우리며 하천이며 나무와 시가지, 그리고 자신을 쳐다보는 사람들이 모두 발끝에서 멀어져 갔다. 왕자는 너무 기쁜 나머지 계속 목마의 오른쪽 귀를 비틀었다. 그러자 목마는 더욱 빨리 날아 눈 깜짝할 사이에 지상의 모든 것이 보이지 않게 되었다.

얼마나 날았을까, 왕자는 배가 고팠다. 아래를 굽어보다가 마침 한 마을이 눈에 들어와 목마의 왼쪽 귀를 비틀며 서서히 땅에 내려앉았다. 그는 식사를 하고 객줏집에서 하룻밤 묵었다. 한 번도 먼 길을 떠나 보지 못했던 왕자는 낯선 마을에 오자 즐거움에 마음이 들뜨기 시작했다.

이튿날 아침 왕자는 거리 구경을 나갔다. 여기저기 둘러보던 왕자는 어느 광장에 이르렀다. 명절처럼 인산인해를 이룬 광장에서는 사람들이 무엇을 기다리는 듯 모두 고개를 젖히고 하늘을 쳐다보고 있었다. 왕자도 사람들 틈에 끼어 하늘을 올려다보았으나 아무것도 없었다. 그래서 왕자는 옆에 있던 사람에게 물었다.

"모두 뭘 구경하고 계십니까?"

"보아하니 이 고장에 처음 오셨나 보군요. 왕의 슬하에 공주님이 한 분 계시는데 예쁘기가 해와 달에 비할까, 세상 어느 규수도 아름다운 외모를 따를 수 없답니다. 공주님을 몹시 귀여워하시는 왕께서는 아무도 보지 못하게 하려고 하늘에 궁전을 한 채 지어 놓고 거기다 공주님을 모셔 두었지요. 그러고는 매일 정사를 끝내시면 공주님을 보러 가시는데, 지금 왕께서 돌아오실 때가 되어 모두들 이렇게 기다리는 중입니다."

그 말에 왕자는 의아해하면서 말했다.

"아니, 하늘에다 어떻게 집을 지을 수 있습니까?"

"그건 신선께서 지어 주신 것으로, 왕만이 그곳에 올라가실 수 있습니다."

이야기를 듣고 난 왕자는 자기도 한번 하늘 궁전에 가 보고 싶다는 생각을 하며 객줏집으로 돌아왔다. 밤이 으슥해지자 왕자는 목마를 잡아타고 하늘로 날아올라 갔다. 하늘에는 아주 화려한 궁전이 하나 있었다. 왕자는 궁전 대문 앞까지 날아가 목마에서 내려 안으로 걸어 들어갔다.

공주는 아버지가 오는 줄 알고 급히 마중을 나왔다. 그런데 가까이서 보니 아버지가 아니었다. 사람이라면 절대로 여기 올 수 없다고 생각한 공주는 틀림없이 신선일 것이라 여기고 얼른 몸을 일으켜 맞아들였다.

하늘의 선녀처럼 아리따운 공주를 본 왕자는 마음속으로 '만약 저런 아내를 얻을 수 있다면 얼마나 행복할까.' 라고 생각했다. 공주도 젊고 늠름하게 생긴 왕자를 본 순간 마음이 끌렸다. 그들은 이렇게 서로 눈이 맞아 사랑을 나누었다.

이튿날 아침 왕자는 목마를 타고 객줏집으로 돌아왔다. 이날도 왕은 전처럼 하늘 궁전으로 올라가 공주의 몸무게를 재 보았다. 여인이 남자를 만나면 몸무게가 늘어난다는 사실을 아는 왕은 매일 하늘 궁전에 올라갈 때마다 공주의 몸무게를 쟀던 것이다. 그런데 이날 공주의 무게는 두 근이나 늘어 있었다. 왕은 화가 나서 두 눈을 부릅뜨고 수염만 만지작거리다가 공주의 곁을 떠났다.

사람들은 국왕이 왜 이렇게 빨리 돌아오는지 이상하게 여겼다.

왕은 모든 대신을 불러 놓고 말했다.

"나 말고 누가 하늘 궁전으로 올라갈 수 있느냐? 얼른 방법을 강구하여 그놈을 잡아들여라!"

그러자 한 대신이 앞으로 나서며 아뢰었다.

"여기에 영웅호걸 네 사람이 있사오니 그들을 하늘로 보내 궁전 밖에서 지키게 하면 누가 오든 붙잡을 수 있을 것입니다."

왕은 이 제의에 매우 만족해했다. 저녁이 되자 왕은 몸소 네 영웅을 하늘 궁전으로 데리고 올라갔다. 네 사람에게 각자 지킬 곳을 정해 주고 경계를 늦추지 말 것을 신신당부하고 난 다음 왕은 다시 궁으로 돌아왔다.

그런데 이들은 온종일 먹기만 하고 머리를 전혀 쓰지 않는 위인들이라 보초는 뒷전이고 모두 잠에 곯아떨어졌다. 이 틈을 타서 왕자는 안으로 들어가 공주와 사랑을 나누다가 다음 날 해가 떠오를 무렵 돌아왔다.

이날 저녁 왕이 공주의 몸무게를 재 보니 또 두 근이나 늘어 있었다. 노여움이 머리끝까지 치민 왕은 아무 말도 나오지 않았다. 공주에 대한 소문은 성 안에 쫙 퍼져 가는 곳마다 뒷공론이 자자했다. 백성을 대할 면목이 없게 된 왕은 우 대신을 궁으로 불러들여 이 일을 의논했다.

우 대신은 왕에게 이렇게 여쭈었다.

"하늘 궁전과 그 안의 모든 물건에다 붉은 칠을 해 놓고, 내일 성 안의 사람들을 샅샅이 조사하도록 하시옵소서. 그래서 몸에 붉은 칠이 묻은 자를 찾는다면 공주님을 희롱한 놈을 잡을 수 있을 것입니다."

우 대신의 말을 좇아 왕은 하늘 궁전에 있는 모든 것에 붉은 칠을 하게 했다. 그날 밤에 왕자는 또 공주를 찾아갔다.

이튿날 왕자가 돌아갈 때 보니 자신의 옷이 온통 붉은 칠투성이였다. 그래서 그는 비록 진귀한 비단에 진주와 보석으로 장식한 옷이었지만 조금도 아까워하지 않고 모두 벗어 던졌다.

마침 이 성에는 착한 일을 하여 음덕을 쌓으려고 매일 밤 집집마다 돌아다니며 예배하도록 사람들을 일깨워 주는 늙은이가 있었다. 이날 늙은이는 길을 걷는 도중 하늘에서 비단옷이 떨어지는 광경을 보았다. 늙은이는 이 옷이 자신의 정성스러운 치성에 감동한 알라가 내린 선물이라고 생각했다.

다음 날 그 늙은이는 기쁜 마음으로 어제 주운 옷으로 갈아입고 예배를 드리러 갔다. 그런데 왕이 몰래 사람을 보내 사원을 조사하게 했을 줄 누가 알았겠는가! 늙은이는 그만 붙잡혀 큰 화를 입게 되었다.

왕은 늙은이를 심문했다.

"붉은 칠이 왜 옷에 묻었느냐?"

"이 옷은 소인이 길에서 주운 것인데, 처음부터 붉은 칠이 묻어 있었사옵니다."

하지만 어찌 그 말을 곧이곧대로 믿을 수 있겠는가. 진노한 왕은 늙은이를 옥에 가두어 모진 고문을 한 후 극형에 처하라는 명령을 내렸다.

공주를 희롱한 자가 잡혔다는 소문이 성 안에 퍼지자, 사람들은 저마다 그 대담한 자가 누구인지 궁금하여 광장으로 모여들었다. 그런데 범인이란 자를 보니 힘 한번 제대로 못 쓰게 생긴 늙은이였다. 이에 다들 반신반의하며 쑥덕거리기 시작했다.

이 일은 왕자의 귀에도 들어갔다. 한 늙은이가 억울하게 죽임을 당한다는 소문을 들은 그는 목마를 타고 사형장으로 날아갔다. 그곳에 이르러 보니 늙은이 목에는 굵은 동아줄이 걸려 있었다. 이를 본 왕자가 다급히 소리쳤다.

"형을 중지하시오. 그 노인은 죄가 없소. 하늘 궁전에 올라간 사람도 공주를 만난 사람도 나요. 붉은 칠이 묻은 옷도 내 것이니 사형은 내게 내리고 그 노인을 풀어 주시오."

멀리서 이를 바라보던 왕은 집행관들이 형을 중지한 것을 보고 곧 사람을 보내어 그 까닭을 물었다. 그러자 집행관 중 한 사람이 말했다.

"어느 젊은이가 달려와서 자기가 공주와 함께했다고 하오니 도대체 누구를 죽여야 하옵니까?"

그 말을 들은 왕은 명령을 바꾸었다.

"스스로 죄를 실토한 자를 죽여라!"

집행관은 늙은이를 풀어 주었다. 죽음의 문턱에서 풀려난 늙은이는 비틀거리며 집으로 돌아갔다.

집행관이 이번에는 왕자를 묶으려 하자 그는 재빨리 목마를 잡아타고 오른쪽 귀를 비틀었다. 그러자 목마는 하늘로 솟아오르더니 멀리 날아가 버렸다. 닭 쫓던 개 꼴이 된 집행관은 어찌 된 영문인지 몰라 눈이 휘둥그레졌다. 왕은 자신의 군사들이 사람 하나 붙잡지 못하고 놓쳐 버린 것을 알고 화를 내다가 까무러치고 말았다.

하늘 궁전에 이른 왕자는 공주에게 말했다.

"우리 사랑은 날이 갈수록 깊어지고 있으니 이제 와서 서로 떨어져 지낼 수는 없소. 그런데 모든 일이 탄로 났으니 더는 여기에 머무를 수가 없소. 나와 함께 우리 아버지께로 갑시다. 우리 아버지는 당신을 사랑해 주실 것이오."

"이미 당신께 몸을 맡긴 이상 어디를 가시든 따라가겠어요."

말을 마친 그들은 목마를 타고 하늘 궁전을 떠나 날아갔다.

하늘을 날아가던 중 공주가 별안간 "어머나!" 하고 소리쳤다.

"어릴 적 어머니께서 보석 두 개를 주시면서 혼인할 때 시부모님께 하나씩 드리라고 하셨어요. 그런데 너무 바삐 떠나다 보니 그만 그것을 챙기는 것을 잊어버렸어요. 어떡하면 좋아요?"

"벌써 이렇게 멀리 왔으니 그 생각은 잊어버립시다."

"하지만 시부모님을 처음 만나 뵙는데 선물 하나 가져가지 않으면 남들이 얼마나 비웃겠어요?"

왕자는 공주가 하자는 대로 하는 수밖에 없었다. 그는 목마의 왼쪽 귀를 비틀어 땅에 내렸다.

"나는 여기서 기다릴 테니 얼른 이 목마를 타고 가서 보석을 가져오시오."

공주는 목마를 타고 날아갔다.

화를 내다 까무러쳤던 왕은 대신들의 간호로 깨어난 뒤 무엇보다도 공주가 걱정되어 급히 하늘 궁전으로 달려갔다. 하지만 공주는 도망치고 없었다. 어찌해야 할지 몰라 애가 타고 있는데, 마침 공주가 목마를 타고 돌아오는 것이 아닌가.

왕은 얼른 몸을 숨기고 공주가 하늘 궁전으로 들어서기를 기다렸다가 그녀를 붙잡아 궁전의 방 하나에 가두어 놓았다. 목마는 어떻게 쓰는지 몰라 다른 방에다 던져 버렸다.

한편 예전에 이웃 나라 왕이 공주가 미색이라는 말을 듣고 매파를 놓아 아들의 청혼을 해 온 적이 있었다. 그때 왕은 그 청혼을 거절했다. 그런데 지금 공주가 이런 망측한 일을 저질러 놓았으니 누가 그녀를 데려가려고 하겠는가? 그래서 공주를 그때 청혼했던 왕자에게 시집보낼 생각으로 편지 한 통을 써 보냈다.

과인은 딸의 혼인을 허락하며 우리가 사돈을 맺고 영원히 화목하게 지내기를 원하나이다. 그러니 곧 왕자를 보내시어 과인의 딸을 데려가게 하옵소서!

한편 왕자는 보석을 가지러 간 공주가 돌아오기를 초조하게 기다렸다. 하지만 사흘이 지나도 공주는 돌아오지 않았다. 사방을 둘러보니 끝없이 펼쳐진 사막 주위에는 모래산만 높이 솟아 있고, 불볕 같은 태양이 점점 따갑게 내리쬘 뿐 나무 한 그루 보이지 않았다. 왕자는 배도 고프고 목도 말라 사방을 돌아다녔지만, 물 한 방울 찾을 수 없었다. 높은 곳에 올라가면 무엇이 좀 보일까 싶어 모래산 위로 올라가 보았지만 역시 아무것도 보이지 않았다. 그런데 발 밑의 모래가 자꾸만 무너져 내리는 바람에 그도 따라서 아래로 미끄러져 굴러떨어지고 말았다. 잠깐 정신을 잃었다가 깨어 보니 눈앞에 열매가 무성한 과수원이 펼쳐져 있는 게 아닌가.

왕자는 그 과수원으로 걸어 들어갔다. 과수원에는 갖가지 과일나무가 우거져 하늘을 가리고 울긋불긋한 열매가 가지마다 주렁주렁 열려 있으며 맑고 시원한 도랑물이 흘렀다. 왕자는 먼저 복숭아를 몇 개 따서 먹었다. 달고 맛이 좋았다. 복숭아를 배불리 먹고 난 그는 나무에 기대어 잠이 들었다.

그런데 한잠 자고 일어나서 얼굴이 묵직하여 손으로 더듬어 보니 수염이 듬성듬성 나 있는 게 아닌가. 까닭을 알 수 없어 생각에 빠져 있노라니 배가 고팠다. 혹시 복숭아 때문인지도 모른다는 의심이 든 왕자는 감히 복숭아를 먹지 못하고 배나무 위에 올라가서 배를 몇 개 땄다. 그 배는 크고 껍질이 얇은 데다 달고 향기로워 먹을수록 더 먹고 싶었다. 그는 배를 먹다가 자신도 모르는 사이에 또 잠이 들고 말았다. 얼마나 잤는지 깨어 보니 이미 날이 어두워져 있었다. 왕자는 기지개를 켜면서 머리를 만져 보았다. 그런데 이게 웬일인가! 머리에 길고 뭉툭한 뿔이 두 개나 났고 입가에는 수염이 한 자 가량이나 자라 있지 않은가! 왕자는 기가 막혔다.

"내가 지금 어떻게 된 거지! 공주가 돌아와도 나를 알아보지 못할 것이고 좋아하지도 않을 것이니 이걸 어떻게 한담!"

왕자는 생각할수록 괴로워 대성통곡하다가 지쳐 그만 잠이 들고 말았다. 그렇게 잠이 든 왕자는 꿈을 꾸었다. 꿈에 한 늙은이가 앞에 나타나서 그의 이마를 어루만지며 물었다.

"젊은이, 뭘 그렇게 괴로워하고 있나?"

왕자는 곧 자기가 겪은 자초지종을 이야기했다. 그러자 늙은이가 이렇게 일깨워 주었다.

"괴로워하지 말고 얼른 가서 마른 복숭아와 마른 배를 주워 먹게. 그러면 수염과 뿔이 죄다 없어질 걸세. 그런데 젊은이, 여기는 마귀들이 있는 곳이니 지체하지 말고 어서 떠나게. 지금은 그들이 자고 있으니 망정이지 깨어나는 날이면 자네를 잡아먹고 말 걸세."

왕자는 깜짝 놀라 꿈에서 깨어났다. 휘영청 밝은 달이 하늘에 걸려 있고 서늘한 바람이 솔솔 불어왔다. 왕자는 얼른 꿈속에서 노인이 말하던 대로 마른 복숭아와 마른 배를 한 줌 주워 먹었다. 과연 수염과 뿔이 온데간데없이 사라지고 말았다.

그는 버들가지를 꺾어 큰 광주리를 짠 뒤 마른 복숭아와 마른 배를 반 정도 담고 그 위에 싱싱한 복숭아와 배를 얹어 과수원을 빠져나왔다. 어디로 가야 할지 몰라서 발길 가는 대로 걸어갔다. 이렇게 꼬박 이레 동안 인적 하나 없는 사막을 헤매던 끝에 마침내 큰 길에 들어섰다. 그는 길목에 앉아 잠시 쉬기로 했다.

잠시 후 한 사람이 나귀를 몰고 걸어왔다. 왕자는 그에게 물어 동쪽으로 가면 자신의 나라가 있고, 서쪽으로 가면 공주의 나라에 이를 수 있다는 것을 알았다.

그런데 공주와 목마를 다 잃고 혼자 집으로 돌아가야 무슨 의미가 있단 말인가? 이렇게 생각한 왕자는 큰 길을 따라 서쪽으로 걸어갔다. 한참 걷다 보니 문득 뒤에서 한 무리의 인마가 위풍당당하게 다가오고 있었다. 그 속에는 비단 띠를 두른 네 마리의 준마가 있고 붉고 푸른 비단에 금실은실로 수를 놓은 가마 한 채가 있었다. 왕자가 걸음을 멈추고 길가에 서서 그 광경을 보고 있노라니 무리에서 한 사람이 걸어 나오며 물었다.

"무얼 파는 거요?"

"아무것도 팔지 않소."

그 사람은 광주리를 가리켰다.

"배와 복숭아가 아니오? 우리 왕자님께서 종일 길을 가다 보니 지금 몹시 시장하시다고 하오. 그러니 그 과일 몇 개를 우리한테 파시오."

"이건 내 길양식인데 팔아 버리면 나는 뭘 먹겠소? 보다시피 여긴 모래와 바람뿐 풀 한 포기 자라지 않는데 말이오."

가마에 타고 있던 이웃 나라 왕자는 배와 복숭아가 있다는 말에 사람을 시켜 돈을 주며 얼른 사 오라고 재촉했다.

"돈이 얼마가 들든지 간에 먼저 사 오고 보게."

길가에 서 있던 왕자는 궁금한 생각이 들어 그들에게 물었다.

"당신들은 어디로 가는 길이오?"

"우린 왕자비를 맞으러 가는 길인데, 그 공주님은 바로 저 앞 성안에 계시오."

그 사람은 이렇게 대답하며 손으로 서쪽을 가리켰다. 알고 보니 공주란 다름 아닌 자신과 연을 맺은 하늘 궁전의 공주였다.

하지만 왕자는 짐짓 아무런 내색도 하지 않고 돈을 받은 뒤 광주리에서 싱싱한 배 하나와 복숭아 하나를 꺼내 주었다. 가마 안에 있던 이웃 나라 왕자는 기뻐하며 볼이 미어져라 배와 복숭아를 먹었다. 가마는 멈추었던 길을 재촉했고 이웃 나라 왕자는 가마 안에서 잠이 들었다. 한참 푹 자고 깨어난 이웃 나라 왕자는 깜짝 놀라 불에 덴 듯 소리를 질렀다.

신하들이 우르르 달려가 보니 자신들의 왕자는 보이지 않고 가마 안에는 얼굴에 흰 수염이 잔뜩 나고 머리에 뿔이 난 괴물이 앉아 있었다.

당황한 신하들은 과일을 팔고 나서 길을 재촉하고 있던 왕자를 가로막으며 물었다.

"우리 왕자님께 무슨 물건을 판 거요?"

"배와 복숭아요!"

"보시오, 우리 왕자님께서 당신의 배와 복숭아를 드시고 나서 얼굴에 온통 수염이 나고 머리에 뿔이 돋았소."

괴상한 몰골을 본 왕자는 속으로 못내 기뻐하며 천천히 말했다.

"저는 날마다 이걸 먹는데 수염이 나지 않았습니다."

그 말에 사람들은 할 말을 잃었다.

그들은 왕자가 꼴사나운 행색으로 어떻게 이웃 나라 공주를 데려올 수 있겠는가 하는 문제로 고민하다가 이렇게 결론을 내렸다.

"이제 그곳에 간다 해도 쫓겨날 판이니 아예 여기서 그만두는 게 좋겠소."

하지만 뿔 난 왕자는 몇 해 동안 공주를 사모해 왔는데 어떻게 그만둘 수 있겠느냐면서 돌아가려고 하지 않았다.

그러자 대신 중 한 사람이 꾀를 내어 말했다.

"용모가 아름다운 젊은이를 왕자로 꾸며 공주를 꾀어내면 어떻겠소? 궁궐로 데려간 다음엔 그녀도 어찌할 수 없을 것 아니오."

모두 그 의견에 찬성하고 곧 용모가 출중한 젊은이를 물색했다.

그런데 이 사람 저 사람 다 비교해도 과일 파는 젊은이만 못했으므로 그들은 그와 의논해 보기로 마음먹었다.

하지만 왕자는 짐짓 싫은 척하며 머리를 가로저었다.

"당신네는 당신들 일이나 보러 가시오. 나는 나대로 할 일이 있으니."

대신들은 거듭 좋은 말로 사정하며 말굽 다섯 덩이를 주겠다고 했지만 왕자는 응하지 않았다.

"다섯 덩이로는 곤란하오."

"그럼 일곱 덩이를 주겠소."

흥정이 끝나자 대신은 그를 부축하여 가마에 올리고, 수염과 뿔이 난 왕자는 머리를 싸매고 얼굴을 가린 채 말을 타고 가게 했다. 그러면서 성 안에 들어가면 절대 남에게 들키지 않도록 숨어 있으라고 당부했다. 모든 차비가 끝나자 대열은 계속 앞으로 나아갔다.

그들이 도착했다는 소식을 들은 왕이 성 밖까지 마중을 나왔다. 왕은 자신의 예비 사위가 영특해 보이고 잘생긴 데다가 선물까지 잔뜩 준비해 온 것을 보고 여간 기뻐하지 않았다. 하지만 딸의 소행이 그들에게 알려지는 날에는 모든 것이 허사로 돌아가리라는 생각에 서둘러 혼례를 올리고 나흘 동안 성대한 잔치를 베풀었다.

혼례를 올리고 사흘째 되는 날에도 공주는 신랑을 거들떠보지도 않고 면사포를 쓴 채 울기만 했다. 공주는 마음속으로 다른 사람을 그리면서, 그 사람이야말로 자신이 진심으로 사랑하는 남편이라고 굳게 믿고 있었다.

혼례식 마지막 날 저녁 공주 곁에 앉아 있던 왕자는 사람들이 흩어진 틈을 타서 공주에게 자기가 돌아왔노라고 가만히 알려 주었다. 그러자 공주는 면사포를 살짝 들고 왕자를 훔쳐보았다.

이게 꿈인가 생시인가? 꿈에 그리던 왕자님이 눈앞에 앉아 있는 것이 아닌가! 공주의 의혹에 찬 기색을 알아챈 왕자는 그간의 일을 말해 주었다. 그리고 아직은 다른 사람에게 알리지 말라고 당부했다.

그제야 공주는 울음을 그치고 만면에 희색이 돌아 춤을 추고 노래를 불렀다. 왕자는 공주에게 혼례가 끝나면 부왕께 혼인 예물로 목마를 달라 하라고 일렀다. 그리고 목마를 주지 않으면 시집가지 않겠다고 우기면서 왕이 아무리 위협해도 두려워하지 말라고 덧붙였다.

성대한 잔치가 끝나자 대신들과 백성이 공주를 송별하려고 문밖에 대기하고 있었다. 떠날 채비를 갖춘 왕자도 말에 타고 있었다. 그런데 공주는 여전히 왕의 옷자락을 붙들고 늘어지며 목마를 주지 않으면 시집가지 않겠다고 떼를 썼다. 왕은 하는 수 없이 목마를 내주었다. 그제야 가마 대열은 신랑과 신부를 에워싸고 길을 떠났다.

여러 날 동안 길을 다그쳐 목적지에 거의 다다르자 왕자와 공주는 마음이 초조해지기 시작했다. 어떻게 해야 이 사람들을 피해 도망칠 수 있을 것인가 걱정스러웠다. 왕자는 좋은 방법이 생각나자 이를 공주에게 알려 주었다.

대궐 문 앞에 이르면 황금 일곱 쟁반을 가져다 마당에 뿌려서 환영해 달라고 하고, 그렇지 않으면 가마에서 내리지 않겠다고 하라는 것이었다. 대궐 문 앞에 도착한 공주는 왕자가 시킨 그대로 실행에 옮겼다. 황금이 온 마당에 뿌려지자 사람들은 서로 밀치고 다투면서 그것을 줍기에 여념이 없었다. 왕자는 이 기회를 틈타 목마를 꺼내어 공주를 올라타게 했다. 그러자 왕자와 공주를 실은 목마는 곧 하늘로 날아올라 갔다.

한편 사랑하는 아들을 잃은 왕은 밤낮으로 아들을 그리워했다. 그는 이 비극이 모두 하늘을 나는 목마를 만든 목수 탓이라고 여기고 그를 원망했다. 그리고 사람을 시켜 목수를 죽이려고 했다. 그런데 때마침 아들이 돌아왔다.

"존귀하신 아버지! 목수가 이 목마를 만들지 않았다면 제가 어떻게 각지를 유람하고, 또 어여쁜 공주까지 맞을 수 있으며, 이렇게 돌아와 아버지를 기쁘게 해 드릴 수 있겠습니까! 그러니 아무쪼록 저 목수한테 후한 상을 내려 주시기 바라옵니다."

이 말을 들은 왕은 미안해하며 얼른 목수를 풀어 주고 궁으로 데리고 들어왔다. 왕자는 목수에게 많은 상금을 내리고, 재능을 키우는 데 더욱 힘쓸 것을 당부했다.

왕자는 공주와 다시 혼례식을 치르고 왕위를 계승했다.

납스열정 아범제의 이야기

•••위구르족

●—송장이 되다

어느 날 밤 묘지를 지나가던 아범제阿凡提, 인명이 아니고 '선생님'이란 뜻으로 본명은 납스열정納斯列丁, 즉 '종교의 승리'라는 뜻는 말 탄 사람들이 앞에서 우르르 달려오는 것을 보고 이상한 생각이 들었다.

'저 무리 중 열에 아홉은 좋은 일을 하는 사람들이 아닐 것이다.'

그래서 아범제는 얼른 구멍 뚫린 무덤 속으로 들어가 숨었다. 그런데 공교롭게도 말 탄 사람들 가운데 한 사람이 무덤 속으로 들어오는 것이 아닌가.

"웬 사람이냐?"

그들도 의심이 나서 무덤 앞으로 다가와 큰 소리로 외쳤다.

"넌 웬 놈이냐?"

아범제는 무덤 속에서 머리를 내밀고 대답했다.

"나는 이 묘지에 있는 송장이외다."

"송장이 이 밤중에 무엇 하러 나와 돌아다니느냐?"

"갑갑해서 나왔소이다."

"송장이 어떻게 갑갑증을 풀 수 있단 말이냐?"

"예, 예, 당신 말씀이 옳습니다. 내가 잘못했소이다."

아범제는 이렇게 말하고 나서 머리를 무덤 속으로 들이밀었다.

●—도적을 피하다

어느 날 아범제의 집에 도적이 들었다. 그는 도적을 보자 곧 상자 안에 들어가 숨었다.

도적은 방 안을 발칵 뒤집었으나 값나가는 것이라곤 눈을 씻고 찾아봐도 없었다. 마지막으로 상자를 열어 보았더니 사람이 그 안에 숨어 있는 것이었다.

"너 잘 걸렸다, 너는 상자 안에서 뭘 하고 있는 거냐?"

도적의 질문에 아범제는 이렇게 대답했다.

"허 참! 우리 집에 당신 마음에 드는 물건이 아무것도 없다 보니 너무 미안해서 상자 안에 숨었소이다."

●—이사하다

어느 날 밤 도적 한 무리가 아범제의 집에 들어와 집 안에 있던 집기들을 몽땅 쓸어 갔다.

도적들이 뜰을 벗어나자 아범제도 남아 있는 자질구레한 물건들을 챙겨 그들을 뒤따라갔다. 도적 하나가 뒤따라오는 그를 보고 물었다.

"어, 당신은 이 밤중에 어딜 가는 거요?"

"나귀도 없고 말도 없어서 여러 날째 이사를 못 하고 있는데, 이번에 당신들 덕택에 이사를 하게 되었소이다."

●──소를 팔러 가다

아범제에게는 성질 사납고 새끼를 낳지 못하는 암소 한 마리가 있었다. 그는 마누라의 뜻대로 그 소를 팔아 버리기 위해 장터로 끌고 갔다.

하지만 장꾼들은 아범제의 소를 한번 흘긋 보고는 그냥 가 버렸다. 평소 아범제가 “이 소는 젖이 나오지 않지만 사람은 떠받을 줄 아외다.” 하고 쉴 새 없이 떠들었기 때문이다.

그러니 누가 그 소를 사겠는가?

옆에 있던 소 장사꾼이 어리석은 아범제의 꼴이 하도 우스워서 그를 보고 말했다.

“여보게, 내가 그 소를 대신 팔아 주겠네.”

“당신이 팔아 줄 수만 있다면……. 당신이 돈을 많이 벌기를 축원하오. 그럼 이 소를 맡기겠소.”

아범제는 소를 그에게 넘겨주었다.

장사꾼은 소를 넘겨받자 둘러서서 구경하는 장꾼들에게 말재간을 늘어놓았다.

“이 소는 너무 순해서 탈이오! 하루에 젖을 열다섯 사발이나 받을 수 있소. 그러니 이 소를 사시오!”

이 소리를 들은 아범제는 소 장사꾼의 손에서 고삐를 채 가며 말했다.

“이 소가 양보다도 더 순하고 하루에 젖을 열다섯 사발이나 짤 수 있는데, 내가 왜 팔겠소?”

그러고는 소를 끌고 다시 집으로 돌아갔다.

●—서로 비기다

어느 날 아범제는 바지를 하나 사려고 장에 갔다. 흥정을 끝내고 바지를 손에 쥔 다음 돈을 꺼내려는 순간 문득 이런 생각이 들었다.

'지금 입은 바지도 그리 낡지 않았잖아.'

그래서 그는 바지를 물리며 말했다.

"주인 양반, 적삼으로 바꿔 주시오."

"그러지요."

가게 주인은 아범제에게 적삼을 하나 내주었다. 적삼을 받아든 그는 돈도 주지 않고 돌아서 나갔다. 그러자 주인이 서둘러 그를 불러 세웠다.

"여보시오, 왜 값을 치르지 않고 가는 거요?"

"이건 아까 흥정한 그 바지 값으로 충분하잖소."

●—황소한테 물어보시오

장을 다 본 아범제가 황소 한 마리를 몰고 집으로 돌아가는데 길에서 만나는 사람마다 그를 붙잡고 묻는 것이었다.

"황소가 대단히 좋구려. 얼마나 주고 샀소?"

아범제는 계속된 질문이 적잖게 귀찮았다. 그런데 도중에 두 사람이 똑같은 질문을 하는 것이었다. 그러자 아범제는 황소를 가리키며 대답했다.

"왜 이렇게 시끄럽게들 구는 거요. 묻고 싶으면 이 황소한테 물어보시오."

●—알아서 물에 뛰어들어라

추운 겨울날 아범제는 나귀 등에 나무 한 짐을 싣고 길을 떠났다.

그는 몸이 얼어 어찌해야 좋을지 몰랐다. 잠시 생각하다가 그는 혼잣말로 이렇게 중얼거렸다.

"나귀도 몸이 얼었을 텐데 등에 실은 나무에다 불을 붙이면 나귀도 몸을 녹일 수 있지 않을까."

그는 곧 나무에 불을 놓았다. 마른나무가 활활 타오르기 시작하자 나귀는 겁을 먹고 냅다 뛰었다.

아범제는 나귀 뒤를 쫓아가면서 소리쳤다.

"똑똑한 놈이면 알아서 물에 뛰어들어라!"

●—꼬리는 전대 안에 있소

아범제는 나귀를 몰고 장으로 팔러 갔다. 가는 도중에 나귀 꼬리에 흙이 잔뜩 묻어 있는 것을 발견했다.

'이런 하찮은 흠집 때문에 장꾼들한테 꼬투리를 잡히면 얼마나 손해인가?'

이런 생각이 들어 그는 나귀의 꼬리를 베어 전대 안에 간수했다.

장터에 도착하니 한 장꾼이 다가와서 나귀를 보며 말했다.

"좋은 나귀인데 유감스럽게도 꼬리가 없군."

아범제는 사내를 흘끔 쳐다보더니 얼른 그의 말을 받았다.

"이 나귀가 마음에 드시거든 어서 값을 치르시오. 꼬리는 전대 안에 있소."

●—사방으로

어느 날 친구들이 아범제에게 물었다.

"날이 밝으면 사람들은 왜 사방으로 흩어지는 걸까?"

"허 참, 바보 같으니! 그 이유를 아직 모른단 말이오. 사람들이 모두 한쪽 방향으로만 간다면 다른 한쪽이 들려 땅이 뒤집힐 게 아니오!"

●—대필

한 사람이 아범제를 찾아와서 부탁 한 가지를 했다.

"우리 형님이 도읍에 계시는데 수고스럽지만 대신 편지 한 장 써 주시오."

"내겐 도읍에 갈 시간이 없소."

"당신더러 도읍에 가 달라는 게 아니라 편지를 한 장 써 주면 내가 도읍의 형님한테 부치겠다는 말이오."

"내 당신 말은 알아들었소. 하지만 내 글씨는 나 이외에 어느 누구도 알아보지 못하오. 그러니 내가 가서 알려 주지 않으면 편지를 써도 쓸모없지 않겠소? 그래서 도성에 갈 시간이 없다고 말한 것이오."

●—달에 대해 묻다

어떤 사람이 아범제에게 물었다.

"아범제, 새 달이 나오면 낡은 달은 무엇에 쓰겠소?"

"새 달이 나오면 낡은 달은 하느님이 잘게 썰어 별을 만든다오."

●—해와 달을 평하다

어떤 사람이 아범제에게 물었다.

"달이 좋소, 해가 좋소?"

"물론 달이 좋지요."

"이유가 무엇이오?"

"보시오. 해는 낮에 나오는데 낮에는 해가 있으나 없으나 밝지 않소? 한편 달은 밤에 나오는데 달이 없으면 사방이 먹물을 풀어 놓은 듯 새까맣지 않소."

●—물고기가 나무에 오르다

한 사람이 아범제에게 물었다.

"만약 물속에 불이 난다면 그 많은 물고기는 어디로 도망치겠소?"

"나무 위로 오르지요."

●—그 방법밖에 없네

아범제 이웃 중에 익살 떨기를 좋아하는 사람이 있었다. 그 이웃은 아범제를 놀려 줄 생각으로 이렇게 말했다.

"어젯밤 누워 잘 때 쥐 한 마리가 뱃속으로 슬금슬금 파고들어 갔는데, 이 일을 어찌하면 좋겠소?"

"어찌하다니? 얼른 고양이 한 마리를 붙잡아 산 채로 삼키게. 그 방법밖에 없네."

●—어떻게 말하려나

한번은 아범제가 길 잃은 양 한 마리를 집으로 끌고 와서 잡아먹은 일이 있었다. 한 친구가 어떻게 알았는지 그를 찾아와 말했다.

"자네 죽으면 알라 앞에서 그 일에 대해 어떻게 말하려나?"

"먹지 않았다고 하지."

"그게 어디 될 말인가? 만약 그 양이 찾아와 무릎맞춤을 하면 어떻게 할 건가?"

"뭐? 양이 스스로 찾아온다고? 그럼 좋지! 양을 끌고 가서 주인한테 돌려주면 그만일 테니까."

●—가운데서만 걷지 마시오

한 사람이 아범제에게 물었다.

"장사를 지낼 때 상여 앞에서 걸어가는 것이 좋겠소? 아니면 상여 뒤에서 걸어가는 것이 좋겠소?"

"앞에서 걷는 것도 뒤에서 걷는 것도 다 괜찮은데 가운데서만 걷지 마시오."

●—머리를 깎다

하루는 아범제가 머리를 깎으러 이발사를 찾아갔다.

그런데 경험이 부족한 이발사가 땜통을 만들어 놓더니 그 빈 곳에 솜뭉치를 뭉텅뭉텅 올려놓았다. 아범제는 일어서서 거울을 비춰보더니 말했다.

"허 참, 당신 솜씨가 보통이 아닐세! 이쪽 머리에 목화를 몽땅 심어 놓았으니 말이오. 아니, 됐소. 반대쪽에는 내가 직접 삼을 심겠으니 그만두시오."

그러고는 휑하니 밖으로 나가 버렸다.

●—두 나귀의 행낭

황제 투모르가 신하와 함께 사냥을 나가면서 아범제도 데리고 갔다. 사냥 도중 투모르와 그의 신하는 너무 더운 나머지 옷을 벗어 아범제의 몸에 걸쳐 놓았다. 투모르는 아범제가 몹시 더워 하는 모양을 보고 그에게 농담을 걸었다.

"아범제, 네 몸에 실은 물건을 보아하니 나귀 한 마리 행낭으로 너끈하구나."

"아니옵니다, 폐하! 소인의 몸에 실린 건 나귀 두 마리 행낭이옵니다."

●—나무 위의 길

어느 날 장난꾸러기 아이들이 아범제를 놀려 줄 생각으로 한 가지 청을 했다.

"아저씨, 저 나무 위에 있는 새알 좀 꺼내 주세요. 저희가 올라갈 수 없어서 그래요."

아범제는 아이들의 요구를 마다하지 않고 나무 위로 올라가려고 했다. 그런데 채찍을 땅바닥에 놔두고 올라가면 장난꾸러기들이 가지고 달아날 것 같아 허리에 매고 올라갔다.

"아저씨, 채찍은 놔두고 올라가세요. 저희가 잘 갖고 있을게요!"

"안 된다. 나는 볼일이 있어 너희한테 새알을 꺼내 주고 나서 곧장 나무 위 길을 통해 집으로 돌아가야 한단다."

●—얼굴을 보며 떡을 먹었으면……

아내와 마주앉아 이야기를 나누던 아범제는 배가 고팠다.

"여보, 떡 좀 없소?"

"당신은 거기에 앉아서 이렇게 고운 제 얼굴을 보고 있는데도 배가 고프세요?"

"당신 말이 옳소. 하지만 당신의 아리따운 얼굴을 보면서 떡을 먹으면 더 좋지 않겠소?"

●—주머니에 찻물을 붓다

어느 날 아범제가 잔칫집에 가게 되었다. 그런데 어떤 손님이 잔칫상에 앉아 사탕이며 건과 등을 먹으면서 한쪽 주머니에 음식을 몰래 넣는 것이었다. 이것을 본 아범제는 곧장 찻주전자를 하나 집어 들고 그 손님 뒤로 살그머니 다가가 찻물을 주머니 안에 주르르 부었다. 갑자기 넓적다리가 뜨거워진 손님은 제 한 짓은 생각하지 못하고 버럭 소리를 질렀다.

"내 주머니가 당신과 무슨 상관이 있다고 찻물을 부었소?"

"아무 상관없소. 그저 당신 주머니가 사탕이며 건과 등을 적지 않게 먹었기에 목이 마를까 봐 찻물을 부은 것이오."

●—새의 말을 알아듣다

아범제는 사람들에게 자신이 새의 말을 알아듣는다고 자랑을 늘어놓았다. 그 소문을 들은 황제는 아범제를 데리고 사냥을 하러 나갔다. 한참 걸어가던 황제는 무너진 흙담이 있는 곳에 이르러 "부엉, 부엉." 하는 부엉이의 울음소리를 듣고 그에게 물었다.

"저 부엉이가 뭐라고 하느냐?"

"아뢰옵기 황송하오나 이렇게 말하고 있사옵니다. 만일 황제께서 계속 그렇게 아랫사람들을 억압하고 착취하면 얼마 안 가서 나라가 제 둥지 꼴이 되고 말 거라고 하옵니다."

●—금가락지와 친구

장사하는 아범제의 친구 하나가 먼 길을 떠나면서 그에게 작별인사를 하러 왔다. 그 친구는 아범제의 손에 금가락지가 끼워진 것을 보고 탐이 나서 제 것으로 만들 생각으로 이렇게 말했다.

"오랫동안 보지 못한다고 생각하니 자네가 보고 싶어 못 견딜 것 같으이. 이제 먼 길에 나서면 자네 생각이 더욱 간절해질 텐데, 우리의 우정을 생각해서 자네 가락지를 내 손에 끼워 주게나. 그러면 그걸 볼 때마다 자네를 보는 것 같아 마음이 한결 안정될 걸세."

아범제는 세상에 태어나 금붙이라곤 이 가락지 하나밖에 가져 본 적이 없어서 아까워 도저히 친구에게 줄 수가 없었다.

"친구, 자네 호의만 고맙게 받아들이겠네. 나 역시 오랫동안 자네를 보지 못하면 보고 싶어 살 수 없을 것 같네. 그러니 나를 가엾게 생각해서 이 가락지를 그냥 내게 놔두게. 그러면 내가 이것을 볼 때마다 '오, 친구가 달라는 걸 주지 않았었지.' 하고 후회하며 자네를 떠올리지 않겠나?"

●—맨 꿀만 먹다

어느 날 아범제가 친구 집에 놀러 갔는데 그 친구가 떡과 꿀, 맛있는 차를 내놓았다. 아범제는 게걸스럽게 차와 떡을 몽땅 먹어치웠고 꿀만 덩그러니 남았다. 그러자 아범제는 그 꿀을 손으로 훔쳐 입에 퍼넣기 시작했다. 이를 본 친구가 급히 말렸다.

"이 사람아! 꿀은 떡에 찍어 먹어야지, 그렇게 맨 꿀만 먹으면 나중에 속이 부대낀다네."

아범제는 꿀을 다 먹고 나서야 이렇게 대꾸했다.

"누구의 속이 부대낄지는 알라만이 아실 걸세. 자네, 복 많이 받게나."

그러고는 곧 돌아가 버렸다.

●—처세 명언 세 마디

어느 날 아범제는 돈을 몇 푼 벌어 볼 요량으로 밧줄을 들고 장터로 갔다. 장터에 도착한 그는 짐꾼들 사이로 비집고 들어갔는데, 마침 한 사람이 이렇게 외치고 있었다.

"저쪽에 사발 등속을 담은 상자가 하나 있는데, 그걸 우리 집까지 운반해 주면 짐삯으로 처세 명언 세 마디를 알려 드리겠소."

아무도 그를 거들떠보지 않자 아범제는 속으로 생각했다.

'돈은 아무 때고 벌 수 있지만, 처세 명언을 배우기가 어디 그리 쉬운 일인가. 한번 들어 보고 견식을 넓히는 것도 괜찮은 일이지.'

이렇게 생각한 아범제는 선뜻 나서며 그 상자를 운반해 주겠다고 했다. 아범제는 상자를 메고 한참 걷다가 주인에게 말했다.

"여보시오, 지금 당신의 그 처세 명언을 한번 말해 보는 것이 어떻소?"

"그럽시다. 가령 누가 당신한테 '배부른 것이 굶는 것보다 못하다.' 라고 말하거든 그 말을 절대 믿지 마시오."

"아! 명언이오, 명언!"

아범제는 또 한참 걷다가 말했다.

"그럼, 두 번째 명언을 한번 들어 봅시다."

"가령 누가 당신한테 '말을 타는 것이 걷는 것보다 못하다.' 라고 말하거든 그 말을 절대 믿지 마시오."

"아! 명언이오, 명언!"

또 한참 걷다가 세 번째 명언을 말해 달라고 하자 그 상자 주인이 말했다.

"좋습니다. 가령 누가 당신한테 '세상에는 당신보다 더 어리석은 짐꾼도 있소.' 라고 말하거든 그 말을 절대 믿지 마시오."

상자 주인의 말이 끝나기가 바쁘게 아범제는 갑자기 상자를 묶고 있던 밧줄을 늦추며 대꾸했다.

"누가 당신한테 이 상자 속의 사발들이 박살 나지 않았다고 말하거든 그 말을 절대 믿지 마시오."

●—어려운 문제

외국 상인 세 사람이 황제를 찾아왔다. 황궁에서 며칠을 묵고 난 그들은 각자 해결하지 못한 문제를 하나씩 가지고 있는데 황제의 가르침을 받고 싶다고 말했다. 황제는 정신을 가다듬고 그들이 내놓는 문제를 들어 보았으나 하나도 대답할 수가 없었다. 그래서 수하의 총명한 대신과 무당을 다 불러들였지만 그들도 대답하지 못했다. 황제는 부끄러운 나머지 화를 내며 말했다.

"정녕 이 나라엔 귀한 손님이 낸 문제를 풀 수 있는 지혜로운 사람이 없단 말이냐?"

한 사람이 일어서서 황제에게 아뢰었다.

"이들이 낸 문제는 아범제 말고는 답변해 줄 만한 사람이 없을 줄로 아옵니다. 폐하께서 원하신다면 그를 불러들이겠나이다."

황제는 아범제를 찾아 오라고 명령했다.

아범제는 나귀를 타고 지팡이를 들고 황궁으로 들어와 황제 앞에 이르러서야 나귀 잔등에서 내렸다.

"폐하, 무슨 일로 소인을 부르셨나이까?"

"네가 이 손님들이 내놓는 문제를 풀어 보아라."

아범제는 정신을 차리고 그들이 내는 문제에 귀를 기울였다.

한 손님이 먼저 물었다.

"땅에 배꼽이 있는데 어디 있소?"

아범제는 벌떡 일어서서 자기 지팡이로 한 곳을 가리켰다.

"바로 저 나귀의 오른쪽 앞발 밑에 있소이다."

순간 그 손님의 기색이 달라지더니 이렇게 물었다.

"어떻게 그곳이란 걸 알 수 있소?"

"믿어지지 않으면 한번 재어 보십시다. 조금이라도 차이가 있거든 나를 부르시오."

그 손님은 더 이상 할 말이 없어 조용히 한쪽으로 물러났다.

아범제는 두 번째 손님더러 질문을 하라고 했다. 그러자 그 손님이 물었다.

"하늘의 별이 모두 몇 개인지 아시오?"

"저 나귀의 털만큼 많소이다."

"그것을 어떻게 증명할 수 있소?"

손님은 아범제를 골려 줄 생각으로 이렇게 물었다.

"믿어지지 않으면 하나하나 세어 보시고 하나라도 적거나 많거든 나를 부르시오."

"그럼 당신은 그 나귀의 털을 틀림없이 셀 수 있단 말이오?"

"보아하니 손님은 과연 똑똑하신 분입니다. 하늘에 별이 얼마나 되는지 어떻게 그걸 알 수 있겠소?"

두 번째 손님도 말문이 막혔다.

아범제는 세 번째 손님이 묻기를 기다렸다. 이윽고 세 번째 손님이 입을 뗐다.

"내 아래턱에 수염이 얼마나 되오?"

"내 나귀 꼬리의 털만큼 됩니다."

세 번째 손님은 그 대답을 듣고 아무런 대꾸도 하지 않고 그냥 사라졌다.

●──닭 한 마리 값

옛날에 한 짐꾼이 어느 객줏집에서 닭 한 마리를 먹은 일이 있었다. 떠날 채비를 서두르던 짐꾼이 객주에게 닭값을 계산하자고 했다. 그러자 객주가 이렇게 말했다.

"돈이 모자랄 것 같으면 외상으로 달아 놓았다가 어느 때든 와서 갚도록 하시오."

짐꾼은 그 말에 이렇게 마음씨 좋은 객주는 처음 보았다고 하면서 기분 좋게 인사하고 길을 떠났다.

얼마 후 짐꾼이 닭값을 갚으러 왔다. 객주는 그 돈을 계산하기가 몹시 어렵다는 듯이 엽전을 책상 위에 올려놓고 이리 튕기고 저리 튕기고 했다.

짐꾼은 기다리다 못해 짜증을 냈다.

"주인장, 닭값이 도대체 얼마인지 말을 하면 될 것을 왜 그렇게 엽전만 튕기고 계시는 거요."

주인장은 여전히 대답도 하지 않고 자신의 일을 방해하지 말라는 듯 손만 내저었다. 짐꾼은 하는 수 없이 앉아서 기다려야 했다.

객주는 드디어 닭값을 계산해 냈다. 짐꾼은 그 값을 듣고 깜짝 놀랐다. 닭값이 일반 시장 가격보다 수백 배나 비쌌던 것이다.

"닭 한 마리 값이 왜 그렇게 비싼 거요?"

"왜 믿어지지 않소? 내가 설명해 주겠소. 만약 당신이 그 닭을 먹지 않았다면 그동안 알을 몇 개나 낳았을 것 같소? 그리고 그 닭 알에서 깨어난 병아리가 또 얼마나 많은 알을 낳았겠소."

객주는 이렇게 말을 길게 늘어놓더니 또다시 엽전을 튕기기 시작했다.

"그러니 이 계산은 한 푼도 틀리지 않소."

짐꾼은 더는 참지 못하고 버럭 성을 냈다.

"그게 어디 말이나 될 법한 소리요? 순전히 등치고 간 내먹는 수작이지. 난 그 돈을 못 주겠소!"

짐꾼이 딱 잡아떼자 객주는 다짜고짜 그의 팔을 잡았다.

"좋소, 그럼 우리 사원에 가서 판결을 냅시다."

그 말에 짐꾼은 당당하게 따라나서며 말했다.

"좋소. 이치가 뻔하니 어딜 가도 무섭지 않소! 사원뿐 아니라 알라께 간다고 해도 상관없소!"

그들은 이렇게 옥신각신하면서 사원으로 갔다.

사원에 있는 늙은 사제는 종교에 관련한 일을 주관할 뿐 아니라 그 지역에서 가장 권위 있는 법관이었다. 신자들에게 그의 말은 거부할 수 없는 법률이었다.

객주와 짐꾼이 사원에 들어서니 늙은 사제는 주단 위에 앉아 담배를 피우고 있었다. 얼굴에는 양털 가죽을 붙인 듯 수염이 텁수룩했는데, 사람들은 온종일 담배를 달고 살아 담배가 거름이 되어 수염이 그렇게 잘 자란 모양이라고 뒷이야기를 하곤 했다. 그는 객주와 짐꾼을 힐끗 쳐다보고는 가라앉은 목소리로 천천히 물었다.

"무슨 일인가?"

객주가 먼저 사제를 찾아온 까닭을 낱낱이 이야기했다. 들어 보니 나름대로 일리가 있었다. 그러자 늙은 사제는 짐꾼이 반박하기도 전에 판결을 내렸다. 짐꾼더러 당장 객주가 제시한 돈을 물라는 것이었다. 무슨 말을 해도 소용이 없음을 안 짐꾼은 하는 수 없이 사제에게 며칠만 말미를 달라고 애걸했다. 사제는 그의 요구를 들어주었다.

짐꾼은 억울하고 분해서 씩씩거리며 집으로 돌아가고 있었다. 그런데 멀리서 노랫소리가 들리는가 싶더니 나귀를 탄 사람이 오고 있었다. 그 사람은 짐꾼 앞에 이르러 오른손을 앞가슴에 가져다 대며 공손히 인사했다.

"짐꾼, 안녕하시오?"

짐꾼은 지금 고민에 휩싸인 터라 아무런 근심 걱정 없는 이 길손을 보자 언짢은 생각이 들어 되는 대로 대꾸하고는 지나쳐 버렸다. 나귀를 탄 사람은 무슨 영문인지 몰라 멍해 있다가 급히 나귀를 돌려 짐꾼을 쫓아갔다.

"아니, 왜 그리 급하게 가시는 거요? 무슨 걱정거리라도 있으신가요? 제가 도와 드릴 수 없겠는지요?"

짐꾼은 가던 걸음을 멈추고 나귀를 탄 사람을 의아하게 바라보며 물었다.

"당신은 누구요?"

"나는 납스열정이오."

짐꾼은 놀랍기도 하고 기쁘기도 했다.

"아! 당신이 납스열정 선생이시오?"

짐꾼은 오래전부터 납스열정의 이름을 들어 왔던 것이다. 납스열정은 의협심이 강한 방랑객으로 세상을 두루 돌아다니며 가난한 사람의 억울함을 풀어 준다는 이야기를 들어 알고 있었던 것이다. 그런데 오늘 만나 보니 과연 소문대로 소탈하고 꾸밈없는 사람 같았다.

짐꾼은 자기의 불행을 납스열정에게 자세히 이야기해 주었다. 납스열정은 그의 말을 듣고 나서 잠깐 생각에 잠기더니 입을 열었다.

"당신은 즉시 사원으로 돌아가서 그 판결이 공평하지 못하니 공개 재판할 것을 늙은 사제한테 요구하시오. 그러면 내가 나서서 당신을 대신해 그 사건을 책임지고 처리해 드리겠소."

짐꾼은 그 길로 사원으로 되돌아가 공개 재판을 요구했다. 늙은 사제는 하는 수 없이 그 요구를 승낙했다. 이곳에서는 공개 재판을 요구할 수 있는 규범이 대대로 전해내려 왔는데, 다시 패하게 될 경우 패자는 곱절로 징벌을 받아야 했다.

공개 재판을 하는 날 배심원과 주민들은 너도나도 사원으로 모여들었다. 늙은 사제가 재판의 시작을 선포하자 객주가 또 한 번 자신의 논리를 펼쳤다. 그다음은 짐꾼 차례였으나 그는 말없이 침묵만 지키고 있었다. 그것을 보고 늙은 사제가 물었다.

"왜 말이 없느냐?"

"제 변호인이 아직 도착하지 않았습니다."

"너의 변호인이 누구냐?"

"납스열정 선생이옵니다."

늙은 사제와 배심원들은 그 소리를 듣고 이내 이맛살을 찡그렸고, 주민들은 구경거리가 생겼다고 은근히 기뻐하며 수군덕거렸다.

오랜 시간이 지난 뒤에야 납스열정이 나타났다. 그는 여러 사람에게 인사를 하고 나서 늙은 사제와 배심원들을 향해 입을 열었다.

"중요한 일이 있어 늦었으니 양해해 주시기 바랍니다."

한 배심원이 일부러 트집을 잡았다.

"아니, 오늘 이 일보다 더 중요한 일이 있었단 말이오?"

"물론이지요. 생각해 보십시오. 내일 당장 밀을 심어야 하는데 저는 아직 밀 씨앗도 닦아 놓지 못했으니 이보다 더 중요한 일이 어디 있겠습니까? 그래서 밀 씨앗을 서너 말 닦느라고 이렇게 늦어진 것입니다."

늙은 사제와 배심원들은 납스열정의 얼토당토않은 말을 듣고 못내 기뻐하며 이렇게 소리쳤다.

"정말 말도 안 되는 소리를 하고 있군! 닦은 밀 씨앗을 어떻게 심는단 말인가?"

그들은 이렇게 큰소리를 치는 것으로 납스열정의 변호인 자격을 박탈하고 자기들 마음대로 판결을 내릴 심산이었다.

주민들은 일이 이렇게 되자 위기에 처한 납스열정을 보며 손에 땀을 쥐었다. 만약 그가 늙은 사제와 배심원들의 질문에 대답하지 못하면 변호인 자격이 취소되고 말 것이었다. 하지만 납스열정은 조금도 당황하지 않고 소란이 가라앉기를 기다렸다가 입을 열었다.

"당신 말이 옳습니다. 닦은 밀 씨앗은 심을 수 없다고 하면서 짐꾼 뱃속에 들어간 닭이 어찌 알을 낳을 수 있다고 주장합니까?"

늙은 사제와 배심원들은 그만 말문이 막히고 말았다. 그들은 그제야 납스열정이 뒤늦게 오고 얼토당토않은 말로 둘러댄 것이 사전에 꾸민 계책이었음을 알게 되었다. 이를 지켜보던 주민들은 기뻐하며 소리 높여 외쳤다.

"옳소! 먹어 버린 닭이 어떻게 알을 낳을 수 있단 말이오?"

납스열정과 주민들의 반박할 수 없는 논리에 늙은 사제와 배심원들은 하는 수 없이 원래의 판결을 취소하고, 짐꾼에게 일반 시장 가격으로 닭 한 마리 값만 치르게 했다.

●──솥이 아들을 낳다

납스열정은 세상에서 제일 인색한 부잣집에서 큰솥 하나를 빌려왔다. 사람들은 그 부자가 납스열정에게 왜 그런 선심을 썼는지 이상하게 생각했다. 하지만 부자는 실은 납스열정에게도 인색하기는 마찬가지였다. 부자는 세를 받고 그 솥을 빌려 주었던 것이다.

며칠 후 납스열정은 몹시 기뻐하며 부자를 찾아왔다.

"나리, 기쁜 소식입니다! 기쁜 소식입니다!"

"기쁜 소식이라니 뭐가 기쁘단 말인가?"

"나리 댁의 큰솥이 아들을 낳았으니 이게 기쁜 소식이 아니고 뭡니까?"

"허튼소리 하지 말게. 솥이 어떻게 아들을 낳는단 말인가?"

"믿어지지 않으면 이걸 보십시오."

납스열정은 이렇게 말하고 나서 가죽 자루 아가리를 풀고 그 속에서 옹솥을 하나 꺼내 보였다. 납스열정이 아무리 진지한 표정을 지어도 부자는 그것을 믿지 않았지만, 한편으로는 이런 생각도 들었다.

'이 바보가 바보짓을 한 이상 이 기회에 내가 한몫 보지 않는다면 나 역시 바보가 아닌가?'

그래서 부자는 짐짓 기쁜 척하면서 큰 소리로 외쳤다.

"아, 내 큰솥이 과연 아들을 낳았군!"

"나리, 그래 이게 기쁜 소식이 아닙니까?"

"물론 기쁜 소식이지, 기쁜 소식이야!"

그러자 납스열정은 조심스럽게 옹솥을 넘겨주면서 말했다.

"얼마나 깜찍합니까!"

"그렇군. 신통하게 제 어미를 닮았군!"

부자는 그 옹솥을 보고 또 보면서 연신 찬사를 아끼지 않았다. 납스열정은 부자가 옹솥을 거두자 곧 작별 인사를 하고 물러났다.

부자는 나가는 납스열정을 보고 한마디 더 당부했다.

"앞으로도 내 그 큰솥을 잘 보살펴 주게. 아들을 몇 개 더 낳게 말일세."

"예, 그렇게 하지요."

납스열정은 그렇게 대답하고 나서 집으로 돌아갔다.

또 며칠이 지나서 납스열정은 부자를 찾아와서 슬프게 말했다.

"나리님, 부고를 가져왔습니다. 부고 말입니다."

"부고라니 웬 부곤가?"

"나리님의 큰솥이 세상을 떴습니다."

"허튼소리 말게! 솥이 어떻게 죽는단 말인가?"

"그 솥이 아들까지 낳았는데, 왜 세상을 뜨지 못하겠습니까?"

그제야 부자는 납스열정이 옹솥을 가져온 뜻을 깨달았다. 알고 보니 바보는 납스열정이 아니라 그 자신이었던 것이다. 그러나 부자는 그 큰솥을 납스열정에게 거저 떼이고 싶지 않았다.

"내 큰솥이 이미 죽었다니 할 수 없군. 하지만 그 시체만이라도 가져다 주게."

"이미 묻어 버렸습니다."

"어디다 묻었나?"

"대장장이의 숯불 속에 묻어 버렸습니다."

부자는 더 이상 허세만 부리고 있을 수 없어서 단도직입적으로 말했다.

"이런 식으로 사람을 속이지 말게! 그래, 내 솥을 협잡해서 가로챌 생각인가?"

"당신이 먼저 내 옹솥을 가로채지 않았소?"

둘 사이에 말다툼이 벌어졌다. 하지만 부자는 이웃들이 알게 되면 자기 위신이 떨어질까 두려워 납스열정에게 양보하고 말았다. 부자는 납스열정이 다시는 옹솥에 관한 일을 꺼내지만 않는다면 큰솥을 주겠노라고 했다.

부자는 이만하면 납스열정도 기뻐하리라고 생각했다. 그런데 누가 알았으랴! 납스열정은 그의 선심을 거절하고 끝내 온 마을 사람이 다 알 때까지 떠들고 돌아다녔다. 이런 연극을 꾸민 것은 절대로 큰솥 하나를 얻자는 것이 아니라 이를 계기로 인색한 부자를 한번 톡톡히 골려 주자는 속내가 있었기 때문이다.

●—기름을 사다

사람들은 입을 모아 납스열정이 세상에서 제일 총명한 사람이라고 생각했으나 그의 아내는 도리어 그를 둘도 없는 바보라고 여겼다. 한번은 그의 아내와 이웃들 사이에 논쟁이 벌어졌다.

"당신은 납스열정을 바보라고 하는데, 그 양반이 어떤 짓을 했기에 그러는지 한번 말해 보시오."

"그런 일은 이루 헤아릴 수 없을 정도로 많지요. 한 가지 일만 들어도 당신들 모두 수긍할 거예요."

"좋소. 당신이 그런 실례를 들 수만 있다면 우리 모두 여기서 손을 들겠소."

"모두 틀림없이 손을 들고 말 거예요."

납스열정의 아내는 며칠 전에 있었던 일을 이야기하기 시작했다.

그는 오랫동안 떠돌아다니다 마침내 집으로 돌아왔어요. 집 안으로 들어오는 그를 보자마자 저는 잔소리부터 했지요.

"혀만 놀리는 까치도 둥지로 찾아들 줄 아는가 보죠?"

알고 계시다시피 우리 그인 부자들 앞에서는 범같이 무섭지만 제 앞에서는 양처럼 순해요. 제가 그렇게 잔소리를 했지만 그인 낯선 사람처럼 저한테 허리를 굽혀 공손히 인사하면서 복까지 빌어 줬어요. 그러고는 벙글벙글 웃으며 이렇게 말하지 않겠어요.

"사랑하는 종다리님, 이렇게 무사히 돌아오지 않았소?"
그러자 저는 이내 화가 가라앉아 날쌘 종다리가 되어 그이의 두 팔에 날아가 안겼지요. 저는 살포시 눈을 감고 속으로 이렇게 생각했어요.
'하느님께서 내게 이런 남편을 주셨으니 난 얼마나 행복한가!'
그런데 얼마 안 가서 그인 또 저를 화나게 만들었어요. 별안간 남의 부탁이 생각난다고 하더니 그 일만 신경 쓰고 제 말은 들은 척도 하지 않는 거예요. 저는 그것이 그이가 제 곁을 떠나려는 징조라는 것을 알아채고 얼른 기름 사발과 동전 꾸러미를 그이 손에 안겨 주며 말했어요.
"기름이 다 떨어졌어요. 그러니 어서 가서 사 오세요."
생각을 딴 데로 돌려 집에 붙들어 둘 심산이었지요. 그런데 그인 길에서도 그 생각만 했대요. 글쎄, 기름 가게 주인이 사발에 기름을 다 부을 때까지도 그 일만을 골똘히 생각하고 있었다지 뭐예요. 그러다가 사발에 기름이 차자 주인이 물었대요.
"납스열정 선생, 남은 기름은 어디다 받겠소?"
그러자 그이가 온몸을 뒤지더래요. 하지만 기름을 담을 만한 그릇이 어디서 나오겠어요? 그인 손에 든 기름 사발을 거꾸로 들더니 사발 굽에 부으라고 하더래요. 기름이 땅바닥에 쏟아지고 사람들이 폭소를 터뜨렸지만 그인 바보같이 사발 굽을 가리키며 "부으시오, 부으시오!" 하고 말하더래요. 그래서 주인은 남은 기름을 빈 사발 굽에 다 쏟아 부었다나 봐요.
그이가 집으로 돌아오자 저는 깜짝 놀라 물었어요.
"여보, 많은 돈을 가져가서 기름을 왜 요것만 받아 왔어요?"
그러니까 그이가 뭐라고 했는지 아세요.

"아니요, 이쪽에도 있소."

이렇게 말하며 또 기름 사발을 거꾸로 쳐들지 않겠어요. 그래서 사발 굽에 담긴 얼마 안 되는 기름마저 땅바닥에 쏟아지고 말았지요.

이야기를 듣고 난 이웃들은 배를 안고 웃어 댔다. 이를 본 납스열정의 아내가 말했다.

"보세요. 세상에 그이보다 더한 바보가 또 어디 있겠어요?"

이 말에 드디어 웃음소리가 멎었다. 이웃들은 그래도 그녀 말에 찬성하지 않고 이내 납스열정을 변호하기 시작했다.

"납스열정이 왜 바보라는 거요? 그건 남이 부탁한 일에 너무 정신을 쏟다 보니 그렇게 된 것이지요. 믿지 못하겠으면 납스열정 선생한테 물어보시오. 그때 뭘 생각하고 있었는지? 만약 그렇지 않다고 하면 우리는 정말 손을 들겠소."

납스열정의 아내는 더 이상 입씨름을 하지 않았다. 남편이 정녕 총명한 사람인가 바보인가는 그 누구보다도 자신이 잘 알고 있었기 때문이다. 비록 남편을 둥지도 찾아들 줄 모르는 까치라고 늘 흉봤지만, 다른 사람이 남편을 칭찬할 때면 어느 누구보다 기뻤기 때문이다.

●—앙갚음을 하다

위구르족의 '쿠르반' 명절이 다가왔다. 이날은 집집마다 기름과자를 먹는 것이 그들의 풍속이다. 그런데 납스열정 집에는 기름이 한 방울도 없어 부잣집에 가서 꿔 쓰는 수밖에 없었다. 납스열정은 기름통을 메고 여러 집을 돌아다녔으나 아무도 꿔 주지 않았다. 나중에 그는 돈이 제일 많은 부잣집으로 갔다. 그 부자는 선심을 써서 기름 한 통을 꿔 주었다.

집으로 돌아온 납스열정은 기름을 가마에 붓고 불을 지폈다. 그런데 좀 지나자 지린내가 코를 콕콕 찔렀다. 부자가 꿔 준 것은 기름이 아니라 오줌이었던 것이다. 납스열정은 여간 분하지 않았다. 분하기로 말하면 당장이라도 그 부자를 찾아가서 한바탕 싸우고 싶었지만 꾹 참고 그 원한을 가슴속에 묻어 두었다.

얼마 안 가서 선심을 쓰는 체했던 부자가 심한 이앓이에 걸렸다. 그는 아파서 데굴데굴 구르면서 물도 마시지 못하고 밥도 먹지 못했으며 두 볼이 혹처럼 부어올랐다. 천하의 명의를 다 청하고 귀중한 약이란 약은 다 먹어 보았으나 효과는 고사하고 고통이 점점 심해져 빈사 상태에 이르렀다. 부자는 하는 수 없이 자기 병을 고쳐 주는 사람에게 재산의 절반을 나누어 주겠노라는 방문을 크게 써 붙였다.

그 소식은 순식간에 쫙 퍼졌다. 그런데 부자의 병을 고쳐 주겠다는 사람이 하나도 없었다. 그 소식을 들은 납스열정은 부리나케 달려가서 그 방문 종이를 뜯어 집으로 돌아왔다.

납스열정이 의원이 아니란 것은 누구나 다 아는 사실이지만 부자는 그래도 사람을 보내 그를 청했다. 부자는 납스열정이 전혀 의술을 모르는 사람이라면 절대 그 종이를 뜯어 가지 않았을 것이라고 생각했다.

납스열정은 이내 의원 행세를 하며 부자가 보낸 가마를 타고 그의 병을 고치러 갔다. 병 치료와 아무 상관없는 말을 몇 마디 묻고 난 납스열정은 약 가방에서 종이봉지를 꺼내 부자에게 입을 벌리라고 했다. 그리고 어디가 제일 아픈지 물으며 부자가 가리키는 곳마다 가루약을 뿌리다가 나중에는 몽땅 입 안에 털어 넣었다. 그리고는 부자에게 한동안 입을 꾹 다물고 있으면 곧 나을 거라고 말했다. 치료를 끝낸 납스열정은 부잣집 사람들과 몇 마디 수작을 건네다가 얼른 그 집을 빠져나왔다.

한편 부자는 입을 꾹 다물고 있으려니 마치 똥구덩이에라도 빠진 것처럼 입 안에서 역한 냄새가 났다. 뱃속에서는 꾸르륵꾸르륵 소리가 들리고 속이 메슥거려 더 이상 참을 수 없게 된 부자는 입 안에 가득 차서 찐득거리는 약물을 토하고 눈물 콧물을 흘려 가며 신음했다.

"하느님, 맙소사! 이게 무슨 약이란 말인가!"

집안사람들이 그의 말을 받았다.

"의사가 그러는데 그 약은 세상에서 제일 귀중한 선단이랍니다. 그리고 그건 우리 집에서 나는 것인데, 오직 그 선단만 나리의 이앓이를 고칠 수 있다고 했습니다."

"뭐? 그 선단이 우리 집에서 난다고?"

"그렇다나 봐요. 의원은 또 나리께서 언젠가 한 가난뱅이한테 기름 한 통을 꿔 준 적이 있는데, 나리의 선심에 감동한 신선이 그 가난뱅이더러 기름과자를 튀기고 남은 기름 찌꺼기를 나리께 선사하라고 했대요."

부자는 그 말을 더는 듣고 있을 수가 없었다. 검고 누런 약을 한 번 더 자세히 들여다보던 그는 자신도 모르게 돼지 멱따는 소리를 질렀다.

"맙소사, 이게 무슨 놈의 선단이란 말이냐! 이건 분명 똥이다. 그 놈이 무슨 놈의 의원이란 말이냐? 그놈을 당장 붙잡아 오너라!"

집안 하인들이 그 말을 듣고 급히 납스열정을 뒤쫓았으나 벌써 어디로 도망갔는지 그림자조차 보이지 않았다.

제 3 부

중남 지역 소수민족

포백 이야기

•••장족(壯族)

●──뇌왕이 조세를 거두다

옛날에는 하늘과 땅의 거리가 매우 가까웠다. 대나무가 위로 쑥쑥 자라면 나무꼭대기는 하늘에 닿고, 잎새는 하늘의 허리를 감고 있었다. 하늘에서 말을 하면 인간 세상에서도 다 들릴 정도였다.

천상에 사는 뇌왕雷王은 등불 같은 눈을 가지고 있는데, 눈을 깜빡일 때마다 초록 광채가 났다. 등에는 날개 한 쌍이 있어 그가 날개를 퍼덕이면 사나운 바람이 일었다. 발은 너무 무거워 걸을 때마다 쿵쾅쿵쾅 굉음이 울렸다. 손에는 항상 도끼와 정을 들고 다녔는데 화가 날 때면 이리저리 휘두르며 마구잡이로 부쉈다.

지상은 인간 세상으로, 그곳에 포백布伯이라는 두령이 살고 있었다. 그는 사내대장부로 밭을 갈아 농사를 지었으며 방목과 사냥에도 능했다.

당시에는 인간이 천상의 뇌왕에게 향불만 잘 바치면 뇌왕이 비바람을 적당히 조절하여 사람들의 생활을 풍족하게 만들어 주었다.

어느 해 뇌왕은 천상이 너무 무료하고 답답해서 인간 세상으로 놀러 왔다. 포백은 그를 귀한 손님으로 여겨 돼지와 양을 잡아 온갖 산해진미로 한 상 가득 차리고 진한 술과 쌀밥을 차려 놓으니, 뇌왕은 두 눈이 뒤집힐 정도로 게걸스럽게 먹어 댔다. 뇌왕은 천상의 향불 맛이 지상의 산해진미에 비길 게 못 된다고 생각했다. 밥을 배불리 먹고 술에 취한 뇌왕은 입술을 만지작거리며 포백에게 말했다.

"비를 내리고 하늘을 맑게 하는 것을 모두 내가 주관하고 있으니, 너희가 심는 농작물에서 세금을 좀 거둬야겠다."

"좋습니다. 농작물 중에서 윗부분과 아랫부분이 있는데, 어느 것을 원하십니까?"

"나는 천상에 살고 있으니 수확한 농작물 가운데 당연히 윗부분을 원한다."

"좋습니다. 그럼 가을에 오셔서 세금을 거두어 가십시오."

그해 포백이 심은 것은 토란이었다. 가을이 되어 뇌왕이 조세를 거두러 오자 포백은 토란 알은 자신이 저장하고 썩은 토란잎과 마른 토란 대를 묶어 세금으로 바쳤다.

이를 본 뇌왕은 화를 내려다가 자신이 한 말도 있고 거기에 포백의 손님 접대가 극진했으므로 화를 내지 못했다. 밥과 고기를 배불리 먹고 술에 취한 뇌왕은 여전히 입술을 만지면서 다시 말했다.

"내년에는 아랫부분을 가지러 오겠네."

"좋습니다. 그럼 가을에 와서 거두어 가십시오."

그해 포백이 심은 것은 벼였다. 가을이 되어 뇌왕이 세금을 받으러 내려왔을 때, 포백은 벼의 낟알은 자신이 갖고 줄기를 뇌왕에게 바쳤다.

뇌왕은 버럭 화를 냈지만 포백은 여전히 웃으면서 술과 고기로써 그를 극진히 대접했다. 술을 마셔 벌겋게 달아오른 뇌왕은 결국 술잔을 집어던지며 단호하게 말했다.

"내년 소작료는 윗부분과 아랫부분 모두 가져가겠다."

그러자 포백은 웃으며 대답했다.

"뇌왕님 뜻대로 하십시오."

다음해 포백은 옥수수를 심었다. 가을이 오자 옥수숫대마다 이삭 다섯 개가 패어 옥수수가 세 자루씩 열렸다. 뇌왕이 내려와 세금을 거두려고 살펴보았더니, 포백 가족들은 옥수수 낟알을 하나씩 떼어 광주리에 담아 창고로 가져가고 시든 이삭과 줄기 대를 따로 묶어 두는 것이었다.

본래 푸른 얼굴이던 뇌왕은 얼굴색이 벌게지도록 화가 나서 뒤도 돌아보지 않고 뛰쳐나갔다. 등 뒤에서 포백이 술을 마시고 가라고 소리쳐 불렀지만 뇌왕은 거들떠보지도 않고 하늘로 떠났다.

●——용의 수염을 뽑다

천상으로 돌아간 뇌왕은 곧장 뇌장雷將 육맹陸盟을 불러 이후로 더는 인간 세계에 비를 내리지 말라고 명령했다.

그해 하늘에서 비 한 방울 내리지 않는 극심한 가뭄이 들었다. 사람들이 포백을 찾아와 이 일을 상의하자 그는 이렇게 말했다.

"은하수에 물은 얼마든지 있습니다. 뇌왕이 주지 않으니 우리가 직접 가서 물 단지를 부숴 버립시다."

포백은 한 무리의 사람을 이끌고 은하수로 가서 뇌왕이 잠근 구리 수문을 약간 열었다. 그러자 맑은 물이 천상에서 밖으로 흘러나왔다. 비록 뇌왕이 비와 이슬을 뿌리지 않았지만, 그해 수확은 그럭저럭 먹고 살 만했다.

포백이 은하수 물을 훔쳐간 사실을 안 뇌왕은 화가 나서 펄쩍펄쩍 뛰기 시작했다. 그러다 포백이 다시 사람들을 데리고 천상으로 올라오지 않을까 염려하여 하늘을 더욱 높이 올리고 하늘로 통하는 사다리인 파적산巴赤山의 일월수日月樹만 남겨 놓았다. 바로 이곳이 하늘과 땅이 통하는 유일한 길이었다.

이렇게 되어 인간 세상에는 이제 비와 이슬도 없거니와 하늘로 통하는 길마저 끊어져 버렸다. 밭의 농작물도 하루하루 말라가기 시작했다. 사람들은 다시 포백을 찾아와 물었다.

"지하의 용왕은 뇌왕의 형제로, 그에게 물이 있으니 찾아가 물을 좀 빌립시다."

흰 구레나룻이 덥수룩한 용왕은 이미 뇌왕의 연통을 받아 포백과 그 무리가 찾아와 물을 빌려 달라고 요청하자 고개를 가로저으며 단호하게 말했다.

"줄 수 없네."

그러자 포백이 물었다.

"당신은 우리를 다 말려 죽일 작정이오?"

"빌려 줄 수 없네. 절대 빌려 줄 수 없어. 물은 내 것이고 목숨은 너희 것이니 나와는 아무런 상관없다!"

포백은 좋은 말로 안 되자 강하게 밀어붙이기로 결심하고 두 손으로 용왕의 뿔을 잡고 뒤흔들며 말했다.

"이래도 안 빌려 주겠소?"

"빌려 줄 수 없네. 절대로 빌려 줄 수 없어."

포백은 사람들에게 이렇게 소리쳤다.

"여러분, 저 용왕의 수염을 뽑아 버리시오. 그래도 고집을 부릴 수 있나 한번 봅시다."

사람들이 너나없이 달려들어 수염을 잡아당기자 용왕은 너무 아파서 살려 달라고 고함치며 결국 수로를 열어 주겠다고 대답했다.

용왕이 수로의 빗장을 뽑고 난 뒤에야 포백은 비로소 그를 풀어주었다. 용왕은 간신히 건진 수염 두 가닥을 움켜쥐고 "걸음아 나 살려라." 하며 깊은 물속으로 달아났다.

●—비를 기다리다

3년째 되던 해는 하늘에서도 비가 내리지 않고 땅에서도 물줄기를 찾아볼 수 없었다. 태양은 더욱 강하게 내리쬐어 달궈진 바위에서 고기가 익을 정도였다. 그러자 마을 노인 몇 명은 포백이 괜히 일을 크게 벌여 신령의 원성만 샀다고 푸념을 늘어놓았다. 그래서 마을 사람들은 함께 모여 도공道公에게 경을 읽히고 사공師公에게 춤을 추게 하며 기우제를 지냈다.

하지만 여전히 비 한 방울 내리지 않고 농작물이 바싹바싹 타들어가자 마을 노인들이 수군덕거렸다.

"포백이 신령을 모욕했음에도 죄를 인정하지 않고 있으니 뇌왕이 비를 내려 줄 리가 없지."

비 내리기를 애타게 기다리던 마을 사람들은 포백에게 가서 하늘에 무릎 꿇고 죄를 빌며 비를 청해 보라고 요구했다.

그러자 포백이 말했다.

"무릎 아래 황금이 있다 한들 어떻게 사내대장부가 머리를 숙인 채 다른 사람에게 무릎을 꿇겠습니까? 나는 못 합니다."

노인들은 포백을 어르고 달래며 다시 사정했다.

"포백, 다른 사람들을 위해 좋은 일 한번 하게나."

말을 마친 사람들은 모두 포백에게 무릎을 꿇었다. 그러자 포백은 자존심을 접고 신전 앞에 무릎을 꿇었다.

이를 본 몇몇 아이가 노래를 부르며 포백을 비웃기 시작했다.

포백, 비를 구하다 비가 내리지 않자
수염이 흩어져 입까지 말려 올라갔네.
강가의 물동이 깨지는 바람에
안타깝게도 무릎에 진흙을 묻혔네.

포백은 이 노래를 듣고 수염이 말려 올라가고, 전신이 부르르 떨릴 정도로 화가 났다. 그리고 이를 부득부득 갈며 집으로 돌아가면서 파적산의 일월수를 찾아 천상으로 가고야 말겠다고 결심했다.

●—뇌왕과 싸우다

이때 천상의 뇌장 육맹은 한창 뇌병을 시켜 은하수 보수를 재촉하여 천지天池를 메우고 물 한 줄기라도 인간 세상으로 새어 나가지 못하게 했다. 육맹 휘하에는 계고契高라는 뇌병이 있는데, 하루는 일을 게을리하다가 벌로 채찍을 맞았다. 육맹이 채찍을 휘두르고 있을 때 갑자기 등 뒤에서 포백이 나타나서 그의 채찍 끄트머리를 잡아챘다.

육맹이 깜짝 놀라 물었다.

"너는 여기 뭣 하러 왔느냐?"

"네가 먼저 대답해라. 누가 네게 은하수를 보수하고 천지를 메우라고 시켰느냐?"

"네가 관여할 일이 아니다."

포백은 채찍을 휘둘러 육맹을 은하수에 빠뜨렸다. 갑자기 일을 당한 육맹은 곧장 뇌왕이 사는 궁전으로 달려갔다.

한편 매를 맞고 원한이 사무친 뇌병 계고는 뇌왕이 인간 세상의 사람을 모조리 말려 죽일 작정을 하고 있다고 포백에게 넌지시 알려 주었다.

포백은 화가 나서 몸을 부르르 떨다가 계고에게 물었다.

"뇌왕은 지금 어디에 있느냐?"

"저녁에는 북쪽에 있고 이른 새벽에는 동쪽에 있고 정오에는 궁전에 있습니다."

"내 그놈을 찾아가 결판을 내야겠다."

한편 육맹은 포백이 싸움닭 벼슬 세우듯 머리카락이 곤두서 궁전으로 달려오는 모습을 보고 급히 뇌왕에게 이 사실을 알렸다. 하지만 뇌왕이 미처 싸울 태세도 갖추기 전에 포백은 벌써 전각 안으로 들어왔다.

포백은 한마디 말도 없이 곧장 뇌왕을 전각 아래로 끌어내리더니 칼로 뇌왕의 코끝을 가리키며 말했다.

"비를 내려주겠느냐? 내려 주지 않는다면 이 자리에서 너를 죽여 버리겠다!"

뇌왕은 급히 고개를 끄덕이며 애원했다.

"놓아주면 사흘 뒤에 반드시 비를 내려 주겠다!"

포백은 뇌왕의 맹세를 받고서야 그를 풀어 주고 혼자 지상으로 내려왔다.

●—뇌왕을 사로잡다

뇌왕은 포백이 돌아가자 자신의 약속을 후회하기 시작했다. 그리고 그가 다시 천상으로 올라와 소동을 피울까 두려워 육맹을 시켜 파적산 일월수마저 베어 버리게 하고 다른 뇌장에게 매일같이 도끼 날을 불에 달궈 날카롭게 만들도록 했다.

계고는 뇌왕의 의중이 심상치 않음을 깨닫고 지상으로 급히 내려가 포백에게 이 사실을 알려 주었다.

"뇌왕은 날마다 도끼를 갈고 있는데, 사람을 치려는지 나무를 치려는지 알 수가 없습니다. 뇌왕은 날마다 끝장내겠다고 벼르며 은하수와 천지의 물 한 방울도 흘리지 않고 있습니다."

포백은 뇌왕이 약속을 저버렸음을 깨달았다. 그래서 집안 식솔을 시켜 물가의 수초를 건져 지붕에 펼쳐 놓게 하고 닥나무를 베어 껍질을 벗겨 건조대에 널게 했다. 그러고 나서 자식인 복의伏依 오누이는 멜대를 메고 건조대 아래에서 기다리게 하고 부인한테는 어망을 들리고 자신은 닭 우리를 들고 지붕으로 올라갔다.

곧이어 뇌왕이 원수를 갚기 위해 지상으로 내려왔다. 뇌왕이 날개를 펴자 폭풍이 밀려오고 천지 사방이 어두워졌다. 이어 바람을 타고 구름 속으로 들어가 불같은 두 눈을 슴벅이며 아래를 내려다보니 초록 섬광이 구름을 뚫고 기다란 다리를 놓아 주었다. 뇌왕은 섬광 다리를 걸으며 포백의 집을 굽어보다 두 발로 짓밟기 시작했다. 삽시간에 벼락 소리가 나고 하늘과 땅이 흔들리더니 억수 같은 비가 내리기 시작했다. 뇌왕은 비를 타고 포백의 집으로 내려왔다.

사납게 돌진한 뇌왕은 한달음에 포백의 집 지붕까지 내려왔다. 흥분한 뇌왕이 발로 지붕을 밟는 순간 그만 그 위에 펼쳐 놓은 수초에 미끄러져 건조대로 떨어졌다. 건조대의 물 먹은 닥나무 껍질은 더욱 미끄러워 뇌왕은 두 발로 서지 못하고 땅으로 고꾸라졌다. 땅에 처박힌 뇌왕이 일어나려는 순간 건조대 아래에 숨어 있던 복의 오누이의 멜대가 일제히 떨어져 하나는 허리에, 다른 하나는 목에 걸렸다. 오누이는 뇌왕을 꽉 붙잡았다. 뇌왕은 날개를 펼쳐 다시 일어서려고 했지만 어망이 떨어져 다시 뇌왕의 날개를 옭아맸다. 뇌왕이 발버둥치자 처마에 있던 닭 우리가 마치 무거운 종처럼 뚝 떨어져 뇌왕을 옴짝달싹하지 못하게 만들었다.

●—뇌왕이 달아나다

포백은 뇌왕을 사로잡아 곳간 안에 밀어넣고 문을 잠가 버렸다. 어떤 사람은 뇌왕을 죽여야 한다고 하고, 어떤 사람은 씹어 먹어도 시원찮다고 말했다. 그러자 포백이 말했다.

"일단 우리는 그에게 비를 내리게 해야 하니, 만약 그렇게 하지 않겠다고 대답하면 그때 죽입시다."

포백은 뇌왕을 풀어 주면 그가 또다시 배반할까 봐 한 가지 방법을 생각해 냈다. 매일 그에게 새끼를 꼬게 만들고 그것으로 뇌왕의 가슴을 묶어 놓는 것이었다. 이렇게 하면 그가 어디로 달아나든 다시 잡아올 수 있었다.

포백이 뇌왕에게 말했다.

"만약 네가 이곳에서 열심히 새끼를 꼰다면 너를 풀어 주겠다. 하지만 게으름을 피우며 빈둥거리면 너를 당장 죽여 버리겠다!"

그런데 포백의 계획을 알 리 없는 계고는 뇌왕이 풀려나서 또 자신에게 해를 가할까 두려워 새끼줄을 이빨로 물어뜯었다.

사흘 뒤 포백이 뇌왕을 보러 왔다. 그런데 꼬아 놓은 새끼줄이 마디마디 잘려 있었다. 이에 분노한 포백은 비를 내리지 않은 죄까지 함께 물어 뇌왕을 죽이고 살점을 절여 사람들과 나눠 먹으며 분을 풀기로 했다. 그래서 고기를 절일 소금을 사러 염전 집으로 갔다.

포백은 문을 나서기 전에 복의 오누이에게 단단히 타일렀다.

“뇌왕에게 절대 도끼를 빌려 주지 마라. 뇌왕이 물을 달라고 해도 주어서는 안 된다. 뇌왕은 물을 마시면 힘이 세져서 도끼를 들고 곳간을 부술 것이다.”

복의 오누이가 고개를 끄덕이자 포백은 그제야 안심하고 집을 나섰다. 포백 부인도 사람들에게 뇌왕 고기를 나눠 먹을 준비를 하라고 일러 주러 집을 비웠다.

뇌왕은 복의 오누이의 관심을 끌려고 귀신으로 변해서 오누이를 홀리기 시작했다. 그가 혀를 길게 내밀고 날름거리니 파란색과 초록색 불꽃이 번갈아 뿜어져 나왔다. 오누이는 신기해하며 달려와 구경했다.

뇌왕이 혀를 거두어들이자 불꽃도 사라졌다. 오누이는 아주 재미있어 하며 뇌왕에게 한 번 더 보여 달라고 재촉했다. 그러자 뇌왕은 고통스러운 얼굴을 하고 말했다.

“얘들아, 나 목이 말라 죽을 것 같다. 물 한 모금 주면 다시 너희와 놀아주마.”

“당신이 물을 마시면 힘이 장사가 되어 도끼를 휘두르며 곳간을 박살 낼 거라고 아버지가 말씀하셨어요. 그래서 저희는 물을 드릴 수가 없어요.”

오누이의 말을 들은 뇌왕은 꺼이꺼이 울기 시작했다. 이 모습을 지켜보던 오누이는 그가 불쌍하다는 생각이 들었다.

“울어도 소용없어요. 강가는 바닥을 드러냈고 샘물도 다 말라 버렸어요. 어제 비가 약간 내려 물을 조금 받아 두긴 했지만 그것은 부모님께서 단속하시니 저희한테는 물이 없어요.”

뇌왕은 불쌍한 표정을 지으며 다시 한 번 부탁했다.

“마음씨 좋은 오누이여, 물을 조금만 나눠 준다면 무슨 일이라도 해 주겠다."

"남색 염료 항아리에 뚜껑이 없는데 그 물이라도 마실 수 있나요?"

"천상에서는 내가 주인이지만 지상에서는 너희가 주인이니, 어떤 물인들 마다하겠느냐. 남색 염료도 물은 물이지 않느냐."

복의 오누이는 큰 그릇에다 남색 염료를 퍼 담았다. 그릇이 항아리에 부딪히는 소리가 나자 뇌왕은 속으로 몹시 기뻐했다. 오누이가 남색 염료를 가져왔으나 곳간 입구가 너무 작아 그릇이 들어가지 않았다. 뇌왕은 조급해져 말했다.

"착한 오누이여! 머리를 좀 써야겠다. 곳간 입구가 너무 작아 그릇이 들어오지 않으니 벼 줄기로 대롱을 만들어 물을 빨아먹게 해다오."

복의 오누이는 얼른 벼 줄기를 찾아와 뇌왕에게 건네주었다. 뇌왕은 그릇 안으로 벼 줄기를 집어넣어 남색 염료를 빨아먹기 시작했다. 남색 염료를 한 모금 마시자 목 안이 젖고, 둘째 모금에 힘이 솟고, 셋째 모금에 얼굴이 남색으로 바뀌며 양 어깨의 날개가 퍼덕이기 시작했다. 남은 염료를 다 마시자 힘이 충만해졌다. 뇌왕이 몸에 힘을 불끈 주자 염료 그릇이 깨지고 곳간이 무너지고 집이 넘어갔다. 이 모습을 본 복의 오누이는 깜짝 놀라 달아났다

뇌왕은 지상의 사람들을 모조리 죽이고 싶었지만, 그러고 나면 향불을 피울 사람이 없었다. 그래서 복의 오누이를 불렀다. 뇌왕의 부름에 복의 오누이는 울면서 말했다.

"당신은 우리를 속였어요. 우리를 죽이려고 하다니 당신은 정말 못됐군요."

그러자 뇌왕이 말을 받았다.

"나는 너희를 죽이지 않을 것이다. 내 생명을 구해 준 보답으로 이빨을 뽑아 너희한테 주겠다. 너희는 얼른 이 이빨을 심어라. 그러면 며칠 뒤 큰비가 내려 천하의 모든 사람이 죽어도 너희 둘만은 살아남을 것이다."

뇌왕은 이빨을 뽑아 복의 오누이에게 주고 왼손으로는 바람을, 오른손으로는 불을 불러 바람과 불을 타고 하늘로 올라갔다.

● ── 태백성

포백은 소금을 사서 돌아가는 길에 하늘에서 나는 굉음을 듣고 집안에 일이 벌어졌다는 것을 깨닫고는 급히 집으로 돌아왔다.

집으로 돌아와 보니 곳간은 이미 무너졌고 집은 내려앉았으며 복의 오누이는 서로 껴안고 울고 있었다. 포백은 모든 사실을 파악하고 뇌왕에게 복수를 결심했다.

복의 오누이는 아버지의 안색이 변하자 질책이 두려워 얼른 후원으로 달려가 뇌왕이 준 이빨을 땅에 심었다. 이빨을 땅에 심자마자 싹이 텄고 아이들은 싹에 물을 주었다. 싹은 마치 물레가 실을 자아내듯 덩굴을 이루며 자라기 시작했다. 그날 밤 꽃이 피고 사흘 뒤에는 방만한 조롱박이 열렸다. 복의 오누이는 칼로 조롱박을 자르고 속을 파내었다. 그 순간 천둥이 울리고 번개가 번쩍이면서 은하수 제방이 터진 듯 물이 홍수처럼 쏟아졌다. 오누이는 조롱박 속으로 들어가 비를 피했다.

포백은 뇌왕이 홍수를 일으켜 사람들을 모두 죽이려 한다는 사실을 알고 뇌왕과 한 차례 더 겨루기로 결정했다. 그래서 포백은 우산을 편 뒤 그것을 거꾸로 세워 작은 배를 만들어 그 위에 섰다.

뇌왕이 은하수를 터뜨린 날 모든 물이 거꾸로 흐르기 시작했다.

용왕도 덩달아 복수하고자 수로를 열어 놓고 물이 산까지 차오르게 만들었다.

한차례 호된 홍수를 내린 뇌왕은 포백을 포함해 모든 사람이 죽었을 것이라고 생각했다. 그런데 천문을 열고 아래를 내려다보니 포백이 우산 배를 타고 천문을 향해 배를 저어 오는 것이 아닌가!

포백은 가슴을 펴고 검을 뽑아 든 채 기세등등하게 뇌왕에게 달려왔다.

눈에 불꽃이 인 뇌왕은 도끼를 휘두르며 포백에게 내려갔다. 포백이 눈을 크게 뜨고 발로 우산 배를 밟자 배가 뇌왕의 발 아래로 미끄러져 갔다. 이 틈을 타서 포백은 몸을 날려 뇌왕의 발을 잘라 버렸다. 발이 잘린 뇌왕은 천문으로 달아나려다 말고 우산 배가 물결을 따라서 쫓아올까 걱정하며 말했다.

"물아! 물러나라!"

뇌장과 뇌병은 이미 포백의 대담함을 알고 있어서 얼른 물을 떠났다. 용왕도 포백을 더는 자극하지 않으려고 급히 물을 떠났다.

그러자 물이 급하게 빠지기 시작했다. 포백의 우산 배는 천상에서 산꼭대기 큰 바위에 떨어져 꽂혔다. 포백의 혼령은 하늘로 올라가 오늘날 우리가 보는 태백성, 곧 금성이 되었다.

●—오누이의 혼인

지상에 범람하던 물이 빠지기 시작하자 복의 오누이가 비를 피한 조롱박도 지상으로 떨어졌다. 조롱박은 탄성이 있어서 부서지거나 썩지 않았다. 하지만 지상의 사람들이 모두 죽고 말았으니, 이를 어찌 한단 말인가?

오누이는 대지를 헤매다가 황금 거북이를 만났다. 황금 거북이가 말했다.

"천하에 사람이라곤 없으니 너희 오누이가 혼인해서 새로운 세계를 창조하라."

그러자 복의 오누이가 물었다.

"오누이가 어떻게 혼인할 수 있어요? 당신을 때려죽인 뒤에 다시 살아난다면 그때 혼인하겠어요."

말을 마친 오누이는 마음을 모질게 먹고 황금 거북이를 때려죽였다. 그러고 나서 그들이 떠나려 하자 황금 거북이가 다시 살아나더니 웃으며 천천히 제 갈 길을 갔다. 복의 오누이가 계속 앞으로 걸어가고 있는데, 이번에는 대나무 한 그루가 그들에게 머리를 숙이고 말했다.

"지상에 사람이라곤 너희밖에 없으니 오누이가 혼인해서 새로운 세계를 열어라."

대나무가 말을 마치자 화가 난 오누이는 대나무를 마디마디 잘라버렸다. 그들이 길을 떠나려고 하자 대나무의 조각난 마디가 다시 살아서 붙더니 그들에게 웃으며 머리를 숙였다.

복의 오누이는 어디에서도 사람들을 찾아볼 수 없자 상심해서 서로 껴안고 대성통곡했다. 울음소리에 놀란 천상의 태백성그들의 아버지 포백의 혼령이 구름 속에서 머리를 내밀며 그들에게 말했다.

"지상에 살던 사람이 모두 죽고 없으니 너희 오누이가 혼인해서 새로운 세계를 만들어라."

복의 오누이가 울먹이며 말했다.

"세상에 오누이가 혼인하는 법이 어디에 있어요?"

태백성이 한 가지 제안을 했다.

"이렇게 하자. 너희 오누이가 동쪽 산과 서쪽 산으로 각각 가서 불을 피우면 연기가 날 것이다. 만약 이 연기가 하나로 합쳐지면 너희는 혼인해도 된다."

복의 오누이는 태백성의 말을 그대로 실행했다. 오누이가 동쪽과 서쪽에서 각각 불을 피우자 연기가 피어올랐다. 산봉우리 두 곳에서 피어오른 연기는 구름 사이를 뚫고 들어가 천상의 구름에 다다랐다. 구름이 움직이자 연기는 하나가 되었다. 태백성은 연기가 하나가 되는 것을 보고 만족한 듯 크게 웃기 시작했다.

복의 오누이가 혼례를 올리고 얼마 지나지 않아 어린 누이는 고깃덩어리를 낳았다. 이 덩어리는 눈도 입도 손도 다리도 없었으며 귀신인지 요괴인지 알아볼 수 없었다. 그리하여 오누이는 칼로 고기를 잘게 잘라 산 아래로 던졌는데, 그 고깃덩어리가 모두 사람으로 변했다. 이렇게 해서 새로운 인류가 번성하기 시작했다.

●—이야기의 결말

포백이 천상에서 태백성으로 변하고 나서 뇌왕, 용왕, 육맹, 계고 등은 어떻게 되었을까?

포백에게 다리가 잘린 뇌왕은 닭을 죽여 그 다리를 자신의 발에 연결했다. 이후 뇌왕은 두 개의 닭다리를 갖게 되었다. 그는 가끔 화가 나면 굉음을 내기도 하지만, 이제 인간 세상에 내려와서 사람들을 괴롭히는 일은 없었다.

용왕은 수염이 뽑힌 뒤에 바다로 달아났는데, 그의 자손도 수염을 두 가닥만 갖고 태어났다. 그래서 잉어는 수염이 두 가닥뿐이다.

육맹은 이후 요괴가 되어 사람들이 먹다 남긴 밥을 먹으면서 살아갔다.

계고는 뇌왕의 미움을 산 데다 포백의 계획을 망친 죄를 물어 벌

레로 변해 영원히 땅속에서 살아야 했다. 그가 머리를 내밀면 뇌왕이 그 자리에서 머리를 잘라 버렸다. 그래서 오늘날 우리는 벌레가 지상으로 나오면 곧 비가 내릴 거라고 말한다.

오누이의 혼인을 주선한 황금 거북이와 대나무는 훗날 사람들이 그들에게 선견지명이 있다고 해서 귀히 여기게 되었다. 무당들은 여기에 착안해 거북이 등껍데기와 대쪽을 이용해 점을 쳤다. 점괘를 물으면 그 결과가 길한지 흉한지 판단할 수 있었다.

도령산의 나무꾼

•••장족(壯族)

아주 오래전부터 사람들은 도령산道靈山에 관한 이야기를 전해 들었다. 도령산은 산이 푸르고 물이 맑고 풍경이 매우 아름다웠다. 산 위에는 샘물 일곱 구멍이 있는데, 일 년 내내 물이 마르지 않으며 맛이 달고 시원했다.

오래전 어느 날 남루한 옷차림을 한 소년이 손도끼를 들고 멜대를 메고 도령산으로 올라갔다. 이때부터 조용한 도령산에 장작 패는 소리가 울려 퍼졌으며, 장터에는 소년의 땔감 파는 소리가 종종 들려왔다.

이 가난한 소년의 이름은 아룡阿龍인데, 얼마 전 부모님이 차례로 세상을 뜨자 형과 형수의 손에 길러졌다. 하지만 형과 형수는 욕심이 많은 사람이어서 부모가 남긴 재산을 자신들이 전부 차지하려고 나쁜 마음을 먹었다. 하루는 형수가 형에게 말했다.

"아룡은 나이도 어리고 힘도 없어 밥만 축낼 뿐이에요. 그리고 저 애를 얼른 쫓아내지 않으면 성장한 뒤 재산과 땅을 나눠야 할 거예요."

이튿날 형이 동생 아룡에게 화를 내며 말했다.

"너는 올해로 열세 살이 되었으니 이제 스스로 살 길을 찾아야 할 때다. 우리가 계속 너를 돌봐 줄 수는 없다."

말을 마친 형은 손도끼와 멜대를 아룡 앞에 던지며 말했다.

"이것이 부모님께서 남겨주신 재산이니 이제부턴 스스로 살 길을 찾아보아라!"

불쌍한 아룡은 두말없이 그저 손도끼와 멜대를 들고 집을 나올 수밖에 없었다.

이후 아룡은 도령산에 올라가 동굴 하나를 찾아내어 그곳에서 혼자 살았다. 의지할 데 없이 외롭게 살면서 매일 해가 뜨면 나가고 별이 나오면 동굴로 돌아왔다. 그는 매일 나무를 패서 땔감을 만들었다. 그리고 땔감을 팔아 생긴 돈으로 입에 풀칠할 정도로만 먹을거리를 마련하고, 해진 옷을 바꿔 입는 것 외에 남은 돈을 모두 저축했다.

매일 한 푼씩 모으다 보니 점점 늘어나서 약간의 돈을 마련할 수 있었다. 4년이 지나 열일곱 살이 되던 해에 그는 모은 돈으로 재료를 마련하여 동굴 옆에 초가집 한 채를 지었다. 자기 집이 생긴 셈이었다.

혼자 외롭게 사는 아룡한테는 수탉 한 마리와 사냥개 한 마리가 유일한 벗이었다. 매일 아침 일찍 수탉은 그를 깨워 물을 긷고 밥을 짓게 했다. 아룡은 날이 밝으면 사냥개를 데리고 땔나무를 하러 나갔다가 저녁때가 돼서야 집으로 돌아왔기 때문에 집안 살림은 늘 엉망이었다.

어느 날 아룡은 시내에 땔감을 팔러 가려고 수탉이 울기도 전에 사립문을 나섰다. 그리고 태양이 서산으로 넘어갈 때쯤 땔감을 판 돈으로 쌀 두 되를 사서 서둘러 집으로 돌아왔다. 아룡은 몹시 피곤하고 배가 고팠는데 그제야 자신이 온종일 아무것도 먹지 않았다는 사실을 깨달았다.

아룡은 집으로 돌아와 멜대를 내려놓고 급히 밥을 지으려고 솥뚜껑을 열었다. 그런데 솥 안에 잘 익은 쌀밥이 있었다. 혹시나 하고 밥상보를 들춰 보니 볶은 닭고기며 따뜻한 음식 몇 가지가 차려져 있었다. 그는 물통을 메고 물을 길은 뒤 항아리를 열어 보았더니, 아니나 다를까 독 안에 물이 가득 차 있었다. 항아리 옆에 물방울이 떨어져 있는 흔적을 보니 이제 막 채운 것 같았다. 아룡은 사 가지고 온 쌀 몇 움큼을 집어 수탉에게 주었다. 수탉은 쌀 한 톨도 입에 대지 않고 노래하는 데 여념이 없었다. 수탉 역시 배불리 먹은 것이다. 솥 안의 밥을 덜어 개에게 주었으나, 개 역시 밥 먹을 생각도 하지 않고 머리와 꼬리를 흔들며 무언가 할 말이 있는 것처럼 굴었다.

방 안의 침대도 잘 정돈되어 있었다. 아침에 개지 못한 이불이 잘 개켜 있으며 휘장도 단정히 걸려 있었다. 아룡은 혹시 돈이 없어지지 않았을까 하여 베갯잇을 뜯고 작은 동전 주머니를 꺼내 확인해 보았지만 한 푼도 없어지지 않았다. 그는 마음속으로 감동하면서도 이상한 생각이 들었다.

아룡은 궁금한 생각이 들었지만, 날은 이미 저물고 배도 몹시 고파 차려진 음식을 맛있게 먹고 곧장 잠에 빠져들었다. 이튿날도 아룡은 평상시처럼 산으로 가서 땔나무를 했다. 저녁에 돌아와 보니 어제와 마찬가지로 따뜻한 밥과 반찬이 차려져 있을 뿐 아니라 집 안도 정리되어 있고 방 안에는 온기까지 감돌았다.

이런 일이 며칠 동안 계속되었다. 그러던 어느 날 아룡은 더 이상 가볍게 지나쳐서는 안 되겠다고 생각했다. 이렇게 마음씨 좋은 사람이 있다면 직접 만나서 감사의 말을 전하고 싶었다.

저녁을 먹고 잠자리에 든 아룽은 꿈속에서 얼굴에 부드러운 미소를 띤 채 부엌으로 들어가는 아름다운 아가씨를 보았다. 그가 막 부르려는 찰나 갑자기 아가씨가 사라졌다. 그러고는 항아리 속에서 "쏴쏴" 하는 소리가 들렸다. 그 소리에 깜짝 놀라 꿈에서 깨어난 아룽은 등불을 밝히고 나가 보았지만 아무도 없었다. 그런데 부엌에는 아침밥이 다 지어져 있고 손도끼도 광채가 날 정도로 예리하게 다듬어져 있었다. 수탉과 사냥개도 모두 배불리 먹은 상태였다. 그는 마음이 조급해졌다. 어떻게 하면 이 마음씨 좋은 사람을 만나 고마움을 표현할 수 있을까?

일주일 되던 날 아룽은 결국 한 가지 방법을 생각해 냈다. 그날 그는 아침밥을 먹고 나서 손도끼와 멜대를 들고 산으로 올라갔다. 반쯤 길을 가던 그는 갑자기 다시 돌아와 문 근처에서 숨을 곳을 찾았다. 잠시 뒤 집 안에서 달그락거리는 소리가 들렸다. 그는 조용히 문을 열고 안으로 들어갔다.

하지만 너무 긴장한 탓인지 손도끼가 미끄러져 떨어지면서 큰 소리가 났다. 아룽도 덩달아 깜짝 놀랐다. 제정신을 차린 그는 급히 집 안을 훑어보았으나 역시 아무도 보이지 않았다.

다시 하루가 지났다. 아룽은 땔나무를 하러 산으로 가는 척하다가 다시 돌아와 문 앞에 쭈그리고 앉았다. 잠시 후 집 안에서 소리가 들렸다. 그는 이번에는 조심하며 발소리를 죽인 채 살금살금 들어가 문틈을 통해 안을 살펴보았다. 그런데 물독 옆에서 천천히 일어나는 아름다운 아가씨는 아룽이 며칠 전 꿈속에서 본 그 아가씨와 똑같았다.

아룡은 기쁜 마음을 억누르며 천천히 문을 열고 아가씨 앞으로 다가갔다. 그러고는 조용히 웃으면서 아가씨의 손을 지그시 잡아당겨 오랫동안 손을 놓으려 하지 않았다. 한참 뒤에 아가씨는 발그스레한 얼굴을 들며 부끄러운 듯 입을 열었다.

"손을 놓으세요. 오늘 이후로도 많은 날이 있습니다. 혹시 저를 놓칠까 봐 걱정되세요?"

뜻밖의 반려자를 만난 아룡은 몹시 기뻐하며 아가씨의 집안일을 도왔다. 두 사람은 이후로 어떻게 아름다운 날을 보낼 것인지 계획하고 상의했다.

이 아름다운 아가씨는 다름 아닌 선녀였다. 그녀는 하늘의 규칙을 어기는 바람에 옥황상제의 벌을 받고 인간 세상으로 보내져 도령산 연못의 잉어로 살게 됐던 것이다. 선녀는 아룡의 성실함에 반해서 그가 연못에서 물을 긷는 틈을 이용해 물독에 숨어들어 집으로 들어왔던 것이다.

아룡은 아가씨와 혼인한 뒤 더욱 부지런해져 아침 일찍 일어나서 밤늦도록 일했다. 이렇게 해서 번 돈과 쌀을 모두 아내에게 주었다. 아내 역시 매우 부지런해 천을 짜고 밥을 지으며 집안 안팎을 두루 살폈다.

두 사람은 서로 존경하며 화목하게 살면서 자신들의 생활에 만족했다. 얼마 지나지 않아 아내는 하얗고 통통한 사내아이를 낳았는데, 도령都霊이라고 이름 지었다. 이때부터 그들의 생활은 더욱 윤택하고 웃음이 떠나지 않았다.

이 소식은 쏜살같이 아룡 형수의 귀에 전해졌다. 형수는 욕심이 많은 사람이라 돈을 목숨처럼 아꼈다. 그의 형은 몇 번이나 아룡 집을 찾아가 동생을 생각하는 척하며 통곡했다.

"네가 떠난 뒤로 우리 마음은 찢어질 듯 아프고 하도 울어 눈이 멀 것 같았단다. 이제 네가 일가를 이루었으니 돌아가서 우리와 함께 살자꾸나."

총명한 아룡과 그의 아내는 형 하는 짓이 고양이 쥐 생각하는 것임을 알고 단호히 거절했다. 형은 하는 수 없이 혼자 집으로 돌아갈 수밖에 없었다.

어느 날 형은 동생을 이용해 재물을 얻어 낼 궁리를 짜내고 기뻐 날뛰며 부인에게 말했다.

"방법이 있다! 있어!"

형수는 방법이 있다는 남편의 말에 얼굴에 희색이 돌더니 말을 재촉했다.

"무슨 방법이에요, 얼른 말해 보세요."

"지현 나리께 이 소식을 알리는 거야. 그러면 은 500냥쯤 걸면서 그 여자를 자신에게 잡아 오라고 할 테지."

그런데 이 '지현 나리'로 말할 것 같으면 주색잡기에 능한 사람이었다. 그는 부인 아홉을 두고 거기서 딸 서른 명을 얻었지만 아들은 하나도 못 얻어 조바심을 내고 있던 터였다. 그러던 차에 땔나무 파는 가난한 젊은이가 아주 아름다운 부인을 얻었다는 소문을 듣자 지현의 마음이 흔들리기 시작했던 것이다.

지현이 하루는 시종들을 데리고 사냥을 나갔다. 정오 때 그들은 커다란 토끼 한 마리를 뒤쫓아 산허리를 돌아갔다. 바로 거기서 지현은 아름다운 여자를 발견했다. 그 순간 지현은 개미가 몸에 기어오른 듯 몸이 가렵고 뻣뻣해지는 것을 느꼈다. 그는 그곳에 멍청하게 서서 토끼를 쫓아야 한다는 생각을 잊어버렸다. 잠시 뒤 그는 갑자기 생각나는 것이 있어 소리쳤다.

“저 여인이 젊은 나무꾼의 아내란 말인가?”

지현은 곧이어 사냥개들을 부르더니 뭐라 지시했고, 개들은 토끼 잡을 생각은 않고 아룡의 아내에게 벌떼처럼 몰려갔다.

총명한 아룡의 아내는 벌써 이들의 존재를 눈치 채고 빽빽한 숲 속으로 연기처럼 사라지더니 종적을 감추었다. 지현은 사냥개들을 데리고 해가 서산으로 넘어갈 때까지 여자를 찾아다녔다. 땀을 줄줄 흘리면서 온 산을 헤집고 다녔으나 결국 찾지 못한 채 기운만 빠져 집으로 돌아갔다. 집에 돌아온 그는 마치 귀신에 홀린 것처럼 온종일 침상에 몸져누워 식음을 전폐하고, 종일토록 헛소리를 하며 꿈속에서도 그 여자를 찾아다녔다.

하루는 지현에게 한 가지 묘안이 떠올랐다. 유명한 화원 하나를 불러와 여자의 얼굴을 그려 사방에 붙이고 누구든 이 여자를 잡아 오는 사람에게 은 500냥의 상금을 내리겠다고 했다.

아룡의 형도 이 방문을 보았다. 그는 한달음에 집으로 달려와 부인에게 그 사실을 알렸다.

“여자가 사는 곳을 아는 사람은 우리 둘뿐인데 이렇게 되면 동생한테 좀 미안한 마음이 드는군.”

“미안하긴 뭐가 미안해요. 동생 아내를 지현 나리께 바치면 은 500냥이 굴러들어 올 텐데, 그 돈이면 우리가 평생 먹고도 남는다고요.”

이어서 그녀는 남편에게 어떻게 지현 나리한테 그 비밀을 알려야 하는지 방법을 알려줬다.

이튿날 지현은 한 무리의 사람을 풀어 그 여자를 잡아 오라고 명령했다.

아룡의 아내는 관아에 잡혀 온 뒤로 온종일 아무것도 먹지 않고 눈물을 흘리면서 밤낮으로 아룡과 아들 도령을 그리워했다. 그녀는 이 높은 담을 넘어 자신의 작은 집으로 돌아가 아룡을 위해 집안을 돌보고 길쌈을 하며 도령한테 젖을 먹이면서 단란한 가정을 꾸리는 행복감을 맛보고 싶었다.

하지만 원망스러운 지현은 온종일 아룡의 아내에게 혼인을 재촉했다. 그녀는 이 못생기고 사악한 지현과 혼인하느니 차라리 그와 함께 죽겠다고 생각했다.

한편 아룡이 땔감을 팔고 집으로 돌아와 보니 어린 아들이 땅바닥에 주저앉아 울고 있었다. 수탉과 사냥개도 주위를 어지럽게 돌며 우는 소리를 냈다. 아내를 불러 보았지만 아무런 대답이 없었다. 그는 우려했던 일이 벌어졌음을 직감하고 돈이 얼마가 들더라도 아내를 구해야겠다고 결심했다. 이때 수탉이 위로하며 말을 걸었다

"마음 놓으세요. 도령한테 젖먹이는 일은 내가 맡아서 할 테니까요."

사냥개도 한마디 거들었다.

"마음 놓으세요. 주인님이 아씨를 구하러 가기 전에 제가 먼저 성에 가서 그곳 상황이 어떤지 알아보고 오겠어요."

나흘째 되는 날 아룡은 아들을 등에 업고 땔나무를 이고 성 안으로 들어갔다.

성 안에 들어서자 많은 사람이 한 방문을 보며 이러쿵저러쿵 떠들고 있었다. 무슨 이야기인가 물었더니 욕심 많은 형수가 지현에게 어떻게 아룡의 처를 빼앗으라고 일러 줬는지 그 방법에 대해 세세하게 얘기하고 있었다.

아룡은 바로 지현부 관아에 가서 그들과 담판을 짓고 아내를 구해 오고 싶었다. 하지만 섣부르게 덤볐다가 아내도 구하지 못하고

일만 망칠 수 있다고 판단했다.

이때 한 가지 좋은 방법이 떠올랐다. 아룡은 지현이 남산의 목탄을 사르는 것을 좋아한다는 소문을 듣고 집으로 돌아와 제일 좋은 목탄을 골라 관아의 문 앞에 가서 팔기 시작했다. 과연 얼마 지나지 않아 하인 하나가 나와서 그에게 목탄을 짊어지고 뜰 안으로 들어오라고 했다. 아룡은 목탄을 짊어지고 뜰 안으로 들어갔다. 그런데 정원이 너무 커서 아내가 어디에 갇혀 있는지 알 수 없었다. 그때 아룡이 아들의 다리를 꼬집자 아이가 바로 앙앙 울기 시작했다. 방 안에 갇혀 있던 아내는 아들의 울음소리가 들리자 목책 너머로 바깥 상황을 살폈다.

아룡이 도령을 업고 와서 숯을 파는 것이 보였다. 아내는 조용히 "도령아!" 하고 불렀다. 도령은 엄마를 본 뒤에 울음을 뚝 그쳤다. 아룡은 곧장 아내가 갇힌 방 밖으로 가서 탈출 방법을 일러 주었다. 아내는 매우 기뻐하며 도령에게 젖먹이는 방법을 가르쳐 주었다. 아룡은 목탄을 다 팔고 안심하며 집으로 돌아갔다.

아내는 집에서 매일 세 차례 도령에게 젖을 먹였는데, 도령이 젖을 먹으려 할 때마다 수탉이 이렇게 울었다.

"도령이 젖을 먹고 싶어 해."

수탉의 울음소리가 들리면 아내의 젖이 불어 도령에게 먹일 수 있었던 것이다. 며칠 동안 그녀는 매번 젖이 불 때마다 슬퍼하며 도령을 걱정했다. 하지만 이렇게 멀리 떨어져 있으니 어떻게 도령에게 젖을 먹일 수 있단 말인가. 그때 하계에 내려오기 전, 어머니와 언니가 어려움에 처하면 사용하라고 가르쳐 준 방법이 떠올랐다. 그래서 두 눈을 감고 도령산 쪽으로 노래를 불렀다.

"수탉아, 도령이 젖을 먹고 싶어 할 때마다 네가 지현부를 향해 큰 소리로 울어 다오."

도령이 젖을 달라고 울 때마다 수탉은 성안 뜰 쪽으로 목을 빼고 소리를 높였다.

"도령이 젖을 먹고 싶어 해요."

그러면 아내는 신선한 젖을 도령산으로 날려 보내 도령뿐 아니라 수탉에게도 먹였다. 그러고도 남은 젖은 일곱 개의 샘으로 변해 도령산의 나무와 풀을 촉촉하게 적셔 주었다.

아내가 지현부에 잡혀온 지도 벌써 여러 날이 지났다. 지현은 이미 3척이나 되는 침을 흘렸으며, 아침저녁으로 그녀와 혼인할 생각뿐이어서 매일 사람을 시켜 비단옷을 마련해 입히고 식사 때마다 닭고기, 오리고기, 물고기 등 온갖 산해진미를 차려 바쳤다. 하지만 그녀는 이 모든 것을 돌려보냈다. 옷 한 벌도 입지 않고, 물 한 모금도 마시지 않았다.

그러자 지현은 마음이 조급해 문밖에서 서성이며 한시도 가만히 있질 못했다. 그렇게 열흘이 지나갔다. 아룡의 아내는 남편이 모든 것을 잘 준비했으리라 믿고 보내준 음식을 먹기 시작했다. 지현은 너무 기뻐 펄쩍 뛰면서 급히 방으로 들어가 아룡의 아내 앞에 무릎을 꿇고 청혼했다. 아룡의 아내는 아무 말도 하지 않은 채 무릎을 꿇은 지현을 잡고 일부러 이리 돌리고 저리 돌리면서 정신없게 만들었다. 한참 뒤 아룡의 아내는 그가 지쳐 땀을 흘리고 무릎에서 피가 흐르는 것을 보고 이렇게 말했다.

"두 가지 조건을 들어주면 당신과 혼인하겠습니다."

지현은 그녀의 말에 반색하며 얼른 대답했다.

"당신과 혼인할 수만 있다면 금은 장식물에 능라, 주단까지 얼마든지 줄 수 있소. 그리고 산해진미도 그대가 먹고 싶은 대로 다 주겠소. 아니, 내 심장이라도 달라고 하면 주겠소."

아룡의 아내가 말했다.

"저는 금은보화도 부귀영화도 바라지 않아요. 그저 평생 호피 외투를 입고 다니며 제 마음에 드는 사냥개를 데리고 사냥을 즐기는 사람이 좋아요."

"좋소, 좋아. 바로 사냥개를 사서 사냥을 시작하겠소. 혼인하는 그날 호랑이 가죽으로 만든 외투를 입고 당신을 기쁘게 해 주겠소."

아룡의 아내는 그 말을 듣는 순간 속으로 몹시 기뻤지만 아무렇지도 않다는 듯 토를 달았다.

"만약 이 두 조건을 한 달 내에 마련하지 못한다면 저를 놓아 주세요."

지현은 속으로 생각했다.

'한 달 안에 마련하지 못할 리가 있겠는가?'

그는 아룡 아내의 면전에서 확실히 약속했다.

지현은 호피를 얻으러 산으로 한 무리의 사냥꾼을 보내고, 자기 관할 내의 사냥꾼에게 사냥개들을 데리고 들어오게 했다. 그러나 여러 날이 흘렀지만 산으로 간 사람들한테서도 연락이 없고 아룡 아내의 마음에 드는 사냥개도 구할 수가 없었다. 마음이 조급해진 지현은 사냥개를 구한다는 방문을 사방에 써 붙였다.

스무 날 후에 아룡이 자신의 사냥개를 데리고 선발에 참여했다. 그 사냥개는 머리가 네모나고 귀가 크고 유달리 난폭해 다른 사냥개를 보면 바로 달려들었다. 아룡의 아내는 그 사냥개를 보고 매우 흡족한 듯 지현을 향해 고개를 살짝 끄덕였다. 지현은 곧바로 은 100냥을 들여 그 사냥개를 샀다.

지현은 사냥개는 겨우 마련했지만 호피 외투는 아직 손에 넣지 못했다. 사방으로 나갔던 사냥꾼들은 하나같이 머리를 숙이고 기가 꺾인 채 돌아왔다. 앞으로 사흘밖에 기한이 남지 않자 지현은 몹시 초조해했다. 지현은 다시 사방에 방문을 붙여 호피 외투 값을 은 1000냥으로 올렸지만 여전히 사냥꾼들한테서는 아무런 소식이 없었다.

이때 아룡이 얼룩덜룩한 호피 하나를 걸머지고 지현부를 찾아왔다. 지현은 그 호피를 보더니 거두절미하고 아룡에게 은 1000냥을 내주었다. 하지만 아룡은 이에 응하지 않고 다시 흥정을 붙였다. 지현은 결국 호피 외투 한 장을 위해 은 5000냥을 지불해야 했다. 아룡은 지현의 돈을 거의 다 긁어내고서야 호피를 꺼내 지현에게 바쳤다.

"나리의 좋은 일을 위해 저렴한 가격으로 가치 있는 보물을 드리겠습니다. 단 한 가지 조건이 있습니다. 나리의 혼례식에 저를 초청해 축하주를 마시게 해 주십시오."

지현은 그 말을 듣고 웃으면서 말했다.

"물론 그렇게 하지. 그때 술에 흠뻑 취하게 해 주겠네."

혼례식 당일이 되자 지현은 집 안에 등을 달랴 북을 치랴 기뻐 어쩔 줄을 몰랐다. 많은 지주가 혼례식에 참석했는데, 가난한 사람들 가운데서는 아룡의 형과 형수만 그 자리에 참석했다.

지현은 그날 기분이 정말 좋았다. 아룡의 아내는 모든 것이 잘 준비된 것을 보고 제일 고운 비단옷을 골라 입고 치장에 더욱 정성을 들였다. 그리고 시녀들의 인도 아래 천천히 걸어 나왔다. 아룡은 이미 사냥개를 데리고 대청 앞에서 기다리고 서 있었다. 얼마 지나지 않아 북과 음악 소리가 들리고 폭죽이 일제히 터지면서 호피 외투를 걸치고 만면에 희색이 가득한 지현이 대청 안으로 들어섰다. 이때 아룡이 데리고 온 사냥개가 눈 깜짝할 사이에 원수를 본 듯 맹렬하게 달려들어 지현의 목을 물었다. 자리에 있던 사람들은 당황하고 놀라 얼굴이 모두 흙빛으로 변했지만, 사정을 아는 아룡과 그의 아내만 천천히 그곳을 걸어나왔다.

사람들이 어찌 된 일인지 미처 물어보기도 전에 지현은 개에 물려 숨이 곧 끊어질 것 같았다. 사람들이 그를 구하려 하자 갑자기 정원 사방에서 불이 일어났다. 불꽃은 갈수록 그 기세가 커졌다. 혼례식에 참가한 지주들은 놀라서 방귀를 뀌고 오줌을 질질 흘렸다.

아룡은 아내를 데리고 기뻐하며 돌아왔고, 사냥개도 그 뒤를 쫓아왔다. 집에 도착한 뒤 아룡은 지현에게 받은 돈을 주위의 가난한 이웃들한테 나누어 주고, 자신은 아내와 함께 도령산에 올라가 행복하게 살았다.

달가와 달륜 자매

•••장족(壯族)

달가達稼는 두 살 때 어머니를 여의고 세 살 때 아버지가 계모를 맞아들였다. 처음 얼마 동안 계모는 달가를 살뜰하게 돌봐 주었다. 먹을 것, 입을 것 어느 것 하나 모자라지 않게 해 주었으며 친딸이나 다름없이 보살펴 주었다.

하지만 "무대 위의 임금 노릇은 오래가지 못한다."라는 속담처럼 계모의 사랑은 오래가지 못했다. 계모가 친딸 달륜達侖을 낳은 뒤부터 달가는 눈엣가시가 되어 온종일 매를 맞지 않으면 욕을 얻어먹기가 일쑤였다. 아직 입에서 젖내도 가시지 않은 달륜까지 제 어미의 등에서 달가를 업신여겼다.

얼마 안 가서 달가의 아버지도 세상을 떴다. 그 후 달가의 고생길은 눈에 보듯 훤했다. 계모는 맛있는 음식과 고운 옷은 물론이고 묵은 콩밥조차 전혀 손대지 못하게 했다.

어느 날 서쪽 마을에서 잔치가 벌어졌다. 계모는 달륜에게 새 옷을 갈아입히고 곱게 단장시켰다. 이를 본 달가도 가고 싶어서 어머니한테 간청했다.

"어머니, 저도 동생과 같이 가게 해 주세요."

"아니, 너도 가고 싶은 거냐?"

이렇게 물어보는 계모의 표정은 시큰둥했다.

"그래, 재간이 있거든 한 가지 일을 해봐라. 잘하면 허락하고 못하면 주제넘게 갈 생각일랑 아예 하지 마라. 네겐 그런 복이 없다."

말을 마친 계모는 참깨 다섯 말과 콩 여섯 말을 가져다가 뒤섞더니 달가 앞에 밀어 놓으며 말했다.

"네가 오늘 안에 콩과 참깨를 모두 가려내면 보내 주마."

그러고는 '쌩' 하고 찬바람이 나도록 나가 버렸다.

어지럽게 뒤섞인 콩과 참깨 무지를 내려다보던 달가는 크게 실망했다. 하루는 고사하고 열흘이 지나도 가려내지 못할 일이었던 것이다. 이제 잔칫집에 가기는 다 틀렸다고 생각하면서 달가는 구슬프게 울었다.

한편 이미 저 세상 사람이 된 달가의 어머니는 딸의 애처로운 울음소리를 듣고 까마귀로 둔갑하여 지붕 위에 날아와 앉더니 노래를 불렀다.

울지 마, 달가야!
걱정 마, 달가야!
콩과 참깨 섞인 것도 별거 아냐.
체로 치고 키로 까불면
콩과 참깨 알알이 나누어지리라!

그 소리를 들은 달가는 못내 기뻐하며 얼른 어레미를 가져다 콩과 참깨를 부지런히 쳤다. 아니나 다를까 향 하나가 다 타기도 전에 참깨 다섯 말과 콩 여섯 말을 몽땅 가려냈다.

달가는 즐거운 마음으로 계모에게 달려가서 말했다.

"어머니, 참깨를 다 가려냈어요. 그러니 저를 보내 주세요."

달가가 참깨를 다 가려냈다는 말에 계모는 어리둥절했다.

"계집애가 정말 여간내기가 아닌데!"

그러더니 얼굴을 또다시 일그러뜨리며 말했다.

"흥, 잔치 가는 게 그리 쉬운 일인 줄 아니? 아직도 할 일이 많이 남아 있단다."

그러고는 물통 두 개를 가져다 달가 앞에 내놓았다.

"뒤쪽 울 안에 있는 독 세 개에 물을 길어다 가득 채워 놓으면 보내 주마."

독 세 개에다 물만 채우면 보내 준다니 그게 뭐 어려운 일인가! 달가는 기꺼운 마음으로 팔소매를 걷어붙이고 강가로 물을 길으러 갔다.

그런데 계모가 어느새 물통 밑굽에 벌집처럼 구멍을 숭숭 뚫어 놓았을 줄 누가 알았으랴! 집에 닿기도 전에 물통의 물은 길에서 다 새어 남아 있지 않았다.

점심때가 가까워졌지만 물독은 그대로 텅 비어 있었다. 조급해진 달가는 그만 울음을 터뜨리고 말았다.

달가의 어머니는 딸의 울음소리를 듣고 또 까마귀로 변하여 나무 위에 날아와 앉더니 노래를 불렀다.

울지 마, 달가야!
걱정 마, 달가야!

물독 세 개인들 어떠하리.

풀로 막고 흙을 발라

밑굽 먼저 손질해라.

그 소리를 들은 달가는 곧 까마귀 말대로 풀로 구멍을 막고 그 위에다 흙을 발랐다. 그러자 물 한 방울 새지 않았다.

물독 세 개에 물을 다 채운 달가는 또 기꺼운 마음으로 계모에게 달려갔다.

"어머니, 물도 다 길어 놨어요. 그러니 저를 보내 주세요!"

물독 세 개를 다 채웠다는 소리에 계모는 눈알을 굴리며 또다시 얼굴을 찡그렸다.

"어떻게 갈 수 있겠느냐? 변변한 옷 한 벌 없이 말이다. 달륜을 봐라, 빨간 저고리에 파란 바지, 수놓은 신에 새하얀 양말, 어느 것 하나 새것이 아닌 게 있느냐! 그런데 네 옷 꼴을 좀 봐라. 그렇게 누덕누덕 기운 옷을 입고 어떻게 나들이를 간단 말이냐?"

계모는 이렇게 핀잔을 주고 나서 달륜을 데리고 방으로 들어가 버렸다. 그러자 달가는 대성통곡을 했다. 달가의 어머니는 딸의 울음소리를 듣고 달가가 틀림없이 또 무슨 억울한 일을 당했을 것이라 생각하고, 이번에도 까마귀로 변하여 지붕 위에 날아와 앉더니 노래를 불렀다.

울지 마, 달가야!

걱정 마, 달가야!

옷과 바지, 신과 양말

비파나무 밑에 묻혀 있다.

이 노래를 듣고 달가는 좋아서 폴짝폴짝 뛰었다. 달가는 얼른 자그마한 호미를 찾아 비파나무 밑으로 달려갔다. 서너 번 파헤치니 조그마한 보따리 하나가 나왔다. 그것을 끌러 보니 과연 꽃 저고리와 비단 바지, 봉황새 꽃신 그리고 금팔찌와 금귀걸이가 각각 한 쌍씩 있었다. 빨간 바지며 반짝반짝하는 귀걸이 등을 보자 달가는 금방이라도 날아갈 듯 기뻤다. 달가는 얼른 몸단장을 하고 계모에게 가서 말했다.

"어머니, 새 옷도 다 준비되었어요. 그러니 저를 보내 주세요."

이제 계모는 승낙하지 않을 수 없었다.

잔칫집에 가게 된 달가는 너무 좋아서 길을 걸으면서도 깡충깡충 뛰었다. 그런데 다리목에 이르렀을 때 그만 발이 돌부리에 걸리는 바람에 봉황새 꽃신 한 짝을 강물에 떨어뜨리고 말았다.

그때 한 젊은 선비가 말을 타고 다리를 지나가고 있었다. 그런데 뜻밖에도 말이 다리목에 이르자 더는 앞으로 나가지 않았다. 아무리 채찍으로 때려도 대가리만 쳐들고 울 뿐 한 걸음도 떼지 않으려고 했다.

이상한 생각이 든 선비는 곧 말에서 내렸다. 다리 밑을 내려다보니 빨간 봉황새 꽃신 한 짝이 얕은 물에서 떴다 가라앉았다 하는 것이었다. 선비는 자기가 이 신을 떨어뜨린 처녀와 무슨 인연이라도 있는 게 아닌가 하는 생각이 들어 말을 다리 난간에 매 놓고 강물로 뛰어들어 가서 신을 건져 냈다.

선비가 봉황새 꽃신을 주웠다는 소문은 삽시간에 온 마을로 퍼져 나갔다. 뿐만 아니라 꽃신의 주인을 확인한 다음 아내로 맞아들인다는 말까지 떠돌았다.

이 소문은 계모 귀에도 들어갔다. 그리하여 그녀는 곧 다리로 달려가서 선비에게 말했다.

"선비님, 그 봉황새 꽃신은 제 딸 달륜의 것이에요."

"그럼 따님한테 직접 확인해 보지요."

"그 앤 잔칫집에 갔는데 이제 곧 돌아올 거예요."

과연 다리 저쪽에서 달가와 달륜이 걸어오는 것이 보였다. 계모는 친딸을 가리키며 말했다.

"보세요, 저기 오잖아요? 선비님, 저 빨간 저고리에 파란색 바지를 입은 애가 바로 달륜이에요."

이렇게 말하고 그녀는 달륜에게 다가가 손을 잡아끌었다.

"달륜아, 어서 가서 네 신을 신어 보아라. 저 선비님이 네 봉황새 꽃신을 주우셨단다."

하지만 눈치 빠른 달가는 선비의 손에 들린 봉황새 꽃신이 바로 자기 신이라는 것을 알아보고 달륜보다 먼저 다가가 말했다.

"선비님, 신을 돌려주세요. 그것은 제 신이에요."

달가가 먼저 신을 확인하는 것을 보고 계모는 욕설을 퍼부었다.

"약삭빠른 계집애, 누가 그 신이 네 것이라고 하더냐? 그건 분명히 달륜의 것이다!"

그렇게 말하며 달가의 팔을 힘껏 비틀었다.

그들이 서로 자신의 신이라고 다투자 입장이 난처해진 선비는 한 가지 꾀를 내놓았다.

"다투지 마십시오. 이렇게 서로 자기 것이라고 다툰다면 끝이 없겠습니다. 이렇게 합시다. 내가 가시나무 한 개비를 다리 가운데 가져다 놓을 테니, 두 분 중 한 분이 다리를 지나가실 때 가시나무가 옷자락에 걸리면 이 신을 그분의 것으로 치겠습니다."

이렇게 말하고 선비는 가시나무 한 개비를 꺾어 다리 위에 가져다 놓았다.

달륜이 먼저 지나갔다. 달륜은 될 수 있는 대로 가시나무에 가까이 다가가서 옷자락을 펄럭이며 가시에 걸리려고 애썼지만, 아무리 애써도 옷자락이 그저 그 가시 옆을 슬쩍 스치고 지나갈 뿐이었다.

다음은 달가의 차례였다. 그런데 달가가 나뭇가지 옆에 이르자 난데없는 바람이 휙 불면서 옷자락을 가시나무에 단단히 꿰어 놓았다. 그리하여 선비는 신을 달가에게 돌려주었다.

며칠 후 붉은 꽃가마 한 대가 달가의 집 문 앞에 와서 멈추어 섰고 달가는 선비의 부인이 되었다.

그때부터 달가는 선비와 같이 아기자기하게 혼인생활을 하면서 더는 계모의 수모를 받지 않게 되었다. 얼마 안 가서 그들은 포동포동한 잘생긴 아들을 낳았다.

어느 해 달가는 아이를 데리고 친정집으로 나들이를 왔다. 그들이 탄 가마가 친정집 문 앞에 이르자 계모는 곧 가살을 부리며 마중을 나왔다.

"아이고, 참 기특도 하지. 얘야, 어서 집 안으로 들어가자!"

뒤이어 계모는 닭을 튀긴다, 양을 잡는다 하며 반나절이나 바삐 돌아다녔다. 자기 어머니가 달가에게 이처럼 친절하게 구는 것을 본 달륜은 골이 나서 뒤쪽 울 안에서 울고불고 욕을 해 댔다. 이것을 본 계모는 몰래 달륜 곁으로 가서 말했다.

"멍청하기는! 너는 이 어미를 바보로 아느냐?"

그러고는 딸의 귀에다 입을 대고 한참 소곤거렸다. 그제야 달륜은 까불거리며 나와서 달가와 함께 밥을 먹었다.

밥을 다 먹고 나서 달륜은 달가에게 말을 건넸다.

"언니, 언니는 여러 해 동안 집에 와 보지 않았잖아요. 그동안 우리 집 뒤쪽 울 안에 있는 우물물이 예전보다 훨씬 맑아졌어요. 우리 함께 가서 그림자를 한번 비춰 보지 않겠어요?"

"그래, 같이 가보자꾸나."

자매는 함께 우물에 그림자를 비춰 보러 갔다.

우물가에 이르자 달륜은 달가가 주의하지 않는 틈을 타서 그녀를 우물 속에 밀어 넣었다. 자기 방으로 돌아온 달륜은 서둘러 달가의 차림새를 흉내 내어 단장하고 나와서 아이에게 말했다.

"얘야, 이제 집으로 돌아가자."

아이는 자기 엄마가 아닌 것을 알고 도리머리를 쳤다.

"싫어, 싫어! 아줌마는 우리 엄마가 아니야! 우리 엄마는 얼굴이 얽지 않았어."

달륜은 재빨리 거짓말을 꾸며 댔다.

"이 못난 녀석아, 이건 아까 외할머니가 고기를 튀길 때 기름방울이 얼굴에 튀는 바람에 이렇게 된 거란다. 그러니 어서 집으로 돌아가자!"

그 말을 곧이들은 아이는 곧 달륜과 함께 가마를 타고 집으로 향했다.

그들이 가마에 오르자 하인 두 명이 서로 얼굴을 마주 보며 고개를 갸웃거렸다.

"이상한걸! 어째서 가마가 올 때보다 더 무거워진 걸까?"

달륜은 가마 안에서 그 소리를 듣고 이렇게 대답했다.

"요리를 먹었으니 배가 부르고 찰밥을 먹었으니 몸이 무거워진 게 당연한 일 아니겠어요? 그러니 가마가 올 때보다 무겁겠죠."

이렇게 해서 그녀는 하인 두 명도 속였다.

집에 돌아온 아내를 보고 선비는 처음에는 크게 의심했으나 달륜이 아까처럼 기름에 데었다고 거짓말을 하자 선비도 더는 아무 말도 하지 않았다. 하지만 속으로는 어쩐지 꺼림칙했다.

어느 날 마을 글방에서 집으로 돌아가던 선비는 숲을 지나다가 문득 나무 위에 앉아 노래 부르는 산비둘기 한 마리를 보았다.

구구구, 구구구.
예쁜 아내, 곰보와 바꾸다니.

산비둘기의 노랫소리를 듣고 선비는 이상한 생각이 들었다.

"저 작은 산비둘기가 내 아내란 말인가?"

그는 곧 산비둘기를 보고 말했다.

"산비둘기야, 산비둘기야. 네가 진정 내 아내라면 내 왼쪽 소매 안으로 날아서 들어오렴!"

그러면서 선비는 소매 끝을 벌렸다. 그러자 작은 산비둘기는 선비의 소매 안으로 포르르 날아들었다.

선비는 작은 산비둘기를 데리고 집으로 돌아와 새장에 넣어 가운뎃방에 걸어 놓았다.

어느 날 할 일이 없어 심심해하던 달륜은 가운뎃방에 놓인 베틀을 보자 자기도 한번 배워 보고 싶다는 생각이 들었다. 그런데 그녀가 베틀 위에 앉아 미처 북을 들기도 전에 베틀이 와지끈 하며 넘어졌다.

그것을 본 산비둘기가 노래를 불렀다.

구구구, 구구구.
남의 아내 해치고

남의 남편 빼앗고
남의 재산 훔치고
남의 목숨 해치더니
이제는 베틀도 말을 듣지 않는구나.

달륜은 그 소리를 듣고 부아가 나서 얼굴이 새빨개졌다. 그녀는 채찍을 집어 새장을 몇 번 호되게 후려쳤다. 달륜이 동작을 멈추자 산비둘기는 또 노래를 불렀다.

구구구, 구구구.
달륜은 구미호 간사한 여우.
심보 사나워 범보다 무섭고
심통 못되어 뱀보다 독하네.

달륜은 그 소리를 듣고 부아가 더욱 치밀어 도저히 참을 수가 없었다. 그녀는 손을 새장 속에 넣더니 산비둘기를 잡아 힘껏 쥐어 죽였다.

저녁에 집으로 돌아온 선비는 산비둘기가 보이지 않자 달륜에게 물었다.

"산비둘기가 왜 보이지 않소?"

"죽여 버렸어요."

"왜 죽였소?"

"검은콩을 넣고 비둘기 고기로 국을 해 먹으려고요."

달륜은 산비둘기로 끓인 국을 두 그릇 떠서 한 그릇은 선비 앞에 놓고, 한 그릇은 자기가 들고 먹기 시작했다.

그런데 달륜은 먹을수록 어쩐지 맛이 쓰기만 했다.

"국이 쓰지 않으세요?"

"아니, 내 입엔 아주 구수하구먼."

"그럼, 우리 바꿔 먹어요."

국그릇을 바꾸었지만 달륜에게는 국이 더욱 쓰기만 했다. 그래서 또 선비에게 물었다.

"제 입엔 그냥 쓰기만 해요. 당신 국은 어떠세요?"

선비는 귀찮다는 듯이 대답했다.

"역시 구수하오. 조금도 쓰지 않소."

천둥같이 화가 난 달륜은 국 한 솥을 몽땅 뒤뜰에 내다 버렸다.

얼마 안 가서 뒤뜰에 왕대가 한 무더기 자라났다. 여름이면 왕대 숲은 언제나 서늘했다. 선비가 왕대 숲에 나가 바람을 쐴 때면 샛노란 열매가 하나씩 떨어지곤 했는데 맛이 여간 달콤하지 않았다.

그것을 알게 된 달륜도 왕대 숲에 나가 바람을 쐬었다. 그런데 온종일 앉아 있어도 열매는커녕 열매 그림자도 보이지 않다가 왕대 한 대가 휘어 내려와 달륜의 머리칼을 낚아채 그녀를 대나무 꼭대기로 끌고 올라갔다. 달륜은 그만 혼이 빠져 사람 살리라고 고래고래 소리를 질렀다.

선비가 고함을 듣고 나와 보니 달륜이 왕대 꼭대기에 매달려 있는 것이 아닌가! 그는 속으로 우습기도 했지만 화도 나서 집 안에서 칼을 가지고 나와 왕대를 찍어 넘겼다. 큰 소리를 내면서 왕대 꼭대기에서 떨어진 달륜은 온몸이 멍투성이가 되었다.

땅바닥에서 엉금엉금 기다가 겨우 일어난 달륜은 화가 나서 씩씩거리며 선비의 손에서 칼을 빼앗아 왕대를 모조리 찍어 넘겼다.

마을 사람들은 선비 집에서 왕대를 찍어 버렸다는 소식을 듣고 앞다투어 대나무를 얻으러 왔다.

마을 어귀에 사는 한 할멈도 그 소식을 듣고 찾아와서 왕대를 한 대 얻어 베틀에 쓰는 실감개를 만들었다.

그 뒤부터 할멈에게는 아무리 생각해도 풀리지 않는 일이 한 가지 생겼다. 전에는 낮이면 밭에 나가 일을 하고, 저녁에 돌아와 틈을 타서 길쌈을 하다 보니 하루에 기껏해야 천을 네댓 자밖에 짜지 못했다. 그런데 실감개를 바꾼 뒤로는 매일 저녁 밭에서 돌아오면 베틀 위에 곱게 짠 무명이 한 감씩 놓여 있었다. 정말 놀라운 일이 아닐 수 없었다. 이 정도 양은 베틀 한 대는 고사하고 열 대를 가지고서도 짤 수 없었다. 이상한 생각이 든 할멈은 그것을 누가 짜 주었는가 이웃 사람들에게 물어보았다. 하지만 아무도 짜 주었다는 사람이 없었다. 그저 요즘 낮에도 그 집에서 베틀 소리가 들리더라는 말뿐이었다.

이튿날 아침 할멈은 일찌감치 일어나 밭으로 나가는 척하고 누가 와서 천을 짜 주는지 알아보려고 몰래 옆집으로 가서 숨었다.

할멈은 울타리 틈새로 방 안을 가만히 들여다보았다. 그런데 실감개에서 아리따운 처녀가 천천히 걸어 나오는 것이 아닌가! 처녀는 주위를 둘러보더니 인기척이 없자 베틀 위에 앉아 날랜 솜씨로 북을 다루며 천을 짰다. 할멈은 기쁜 나머지 얼른 집 안으로 달려들어 가서 처녀를 붙잡았다.

"아가씨, 아가씬 내게 정말 고마운 사람이오. 그런데 아가씨 이름이 뭐요?"

할멈에게 붙잡힌 처녀는 몸을 뺄 수 없게 되었음을 알고 마침내 입을 열었다.

"할머니, 저는 어머니도 없고 집도 없는 사람이에요."

"그럼 나를 어미로 삼아 함께 살도록 합시다."

"좋아요. 그런데 어머니, 저는 다른 사람에게 해를 당해 몸의 뼈가 하나도 없어요. 어머니께서 저를 딸로 삼으시겠다면 먼저 거리에 나가 젓가락 한 짝을 사다가 물에 넣고 삶아 그 물을 저에게 주세요. 그 물을 마시면 뼈를 갖춘 사람이 될 수 있어요."

할멈은 그 말을 듣기가 바쁘게 새 젓가락을 사다가 솥에 넣고 삶았다. 그러고는 그 물을 한 사발 떠다가 처녀에게 먹였다. 그 물을 마시고 나자 처녀는 꼿꼿해지고 더욱 아름다웠다.

어느 날 처녀는 할멈에게 한 가지 부탁을 했다.

"어머니, 오늘은 날씨도 아주 좋은데 누구를 좀 모셔 오지 않겠어요?"

"누굴 청하라는 게냐?"

"마을에 사는 그 젊은 선비를 청해 주세요."

"원, 애도. 바보 같은 소릴 다 하는구나. 그분이 뭣 하러 이 누추한 집을 찾아오시겠니?"

"어머니, 그러지 말고 좀 다녀오세요. 한 처녀가 그를 청하는데, 올 때 아들도 데리고 와 달라고 말씀하시면 오실 거예요."

할멈은 마지못해 선비를 찾아갔다.

이윽고 선비가 아들을 데리고 할멈과 함께 왔다. 집에 돌아온 할멈은 서둘러 음식을 장만했다. 그런데 처녀는 한쪽 방문에 발을 치고 그 안에 가만히 들어앉아 있기만 했다.

할멈은 닭다리 하나를 아이에게 뜯어 주었다. 아이는 좋아하며 볼이 미어지도록 맛있게 먹었다. 이때 난데없이 얼룩고양이 한 마리가 야옹거리며 달려들어 아이 손에 들린 닭다리를 빼앗아 갔다. 아이는 울음을 터뜨리며 발 뒤로 도망간 고양이를 쫓아갔다.

발 뒤로 쫓아간 아이는 그곳에 앉아 있는 처녀를 보더니 와락 달려가 안기며 소리쳤다.

"엄마, 엄마! 우리 엄마야!"

연신 "엄마, 엄마." 하고 부르는 아이의 소리를 듣고 이상한 생각이 들어 발을 걷고 방으로 들어간 선비는 그만 어리둥절해졌다. 아이가 처녀의 손을 꼭 잡고 있었던 것이다. 또한 처녀도 아이를 품에 안은 채 눈물을 흘리고 있지 않은가!

"아니, 달가 당신이 아니오?"

선비는 놀라 부르짖으며 달려가 처녀를 부여잡았지만, 어떻게 말해야 좋을지 몰랐다. 선비의 눈에도 눈물이 글썽거렸다.

다음 날 선비는 달가를 집으로 데려왔다.

달가가 돌아온 것을 본 달륜은 애가 타고 겁이 났다. 그녀는 남몰래 달가에게 물었다.

"언니, 그때 우물에 빠진 게 분명한데 어떻게 해서 돌아오신 거예요?"

그러자 달가는 쌀쌀맞게 웃으며 말했다.

"사람이 그렇게 쉽게 죽는 줄 아니? 착한 사람은 어떻게 해도 죽지 않는 법이란다."

그 말을 들은 달륜은 화가 나기도 하고 부끄럽기도 했다.

어느 날 달륜은 또 달가에게 와서 물었다.

"언니, 어떻게 그처럼 살결이 하얘요?"

"우리 어머니가 나를 디딜방아에 넣고 찧어서 이렇게 하얘졌어."

"정말?"

"아무렴, 누가 널 속이겠니? 쌀도 찧으면 하얗게 되는데 사람이라고 왜 그러지 않겠니."

"그럼 나도 내일 어머니한테 방아에 넣고 찧어 달라겠어요."

이튿날 아침 달륜은 자기 어머니에게 가서 말했다.

"어머니, 달가의 살결이 왜 그렇게 하얀지 아세요? 그녀의 어머니가 방아에 넣고 찧어서 그렇게 됐대요. 어머니도 저를 좀 찧어 주세요."

말을 마친 달륜은 곧 방아 안에 들어가 쪼그리고 앉았다.

딸이 그처럼 진지하게 나오자 이를 정말로 믿은 계모는 방앗공이를 버텨 놓은 작대기를 치우고 발로 방아채를 힘껏 놓았다. 그러자 달륜은 "으악!" 하는 외마디 비명을 지르더니 더는 아무런 기척이 없었다.

계모는 딸이 죽은 것을 보고 몇 날 며칠을 슬프게 울었다. 그러더니 얼마 지나지 않아 그녀도 속병을 앓다가 그만 죽고 말았다.

달가와 선비는 또다시 깨가 쏟아지는 생활을 했다. 그런데 달륜 모녀는 두 마리의 검은 새로 변하여 밤낮으로 "앞잡이 계집애, 앞잡이 계집애." 하고 쉴 새 없이 울부짖었다.

암강하의 내력

•••장족(壯族)

운남성 남부의 국경 지대에 흑저파라는 벌판이 하나 있다. 그 벌판은 온갖 들꽃이 만발한 봉우리들 사이에 펼쳐져 있다. 벌판에는 장족 사람의 목조 가옥이 여기저기 널려 있고 마을 주변에는 푸른 소나무와 측백나무, 새파란 대숲, 키 높은 종려나무와 바나나 나무가 자라고 있었다. 암강하岩剛河가 이 벌판을 양쪽으로 갈라놓았는데, 벌판 동쪽 암강산에서 흘러내리는 이 물은 강가의 기름진 땅을 적셔 주었다.

남쪽과 북쪽이 웅장한 산으로 둘러싸인 흑저파는 남북의 너비는 이삼 리밖에 안 되지만, 동서의 길이가 십여 리나 되고 나무 구유 모양을 이루고 있어 이 고장 사람들은 '구유'라고도 부른다. 이곳은 날씨가 어찌나 더운지 동지섣달에도 홑옷을 입고 더워 미칠 지경이다. 이처럼 물이 많을 뿐 아니라 기후도 무더워 자원이 풍부하고 곡식도 잘 자랐다.

무슨 이유로 흑저파의 기후가 이처럼 덥고 암강산에서는 물이 흐르는 걸까? 여기에는 아름다운 전설이 깃들어 있다.

멀고 먼 옛날, 어느 가을밤이었다. 하늘에는 별들이 총총하고 서늘한 가을바람은 대지를 어루만졌다. 노인들은 등불을 환하게 켜 놓은 목조로 된 집 안의 뜨뜻한 구들에 앉아 가을걷이가 끝나면 무엇을 사들일 것인가 이야기하고 있었다. 아이들은 탈곡장의 곡식 무지에서 숨바꼭질을 했으며, 처녀 총각들은 동구 밖 먼 숲 속에서 사랑을 속삭였다.

해가 서쪽으로 기울면 아이들은 집으로 돌아와 뜨뜻한 구들에서 곯아떨어지고, 수풀 속에서 들려오는 처녀 총각들의 노랫소리와 웃음소리도 어느덧 잠잠해졌다.

문득 하늘에서 시뻘건 별 하나가 떨어지는 것이 보였는데, 지상으로 다가올수록 빨라지고 커지더니 눈 깜짝할 사이에 흑저파 상공에서 "쾅" 하고 터졌다. 하늘땅을 들었다 놓는 폭음 뒤에 불빛이 번쩍거렸다. 목조 건물이 벌겋게 비치는가 싶더니 뒤이어 불꽃이 사방으로 튀어 오르고 목조 건물과 곡식 무지, 수풀도 불길에 휩싸이기 시작했다.

마을은 순식간에 사람들의 아우성과 짐승들의 울부짖음, 집 무너지는 소리와 무엇이 불에 타면서 탁탁 튀는 소리로 아수라장이 되었다. 불길이 마치 펼쳐놓은 그물처럼 온 마을을 뒤덮는 바람에 마을 전체가 불길 속에 잠기고 말았다. 마을 안에 있던 사람들은 이 재난에서 아무도 벗어나지 못했다. 다만 야외에서 사랑을 속삭이는데 정신이 팔려 집으로 돌아가야 한다는 사실을 잊어버렸던 서너 쌍의 연인들만 이번 화재에서 요행히 목숨을 건질 수 있었다.

급히 마을 왼쪽 돌산 위로 기어올라 간 그들은 날이 밝을 때까지 기다렸다. 불은 다음 날도, 그다음 날도 시꺼먼 연기를 내뿜으며 활활 타올랐다. 끊임없이 뜨거운 불기운을 내뿜자 그들은 하는 수 없이 40리 밖에 있는 돌산 위로 피한 다음 다시 살림을 꾸렸다. 그 뒤 그들은 혼인하고 자식을 낳아 기르며 몹시 구차한 삶을 이어 갔다. 세월이 얼마나 지났는지는 모르지만, 마을에서는 여전히 불길이 꺼지지 않고 있었다. 불길은 주위에 있던 푸른 숲을 몽땅 삼켜 버려 온 벌판을 풀 한 포기 볼 수 없는 땅으로 만들었다.

그러다 어느 해 돌산 마을에 가뭄이 들었다. 팔구 개월 동안이나 비 한 방울 내리지지 않아 늪의 물이 마르고 땅은 거북이 등같이 갈라졌다. 나무는 우듬지까지 말랐고 곡식은 시들어 버렸으며 가뭄에 강한 감자마저 밭에서 다 말라죽고 말았다.

마을에는 암강이라는 젊은이가 살았다. 그는 몸집이 다부지고 힘이 장사인 데다가 용감하고 슬기로웠다. 그에게는 늙은 어머니와 낙영洛英이라는 갓 약혼한 애인이 있었다. 낙영은 이웃집 육씨 아저씨의 딸로, 그 두 집은 아주 화목하게 지내면서 허물없이 서로 오가는 사이였다.

어느 날 이른 새벽 암강은 금죽 멜대로 뚜껑이 달린 큰 물통을 메고 70리 밖으로 물을 길으러 갔다. 금죽 멜대는 단단하고 탄력이 있어 몇백 근의 물건을 메도 끊어지지 않을 뿐 아니라 겉이 도금한 것처럼 반짝반짝 빛났다. 또한 가운데에는 갈색 무늬가 점점이 찍혀 있는데 그는 언제나 이 멜대를 가지고 다녔다.

암강은 물을 길어 오면서 밭의 곡식이 다 말라죽은 것을 보았다. 흙 한 줌을 쥐어 만지니 물기라고는 조금도 찾아볼 수 없었다. 푸석푸석하게 먼지만 날릴 뿐이었다. 그는 가슴이 미어지는 것 같았다. 겨울에는 무엇을 먹고 살아야 할지 암담하기만 했다.

암강이 마을 앞 언덕 밑에 이르자 벌써 날이 저물었다. 문득 언덕 위에서 자기를 부르는 낙영의 목소리가 들려왔다.

"오라버니, 물은 길어 왔어요?"

그 소리에 암강은 방금까지 답답하던 가슴이 후련해졌다.

"응! 길어 왔어."

암강은 물통을 메고 뒤따르는 낙영과 함께 집으로 돌아왔다. 암강의 집에서 그의 어머니와 이야기를 나누던 육씨 아저씨는 암강이 돌아오는 것을 보고 마중을 나왔다. 암강은 물통을 내려놓고 바가지 두 개에다 물을 가득 떠서 어머니와 육씨 아저씨에게 한 바가지씩 드렸다. 몹시 흐린 물이건만 두 노인은 받아서 꿀물이라도 마시듯 꿀꺽꿀꺽 들이켰다.

"어, 갈증이 나서 죽을 뻔했네, 죽을 뻔했어!"

낙영은 암강의 어머니를 도와 물통을 집 안에 들여놓고 산나물밥을 지으러 갔다. 암강은 육씨 아저씨에게 아까 밭에서 곡식이 말라 죽은 모습을 봤다고 이야기했다.

"아저씨, 이 고장을 떠나 먹고 입을 것이 있는 곳으로 가는 게 낫지 않을까요?"

육씨 아저씨는 한숨을 내쉬었다.

"저 구유가 바로 먹고 입을 것이 있는 고장이네!"

그의 말에 암강은 매우 의아해했다.

"아저씨, 가뭄에 머리가 어떻게 되신 것 아니에요. 불구덩이 같은 그런 곳에 어떻게 사람이 살 수 있다고 그러세요? 돌덩이도 타서 재가 되는 판국에."

육씨 아저씨는 이전에 흑저파가 어떻게 천불에 타 버렸는지 암강에게 자세히 들려주었다. 그리고 또 그해에 흑저파 마을에 큰북을 치는 늙은 무당 하나가 찾아와 마을 사람들에게 했던 말도 들려주었다.

벌판에서 동쪽으로 멀리 떨어진 곳에는 수원산이 있소. 그곳에 자리한 수원당이라는 연못에 물 구슬이 있는데, 이를 가져오기만 하면 벌판의 천불을 끌 수 있다오.

그런데 사나운 금 거미 한 마리가 수원당 어귀에 큰 그물을 빈틈없이 쳐 놓아서 아무도 들어갈 수가 없소. 만약 그 안에 들어가 물 구슬을 꺼내 오려면 먼저 벌판에서 서쪽으로 멀리 떨어진 생화산에 가서 늙은 왕벌의 배에 있는 금침을 뽑아 금 거미를 찔러 죽여야 하오.

늙은 무당이 이 방법을 알려 준 뒤 마을에서 두 젊은이가 물 구슬을 구하러 간 적이 있었다. 하지만 아무것도 얻지 못한 채 한 사람은 길에서 죽고 한 사람은 집에 돌아와 죽고 말았다.

육씨 아저씨의 이야기를 듣고 난 암강이 결심한 듯 입을 열었다.

"제가 한번 가 보겠습니다!"

어머니와 낙영은 물 구슬을 구하러 가겠다는 암강의 말에 깜짝 놀랐다. 어머니는 눈물을 흘리며 아들을 말렸다.

"가지 마라. 갔던 사람이 전부 죽었다는 소리를 못 들었니?"

"그곳에 가지 않아도 굶어 죽기는 매한가지입니다. 지금 우리가 먹고 있는 게 뭔지 보십시오. 이제 며칠만 더 지나면 이런 풀뿌리와 나무 잎사귀마저 없을 겁니다. 만약 제가 가서 물 구슬을 구해 온다면 우리는 앞으로 편안한 생활을 할 수 있지 않겠습니까?"

암강의 굳은 결심을 눈치 챈 육씨 아저씨는 속으로 이 용감하고 유망한 젊은이를 은근히 칭찬하면서 그에게 어머니 걱정은 하지 말라고 안심시켰다. 그리고 물 구슬을 구할 때 부디 몸조심하라고 거듭 당부했다.

어머니와 낙영은 더는 아무 말도 하지 못하고 그저 흐느껴 울기만 했다.

암강이 물 구슬을 구하러 간다는 소식이 온 마을에 퍼졌다. 이튿날 아침 마을 사람이 모두 나와 그를 전송했다. 그들은 메밀가루로 떡을 구워 길양식을 하라고 주었다. 낙영도 언젠가 암강과 함께 꿀을 채취하면서 모았던 벌충을 바삭하고 고소하게 만들어 그의 주머니에 넣어 주었다.

동녘 하늘에 붉은 해가 솟을 무렵 암강은 금죽 멜대를 메고 어머니와 육씨 아저씨, 낙영과 마을 사람에게 작별을 고하고 서쪽의 머나먼 생화산을 향해 발걸음을 옮겼다.

암강은 밤낮을 가리지 않고 계속 걸음을 재촉하며 서쪽으로 나아갔다. 얼마나 많은 강과 내를 건너고 얼마나 많은 고산준령을 넘었는지 모른다. 배가 고프면 산열매를 따먹고 목이 마르면 개울물을 마시면서 걸음을 재촉했다.

그는 허리가 아프고 뼈마디가 쑤시면서 두 다리가 천근같이 무거웠지만, 조금도 낙심하지 않고 여전히 물 구슬을 구하겠다는 일념에 불탔다.

어느 날 암강은 마침내 하늘을 찌를 듯이 높이 솟은 산봉우리 밑에 이르렀다. 솜같이 흰 뭉게구름이 산허리를 감돌고 산들바람이 이따금 꽃향기를 실어 왔다. 이곳이 생화산이 틀림없다고 짐작한 암강은 등나무 덩굴과 나뭇가지를 붙잡고 산봉우리를 오르기 시작했다. 그는 사흘 밤낮이 지나서야 산꼭대기에 이르렀다. 산등성이에 서서 주위를 둘러보니 그리 멀지 않은 곳에 푸른 풀이 자란 그

산이 바로 생화산이었다.

암강은 날듯이 기뻐하며 걸음을 재촉했다. 그런데 절반도 못 가서 얼굴이 따끔거리더니 화끈화끈 달아올랐다. 벌 세 마리가 날아와 그를 사정없이 쏜 것이다. 그는 곧 금죽 멜대를 휘둘러 벌들을 쫓아버리고 계속 앞으로 걸어갔다. 생화산을 바라보니 꽃들이 보이지 않을 정도로 벌이 새까맣게 떼를 지어 날아다니고 있었다.

암강은 가슴이 철렁했다. 저렇게 많은 벌이 날아다니는데, 누가 감히 생화산에 들어가서 왕벌의 금침을 뽑아 오겠는가? 그는 그 자리에 주저앉아 어떻게 하면 이 사나운 벌떼를 쫓아 버릴 수 있을까 하고 머리를 쥐어짰다.

아무리 생각해도 신통한 방법이 떠오르지 않았다. 무심결에 호주머니에 손을 찌른 그는 한쪽 구석에 먹다 남은 말린 벌충이 하나 있는 것을 발견했다. 이를 꺼내 들여다보던 암강은 마치 낙영이라도 만난 듯 물 구슬을 구하고야 말겠다는 다짐과 함께 용기가 용솟음쳤다.

암강은 낙영과 함께 깊은 산속에 들어가서 꿀을 뜰 때 연기를 뿜어 벌을 쫓았던 기억이 되살아났다. 왕벌의 금침을 뽑을 수 있는 좋은 방법이었다. 그런데 막 일어나서 발을 떼어 놓으려다가 문득 한 가지 생각이 떠올라 걸음을 멈췄다.

'이처럼 큰 생화산에 초목이라고는 잎이 무성한 용나무 한 그루밖에 없다. 나 혼자 힘으로 어디에 가서 많은 나무를 구한 다음 불을 피워 벌을 쫓아 버릴 수 있겠는가?'

한참 동안 어떻게 하면 좋을지 몰라 고민하고 있는데 느닷없이 푸드덕푸드덕 깃을 치는 소리가 나더니 뒤이어 놀란 까마귀의 울음소리가 들려왔다.

새끼 까마귀를 채 가는 독수리의 뒤를 따라가며 어미 까마귀가 죽어라 소리를 지르고 있었던 것이다. 암강은 얼른 금죽 멜대를 집어 독수리에게 던졌다. 멜대는 곧바로 독수리 대가리에 맞았다. 놀란 독수리는 순간 몸에서 힘이 빠졌고, 이를 틈타 새끼 까마귀가 재빨리 빠져나왔다. 그리고 독수리는 하늘에서 떨어져 죽고 말았다.

어미 까마귀는 한동안 암강의 머리 위를 맴돌더니 까옥거리며 말했다.

"젊은이, 고맙네, 고마워! 자네 덕분에 내 새끼가 목숨을 건질 수 있었다네."

마음이 바쁘던 암강은 아무런 대꾸도 하지 않고 머리를 숙인 채 자신의 일에 골몰했다. 그러자 까마귀가 또다시 말을 걸었다.

"젊은이, 무슨 딱한 사정이라도 있나? 왜 말이 없어? 어려움이 있으면 말하게나. 내 힘껏 도와주겠네."

어미 까마귀의 진심을 알아차린 암강은 자신이 물 구슬을 구하러 온 것이며, 이곳에 와서 부딪힌 어려움을 상세히 이야기했다.

이야기를 듣고 난 어미 까마귀는 껄껄 소리 내어 웃었다.

"그건 어려운 일이 아니네. 밥 한 끼 먹을 시간이면 문제없이 생화산에 마른나무를 가득 쌓을 수 있다네."

말을 마친 까마귀가 하늘로 날아올라 까옥거리자 잠깐 사이에 사방에서 수많은 까마귀가 새까맣게 몰려들었다. 잠시 후 이들은 앞을 다투어 사방으로 날아가 나무며 풀을 쪼아서 물고 다시 생화산으로 돌아왔다. 눈 깜짝할 사이에 생화산에는 마른나무가 가득 쌓였다.

암강은 기뻐서 어쩔 줄을 몰랐다. 하지만 또 한 가지 걱정이 생겼다. 나무는 해결했지만 어디 가서 불씨를 구해다 불을 붙인단 말인

가. 고향에서는 사시사철 불구덩이에 불씨를 묻어 두었다가 필요할 때 이를 헤치고 훅 불면 불이 일지만 여기 어디에 그런 불구덩이가 있겠는가? 문득 암강은 언젠가 산에서 승냥이를 쫓다가 금죽 멜대로 힘껏 내리친 것이 승냥이는 맞추지 못하고 청석을 쳐 불꽃이 사방으로 튀면서 주위에 있는 마른 풀에 불이 붙었던 일이 생각났다.

암강은 얼른 돌을 하나 주워서 멜대로 쳐 불을 일으켰다. 그런 다음 마른 나뭇가지에 옮겨 붙이고 나서 생화산에 쌓은 마른나무 더미에 쑤셔 넣었다.

생화산에서는 삽시간에 시꺼먼 연기가 오르고 불꽃이 하늘을 붉게 물들였다. 벌들은 세찬 불길에 타 죽기도 하고 도망치기도 했다. 용나무 밑으로 달려간 암강은 나무에 벌통이 매달린 것을 보자 곧장 여기에 금죽 멜대를 던졌다.

그 바람에 벌통이 깨지면서 왕벌이 허겁지겁 나오더니 바람을 타고 어디론가 날아가 버렸다. 모든 것이 헛수고가 되자 암강은 안달이 나서 가슴을 두드리고 발을 동동거렸다. 눈앞이 캄캄했다. 이때 머리 위에서 까옥거리는 소리가 들렸다. 그는 눈을 뜨고 고개를 들어 하늘을 올려다보았다. 어미 까마귀가 참새만 한 왕귀뚜라미 입에서 왕벌을 빼앗아 기름진 뱃가죽을 벗기는 중이었다. 그러자 곧 뱃속에서 반짝이는 금침이 나왔다.

암강은 금침을 조심스럽게 품속에 간직하고 동쪽으로 걸어갔다. 그는 수없이 많은 날을 걷고 또 걸어서야 겨우 수원당에 다다를 수 있었다. 이 산에는 음산하고 쓸쓸한 기운이 감도는 오래된 숲이 있는데, 독사와 맹수가 들끓고 사방이 가시덤불과 푸른 이끼로 뒤덮여 있었다.

암강은 장족 사람이 추위와 굶주림에 시달리지 않도록 물 구슬을 찾겠다는 일념에 불타고 있었다. 그는 금죽 멜대를 휘두르며 황량한 원시림 속으로 성큼성큼 걸어 들어가서 수양버들이 줄줄이 늘어선 수원당을 찾아냈다.

못의 입구는 금 거미줄로 빈틈을 찾을 수 없었고, 못 밑바닥에는 물이 솟아나는 구멍이 있어 물방울이 푸른 구슬처럼 볼록볼록 솟고 있었다. 못 가장자리로 다가가자 찬 기운이 느껴지면서 온몸이 부들부들 떨렸다. 그는 쟁반만한 금 거미가 두 눈을 반짝거리며 거미줄 중간에 엎드려 있는 것을 보았다.

암강은 멜대를 치켜들고 금 거미를 향해 내리쳤다. 그런데 거미는 맞히지 못하고 멜대만 10여 미터 밖으로 튕겨 나갔다. 금 거미가 긴 거미줄을 토하며 그물 밑으로 내려왔다. 허리를 구부리고 거미줄을 잡아당기려던 암강은 두 손이 그만 거미줄에 감겨 도무지 빼낼 수가 없었다. 금 거미는 때를 놓칠세라 독기 품은 입을 벌린 채 암강을 물려고 가까이 다가왔다. 조짐이 심상치 않자 암강은 얼른 거미줄 위에 엎드려 두 손가락으로 주머니에서 금침을 꺼내 힘껏 찔렀다. 금침은 바로 거미 눈에 박혔다.

금 거미는 수원당에 곤두박질쳤다. 암강도 거미줄과 함께 수원당으로 떨어졌다. 그는 거미줄이 약간 느슨해지자 거미줄을 헤치고, 못 밑바닥에 있는 물구멍으로 자맥질해 들어갔다.

암강은 물구멍 속을 여기저기 더듬어 봤지만 아무것도 찾지 못한 채 몸만 얼어붙어 감각을 잃을 지경이었다. 그는 어쩌면 좋을지 몰라 한참 속을 태우다가 문득 흰 모래 더미 속에서 푸른빛이 흘러나오는 것을 보았다. 그가 얼른 모래를 파헤치자 찬란한 빛을 내뿜는 파란 구슬이 하나 나왔다. 이를 손바닥에 올려놓자 손마디가 시려 감각을 잃었고 입에 물었더니 입술이 얼어 움직일 수가 없었다. 숨을 들이쉬자 물 구슬이 뱃속으로 들어가 금세 오장육부가 얼어붙는 것 같더니 피가 멎으며 암강은 그만 까무러치고 말았다.

정신이 들어 깨어난 암강은 온몸이 퉁퉁 붓고 몸집도 장대한 거인이 되어 있었다. 조금 전까지만 해도 깊이가 몇 길이 넘던 수원당은 그의 종아리밖에 차지 않았다. 그가 입을 벌리자 물줄기가 몇 미터 밖까지 뿜어졌다. 그는 발걸음을 크게 내디디며 고향으로 달리기 시작했다.

그 무엇도 암강의 앞길을 가로막지 못했다. 수풀이 앞을 막아도 손으로 약간 밀기만 하면 나무들이 곧 넘어지면서 넓은 길이 나왔다. 또한 험하고 가파른 산이 가로막아도 한 발만 들면 넘어설 수 있었다. 반 시간도 걸리지 않아 흑저파 동쪽에 있는 큰 산에 이르렀다. 하지만 배가 너무 부풀어 견딜 수 없게 되자 암강은 그만 산등성이에 쓰러져 입을 벌렸다. 그러자 물이 입에서 끊임없이 흘러나왔다. 그중 한 줄기가 흑저파로 흘러들었다.

이날 돌산 마을 사람들은 난데없이 흑저파 쪽에서 물이 터져 내려오는 소리를 들었다. 모두 뛰쳐나와 물소리가 나는 쪽을 바라보았다. 흑저파 상공에 짙은 안개가 뭉게뭉게 피어오르더니 주변 산에 비가 억수같이 쏟아지기 시작했다.

사흘 밤낮이 지나서야 비가 멎고 안개가 사라졌다. 흑저파 주위도 이전처럼 그렇게 무덥지 않았다. 마을 사람들은 조심스럽게 흑저파로 몰려갔는데 동쪽 산에서 맑은 물줄기가 흘러내리고 있었다. 물길을 따라 산 위로 올라가 보니 암강의 몸은 이미 산등성이로, 머리는 산봉우리로 변해 있었다. 그 산봉우리의 입이었던 부분에서 온종일 쉼 없이 맑은 물줄기가 뿜어져 나오고 있었다. 그래서 사람들은 이 산을 암강산이라 부르고, 흘러나오는 물줄기를 암강하라고 불렀다.

이때부터 흑저파에는 옛날처럼 사람들이 살기 시작했다. 흑저파는 일 년 내내 여름철처럼 푸른 단장을 하고 있으며, 이전보다 더욱 풍족하고 아름다웠다. 어디에서나 꽃들이 만발하고 새들도 마음껏 노래를 불렀으며 초토화되었던 들판이 기름진 흑토로 변했다.

그러자 돌산으로 피난 갔던 장족 사람들도 하나 둘 조상이 살았던 옛 고향으로 돌아와 풍족한 생활을 누렸다.

제 4 부

서남 지역 소수민족

쌀보리 씨앗의 내력

•••장족(藏族)

지금부터 수천 년 전에 루로에서 멀리 떨어진 곳에 부라국이라는 나라가 있었다. 부라국은 땅이 넓을 뿐 아니라 인구도 많았다. 이 나라 백성은 쇠고기와 양고기를 먹고 소젖과 양젖을 마시며 살았다. 과일 나무는 왕궁 뜰에만 몇 그루 있을 뿐이어서 국왕과 대신들만 맛볼 수 있었다.

국왕은 슬하에 아초阿初라는 아들이 하나 있는데, 총명하고 용감하고 선량한 젊은이였다. 그는 산신령 주우다가 자리한 곳에 곡식의 낟알이 있는데, 이를 밭에 뿌리면 향기롭고 맛있는 곡식이 자란다는 말을 듣고 온 나라 백성이 곡식을 먹을 수 있도록 씨앗을 얻어오리라 마음먹었다.

아초 왕자는 자기 생각을 아버지와 어머니에게 알렸다. 국왕과 왕후는 산신령 주우다가 9000리 길을 걸어야 하는 먼 곳에 있다고 말해 주었다. 게다가 큰 산 아흔아홉 고개를 넘고 큰 강 아흔아홉 개를 건너야 하는데, 하나밖에 없는 아들이 길에서 변고라도 생기면 어쩌나 싶어 가지 못하게 말렸다.

하지만 아초는 국왕과 왕후가 아무리 만류해도 씨앗을 구할 일념에만 불타고 있었다. 국왕과 왕후는 하는 수 없이 무사 스무 명을 골라 아초 왕자와 함께 주우다를 찾아가도록 했다.

이튿날 아초 왕자는 저마다 창이나 칼을 갖고 준마를 탄 늠름한 무사들을 거느리고 길을 떠났다.

그들은 수없이 많은 산을 넘고 강을 건너며 길을 재촉했다. 길이 멀고 험하여 도중에 무사들이 하나하나 줄어들었다. 어떤 무사는 도적 떼에게 살해 당하고 어떤 무사는 독사와 맹수에게 물려 죽었다. 큰 산 아흔여덟 고개를 넘고 큰 강 아흔여덟 개를 건넜을 때는 아초 왕자와 그가 탄 준마밖에 남지 않았다.

아초 왕자는 말을 끌고 아흔아홉 번째 큰 산을 찾아 한 걸음 한 걸음 힘들게 올랐다. 정상에 거의 다다를 무렵 난데없는 돌개바람이 일면서 하늘에서 폭우가 쏟아졌다. 아초 왕자는 하는 수 없이 애마에 의지하여 동굴 안에 들어가 비를 피했다. 폭우가 멎자 그는 말을 끌고 정상에 올랐다.

이상하게도 정상에는 비가 내린 흔적을 조금도 찾아볼 수 없고 햇볕이 내리쬐었다. 문득 키 높은 나한송 밑에 어느 할머니가 앉아서 털옷을 짜는 것이 보였다. 아초 왕자는 앞으로 다가가 할머니에게 인사를 올리고 주우다가 어디에 있으며, 어떻게 하면 찾을 수 있는지 물었다. 왕자를 죽 훑어보던 할머니는 아초 왕자가 자기 신분과 찾아온 뜻을 이야기한 뒤에야 입을 열었다.

"주우다를 찾는 것은 어렵지 않네. 이 산을 넘고 산 아래 큰 강을 건넌 다음 강기슭을 따라 올라가면 강이 끝나는 곳에 큰 폭포가 나오는데, 거기서 주우다의 이름을 세 번 부르면 그가 나와서 자네를 만날 걸세."

이 할머니는 원래 '땅의 할머니' 였다. 그녀는 아초 왕자의 인내심에 감동해 특별히 여기에 나타나서 길을 가르쳐 준 것이었다. 아초 왕자가 고맙다는 인사를 하려고 하자 할머니는 어느새 온데간데없이 사라졌다.

아흔아홉 번째 강의 발원지에서 아초는 아득히 높은 산꼭대기부터 그칠 줄 모르고 콸콸 쏟아지는 폭포를 발견했다. 아초 왕자는 폭포를 향해 공손히 절한 다음 이렇게 외쳤다.

"존경하는 주우다 신이여, 나와 주시옵소서. 제가 한 가지 도움받을 일이 있사옵니다."

이렇게 세 번을 부르고 나자 폭포 속에서 산악같이 웅장한 노인이 나타났다. 눈같이 흰 노인의 수염은 폭포처럼 산꼭대기에서 강물까지 드리워졌다. 이 굉장한 노인이 바로 신령 주우다였다.

"누가 나를 부르는고?"

아래를 굽어보던 노인은 아초 왕자를 발견했다.

"아, 자네인가! 자넨 어디서 왔으며, 무슨 일로 나를 찾는고?"

"존경하는 주우다 신이여, 제가 할아버님을 찾았습니다. 저는 부라국의 왕자입니다. 할아버님이 계시는 이곳에 곡식 씨앗이 많다는 말을 들었사온데 그걸 좀 주실 수 있겠습니까? 저희 고장 사람들도 낟알을 먹을 수 있도록 제가 그것을 가지고 돌아가게 해 주십시오."

아초는 이렇게 말하고 나서 노인에게 절을 올렸다.

"뭐? 곡식의 씨앗을?"

노인은 잠깐 생각에 잠기더니 갑자기 "허허허." 하고 호탕하게 웃었다. 그 웃음소리에 산이 허리를 굽히고 물이 흐름을 멈추었다.

"꼬마 왕자, 자넨 대상을 잘못 찾아왔네. 여기에 그런 씨앗이 있을 것 같은가? 뱀 왕 카부러가 있는 데서만 곡식을 심으니 거기에 분명 씨앗이 있을 걸세."

아초는 몹시 안달이 났다. 그는 주우다에게 뱀 왕이 어디에 있으며, 씨앗을 얻으려면 어떻게 해야 하는지 물었다.

주우다는 웃으며 말했다.

"뱀 왕은 여기서 그리 멀지 않은 곳에 있다네. 빠른 말을 타고 밤낮으로 이레만 달리면 도착할 수 있으니까. 그런데 자네가 거기까지 갈 수 있을지 모르겠네. 뱀 왕은 아주 흉악할 뿐 아니라 인색하기 짝이 없네. 그는 한 번도 씨앗을 세상 사람에게 주려고 한 적이 없다네. 이전에도 많은 사람이 그를 찾아갔지만 죄다 개로 만들어 잡아먹고 말았지. 자네도 그런 봉변을 당할지 모르는데 겁나지 않는가?"

"겁나지 않습니다. 곡식 씨앗만 얻을 수 있다면 저는 아무것도 겁나지 않습니다."

아초가 선뜻 대답하는 것을 본 노인은 그가 슬기롭고 용감한 젊은이임을 한눈에 알아차리고 이렇게 말했다.

"뱀 왕이 있는 곳에 가서 몰래 훔치는 것밖에 다른 방법이 없네. 뱀 왕은 가을걷이를 한 다음 씨앗을 자루에 넣고 자기 옥좌 밑에 감추는데, 그 주의를 호위병들이 늘어서서 지키고 있다네. 그런데 매번 술일에 사토 지방의 장족이 신께 제를 올리는 날 해가 중천에 떴을 때 뱀 왕은 산꼭대기에 있는 호숫가로 가서 향이 한 개비 탈 정도의 시간만큼 용왕을 찾아뵙는다네. 호위병들은 그 틈에 잠깐 눈을 붙이네. 바로 이때가 씨앗을 훔칠 좋은 기회일세."

주우다는 품속에서 콩알처럼 생긴 것을 꺼내 아초에게 주었다.

"나는 늙어서 자네를 도와줄 수가 없네. 다만 이건 바람 구슬인데, 상황이 여의치 않을 때 입 안에 넣으면 바람같이 달리도록 자네를 도와줄 걸세."

아초가 고맙다는 인사를 하자 주우다는 마지막으로 다시 한 번 당부했다.

"만일 불행하게도 자네가 뱀 왕의 마술에 걸려 개로 변하게 된다면 얼른 동쪽으로 달려가게. 거기서 한 처녀의 참다운 사랑을 얻게 될 테니 그때 부라국으로 돌아가게. 그러면 자네는 다시 사람으로 변할 수 있을 걸세. 잘 가게, 젊은이! 자네한테 행운이 따르기를 축원하겠네."

아초는 말을 타고 일부러 천천히 걸었다. 이틀 건너 하루씩 쉬면서 여름부터 가을까지 줄곧 걸었다. 그리하여 주우다와 헤어질 때 여위고 허약하던 그의 몸은 이젠 아주 튼튼해졌다.

뱀 왕이 관할하는 땅에 들어섰을 때는 막 곡식을 거두어들인 뒤였다. 끝없이 넓은 들에는 높고 낮은 곡식 그루터기만 보일 뿐 인가라고는 전혀 찾아볼 수 없었다. 뱀 왕이 머나먼 높은 산 위에 있다는 것을 안 왕자는 그 산으로 말을 몰았다.

아초는 뱀 왕이 산다는 산기슭에 이르자 곧 말 위에서 뛰어내려 말 잔등의 전대를 내리고 고삐를 놓아 말을 부라국으로 돌려보냈다. 그러고는 전대를 멘 채 뱀 왕 동굴이 있는 산으로 곧바로 오르지 않고 그곳과 가까이 있는 다른 산으로 올라갔다. 산마루에 오른 그는 뱀 왕 동굴 맞은편에 위치한 동굴을 골라 자리를 잡았다.

이곳과 뱀 왕이 있는 동굴 사이에는 넓고 깊은 골짜기가 있었다. 아초는 마른 풀과 나뭇가지를 주워 바닥에 깔고 잠자리를 마련했다. 거기에 누워서도 뱀 왕이 있는 굴 입구의 모든 것을 똑똑히 내다볼 수 있었다.

어느 술일 점심때 굴 안에서 졸던 아초는 맑고 쟁쟁한 방울 소리를 들었다. 머리를 들고 내다보니 뱀 왕이 호위병을 거느리고 굴 문 앞으로 난 큰길을 따라 산 위로 올라가는 중이었다. 몸집이 웅장한 뱀 왕은 비늘이 달린 용포를 입었는데 앞섶에 자그마한 은방울이 많이 달려 있었다. 뱀 왕이 산꼭대기 호수로 간다는 것을 안 아초는 얼른 동굴을 빠져나와 뱀 왕의 동굴 입구로 기어갔다. 아니나 다를까 동굴을 지키는 호위병들은 모두 잠들어 있었다.

아초가 뱀 왕 동굴 입구에 다다를 무렵 별안간 방울 소리가 들리고 동굴 입구의 호위병들이 깨어 후닥닥 일어났다. 어느새 향 한 개비를 태울 수 있는 시간이 지나가 뱀 왕이 호수에서 돌아오고 있었던 것이다. 아초는 깜짝 놀라 얼른 길섶 풀 무더기 속에 몸을 숨겼다.

뱀 왕이 동굴 안으로 들어가기를 기다린 뒤에 왕자는 풀 무더기 속에서 살그머니 기어 나왔다. 씨앗을 훔치기는커녕 동굴 안에 들어가 보지도 못했다. 풀이 죽어 자기 동굴로 돌아온 왕자는 자신에게 화가 났다.

하지만 왕자는 곧 좋은 수를 생각해 내곤 싱긋 웃었다. 이쪽 산 위의 큰 나무에 밧줄을 매고 거기에 매달려 건너뛰면 골짜기를 오르내리느라 시간을 허비할 필요 없이 단번에 저쪽 산허리로 건너갈 수 있었다. 그는 자신의 쇠털 옷을 벗어 한 올 한 올 찢어 밧줄을 엮기 시작했다.

그다음 술일 점심때가 되자 뱀 왕은 전처럼 호위병을 거느리고 동굴을 나와 산꼭대기에 있는 호수로 떠났다. 그 틈에 아초는 뱀 왕 굴과 마주 선 큰 나무 위로 나는 듯이 올라가서 산골짜기로 뻗은 굵은 나뭇가지에 밧줄을 맸다. 이어서 그는 밧줄 끝을 쥐고 힘껏 발을 굴러 단번에 뱀 왕의 동굴 문 앞에 가닿았다. 그는 잠든 호위병들을 살금살금 에돌아 뱀 왕의 굴 안으로 들어갔다.

동굴 안은 먹물을 푼 듯 캄캄했다. 아초는 동굴 벽을 더듬으며 몇 굽이 돌고 나서야 겨우 뱀 왕의 궁전 안으로 들어섰다. 장명등이 대낮처럼 환하게 켜진 궁전 맨 안쪽에는 단 하나가 놓여 있었다. 금테를 두른 용상이 놓인 이 단 위와 앞에서 호위병들이 누워 자고 있었다. 뱀 왕의 곡식은 단 밑에 쌓여 있었다. 아초는 살금살금 다가가 잠이 든 호위병들의 어깨를 타고 넘어 단 밑으로 들어갔다.

아초는 손이 닿는 대로 곡식 자루 하나를 풀고 씨앗을 자기 목에 걸린 자루 안에 집어넣었다. 자루가 차자 그는 마지막으로 손에 한 움큼 움켜쥐고 궁전을 빠져나왔다. 손에 쥔 곡식을 장명등 아래에서 확인해 보니 샛노란 쌀보리였다.

그런데 동굴 입구까지 더듬어 나온 아초는 흥분한 나머지 그만 실수로 굴 입구에 있는 호위병의 몸을 걷어차고 말았다. 호위병들은 벌떡 일어나 긴 창으로 아초의 길을 가로막았다. 급해진 아초는 얼른 손에 쥔 쌀보리 씨앗을 호위병들에게 뿌렸다. 그들이 뒷걸음치며 눈을 비비는 틈을 타서 아초는 허리에 찬 칼을 뽑아 호위병 하나를 내리쳤다.

그가 막 다른 병사를 베려는 순간 굴 안의 호위병들이 비명을 듣고 벌떼같이 달려들어 아초를 에워쌌다. 아초는 호위병 몇 놈을 죽이고 냅다 뛰었다. 그런데 당황한 그는 길을 잘못 들어 호수에서 돌아오던 뱀 왕과 부딪쳐 엉덩방아를 찧고 말았다.

앞에는 뱀 왕, 뒤에는 뱀 왕의 호위병들이라 아초는 하는 수 없이 산골짜기로 뛰어내리며 주우다가 준 바람 구슬을 입 안에 넣었다. 뱀 왕은 너털웃음을 웃으며 손으로 아초를 가리켰다. 그러자 갑자기 하늘에서 우레가 울고 번개가 번쩍거렸다. 그 우레와 번개가 아초의 몸뚱이를 내리치는가 싶더니 그만 누렁개로 변하고 말았다.

주우다의 당부가 머리에 떠오른 아초는 얼른 산골짜기로 뛰었다. 그런데 이상하게도 등에 날개가 돋친 듯 단번에 산골짜기에서 큰 산 몇 고개를 뛰어넘었다. 등 뒤에서 연거푸 우레가 울고 번개가 쳤지만 아무도 그를 따라잡지 못했다.

누렁개로 변한 아초 왕자는 이듬해 봄 한 줄기 큰 강을 따라 루로에 이르렀다. 이곳도 역시 곡식이 나지 않는 고장이었다. 족장이 사는 마을 부근에 과일 나무가 더러 보이는 것 외에는 온 산과 들에 풀이 자라는 곳마다 양과 소를 놓아 먹였다. 아초는 곧 사람들한테서 족장 이름이 컨팡이며 그에게 예쁜 딸 셋이 있는데 맏딸은 저탕, 둘째 딸은 하무초, 셋째 딸은 어만이라고 부른다는 말을 들었다. 세 자매 중에서 어만이 제일 아름답고 언니들보다 총명하고 마음씨도 고왔다.

어만은 착한 사람일 뿐 아니라 꽃과 풀, 개, 고양이, 참새 등 모든 것을 사랑했다. 주우다의 말이 생각난 아초는 어만만이 자신을 구할 수 있는 사람이라고 결론을 내린 후 아름답고 착한 그녀를 찾아가서 자기의 쌀보리 씨앗과 사랑을 바치기로 마음먹었다.

아초는 족장이 사는 마을 부근에서 여러 날 서성거렸다. 어느 날 어만이 마을 뒤 풀밭에서 꽃을 꺾고 있을 때 그녀에게 달려간 그는 치마를 문 채 꼬리를 흔들었다. 귀여운 누렁개를 본 어만은 얼른 꿇어앉아 머리를 쓰다듬으며 찬사를 아끼지 않았다.

비록 뱀 왕의 마술 때문에 개로 변한 아초 왕자지만, 여전히 총명할 뿐 아니라 아름다운 눈으로 자신의 의사를 표시할 수 있었다. 그는 눈물이 글썽거리는 두 눈으로 어만을 바라보고 쉴 새 없이 짖으면서 한 발로 목에 걸린 곡식 자루를 자꾸만 쥐어뜯었다.

어만은 그저 개가 자루를 벗겨 달라는 줄로만 알고 목에서 조심스럽게 자루를 벗겨 열어 보았다. 그런데 자루 안에 샛노란 씨앗이 들어 있는 것이 아닌가! 어만은 그만 어리둥절해졌다. 그것이 어디서 온 것이며, 무엇에 쓰는 것인지 그녀는 알 수 없었다. 아초는 치마를 잡아당기며 앞발로 땅바닥에다 자그마한 구덩이를 파 놓고 어만에게 황금 같은 씨앗을 그 속에 집어넣으라는 시늉을 해보였다.

이를 알아차린 어만은 그대로 따라했다. 한 자루의 쌀보리 씨앗을 다 뿌리고 나니 어만은 온몸에 땀이 흥건하고 아초는 계속해서 헉헉거렸다.

마음 착한 어만은 금싸라기 같은 씨앗을 가져다주고 눈으로 말할 줄도 아는 이 개를 무척 좋아했다. 그녀는 밭에 심은 쌀보리도 소중하지만 그보다 아초를 더욱 소중하게 여겼다. 그리하여 아초를 늘 옆에 두면서 어디를 가든지 데리고 다녔다.

아초는 날마다 목숨과 바꾸다시피 가져온 쌀보리를 정성껏 돌봤는데 어만도 항상 함께했다. 그들은 쌀보리가 싹이 트고 움이 돋고 이삭이 패는 것을 보았다.

가을이 되어 온갖 과일이 무르익고 소와 양들도 살이 피둥피둥 쪘다. 컨팡 족장의 세 딸도 시집갈 때가 되었다.

교교한 달빛이 밝게 비치는 어느 날 저녁, 족장은 마을 앞 잔디밭에서 성대한 '와장'[1] 야회를 가졌다. 야회에는 족장의 친척들 외에 부근의 부잣집 나리들과 그들의 가족이 초대되었다. 이 사람들 말고는 잔디밭 출입을 가로막았는데, 오직 아초만은 예외였다. 그는 어만이 귀여워하는 개여서 그녀가 가는 곳이면 어디든지 갈 수 있었다.

잔디밭에서는 사람들이 산타령을 목청껏 부르면서 '와장' 춤을 추고 있었다. 어만이 와장 춤을 추면 아초도 뒤를 따라다니면서 꼬리를 흔들고 어만이 춤을 추지 않을 때면 아초도 그녀 옆에 조용히 앉아 있었다.

산타령을 몇 차례 부르고 와장 춤을 몇 번 추고 나서 젖차를 마셨다. 그러다 보니 낯설게 느껴지던 사람들도 서로 익숙해지고 안면이 없던 사람들도 안면이 생겼다.

바로 이때 족장의 세 딸이 품에 과일을 안고 와장 춤을 추기 시작했다. 이는 그들이 배우자를 고르는 중임을 뜻했다. 나이 젊은 도련님들이 잔디밭 한가운데 빙 둘러앉아 그들 세 자매를 에워쌌다.

와장 춤을 추던 맏이 저탕은 부근 부락에 사는 관리의 아들을 자기 신랑으로 골랐다. 그녀는 품에 안은 과일을 몽땅 그에게 주었다. 두 사람은 어깨를 나란히 하고 함께 와장 춤을 추며 족장 컨팡 앞으로 갔다.

그다음으로 둘째 딸 하무초가 부근 마을에 사는 족장의 도련님을 사랑하는 사람으로 골랐다. 하무초도 관례대로 안고 있던 과일을 족장 도련님에게 넘겨주고 함께 춤을 추며 컨팡 앞으로 갔다.

그런데 어만은 와장 춤을 세 번 추고 나서도 사랑하는 사람을 고르지 못했다. 이는 잔디밭에 둘러앉은 젊은 총각들에게 돈이 없어 그런 것도 아니요, 그들이 잘생기지 않아서도 아니었다. 어만이 보건대 그들에게는 꼬집어 말할 수 없는 그 무엇이 부족한 것만 같아 누구도 마음에 들지 않았다.

어만이 아름답고 착하고 총명하다는 것을 모르는 사람이 없을 정도여서 인물이 잘난 총각들은 누구든지 그녀를 아내로 맞고 싶어 했다. 그들은 어만이 와장 춤을 세 번이나 추고도 신랑감을 고르지

앉자 수군거리기 시작했다.

"도대체 어떤 사람을 골라 남편으로 섬기려는 걸까?"

어만은 네 번째로 와장 춤을 추었다. 그녀는 문득 자기의 귀여운 개 아초가 눈물을 글썽인 채 사람들 속에 앉아 있는 것을 보았다. 마음이 이상해진 어만은 자신도 모르게 아초 옆으로 다가갔다. 그때까지도 그저 사랑스럽고 눈으로 말할 줄 아는 이 개와 떨어지기 섭섭할 뿐 개를 남편으로 고르려는 생각은 한 번도 해본 적이 없었다.

그런데 공교롭게도 춤을 추며 개 옆으로 다가가던 그녀는 그만 미끄러져 개 위에 넘어지면서 안고 있던 과일을 개한테 떨어뜨리고 말았다. 부끄럽기도 하고 화도 난 어만은 하필 이런 때 개한테 넘어질 게 뭔가 하고 자신을 원망했으며, 과일을 개한테 떨어뜨린 것을 원통해했다.

주위 사람들, 특히 젊은이들은 어만이 여러 사람 앞에서 망신 당하는 모습을 보면서 와르르 웃음보를 터뜨렸다. 그들은 어만이 개를 사랑하고 그 개를 남편으로 골랐다고 비웃었다.

무엇보다 체면을 중시하는 족장은 사람들이 어만을 비웃는 것을 보자 크게 화를 냈다. 그는 어만이 여러 사람 앞에서 자기 낯을 깎아내렸으니 딸 자격이 없다고 여겼다. 어만의 언니들도 그녀를 비웃었다. 족장은 어만에게 욕설을 퍼부으며 마을을 영영 떠나라고 호통을 쳤다.

"네가 개를 사랑하고 여러 사람 앞에서 개를 남편으로 고른 이상 남편을 따라가거라. 너는 앞으로 영원히 내 집 안에 들어서지 못할 것이다!"

어만의 눈에서는 구슬 같은 눈물이 줄줄 흘러내렸다. 그녀는 울면서 쌀보리 밭으로 걸어갔다. 어만은 개를 끌어안고 밭 가운데 앉아서 슬피 울었다.

“총명하고 아름다운 아가씨, 이제 더는 괴로워하지 마십시오.”

어만의 품에 안겨 있던 개가 갑자기 입을 열고 말했다.

깜짝 놀란 어만은 울음을 뚝 그치고 말할 줄 아는 개를 내려다보았다.

“아가씨, 괴로워도 두려워도 하지 마세요. 나는 개가 아니라 사람입니다.”

“사람이라고요? 그렇다면 왜 이런 모습이 되었나요?”

어만은 아주 무서운 것을 본 것처럼 품에서 개를 놓아 버렸다. 이 개가 사람이라고는 전혀 생각지 못했던 것이다.

아초는 한숨을 쉬며 입을 열었다.

“아가씨는 부라국이란 나라를 아시는지요? 나는 부라국의 왕자입니다. 우리 고장 사람들이 한 번도 곡식 씨앗을 구경하지 못해서 그들한테 먹일 양으로 뱀 왕 카부러의 씨앗을 훔치러 갔습니다. 그런데 쌀보리 씨앗을 좀 훔치고는 뱀 왕에게 들켜 이 꼴을 당하고 말았습니다. 하지만 나는 다시 사람으로 변할 수 있습니다.”

어만은 밭 한가운데 앉아서 누렇게 익은 쌀보리와 자기 앞에 선 개를 번갈아 바라보았다. 어만은 마치 젊고 늠름한 왕자가 옆에 서 있는 것처럼 느껴졌다. 그녀는 개를 꼭 껴안았고 눈에는 눈물이 맺혔지만 입가에는 웃음이 피어올랐다. 그녀는 진지하고 열정적으로 아초에게 말했다.

“당신이 정말 사람으로 변한다면 얼마나 좋겠어요. 그러면 남들의 비웃음을 받지 않을 것이고, 당신과 함께 행복한 생활을 할 수 있을 거예요. 그런데 당신은 언제 사람이 되죠?”

“나는 뱀 왕이 있는 데로 가기 전에 주우다를 찾아간 적이 있소.

주우다는 만일 내가 불행하게 뱀 왕의 마술에 걸려 개로 변하게 된다면, 한 처녀의 진정한 사랑을 얻어야만 다시 사람으로 변할 수 있다고 알려 주었소."

"저는 당신을 사랑해요. 진정으로 사랑해요. 그런데 왜 당신은 아직 사람으로 변하지 않는 거죠? 당신이 사람으로 변하기만 한다면 저는 하라는 대로 뭐든 하겠어요."

"아가씨가 나를 진심으로 사랑한다면 우선 여문 쌀보리를 모아 자그마한 자루에 넣어 내 목에 걸어 주시오. 그러면 나는 부라국으로 돌아가겠소. 돌아가는 길에 내가 쌀보리 씨앗을 길 옆에 죽 뿌릴 테니 아가씨는 이것을 따라 걸어오시오. 쌀보리 길이 끝나는 지점에서 다시 사람으로 변한 나를 보게 될 것이오."

말을 마친 아초는 어만의 눈을 바라보며 대답을 기다렸다.

어만은 말없이 고개를 끄덕이더니 일어서서 여문 쌀보리를 거두기 시작했다. 뒤이어 앞치마를 한 조각 찢어 자그마한 자루 하나를 만들고 거기에 쌀보리를 담아 아초의 목에 걸어 주었다. 그녀는 함께 가고 싶었지만 아초는 들어주지 않았다.

"이런 꼴을 하고 더는 아가씨와 함께 있을 수 없소. 당신이 나를 사랑한다면 내가 뿌린 쌀보리를 따라오시오."

어만은 아초를 껴안고 입을 맞추고 또 맞추었다. 어만과 아초의 눈에는 구슬 같은 눈물이 흘러내렸다. 그러다 아초는 어만의 두 손을 뿌리치고 강가로 뛰어갔다.

아초는 목에 쌀보리 자루를 걸고 길을 걸었다. 아니, 길이 아니라 허허벌판이었다. 그는 걸음마다 네 발로 땅을 파고 쌀보리 씨앗을 뿌렸다. 배가 고프면 들판에 열린 과일을 따서 먹고, 목이 마르면 맑은 시냇물을 마셨다.

어만도 아초와 멀리 떨어진 채 길을 걸었다. 처음 길을 떠났을 때는 땅에 뿌려 놓은 씨앗을 보았는데, 계속 걸을수록 움과 잎이 돋아나고 이삭이 패며 쌀보리가 자라났다.

여러 날이 지나자 길양식이 동나고 말았다. 어만도 아초처럼 배가 고프면 야생 과일을 따먹고 목이 마르면 시냇물을 마셨다. 그녀는 아초가 보고 싶었지만 아무리 애를 써도 따라잡을 수가 없었다.

얼마나 걸었는지 모른다. 반 년이 되었을 수도 있고 일 년이 넘었을 수도 있다. 쌀보리가 누렇게 익고 나뭇잎이 노란 단풍을 만들고서야 어만은 머나먼 곳에 성곽이 있고 그 안에 높은 건물이 즐비하게 늘어선 것을 볼 수 있었다. 헤아릴 수 없는 풍상을 겪기는 했지만 이제 곧 사랑하는 사람의 나라에 발을 들여놓는다는 생각에 그녀의 마음은 기쁘기 한량없었다. 비록 신이 다 해지고 발이 부르트고 옷은 가시덤불에 걸려 갈기갈기 찢어지고 온몸에 때가 끼었지만 마음과 얼굴은 여전히 아름다웠다.

부라국에 이른 어만은 곧 도성에 들어섰다. 여기에는 아름다운 다층 건물과 꽃나무만 있을 뿐 쌀보리는 보이지 않았다. 어만은 만나는 사람마다 수소문하고 수많은 사람에게 물어본 끝에 자신이 사랑하는 누렁개가 벌써 왕궁으로 들어갔다는 것을 알았다. 어만은 큰길을 따라 왕궁으로 걸어갔다. 수도 복판에 자리 잡은 왕궁은 높고 웅장하며 주위가 온통 꽃나무로 둘러싸여 있어 큰 화원처럼 보였다. 어만이 왕궁에 들어서자 그녀의 귀여운 개가 달려 나왔다. 어만이 두 손을 내밀어 끌어안으려고 하자 개가 멈춰 섰다.

이어서 쿵 소리와 함께 개가 선 자리에서 흰 연기가 피어올랐다. 그러자 개는 사라지고 흰 연기 속에서 아초 왕자가 걸어 나오는 것이었다. 어만과 아초는 서로 부둥켜안았다.

아초 왕자는 어만을 데리고 가서 부라국의 국왕과 왕후인 아버지와 어머니를 만났다. 국왕과 왕후는 너무 기뻐서 눈물을 흘렸다. 그들은 아들을 사랑하는 만큼 선량하고 아름다우며 정조가 굳은 어만도 사랑했다.

어만이 부라국 도성에 도착한 그날 저녁에 아초 왕자와 어만은 혼례식을 올렸다. 혼례식에는 수많은 사람이 참석했다. 부라국의 국왕과 왕후, 대신들 외에도 수많은 백성이 자리했다. 백성은 노래를 연거푸 지어서 자신들에게 쌀보리 씨앗을 구해다 준 용감하고 어진 아초 왕자에게 감사를 드렸으며, 총명하고 아름다우며 정조가 굳은 어만을 찬양했다.

아초 왕자와 어만이 루로 지방을 떠난 뒤, 루로에서 부라국에 이르는 몇천 리 땅 위에 쌀보리가 자라나 사람들은 그것으로 가루를 내어 만든 미숫가루를 먹게 되었다. 많은 사람이 누렁개가 뿌린 쌀보리 씨앗에서 황금 같은 곡식이 자란 것만 보았을 뿐 그 개가 바로 아초 왕자라는 것을 몰랐다. 그들은 그저 신이 자신들을 불쌍히 여겨 성스러운 개를 보내 쌀보리 씨앗을 가져다준 것으로만 알고 있었다.

그리하여 신과 쌀보리 씨앗을 가져다준 성스러운 개에게 감사드리기 위해 해마다 새로 수확한 쌀보리로 만든 미숫가루를 먹을 때면, 한 사람이 나서서 미숫가루를 개어 먼저 개에게 먹였다. 오늘까지 이 습관이 계속 전해지고 있다.

●—주

1 사토 지방의 장족 처녀들이 과일을 안고 '와장' 춤을 추다가 마음에 드는 남자를 골라 과일을 주는 축제다.

문성공주 이야기

•••장족(藏族)

아주 오래전 서장西藏에 송찬간포松贊干布라고 불리는 장왕藏王이 있었다. 그는 내륙에 젊고 예쁘게 생긴 문성공주가 있다는 말을 듣고 속으로 이렇게 생각했다.

'내륙의 한인漢人은 재주가 좋다고 하던데, 문성공주한테 장가든다면 내륙에서 많은 사람을 보내 서장을 도와줄 것이고, 그렇게 되면 백성의 생활도 나아질 것이다.'

장왕 송찬간포는 내륙으로 사람을 보내 문성공주에게 청혼을 할 생각이었다. 그의 수하에는 총명하고 재주가 많으며 내륙에 가서 목공과 대장일을 배운 알와嘎瓦라는 대신이 있었는데 그를 내륙으로 보냈다. 알와가 출발할 때 장왕은 금과 은, 보물, 코끼리, 준마 등 귀중한 물건을 예물로 딸려 보냈다.

알와가 내륙에 도착했을 무렵 몇몇 나라에서도 내륙으로 사신을 보내 문성공주에게 구혼한 상태였다.

내륙에 도착한 사신들은 황제를 알현했다. 사신들을 만난 황제가 그들에게 말했다.

“모두 공주한테 장가들려고 하는데, 나에게는 공주가 하나밖에 없다. 또 공주를 부모와 멀리 떨어진 곳으로 시집보낼 수는 없다.”

황제는 구혼하러 온 사신들의 지혜를 살펴보려고 이렇게 말했다.

“총명한 사신을 선정해서 공주를 그 사람의 나라로 보내겠다.”

첫 번째로 황제는 사람을 시켜 망아지 100필과 어미 말 100필을 끌고 와서 사신들에게 망아지의 어미 말을 찾도록 했다. 다른 나라 사신들은 앞을 다퉈 달려가 털 색깔별로 말을 가리기 시작했다. 즉 망아지 색깔이 황색이면 황색 말에서 태어났다고 생각하고, 검은색 망아지는 검은 색깔 어미 말에서, 흰색 망아지는 흰색 어미 말에서 태어났다고 보았다. 하지만 이는 잘못된 생각이었다. 서장의 사신 알와는 맨 마지막으로 말을 나누었다. 그는 먼저 망아지와 어미 말을 각각 분리하고, 하룻밤 뒤에 어미 말을 망아지들 틈에 넣었다. 그러자 망아지들은 자신의 어미를 알아보고 급히 달려가서 젖을 먹기 시작했다. 이렇게 해서 알와는 문제를 풀 수 있었다.

알와가 비록 성공했지만 황제는 그것이 끝이 아니라고 말했다. 그러더니 병아리 100마리와 암탉 100마리를 마련해 사신들에게 어느 병아리가 어느 닭한테서 나온 것인지 알아맞혀 보라고 했다.

다른 나라 사신들은 어리둥절해하며 어찌할 바를 몰랐다. 그 가운데 한 사람이 말했다.

“이 일도 어렵습니다. 저 병아리들을 제가 부화시킨 것도 아닌데 어떻게 알아맞힐 수 있겠습니까?”

이들은 그저 한숨만 내쉬었다. 몇몇 사신은 체면도 차리지 않고 아무렇게나 짝을 지었는데 한 쌍도 제대로 맞추지 못했다. 알와는 닭이 모이를 먹을 때 병아리가 늘 암탉을 쫓아다니면서 함께 먹는다는 사실을 알고 있었다. 그래서 그는 먼저 병아리와 암탉을 나눈 뒤에 모이를 줄 때가 되자 암탉 한 마리를 병아리 떼 속에 두었다. 그러자 병아리가 어미닭을 알아보고 곧장 그 뒤를 쫓아다니면서 모이를 쪼아 먹었다. 그리하여 반나절도 되지 않아 이 문제를 풀었다.

황제는 다시 어려운 문제를 냈다. 각 나라 사신들에게 하루 만에 양 한 마리를 먹어 치운 뒤 그 가죽의 털을 칼로 훑어 가죽을 부드럽게 만들고 술 한 항아리를 혼자 다 마시고 처소로 돌아가 자라고 명령했다. 끝마칠 시간이 다 되어가는데도 다른 사신들은 양을 반 마리도 먹지 못하고 술도 반밖에 마시지 못했는데 벌써 속이 더부룩하고 취해서 걸을 수조차 없었다. 알와는 약속 시간이 되자 실 한 묶음을 자신의 거처 문에 매달더니 실을 다리에 걸고 왕궁으로 갔다. 그는 술과 고기를 먹으면서 동시에 양가죽을 칼로 훑어 부드럽게 만들었다. 그러면서 자신도 모르는 사이에 양고기를 다 먹고 양가죽도 부드럽게 했으며 술도 모두 비웠다. 그 역시 약간 술에 취했으나 실을 따라 처소로 돌아갈 수 있었다. 처소로 돌아온 알와는 일부러 술 한 동이를 천천히 더 마셨다. 황제가 보낸 사람은 알와를 살펴보더니 그가 여전히 술을 마시는 모습에 깜짝 놀라서 얼른 돌아와 보고했다.

"정말 대단합니다, 대단해요! 다른 사람은 술에 취해 인사불성인데, 서장의 사신은 돌아가서도 여전히 술을 마시고 있습니다."

그 말을 들은 황제 또한 몹시 놀랐다.

이튿날 황제는 다시 사신들을 불러 커다란 옥 하나를 주면서 그 위에 난 구멍에 실을 끼워 보라고 했다. 옥 구멍은 아주 작을 뿐 아니라 구멍 통로가 구불구불하고 길어서 실을 꿰기가 무척 어려웠다. 사신들은 저마다 잘 끼워 보겠다고 앞다투어 시도했다. 하지만 아무리 애를 써도 실은 끼워지지 않았다. 억지로 실눈을 뜨고 가늠하려는 사람, 목까지 비트는 사람 등 실로 각양각색이었다. 알와도 이번 문제는 약간 어렵다고 생각했다. 그는 사람들 틈에서 옥을 차지하기가 어렵자 큰 나무 아래에 앉아서 방법을 강구했다. 그러다가 알와는 우연히 개미가 작은 구멍으로 기어 나왔다가 기어들어가는 것을 보고 좋은 방법이 떠올랐다. 자신의 차례가 되자 알와는 실을 개미 허리에 묶은 뒤에 개미를 옥 구멍에 넣고 천천히 불기 시작했다. 그러자 개미는 한 발짝 한 발짝 안으로 들어가 꼭 나흘 만에 빠져나왔다. 개미 허리는 원래 가늘지만 구멍에서 나온 뒤에는 더 가늘어졌다. 이 문제를 푸는 데 개미의 공로가 매우 컸다. 후에 알와는 서장으로 돌아올 때 내륙에서 개미 몇 마리를 잡아 왔는데, 이때부터 서장에서도 개미가 살게 되었다.

알와가 실을 끼운 옥을 건네주자 황제는 더 이상 다른 말을 하지 않았다. 며칠 후 황제는 사신들을 한자리에 불러 모으더니 말했다.

"이틀 뒤에 내가 궁녀 500명을 부를 텐데, 그 안에 문성공주도 있다. 그대들이 가서 알아맞혀 보아라. 누가 맞추든 간에 이번에는 틀림없이 공주를 그 나라에 시집보내겠다."

알와는 거처로 돌아온 뒤 마음이 조급해졌다. 자신이 생각하기에도 이 일만은 확실히 어려웠다. 생각해 보라. 그가 비록 이전에 내륙에 와본 적이 있다고는 하지만, 한 번도 문성공주를 본 적이 없으니 어떻게 그녀를 알아볼 수 있겠는가! 고민 끝에 알와는 이웃에 사는 한족 할멈을 찾아가 물었다.

"이틀 뒤에 황제께서 사신들에게 문성공주를 찾아내라고 하십니다. 그곳에는 궁녀 500명이 똑같은 옷을 입고 있을 텐데, 저는 지금까지 한 번도 문성공주를 본 적이 없으니 어떻게 그녀를 알아볼 수 있겠습니까? 그러니 저를 좀 도와주십시오."

할멈은 알와의 청을 흔쾌히 받아들였다. 딸이 궁녀이기에 할멈 역시 그 비밀을 알고 있었다.

"궁녀들은 앞뒤에 문성공주는 그 중앙에 있을 겁니다. 공주의 얼굴은 그다지 희지 않지만 치아가 아주 가지런하고, 황금 벌과 옥 벌 두 마리가 머리 위에서 돌고 있답니다."

공주를 고르기 전날 밤에 다른 나라 사신들은 잠도 자지 못하고 여기저기를 찾아가 문성공주의 모습을 묻고 다녔지만 어떤 말도 듣지 못했다.

이튿날 문성공주를 찾아야 하는 시간이 되었다. 궁전에는 궁녀 500명이 모두 똑같은 차림새로 서 있었다. 사신들은 손에 깃발을 들고 문성공주라고 생각되는 궁녀 등에 깃발을 꽂았다. 다른 사신들이 먼저 달려가 문성공주를 골랐다. 그들은 각자 한 명씩 골랐지만, 모두 문성공주가 아니었다. 알와는 작은 깃발을 가지고 여러 궁녀의 주위를 왔다 갔다 하면서 결정을 내리지 못하는 척하다가 벌 두 마리가 머리 주위를 맴돌고 있는 아가씨를 발견했다. 다름 아닌 문성공주였다. 그는 공주 곁으로 가서 작은 깃발을 꽂았다.

모든 난제를 서장 사신이 해결하자 황제는 생각했다.

'사신이 이렇게 총명하고 재주가 있다면 서장 왕은 말할 것도 없이 총명하고 재주가 있을 것이다.'

황제는 여러모로 그가 제일 적당하다고 생각하여 문성공주를 서장으로 시집보내겠다고 대답했다. 공주가 막 서장으로 떠나려고 할 때 내륙의 한 대신이 황제에게 건의했다.

"공주님을 먼저 보내고 서장 사신은 여기에 머물게 하시는 것이 좋을 것 같습니다. 그는 총명하고 재주도 많으니 그동안 처리하지 못한 사안들을 그와 의논해 보시는 게 어떻겠습니까?"

황제는 대신의 말에 일리가 있다고 생각해 알와를 내지에 잠시 잡아 두었다.

문성공주는 먼저 출발하여 서장에 도착했다. 그녀는 내지에서 쌀 보리, 완두, 유채, 밀, 메밀 등 오곡의 씨앗과 일소와 젖소, 흰색, 검은색, 자색, 누런색, 녹색 등 오색 양을 가지고 왔다. 또한 내지의 많은 제철공과 목수와 석수도 문성공주를 따라 서장으로 왔다. 이 때부터 서장에 오곡이 생겨났고, 백성도 농사와 공예를 배우기 시작했다.

서장으로 가는 도중 문성공주가 큰 강을 지나갈 때 때마침 물이 불어 양이 물속으로 달려갔다. 공주가 "흰 양, 검은 양은 얼른 돌아오너라!" 하고 외쳤다. 하지만 공주는 다급한 나머지 다른 세 양은 부르는 것을 잊어버렸다. 그래서 세 마리의 양은 계속해서 물속으로 달려들어 갔고 결국 돌아오지 않았다. 이런 연유로 서장에는 지금 흰 양과 검은 양 두 종류만 있다.

서장 경내로 들어간 뒤 문성공주는 공포工布, 서장의 동부에 위치하며 산세가 높고 물살이 다급한 곳에 도착했다. 문성공주는 공포의 루나路納라는 곳에서 우연히 작은 강을 만났는데 쉽게 지나가지 못했다. 공주는 나무 하나를 구해 그 위에 걸쳐 다리를 만든 뒤에야 지나갔다. 훗날 백성은 공주가 직접 놓은 이 다리를 '지아나상파甲納桑巴, 內地橋 혹은 中原橋' 라고 불렀다.

공주가 강을 건너간 뒤 작은 새 한 마리가 날아와 이렇게 말했다.

"공주님, 공주님이 이곳을 건너가지 못하네."

문성공주는 이 말을 듣자 곧장 양털 한 움큼을 뽑아 땅에 뿌리고 지나갔다. 문성공주가 양털을 한 움큼 뿌렸기 때문일까? 루나 지방의 소나 양은 지금까지도 살이 많고 튼튼하다.

문성공주는 또 큰 산을 지나갔다. 훗날 백성은 이 산을 '지아러甲惹, 공주산'라고 불렀다.

문성공주가 '다롱롱전達龍龍眞'이라는 곳에 도착했을 때 밉살스러운 까마귀가 날아와 욕을 하며 물었다.

"공주님! 공주님! 당신은 어디로 갈 작정이십니까?"

문성공주가 말했다.

"나는 장왕 송찬간포를 찾아가려고 한다."

"아이고! 장왕은 이미 죽고 없는데, 그곳에 가서 뭐하려고요?"

장왕이 죽었다는 소식을 들은 공주는 무척 괴로워했다. 그래서 이곳 다롱롱전에 돌집 하나를 짓고 살면서 손가락을 깨물어 석벽에 장왕을 추모하는 혈서를 썼다. 문성공주는 몹시 괴로운 나머지 화장할 생각도 하지 않았고, 오른쪽 머리가 흘러내려도 전혀 신경 쓰지 않았다. 그래서 이곳 아노장포강雅魯藏布江, 최고 정상에서 흘러내리는 물이라는 뜻의 북쪽 강안은 나무가 드문드문 자라는 반면 남쪽 강안은 나무가 빽빽하게 자란다.

여러 날이 흐른 뒤에 문성공주는 생각했다.

'장왕이 정말 죽었다면 내가 찾아가 보는 것이 당연한 일 아닌가!'

문성공주가 이런 생각을 하고 있을 때 때마침 봉황과 백조가 멀리서 날아와 말했다.

"공주님! 공주님! 너무 괴로워하지 마시고 얼른 라사拉薩, 티베트의 수도로 가 보세요! 장왕께서는 아주 건강하게 지내고 계시답니다! 공주님! 공주님! 이곳에 계시지 말고 라사로 가십시오. 모든 것이 뜻대로 잘될 것입니다."

문성공주는 이 말을 듣고 봉황과 백조에게 감사했다. 이에 문성공주는 바로 출발해 라사로 달려갔다.

공주는 마침내 장왕을 만나서 혼인했고, 후에 대신 알와도 돌아와 서장 백성은 나아진 생활을 할 수 있게 되었다.

청개구리

•••장족(藏族)

아득히 먼 옛날 어느 두메산골에 늙은 부부가 살고 있었다. 그들은 메마른 산에 밭을 일구어 쌀보리와 감자를 조금씩 심어 먹으면서 힘겹게 살아가고 있었다.

늙어 가면서 기력이 예전만 못해지자 그들은 아이가 하나 있었으면 좋겠다는 생각이 간절해졌다.

"우리한테도 아이가 하나 있으면 얼마나 좋겠소! 그러면 농사랑 부역이랑 땔나무 같은 것을 걱정하지 않고 늘그막에 잠시라도 편안히 지낼 수 있지 않겠소?"

그리하여 그들은 '모르자나신산과 강을 다스리는 신'에게 정성을 다하여 기도를 드렸다. 그랬더니 얼마 안 가서 아내가 임신을 했다.

일곱 달이 지나 아내가 몸을 풀었는데, 어린애가 아니라 두 눈이 툭 불거진 청개구리 한 마리를 낳았다.

"여보 마누라, 이거 참 괴상한 일 아니오! 이건 어린애가 아니라 청개구리요. 아무래도 내다 버리는 것이 좋겠소."

하지만 아내는 차마 그렇게 할 수가 없었다.

"신도 무심하시지. 어린애가 아니라 개구리를 점지해 주시다니 말이에요! 그래도 어쨌거나 우리가 낳은 것이니 내다 버릴 수는 없잖아요. 개구리는 흙탕물 속에서 사는 미물이니 그놈을 우리 집 뒤에 있는 웅덩이에 갖다 놔줘요. 거기서 살게 말이에요."

남편이 아내 말대로 청개구리를 들고 나가 흙탕물에 놓아주려는데, 손바닥 위의 개구리가 말을 하는 것이었다.

"아버지, 저를 흙탕물에 넣지 말아 주세요. 사람 몸에서 태어난 만큼 사람과 함께 지내도록 해 주세요. 제가 크면 이 고장을 변화시키고 우리처럼 가난한 사람들을 잘살게 만들겠어요."

청개구리의 말을 듣고 남편은 깜짝 놀랐다.

"여보 마누라, 정말 괴상한 일이 일어났소! 이 개구리가 말을 하지 뭐요."

남편의 이야기를 들은 아내는 감동 어린 목소리로 말했다.

"정말 훌륭한 개구리군요. 아무렴, 우리 가난한 사람들도 팔자를 고쳐야지요. 그렇지 않고야 어떻게 살겠어요. 말을 할 줄 아는 걸 보니 보통 개구리가 아닌 것 같네요. 그러니 우리와 함께 지내도록 놔둡시다."

부부는 개구리를 흙탕물에 넣지 않고 아들처럼 자기들 곁에 두고 기르기로 했다.

어느덧 삼 년이란 시간이 흘러갔다. 청개구리는 늙은 부부가 매일 고생스럽게 일하는 모습을 보고 하루는 어머니에게 이렇게 말했다.

"어머니! 내일 싸라기 떡 한 덩이를 만들어 제 주머니에 넣어 주세요. 그럼 제가 골짜기 어귀에 있는 보루와 솟을대문이 솟아 있는 두령 집에 가서 청혼하겠어요. 두령한테는 아리따운 딸이 셋 있는데, 제가 그 가운데서 가장 마음씨 곱고 재간 있는 처녀를 아내로 맞아들여 어머니를 도와 드릴게요."

"얘야, 그런 농담은 하지도 마라! 너처럼 작고 못생기고 항상 사람들 발길에 차이는 청개구리한테 누가 딸을 주려고 하겠니?"

"글쎄, 걱정하시지 말고 떡이나 만들어 주세요. 그들은 제 청을 들어줄 수밖에 없을 거예요."

"떡을 만들어주긴 하겠다만 남들이 너를 보고 도깨비라며 머리에 재를 들씌울까 걱정이구나."

"어머니, 걱정하지 마세요. 그들은 감히 그러지 못할 거예요."

이튿날 아침 어머니는 일찌감치 일어나 싸라기 떡을 하나 큼직하게 빚어 주머니에 넣어 주었다.

청개구리는 주머니를 등에 지고, 두령 집을 향해 폴짝폴짝 뛰어갔다.

두령 집에 도착한 청개구리는 문밖에서 소리쳤다.

"두령님, 두령님, 문 좀 열어 주세요."

문밖에서 누군가 자신을 부르는 소리를 듣고 두령은 머슴더러 나가보라고 했다. 돌아온 머슴은 놀란 표정으로 말했다.

"두령님, 참 괴상한 일도 다 있습니다. 문밖에서 소리쳤던 놈은 작은 청개구리입니다."

머슴은 마을에 무슨 불길한 징조라도 있지 않을까 하는 두려움에 떨면서 말했다.

"두령님, 도깨비가 틀림없습니다. 얼른 재를 개구리 머리에 뿌리라고 명령을 내려 주십시오!"

"그러지 마라. 틀림없이 무슨 곡절이 있을 게다. 개구리는 물에 사는 동물이니 용궁에서 보냈는지도 모를 일이다. 그러니 너희는 신을 모시듯 소젖을 짜서 그에게 뿌려 주도록 해라! 그다음에 내가 나가서 만나 보도록 하마."

두령의 분부를 받은 아랫사람들은 곧 신을 맞이하는 예절로 청개구리를 맞아들이면서 그에게 소젖을 뿌렸다.

소젖을 뿌린 뒤 두령이 친히 문 앞으로 나가 물었다.

"꼬마 청개구리여, 자네는 용궁에서 왔는가? 그래 무슨 일로 왔는가?"

"저는 용궁에서 보낸 것이 아니라 제 발로 찾아왔습니다. 두령님의 세 따님이 모두 시집갈 나이가 되었으므로 따님들 가운데 한 분을 아내로 맞을까 해서 청혼하러 온 것입니다. 그러니 오늘 두령님 따님들 중 한 분을 제 아내로 주십시오."

이 말에 두령과 아랫사람들은 모두 깜짝 놀랐다. 마침내 두령이 입을 열었다.

"청개구리여, 그런 농담은 하지도 말게. 자네는 자신이 얼마나 작고 못생겼는지 살펴보지도 않고 어떻게 내 딸과 배필이 될 수 있다고 그런 소리를 하나? 큰 두령들이 여러 번 청혼했어도 대꾸하지 않았는데 어떻게 자네 같은 개구리한테 딸을 주겠나? 그런 허튼 생각은 아예 하지도 말게!"

"두령님, 싫단 말씀인가요? 그렇다면 저는 웃어 버릴 겁니다."

개구리의 협박에 두령은 버럭 성을 냈다.

"청개구리 이놈, 그런 이치에 닿지 않은 소릴랑 썩 걷어치워라! 네놈이 웃든 말든 나하고 무슨 상관이냐?"

두령이 그렇게 나오자 청개구리는 정말 개골개골 웃어 대기 시작했다. 그 소리는 밤중에 흙탕물 속에서 울어대는 개구리 떼들의 합창보다도 열 배 백 배나 더 요란했다.

그 웃음소리에 땅이 들썩거리더니 두령의 높고 웅장한 보루와 저택이 무너질 듯 흔들거렸다. 담벼락에 금이 가고 온 천지에 돌덩이와 모래가 휘날려 삽시간에 햇빛을 가렸다. 두령의 가족과 아랫사람들은 마치 큰 재앙이라도 만난 듯 집 안에서 서로 왔다 갔다 하면서 허둥댔으며, 심지어 가구 밑에 들어가 재난을 피해 보려는 사람까지 있었다.

잠시 뒤 두령은 하는 수 없이 창문으로 머리를 내밀고 청개구리에게 빌었다.

"청개구리여, 웃지 말게! 여기서 더 웃으면 우리는 살 수가 없다네. 내 큰딸을 자네 아내로 주겠네."

이 말에 청개구리가 웃음을 거두자 땅의 흔들림도 차츰 가라앉고 집도 원래 상태로 돌아왔다.

두령은 큰딸을 불러내어 청개구리의 아내로 따라가라고 일렀다. 그리고 사람을 시켜 말 두 필을 끌어내 한 마리에는 예장함혼서지와 채단을 담는 함을 싣게 하고 다른 말에는 딸을 태웠다.

자신을 개구리에게 시집보내는 아버지에게 화가 난 큰딸은 말등에 오를 때 처마 밑에 놓인 맷돌 하나를 집어 남몰래 그 위짝을 품속에 감추었다.

말에 오른 큰딸은 앞에서 길을 안내하며 폴짝폴짝 뛰어가는 청개구리를 말발굽으로 밟아 죽일 심산으로 쉬지 않고 계속해서 말에 채찍을 가했다.

하지만 청개구리는 이리 폴짝, 저리 폴짝 뛰면서 좀처럼 밟히지 않았다. 애가 탄 그녀는 청개구리와 제일 가까이 접근했을 때 품속에 감추어 두었던 맷돌을 살그머니 꺼내 청개구리에게 던지고는 곧바로 말머리를 돌려 집으로 내달렸다.

그런데 큰딸이 몇 발짝 달리지 않았을 때 청개구리가 뒤에서 크게 소리쳤다.

"큰아가씨, 거기 좀 서시오! 내 할 말이 있소."

뒤를 돌아보니 멧돌에 얻어맞은 청개구리가 살아서 걸어오고 있는 것이 아닌가! 청개구리는 멧돌이 떨어질 때 망 뒤에 난 작은 구멍으로 빠져나왔던 것이다.

놀란 큰딸은 하는 수 없이 말을 멈춰 세웠다.

"큰아가씨, 우리 둘 사이에는 인연이 없소. 돌아가고 싶거든 돌아가시오."

청개구리는 이렇게 말하고 나서 앞장서서 말을 끌고 그녀를 두령 집으로 도로 데려갔다.

저택에 이른 청개구리는 두령에게 말했다.

"두령님, 저희 둘 사이에는 인연이 없으므로 큰따님을 다시 모시고 왔습니다. 이제 다른 따님을 저한테 주십시오. 저와 연분이 있는 따님을 데려가겠습니다."

그러자 두령은 화를 버럭 내며 말했다.

"네가 분수를 모른 채 주제넘게 굴고 있구나. 내 큰딸을 돌려주러 온 이상 다른 딸을 주지 않을 것이다. 내 딸을 네 마음대로 골라가지게 한다면 내가 무슨 두령이란 말이냐?"

두령은 화가 나서 온몸을 부르르 떨었다.

"보아하니 싫으신 모양이군요. 그렇다면 이번에는 우는 수밖에 다른 도리가 없겠군요."

'우는 것이 뭐 그리 대단하겠느냐? 어쨌든 웃는 것보다야 무섭지 않겠지.'

이렇게 생각한 두령은 노기등등하여 말했다.

"울고 싶으면 마음껏 울어라. 누가 겁낼 줄 아느냐!"

그러자 청개구리가 울음을 터뜨렸다. 그 울음소리는 마치 여름밤에 쏟아지는 빗소리와도 같았다. 청개구리가 울어 대자 하늘이 삽시간에 캄캄해지더니 사방에서 우레가 치고 산에서 물이 터져 평지는 순식간에 물바다가 되고 말았다.

물이 계속 불어 두령의 저택과 보루가 몽땅 물속에 잠겼다. 두령의 가족과 아랫사람들은 모두 지붕 위로 올라가 한데 모여 북새통을 이루었다.

두령은 하는 수 없이 처마 밖으로 머리를 내밀고 청개구리에게 사정할 수밖에 없었다.

"청개구리여, 울지 말게! 더 울면 우리는 살 수가 없네. 내 둘째 딸을 자네 아내로 주겠네."

그제야 청개구리는 울음을 그쳤다.

이번에도 두령은 사람을 불러 말 두 필을 끌어내어 한 마리에는 예장함을 싣고 다른 한 마리에는 둘째 딸을 태워 청개구리를 따라가도록 했다.

둘째 딸도 마음이 내키지 않아 큰딸처럼 처마 밑의 멧돌을 품속에 감추었다. 그녀도 청개구리를 말발굽으로 밟아 죽일 작정이었는데 뜻대로 되지 않자 멧돌로 청개구리를 내리친 뒤 말머리를 돌려 집으로 내달렸다.

하지만 그녀도 도중에 청개구리가 부르는 소리에 걸음을 멈출 수밖에 없었다.

"둘째 아가씨, 우리 둘 사이에는 인연이 없으니 돌아가고 싶으면 돌아가시오."

청개구리는 이번에도 말을 끌고 둘째 딸을 두령 집으로 데려왔다.

청개구리는 둘째 딸을 두령에게 돌려주면서 셋째 딸을 요구했다.

이번에 두령은 정말로 노발대발했다.

"네 이놈, 맏이를 주니까 맏이를 돌려보내고 둘째를 주니까 둘째를 돌려보내더니 이제 와서는 셋째를 달라고? 정말 무례하기 짝이 없는 놈이구나. 세상 어디에 그처럼 만만한 두령이 있다더냐? 이, 이…… 법도조차 모르는 놈 같으니!"

두령은 어찌나 화가 났던지 말도 제대로 잇지 못했다. 그는 일생에 이런 황당한 일을 당하기는 이번이 처음이라고 생각했다.

그러자 청개구리는 조용히 말했다.

"두령님, 두령님께서 성을 내시는 이유가 뭔가요? 당신의 큰따님과 둘째 따님이 저를 따르려 하지 않아서 돌려보내는 겁니다. 셋째 따님이 저를 따르길 원한다면 좋은 일 아닌가요?"

두령은 여전히 사납게 으르렁대며 말했다.

"그럴 리가 없다, 그럴 리가 없어! 그 애는 절대 너를 따르지 않을 것이다. 세상에 개구리를 따르려는 여자가 어디 있다더냐? 내가 너를 너무 제멋대로 내버려 두었구나."

"그럼 두령님은 싫단 말씀이신가요? 그렇다면 저는 발을 한데 모아 뛰도록 하겠습니다."

두령은 순간 뜨끔했으나 화가 머리끝까지 치밀어 올라 큰 소리로 외쳤다.

"뛰고 싶으면 뛰어라! 내가 그런 걸 겁낼 것 같으면 무슨 두령이겠느냐!"

청개구리가 뛰기 시작하자 주위의 땅이 폭풍을 만난 파도처럼 출렁거리고 주변의 높은 산도 맞부딪쳐 암석이 마구 날아오르고 모래가 사방으로 튀어 올라 해조차 똑똑히 보이지 않았다.

두령 저택과 보루는 쉴 새 없이 흔들려 곧 무너질 것만 같았다.

이렇게 되자 두령은 먼지 더미 속에서 기어 나와 큰 소리로 청개구리에게 빌면서 셋째 딸을 아내로 주겠노라고 약속했다. 그 소리에 청개구리는 뜀질을 멈추었다. 그러자 땅도 잠잠해지고 주위의 산도 멈추어 원래대로 되었다.

어찌 할 수 없이 두령은 다시 말 두 필을 끌어내어 한 필에는 예장함을 싣고, 다른 한 필에는 딸을 태워 길 떠나는 셋째 딸을 바래다 주었다.

셋째 딸은 마음이 착한 처녀였다. 그녀는 두 언니 같은 생각을 갖지 않았을 뿐 아니라 청개구리가 보통 개구리가 아니라고 생각해 고분고분 그를 따라나섰다.

그리하여 청개구리는 결국 셋째 딸을 데리고 집으로 돌아왔다. 문 앞에서 그들을 맞이한 어머니는 너무 놀라 입을 다물지 못했다.

"작고 못난 녀석한테 이렇게 아리따운 색시를 주시다니, 정말 뜻밖이로구나."

셋째 딸은 부지런하여 늘 시어머니와 함께 밭에 나가 일을 했다. 그래서 시어머니는 며느리를 아꼈으며 며느리도 시어머니를 존경했다. 어머니는 행복에 겨워 즐거운 나날을 보냈다.

가을이 왔다. 한 해에 한 번 있는 승마 대회가 열릴 때가 된 것이다. 이 대회는 관례에 따라 몇백 리 안의 사람들이 빈부를 가리지 않고 자신들의 장막과 일 년 동안 아껴 모은 양식을 가지고 대회에 참가했다. 대회에서는 연기를 피워 신에게 제를 올리고 와장 춤을 추고 술을 마시고 말달리기 경기를 하고 젊은이들은 사랑하는 대상을 고를 수 있었다. 이날 시어머니와 며느리는 승마 대회를 구경하려고 길을 나서면서 청개구리에게 같이 가자고 했지만, 고개를 가로저으며 이렇게 말했다.

"어머니, 저는 가지 않을래요. 그곳까지 가자면 수많은 산을 넘어야 하는데 저는 힘들어서 걸어갈 수가 없어요."

그래서 그들은 청개구리를 집에 남겨 두고 길을 떠났다.

승마 대회 마지막 날에는 결승전이 열린다. 경기가 시작되면 젊은 처녀들은 경기에서 우승한 기수들 앞으로 다가가 와장 춤을 추고 나서 기수를 자신들의 가족이 있는 장막으로 데리고 가서 몸소 빚은 단지 술을 선보였다.

그런데 세 번째 날 우승한 몇몇 기수가 마지막으로 결승전을 준비하는 도중 경기장 밖에서 푸른 옷에 가라말털빛이 온통 검은 말을 탄 소년 하나가 들어왔다. 아주 건장하고 잘생긴 소년이었다. 화려하고 귀한 비단옷 차림으로 금은보석이 가득 박힌 말안장에 앉은 그는 어깨에 은과 산호로 장식한 화승총을 메고 있었다.

소년이 경기장에 들어서자 많은 사람의 눈길이 일제히 그에게 쏠렸다. 그가 결승전 참가를 요구하자 사람들은 환영하는 박수를 보냈다. 결승전이 시작되었으나 그는 조금도 당황하지 않고 다른 기수들이 다 출발한 뒤에야 말안장 손질을 끝내고 뒤를 쫓았다.

다른 기수들은 넓은 경마장을 달릴 때 그저 말 잔등에 몸을 붙이고 앞으로 내달릴 뿐이었다. 하지만 이 소년은 달리면서 화승총에 탄알을 재워 높은 하늘을 맴도는 독수리에게 세 방을 쏘았다. 그러자 독수리 세 마리가 땅에 떨어졌다. 또 관중 앞에 이르렀을 때는 말 잔등의 왼쪽으로 훌쩍 뛰어내려 초원에서 제일 아름다운 설로화를 몇 송이 꺾어 왼쪽 관중에게 뿌리고 나서 이번에는 말 잔등의 오른쪽으로 뛰어내려 자줏빛 은국화를 몇 송이 꺾어 오른쪽 관중에게 뿌렸다. 그러고는 말 잔등에 앉아 나는 듯이 달려 나갔다.

푸른 초원 위를 달리는 소년의 말은 마치 구름 속을 뚫고 날아가는 것처럼 보였는데, 구경하는 사람 모두 정신을 잃을 지경이었다. 그는 마침내 모든 기수를 제치고 선두로 결승점을 통과했다.

승마장의 노인들과 경을 읽는 라마들, 구경하는 아낙네들과 젊은 처녀들은 모두 놀라워하며 서로 귓속말로 소곤거렸다.

"저 소년은 어디서 왔을까? 이름이 뭘까?"

"말 위에서 총을 쏘고 좌우로 뛰어내려 꽃까지 꺾어 뿌리는 건 생전 처음 봤네!"

"정말 뛰어난 솜씨를 가진 잘생기고 건장한 소년이군. 저 소년에겐 훌륭한 말과 말안장, 비단옷이 격에 맞는군."

젊은 처녀들은 이 우승자에게 몰려가 그를 에워싸고 열정적으로 노래 부르며 와장 춤을 추었다. 또 그를 이끌고 장막마다 돌아다니면서 자기들이 몸소 빚은 단지 술을 권했다.

그런데 해가 서산으로 넘어가자 소년은 그곳에 모인 사람들과 작별할 새도 없이 황급히 말을 잡아타고 셋째 딸과 노부부가 왔던 방향으로 달려가 버렸다.

경기장에 모인 사람들은 웅장한 가라말의 발굽에서 일어나는 먼지를 바라보며 정신을 놓고 있었다.

셋째 딸은 속으로 생각했다.

'저 젊은이는 어디서 온 기수일까? 정말 훌륭하고 건장한 기수인데, 이름이 뭘까? 어째서 해가 지자마자 바삐 달아나는 걸까? 집이 멀리 떨어져 있나?'

셋째 딸도 다른 사람들과 마찬가지로 이런 의문을 품고 집으로 돌아왔다.

그들이 집에 이르자 청개구리는 문 앞에서 그들을 맞이했다. 그들이 승마 대회에서 있었던 일이며 소년 기수의 활약 등을 이야기해 주었지만, 청개구리는 이미 모든 것을 알고 있었다. 실로 이상한 일이었다.

이듬해 가을이었다. 한 해에 한 번씩 열리는 승마 대회가 어김없이 같은 곳에서 열렸다. 이번에도 청개구리의 아버지와 어머니, 셋째 딸은 함께 대회를 구경하러 갔다.

말달리기 경기를 하는 날이 되자 사람들은 푸른 옷을 입고 가라말을 탄 기수를 기다리기 시작했다.

"이번에는 꼭 이름과 어느 마을에 사는 사람인지 물어봐야지."

마지막 날 결승전 때가 되자 푸른 옷에 가라말을 탄 그 기수는 하늘에서 내려온 듯 느닷없이 승마장에 뛰어들었다. 이날 그는 더욱 화려하고 귀한 비단옷에 가라말을 타고 등에는 멋진 화승총을 메고 있었다.

모든 기수가 출발했음에도 불구하고 소년 기수는 앉아서 차를 다 마시고 나서야 말에 올라탔다. 나는 듯이 달리는 말 위에서 그는 지난해처럼 화승총을 재워 하늘을 나는 독수리 세 마리를 쏘아 떨어뜨리고 관중 앞을 지날 때는 좌우로 번갈아 뛰어내려 설로화와 은국화를 꺾은 뒤 양쪽 관중에게 뿌렸다. 이어서 그의 말은 마치 구름 속을 나는 듯 잠깐 사이에 모든 기수를 추월했다.

젊은 처녀들은 전례대로 승마 대회 우승자들을 에워싸고 노래를 부르고 와장 춤을 추었다. 그중에서도 이 소년 기수를 위하여 더욱 열성적으로 노래 부르고 춤추었으며, 장막으로 청하여 자기들이 빚은 단지 술을 먹이고 싶어 했다. 하지만 해가 서산에 떨어지자 소년은 예전처럼 작별 인사도 없이 서둘러 말을 잡아타고 달아났다.

늙은이들과 경 읽는 라마들과 처녀들은 서로 수군거리며 말굽에서 일어나는 먼지를 놀라운 눈으로 바라보며 정신을 놓고 있었다. 사람들은 이번에도 그 소년의 이름과 사는 곳을 미처 물어보지 못했던 것이다.

아버지, 어머니와 셋째 딸이 집으로 돌아왔을 때 청개구리는 벌써 승마장에서 있었던 일뿐 아니라 심지어 그 소년이 왜 늦게 왔는지까지 다 알고 있었다.

셋째 딸은 깜짝 놀라며 속으로 생각했다.

'경마장에 가지 않고도 어떻게 그 모든 것을 똑똑히 알고 있는 걸까? 어째서 그 소년은 해가 서산으로 넘어가면 바쁘게 달아나는 걸까? 그리고 그 소년은 우리와 같은 방향으로 달아나는데 이 근처에 사는 걸까? 인간 세상에 정말 그처럼 훌륭한 기수가 또 있을까! 그 기수는 어떻게 그처럼 건장하고 풍채가 좋은 데다 사람을 감동시키는 재주까지 가진 걸까!'

셋째 딸은 어떻게 해서라도 그 소년에 대해 똑똑히 알아봐야겠다고 마음먹었다.

어느덧 다음 해의 승마 대회가 다가왔다. 셋째 딸은 여전히 시부모를 모시고 구경을 갔으며 그들과 함께 연기를 피워 신에게 제를 올리고 와장 춤을 추고 단지 술을 마셨다. 그런데 결승전을 하는 날이 되자 셋째 딸은 시어머니에게 말했다.

"어머니! 어쩐지 머리가 무겁고 몸이 아파서 먼저 집으로 돌아가야겠어요. 저 노새를 좀 타고 가게 해 주세요."

며느리를 아끼고 사랑하는 시아버지와 시어머니는 장막을 싣고 온 여윈 노새를 타고 먼저 돌아가게 했다.

셋째 딸은 시부모가 보이지 않자 서둘러 노새를 몰았다. 집에 도착한 그녀는 우선 청개구리부터 찾았다. 하지만 이곳저곳을 다 찾아보아도 청개구리는 보이지 않았다.

한참 후 셋째 딸은 불구덩이 옆에 놓인 청개구리 껍질을 찾았다. 틀림없는 자기 남편 것이었다. 셋째 딸은 그것을 손에 들고 기쁨에 겨워 눈물을 흘렸다.

"그래, 그이였구나. 신이시여, 정말 감사합니다. 제 남편은 원래 건장한 미남이면서 훌륭한 기수였군요. 하마터면 저는 그이의 짝이 못될 뻔했어요. 지금 저는 얼마나 행복하고 얼마나 가엾은 여자인가요!"

셋째 딸의 눈에서 눈물이 하염없이 흘렀다. 그녀는 청개구리 껍질을 이리저리 살펴보면서 말했다.

"당신은 왜 이렇게 못난 껍질을 쓰고 사는 건가요? 당신은 왜 평소 그렇게 작고 못난 꼴을 하고 있어야 하나요? 제가 당신의 짝이 될 자격이 없어서 그런가요?"

생각할수록 야속한 마음이 들었다. 그러다가 문득 이런 생각이 들었다.

'이걸 태워 버리자! 그러지 않고 놔두면 그이는 또 작고 못난 개구리로 변할 거야.'

그녀는 불을 피워 그 껍질을 태우기 시작했다.

셋째 딸이 개구리 껍질을 태우던 때는 마침 해가 서산으로 넘어갈 무렵이었다. 별안간 가라말을 탄 소년이 하늘에서 떨어진 한 덩어리 검은 구름처럼 그녀 앞에 멈춰 섰다.

개구리 껍질이 타는 광경을 본 소년은 삽시간에 얼굴이 핼쑥해졌다. 그는 급히 말에서 뛰어내려 셋째 딸 손에서 개구리 껍질을 낚아챘다.

개구리 껍질은 거의 타버리고 오른쪽 다리 껍질밖에 남아 있지 않았다. 소년은 긴 한숨을 쉬더니 맥없이 집 앞에 있는 큰 돌 위에 쓰러졌다.

당황한 셋째 딸은 급히 달려가 그를 부축해 집 안으로 들였다. 그러고는 슬픔에 겨워 말했다.

"당신은 훌륭한 소년이자 훌륭한 기수인데 왜 개구리로 변하시려는 거예요? 생각해 보세요. 다른 여자들 남편은 모두 사람인데 제 남편만 개구리이니 제가 얼마나 괴롭겠어요?"

"여보, 당신은 너무 성급했소. 좀 더 기다려서 내 힘이 다 자라면 함께 잘살 수 있었을 텐데. 이제 난 살 수도 없고 백성에게 행복을 누리게 할 수도 없게 됐소!"

"그럼 제가 잘못했단 말씀이군요. 이걸 어쩌면 좋아요?"

"당신 잘못이 아니라 내가 신중하지 못해서 이렇게 됐소. 난 내 힘이 얼마나 자랐는지 시험하려고 승마 대회에 참가했던 거요. 그런데 이젠 일이 잘못되어 우리뿐 아니라 백성도 행복을 얻을 수 없게 되었소. 나는 보통 사람이 아니라 땅 어머니의 아들 '살가르신'의 화신이오. 나는 내 힘이 자랄 만큼 자라면 떨치고 나서서 인간 세상에서 부자들이 가난한 사람들을 학대하는 일과 벼슬아치들이 백성을 억압하는 일을 막으려고 했소. 하지만 나는 아직까지 다 자라지 못했을 뿐 아니라 힘도 모자라고 청개구리 껍질을 떠나서는 밤을 지낼 수도 없소. 그리고 밤의 추위도 견뎌 낼 수 없소. 이렇게 밤을 지내다간 날이 밝기 전에 죽고 말 거요. 내 힘이 자라나 백성을 위한 일을 다 해 놓아야만 이곳이 따뜻해져 나도 청개구리 껍질을 쓰지 않고 밤을 지낼 수 있소. 그런데 지금 이대로는 살 수 없으니 오늘밤 안으로 어머니 품속으로 다시 돌아가야만 하오."

그 말에 셋째 딸의 눈에 눈물이 비 오듯 쏟아졌다. 그녀는 연약할 대로 연약해진 소년을 꼭 끌어안고 가슴 아파하며 말했다.

"절대 세상을 떠서는 안 돼요. 당신은 꼭 사셔야 해요. 저는 당신한테 살아갈 능력이 있다고 믿어요."

셋째 딸이 슬피 우는 것을 본 소년은 그녀를 무척 가엾게 여기면서 손을 부여잡고 떨리는 목소리로 말했다.

"여보, 괴로워하지 마오. 내가 살기를 원한다면 아직 한 가지 방법이 있소. 그 일이 이루어지면 나는 살 수 있소."

소년은 손으로 서쪽을 가리키며 말을 이었다.

"이 일은 오직 신의 의사와 허락에 달려 있소. 당신이 지금 내 가라말을 타고 빨리 달리면 늦지 않을 수도 있소. 그 말은 당신을 서쪽 나라로 데려다 줄 거요. 서쪽 나라에 가면 붉은 구름 속에 신의 궁전이 한 채 서 있는데, 그 안으로 들어가서 백성의 행복을 비는 마음으로 내일 날이 밝기 전까지 우리한테 두 가지 일을 허락해 달라고 신께 비시오. 첫째는 우리가 사는 이곳에 더는 빈부의 차이가 없게 허락해 달라는 것이고, 둘째는 우리가 사는 이곳에 더는 관리가 백성을 억압하는 일이 없도록 허락해 달라고 비는 것이오. 신이 긍정적인 대답을 하면 여긴 이제 따뜻해질 거요. 그러면 나는 죽지 않고 청개구리 껍질 밖에서 밤을 지낼 수 있소."

셋째 딸은 즉시 가라말을 잡아타고 서쪽으로 떠났다. 말은 마치 하늘을 날아가는 듯싶었다. 귓전에서는 윙윙 바람 소리가 나고 눈앞에서는 흰 구름이 휙휙 다가왔다 사라졌다.

드디어 그녀는 사방에서 금빛 햇살이 뿌려지는 신의 궁전에 이르렀다. 셋째 딸은 안으로 들어가서 신께 간청했다. 신은 그녀의 정성에 감동하여 청을 들어주었다.

"내 그 정성에 감동하여 그대가 요구하는 일을 모두 허락하노라. 그대는 날이 밝기 전에 이 두 가지 일을 집집마다 돌아다니면서 백성에게 모두 알려야 하느니라. 그러면 그 두 가지 일이 실현되고 추위가 사라져 그대 남편도 개구리 껍질 밖에서 밤을 지낼 수 있게 되리라."

셋째 딸은 기꺼운 마음으로 신께 감사를 드리고 곧 말을 타고 귀로에 올랐다. 그녀는 날이 밝기 전에 집집마다 돌아다니며 백성에게 이 일을 알릴 작정이었다.

그녀가 말을 몰아 골짜기 어귀에 들어서니 친정집 문 근처에 아버지가 서 있었다.

말을 타고 나는 듯이 달려오는 딸을 본 아버지는 영문을 몰라 놀란 눈으로 물었다.

"얘야, 무슨 일이라도 있는 거냐? 왜 이 늦은 밤에 혼자 말을 타고 다니느냐?"

"일이 있어요, 아버지. 신께서 제게 한 가지 대단한 일을 허락해 주셔서 집집마다 돌아다니며 백성한테 알리러 가는 참이에요."

"그래, 그런데 신이 도대체 뭘 허락했단 말이냐? 내게 다 말해 보려무나."

"아버지, 지금은 그걸 말씀드릴 시간이 없어요. 이따가 돌아와서 알려 드릴게요."

"나는 두령이다. 그러니까 당연히 내가 가장 먼저 알아야 하지 않겠느냐!"

아버지는 이렇게 말하며 돌층계를 내려와 딸이 탄 말의 재갈을 잡아챘다.

셋째 딸은 하는 수 없이 모든 일을 말해 주었다.

그 말을 들은 두령은 양미간을 찌푸리며 소리쳤다.

"인간 세상에 빈부 차이가 없다면 어떻게 상하가 있을 수 있단 말이냐? 그리고 너희 자매들한테 어떻게 예장함이 있을 수 있단 말이냐? 두 번째도 그렇다. 관리가 백성을 억압하는 일이 없어지면 누가 우리 심부름을 하고, 누가 우리 소와 양을 먹이고 농사를 짓는단 말이냐?"

그리고 딸이 말할 틈도 주지 않고 계속해서 두령은 고래고래 소리를 질렀다.

"그런 말은 죄다 허튼소리다! 우리야 소와 양이 있어 넉넉한데 구태여 한족처럼 농사를 지어 뭘 한단 말이냐. 그건 신의 분부가 아니니 그 말을 믿지 마라. 난 네가 사람들에게 그런 말을 하러 가지 못하게 할 테다."

"아버지, 더는 지체할 수가 없어요. 저를 갈 수 있게 해 주세요!"

딸은 말을 몰고 자리를 뜨려 했지만 아버지는 말 재갈을 틀어쥐고 놓아 주지 않았다. 다급해진 딸은 아버지와 실랑이를 벌였다.

닭이 첫 홰를 울었다. 깜짝 놀란 딸이 서둘러 빠져나가려고 했지만 아버지의 완강한 방해 탓에 부녀는 집 앞 풀밭에서 밀치락달치락하면서 맴돌았다. 아버지는 숨을 헐떡거리며 딸에게 욕설을 퍼부었다.

"아니, 네가 미쳤구나. 네 언니들 예장함을 빼앗을 참이냐? 네 애비를 심부름꾼도 없고, 소와 양을 먹여 줄 사람도 없고, 농사를 지어 줄 사람도 없게 만들 작정이냐? 나쁜 것 같으니!"

속이 탈 대로 탄 딸이 아버지와 기를 쓰며 다투고 있을 때 닭이 두 홰째 울었다.

셋째 딸은 말이 껑충 뛸 정도로 채찍을 휘두르고 나서야 두령을 땅바닥에 쓰러뜨리고 몸을 뺄 수 있었다. 하지만 그녀가 막 골짜기 중간에 있는 첫 집에 이르렀을 때 닭이 세 홰를 치면서 날이 밝기 시작했다. 그래서 신의 분부를 들은 집은 몇 집뿐이었다.

셋째 딸은 모든 것이 틀렸음을 깨닫고 급히 말머리를 돌려 집으로 달려갔다.

집에 이르니 아버지와 어머니는 숨진 소년을 앞에 놓고 울면서 쉴 새 없이 염불을 외고 있었다.

모든 것이 허사로 끝나자 셋째 딸은 사랑하는 소년의 시체 위에 쓰러져 대성통곡하면서 자기 아버지와 자신을 원망했다.

두 늙은이는 시신을 산 중턱의 어느 낭떠러지 위에 묻었다. 매일 황혼이 깃들 때면 셋째 딸은 소년의 무덤 앞에서 슬피 울면서 자신의 잘못을 빌었다.

그러던 어느 날 셋째 딸은 갑자기 무덤 앞에서 돌로 변해 버리고 말았다. 그때부터 다시는 그녀의 울음소리를 들을 수 없었다.

돌은 오늘까지도 여전히 굳세고 용감하게 낭떠러지 위에 우뚝 솟아 있다. 멀리서 바라보면 흡사 머리를 풀어헤치고 먼 곳을 향해 용서를 비는 소녀 같다. 그 소녀는 오늘날까지 거기서 자신의 잘못을 빌고 있는 것이다.

반강산 이야기

•••묘족

●—반강산과 원외

원외의 집에서 머슴을 사는 반강산은 매일 별을 지고 들에 나가 달을 이고 집으로 돌아오며 뼈 빠지게 일만 했다. 일이 고된 것은 그렇다 치더라도 제일 괘씸한 일은 원외는 날마다 고기에 두부를 먹으면서도 반강산한테는 절인 고추에 깡마른 강냉이밥밖에 주지 않는 것이었다.

명절이나 모내기 철, 김매기 철이 되어도 기껏해야 준다는 것이 찰밥 한 그릇에 절인 고추와 나물을 넣은 두부찌개 한 그릇뿐이었다. 그래서 반강산은 치미는 화를 누르면서 맛있는 반찬을 구해 먹을 궁리를 했다.

어느 해 모내기 철에 반강산은 한 가지 좋은 방법을 생각해 냈다. 원외가 피둥피둥 살찐 돼지를 한 마리 기르고 있다는 것을 안 그는 그 돼지를 어떻게 해볼 작정이었다.

어느 날 반강산은 저녁에 일을 마치고 돌아와 원외에게 말했다.

"나으리, 댁에 논밭이 너무 많아 모내기를 끝마치려면 저 혼자서는 힘들 것 같습니다. 그러니 날품팔이꾼을 몇 사람 두는 게 어떻겠습니까?"

"날품팔이꾼은 품삯이 너무 비싸. 그러니 자네가 좀 더 수고해 주게나."

"그러다 철을 놓쳐버리고 모내기를 제때 끝내지 못하면 더 큰 손해를 보지 않겠습니까?"

"어디 밥만 먹고 품삯을 받지 않는 품팔이꾼 없나?"

원외의 말에 반강산은 속으로 생각했다.

'네놈은 정말 벼룩의 간을 빼먹을 놈이구나. 세상에 그런 사람이 어디 있다더냐!'

그리고 이렇게 대꾸했다.

"그런 품팔이꾼이 있기는 합니다만, 음식을 잘 대접해야 합니다. 나리께서 살찐 돼지를 잡아 그들한테 대접하면 서로 나서서 일을 하겠다고 할 겁니다."

이 말에 원외는 도리머리를 했다.

"그건 설에 잡아먹으려고 남겨둔 것인데 어떻게 지금 잡는단 말이냐!"

"잡고 안 잡는 건 나리 결정에 달렸습니다. 하지만 돼지고기라도 대접하지 않으면 아무도 우리 일을 도와주지 않을 겁니다."

원외는 말없이 속으로 계산을 해보았다.

원외가 지금 무얼 하고 있는지 눈치 챈 반강산은 그에게 틈을 주지 않았다.

"아무리 속셈을 해보셔도 돼지 한 마리 값이 사람 품삯보다 훨씬 적습니다. 만약 제가 나리라면 그 돼지를 잡겠습니다. 그러면 돈도

적게 들고 체면도 서니 꿩 먹고 알 먹는 셈이지요."

반강산이 구슬리는 바람에 마음이 움직인 원외는 쓰린 마음을 접고 돼지를 잡으라고 시켰다. 다음 날 반강산은 돼지고기를 한 솥 삶아서 논으로 메고 갈 준비를 했다. 이를 지켜보던 원외는 마음이 놓이지 않아 문 앞까지 따라 나오며 물었다.

"품팔이꾼들이 오기는 한 거냐? 그들을 공으로 먹일 순 없는 노릇 아닌가!"

반강산은 웃으며 문밖 신작로 저쪽에 있는 원외의 논을 가리키며 말했다.

"보십시오, 저기 일고여덟 사람이 왔지 않습니까?"

반강산이 가리키는 곳에는 과연 일고여덟 사람의 머리가 움직이고 있었다. 그 가운데는 농립모를 쓴 사람도 있고 머리에 수건을 동여맨 사람도 있었다. 그제야 마음을 놓은 원외는 반강산에게 고기를 메고 가라고 했다.

반강산은 고기 그릇을 논둑 위에 내려놓고 앉아서 혼자 게걸스럽게 먹어 댔다. 그런데 일손을 도우러 온 품팔이꾼들은 왜 같이 먹지 않는 걸까?

이들은 일손을 도우러 온 품팔이꾼이 아니라 간밤에 반강산이 일고여덟 개의 허수아비를 만들어 헌 농립모와 다 떨어진 수건을 몇 개 구해 머리에 씌워 논밭에 세워 놓은 것이었다.

반강산은 이렇게 며칠 동안 연거푸 고기를 먹으면서도 모내기를 끝내지 못했다. 속담에 "날품팔이꾼은 점심때를 바라고 머슴은 보름을 기다린다."라고 했거늘 누가 그날그날을 얼렁뚱땅 넘기지 않고 애써 일해 줄 사람이 있겠는가!

하지만 원외는 그렇게 생각하지 않았다. 자신은 손가락 하나 까딱하지 않으면서도 남들이 눈 깜짝할 사이에 자기 논의 모내기를 다 끝마치기를 바랐다. 며칠이 지나 원외는 종이우산을 쓰고 들로 나갔다. 아무리 살펴보아도 논 몇 마지기는 모를 내지 않은 채 그대로 남아 있었다. 그리고 모내기를 돕는 다른 일꾼들은 보이지 않고 반강산 혼자서 일하고 있었다. 화가 난 원외는 반강산에게 따졌다.

"어째서 자네 혼자뿐인가? 품팔이꾼은 다 어디로 갔나? 내 돼지고기만 먹고 달아나 버린 건가?"

그러자 반강산은 허리를 펴면서 대답했다.

"모두 배탈이 나서 돌아간 지 옛날입니다."

"아니 왜?"

원외는 두 눈을 부릅뜨고 캐물었다.

"나리의 돼지고기가 좋지 못해 모두들 먹고 난 뒤 토하고 싸고 하더니만 화를 내며 가 버리고 말았습니다."

반강산의 말에 원외는 너무 기가 막혀 말이 나오지 않았다. 그는 벙어리라도 된 듯 한참 있다가 불쑥 물었다.

"자넨 왜 아무 탈이 없나?"

"저야 나리네 고추를 좋아해서 항상 속이 얼얼할 지경인데, 배탈이 날 리가 있겠습니까?"

그 말에 말문이 막힌 원외는 하는 수 없이 종이우산을 들고 잽싸게 내빼고 말았다.

●——반강산과 수비 나리

옛날에 나라의 둔전 창고를 지키는 한 수비청나라 때의 관직 이름 나리가 있었다. 그는 묘족 사람에게 곡식을 바치라고 협박하며 늘 못살게 굴었다.

수비 나리는 말끝마다 "양식이 없으면 나라가 있을 수 없다.", "나는 나라를 위해 충성을 다하고 황제의 은덕에 보답하려고 정성을 다하고 있다."라고 하면서 묘족 사람이 뼈 빠지게 일해 거둔 곡식을 죄다 둔전 창고에 보관해 놓고 암암리에 밀매하여 자기 잇속을 채웠다.

수비 나리는 갈수록 살이 오르고 힘겨운 묘족 사람은 갈수록 살이 빠졌다.

어느 해 청나라 황제는 전쟁을 일으키려고 했으나 군량이 부족했다. 그래서 황제는 호남성 서부에 있는 둔전 창고의 곡식을 올려 보내라는 어명을 내렸다. 그 바람에 급해진 호남성 얼대청나라 때의 관직 이름는 둔전 창고로 내려가 조사를 벌였다.

그러자 지금까지 나라 곡식으로 자기 배를 채워 온 이 수비 나리는 당장 메울 도리가 없어 안달이 났다.

별 뾰족한 수가 생각나지 않자 수비 나리는 부랴부랴 반강산을 찾아갔다. 이 같은 사정을 동료에게 이야기하면 쥐뿔도 얻어먹지 못한 다른 관리들이 자기를 고발할까 봐 두려웠던 것이다.

그는 오래전부터 반강산이 묘족 사람 가운데서 가장 총명하고 담이 큰 젊은이로, 남의 어려운 일을 곧잘 풀어 준다는 말을 들은 적이 있었다.

수비 나리는 하는 수 없이 굽실거리며 반강산에게 자신의 목숨을 구할 방도를 생각해 줄 것을 청했다. 그는 반강산에게 짐짓 가련한 몰골로 둔전 창고 곡식을 축낸 사실과 그간 자초지종을 실토한 다음 한마디 더 보탰다.

"노형, 아무튼 좋은 수를 내줘야겠네. 이건 군사 기밀에 관계되는 일로 둔전의 곡식을 제 수대로 채워놓지 못하는 날에는 목이 달아날 판일세!"

"수가 하나 있기는 합니다만, 나리께서 이를 따르실 것 같지 않습니다."

"아니네, 어디 한번 말해 보게."

"용원외 댁에는 돈이 얼마든지 있습니다. 그걸 좀 훔치면 되지 않겠습니까."

그 말에 수비 나리는 갑자기 얼굴빛이 달라지면서 평소의 나리다운 위신을 갖췄다.

"머리에 사모를 쓰고 몸에 관의 띠를 두른 당당한 5품 수비로서 내 짐승보다도 못한 그런 천한 일을 어찌할 수 있겠느냐!"

반강산은 속으로 웃음이 나왔지만 짐짓 정색을 하며 말했다.

"저는 벌써 나리께서 그러시지 않으리라는 것을 알고 있었습니다. 제겐 다른 방법이 없으니 더는 묻지 마십시오."

조급해진 수비 나리는 다시 누그러진 태도를 보였다.

"모두 노형이 누구보다 총명하다고 하던데, 어째서 도적이란 두 글자밖에 생각해 내지 못하는 건가?"

그러자 반강산은 되짚어 물었다.

"사람마다 나리를 청렴하신 분으로 여기고 있는데, 어째서 둔전 창고의 곡식이 그렇게 줄어들었습니까?"

수비 나리는 얼굴이 달아오른 냄비 뚜껑처럼 시뻘게지더니 한마디도 답하지 못했다.

반강산은 이때를 놓치지 않고 한마디 더 보탰다.

"아무튼 도적질에 이골이 난 이상 한 번 더 한다고 큰일이 나겠습니까?"

이 말은 송곳처럼 수비 나리의 가슴을 파고들었다. 그는 화가 나서 반강산을 당장 체포하고 싶었지만 감히 그러지 못했다. 교활한 인간인지라 반강산을 관가로 붙잡아 간다면 일이 더욱 커져 모든 사람에게 자신의 비리를 알리는 꼴이 되고 만다는 사실을 알았던 것이다. 그러면 반강산은 기껏해야 며칠 콩밥을 먹을 뿐이지만 자기는 벼슬자리는 물론 목숨까지 잃을 수 있었다.

반강산도 그의 이런 약점을 알고 있어서 수비 나리의 낯가죽을 긁을 수 있었고, 그가 화를 내는 것도 두려워하지 않았던 것이다.

수비 나리도 더는 반강산 앞에서 점잔을 빼며 나리 행세를 하지 못했다. 그는 반강산이 가르쳐 준 방법대로 먼저 목숨을 구하기로 결심하고 기어들어가는 목소리로 반강산에게 말했다.

"훔치는 것쯤은 문제가 아닐세. 그저 남들이 모르게만 해 주게."

"알게 되어도 상관없습니다. 벼슬하는 분이 물건 좀 훔쳤다고 백성이 어떻게 감히 떠들어 대겠습니까?"

"하지만 용원외는 내 외삼촌이니까 좀 불편할 것 같네. 노형, 어디 농사꾼 같은 집에 훔칠 만한 돈이 없을까?"

"아니, 아직도 농사꾼 돈을 훔칠 생각을 하고 계십니까? 그들한테는 이젠 훔칠 흙도 없습니다. 훔치려면 용원외 댁밖에 없습니다. 그 집 돈도 어쨌든 훔친 것이니까 그걸 다시 좀 훔친다고 해도 별일 없을 겁니다."

수비 나리는 자신의 목숨을 건지려면 친척이고 뭐고 가릴 계제가 아니었다.

"좋은 수가 없다고 하니 그럴 수밖에 다른 도리가 없군. 하지만 난 아직 밤길을 걸어본 적이 없어 속이 떨리는 데다 길에서 사람을 만날까 봐 겁이 나네. 그러니 어떻게 하면 좋겠나?"

"그건 걱정하지 마십시오. 제가 큰 자루를 하나 가져다가 나리를 넣어서 메고 들어가는 게 어떻겠습니까? 그러면 사람을 만나도 제가 쌀자루를 메고 간다고 얼렁뚱땅 넘길 수 있을 테니까요."

수비 나리는 곰곰이 생각하다가 하는 수 없이 승낙했다.

날이 어두워지자 반강산은 계획대로 일에 착수했다. 그는 큰 자루를 가져다 입구를 벌리고 수비 나리를 들어가게 한 다음 노끈으로 입구를 단단히 동여매고는 등에 지고 걸어갔다.

가는 동안 수비 나리는 몸을 사시나무 떨 듯했다. 이윽고 그는 초조한 목소리로 물었다.

"다 왔나?"

"아직 멀었습니다."

또 한참을 가는데 수비 나리는 숨조차 쉬기 힘들었다.

"다…… 다 왔나……?"

"얼마 남지 않았습니다."

"자…… 자네, 문 앞에 이르면 날…… 날 내놓아야 한다는 걸 절…… 절대 잊지 말게."

"잘 알고 있습니다."

밤중이 되어서야 반강산은 늦장을 부리며 수비 나리를 용원외 집 문 앞까지 메고 왔다. 원래 문 앞에 이르면 자루를 풀고 수비 나리를 내놓아 같이 굴을 파고 들어가기로 약속했던 것이다.

그런데 반강산은 자루를 문 앞에 내려놓고도 아가리를 풀지 않고 앉아서 숨만 돌렸다.

수비 나리는 자루 속에서 몸을 잔뜩 웅크리고 있노라니 허리도 아프고 머리까지 어질어질했다.

"다…… 다 왔나?"

"오긴 다 왔는데……."

"그럼 얼른 풀게! 숨 막혀 죽겠네."

"가만, 내 한 가지 물어볼 말이 있소. 만약 당신이 죽으면 내세에 가서도 도적질을 하겠소?"

반강산의 말귀를 알아듣지 못한 수비 나리는 빨리 자루 아가리를 풀라고만 소리쳤다.

"소리 지르지 마시오. 그러다가 용원외를 깨우는 날엔 당신은 도망치지도 못하고 잡힐 거요."

그러자 수비 나리는 찍소리도 못했다. 반강산이 또 물었다.

"나리, 만약 우리 백성이 관청 물건을 훔친다면 그건 무슨 죄입니까?"

"그건 물을 것도 없이 죽을죄네."

"만약 벼슬아치가 우리 백성의 물건을 훔치면 그건 무슨 죄요?"

수비 나리는 대답이 궁했다. 다급해진 나리는 그 말 속에 무슨 뜻이 있는 것 같아서 '혹시…….' 하면서 생각을 굴리고 있는데, 문득 반강산의 말소리가 들려왔다.

"내 오늘 네놈을 죽을죄에 처하노라!"

급해진 수비 나리는 온몸에 식은땀이 흘렀다. 수비 나리가 "사람 살려라." 하고 소리치기 전에 반강산은 벌써 그를 높이 들어 용원외네 담장 안으로 던져 버렸다.

쿵 하는 소리에 잠이 깬 용원외는 자리를 차고 일어나 도적놈을 잡으라고 외쳐 댔다. 그 통에 온 가족이 깨어나 몽둥이와 멜대 같은 것을 찾아들고 우르르 뛰쳐나왔다.

수비 나리는 자루 속에서 안간힘을 썼지만 아가리를 꽁꽁 묶어 놓은 통에 아무리 애를 써도 빠져나올 수가 없었다. 그 사이에 사람들이 몰려나와 그를 에워쌌다.

급해진 수비 나리는 마구 뒹굴면서 소리쳤다.

"사람 살리오, 사람! 난 도적이 아니라 수비올시다."

그 소리에 용원외는 버럭 화를 냈다.

"이 녀석! 이 나쁜 도적놈이 감히 수비 나리로 가장해 나서다니. 때려라, 때려!"

그러자 온 가족이 그 자루에다 뭇매를 안겼다.

수비 나리는 아픔을 참지 못해 비명을 질렀다.

"아이고, 아이고! 나 죽는다, 나 죽어! 나는 당신 조카요!"

이 말에 용원외는 더욱 화를 냈다.

"빌어먹을 녀석! 내가 도적놈 삼촌이라고? 때려라, 때려! 진창이 나게 때려라!"

그들은 자루 속에 든 수비 나리를 머리가 터지고 피가 흐르도록 있는 힘을 다해 때리고 또 때렸다. 그러자 자루 속에 든 도적은 더 이상 자기가 수비 나리라고 말하지 못했다.

그들은 이렇게 수비 나리를 도적놈으로 여기고 끝내 때려죽이고 말았다.

● ——반강산의 도적 잡기

마씨와 석씨는 진주로 꿀 엿을 팔러 갔다. 꿀 엿을 다 팔고 난 그들은 어느 주막집에서 하룻밤을 묵었다.

저녁에 마씨는 꿀 엿 판 돈을 도둑맞지 않을까 하는 두려움에 한 가지 방법을 생각해 냈다. 돈을 꿀 엿 넣었던 광주리 안에 간수하는 것이었다. 그러면 도적이 든다 해도 꿀 엿인 줄 알고 광주리는 뒤져 보지 않을 것이었다. 석씨도 좋은 수가 생각나지 않아 그 방법을 따르기로 했다. 두 사람은 밤중에 일어나서 불을 켜고 돈을 광주리에 넣었다.

그런데 낮말은 새가 듣고 밤말은 쥐가 듣는다고 주막집 주인과 마누라가 밖에서 그들의 행동을 빠짐없이 지켜보고 있었다. 나쁜 마음이 생긴 그 부부는 손님이 마음 놓고 잠든 틈을 타서 방문을 열고 들어가 광주리 안의 돈을 몽땅 훔치고 대신 돌덩이를 몇 개 넣어 두었다.

이튿날 아침에 일어나 광주리 안을 들여다보던 마씨와 석씨는 대성통곡을 했다. 그들은 울면서 생각해 보았다.

'간밤에 주막집 대문은 꼭 닫혀 있었고 담벼락엔 구멍 하나 없으니 이건 틀림없이 주막집 안에 있던 사람 소행이다. 그런데 간밤에 다른 손님은 없지 않았는가. 그러니 이는 주막집 주인과 그 마누라의 소행이 틀림없다.'

이렇게 생각한 그들은 곧 주막집 주인을 찾아갔다.

주막집 주인과 마누라는 손님이 돈을 잃어버렸다는 말에 짐짓 놀라는 체하며 떠들어 댔다.

"아니, 그게 어디 될 말이오! 돈을 잃은 건 별 문제가 아니지만 우리 주막 이름이 더러워지는 건 큰일 아닌가. 얼른 우리와 함께 백호청나라 때의 지방관를 찾아가 봅시다."

네 사람은 백호를 찾아가 도적을 잡아 줄 것을 요청했다. 백호는 한동안 이것저것 캐물어 봤지만 뾰족한 수가 생각나지 않았다.

때마침 반강산이 문을 열고 들어섰다. 반강산은 양쪽 말을 다 듣고 나서 한참 생각한 끝에 입을 열었다.

"이 사건은 저도 처리하기 어렵습니다. 제 생각에는 천왕묘에 가서 큰북을 가져와야만 할 것 같습니다."

백호가 그 말을 받았다.

"거 참 괴상한 말이로군! 나도 처리하지 못하는 사건인데 그 낡아빠진 북에서 무슨 뾰족한 수가 나온다고 그러는 거요?"

"듣자 하니 그 북은 아주 영험하답니다. 누구든 억울함을 당한 사람이 그 북을 메고 걷기만 하면 저절로 소리가 난다고 합니다."

그러고는 마씨와 석씨에게 얼굴을 돌렸다.

"두 분이 돈을 잃었다면 한번 가서 메어 보는 것도 좋지 않겠소? 만약 북에서 둥둥 소리가 난다면 두 분은 돈을 잃어버린 게 분명할 테니 말이오."

마씨와 석씨는 당장 뛰어가서 북을 메고 싶었다. 그런데 반강산이 그들을 막아서며 말했다.

"가만, 두 분은 깨끗한 옷을 갈아입고 가서 북을 메어야 하오. 그리고 북을 메고 걷되 북이 울리기 전에는 절대 내려놓아서는 안 된다는 사실을 잊지 마시오."

반강산은 이렇게 말하고 나서 먼저 자리를 떴다.

마씨와 석씨는 깨끗한 옷으로 갈아입고 천왕묘로 북을 메러 갔다. 북을 메고 오랫동안 걸었지만 소리가 나지 않았다. 석씨는 어깨가 아프고 새 옷이 닳아 떨어질까 봐 걱정스러워 걷는 동안 계속해서 마씨를 원망했다.

"이건 다 자네가 그 좋은 수를 생각해 낸 탓일세. 만약 돈을 광주리 안에 넣지 않았다면 잃어버리는 일도 없었을 것 아닌가!"

"지금 와서 후회한들 무슨 소용 있나? 그저 도적놈의 심보가 고약해서 우리가 밑천을 몽땅 잃은 것뿐이지. 이젠 이 북에 의지해 우리 원한을 풀 수밖에 없네."

그 말이 떨어지기가 무섭게 북이 울렸다.

마씨와 석씨는 여간 기쁘지 않았다. 그들은 북을 천왕묘에 도로 내려놓고 천왕보살에게 절을 하면서 백성의 원한을 풀어 준 은혜에 감사했다.

이튿날 반강산은 주막집 주인과 마누라를 불러다 놓고 말했다.

"어제 손님이 북을 메고 걸었는데 그 북이 진짜로 울렸소. 그러니 그들은 돈을 잃어버린 게 확실하오. 만일 당신 두 사람이 정말 돈을 훔치지 않았다면 역시 가서 북을 메어 보시오. 그러면 북이 울릴 겁니다."

도둑이 제 발 저린다고 주막집 주인과 마누라는 선뜻 북을 메러 가지 못했다. 하지만 북을 메러 가지 않으면 반강산에게 진상이 드러날 것 같아 그들 내외는 용기를 내어 가는 수밖에 다른 도리가 없었다. 북이 반강산의 말처럼 영험한 것이 못 되어 오늘 울릴지도 모를 일이었다.

오후에 주막집 주인과 마누라는 반강산의 말에 따라 새 옷으로 갈아입고 북을 메러 갔다.

북은 어제보다 더 무거웠다. 한참을 걸어도 북에서 소리가 나지 않자 마누라가 멜대를 내려놓고 한숨을 쉬었다.

"그들 돈을 훔친 게 잘못이에요. 이렇게 한평생 메어 봤자 북은 울리지 않을 거예요."

"이제 와서 후회해도 소용없소. 훔친 돈을 지금에서 돌려줄 수도 없지 않소?"

그 말이 떨어지기가 무섭게 북이 울렸다. 그리고 반강산이 북채로 북 가죽을 뚫고 안에서 나왔다. 그는 북 속에 들어가 있다가 그들의 말을 똑똑히 엿들었던 것이다.

"두 사람은 얼른 돈을 내놓으시오!"

주막집 주인과 마누라는 하는 수 없이 죄를 인정하고 돈을 내놓았다.

그때부터 마씨와 석씨는 반강산이 천왕보살보다 영험하고 백호보다 더 총명하다는 것을 알게 되었다.

야배 도령과 몽지채곡취 아씨

•••묘족

오래전 야배亞排라는 젊은이가 있었다. 그는 지혜로울 뿐 아니라 잘생기고 다른 사람보다 용맹스러웠다. 열 살 때 그의 어머니가 야배에게 말했다.

“야배야, 네 외할머니는 천상의 유명한 노생[1] 고수시고, 그분의 노생곡蘆笙曲은 천상의 별보다 좋단다. 인간 세상에 화초가 이렇게 많은데도 옥당옥모玉堂玉母는 할머니를 청해 가르치게 하셨단다. 지금 외할머니는 연로하셔서 이를 전수할 사람이 없구나. 대가 끊어져서는 안 되니 네가 가서 배우는 것이 어떻겠느냐?”

야배는 발을 구르고 손뼉을 치며 좋아했다.

“예, 어머니. 제가 배우겠어요.”

그래서 야배의 어머니는 그를 데리고 천상의 외할머니 댁에 노생 부는 방법을 배우러 갔다.

어린 야배는 매우 영리해서 어떤 곡이든 빠르게 배워 연주할 수 있었으며, 할머니가 한 번 말하면 모두 이해하고 한 번만에 습득했다. 몇 년 동안 공을 들인 끝에 야배는 배움을 끝마칠 수 있었다. 천상에 떠 있는 별이 달과 짝을 이루듯, 인간 세상의 꿀벌이 꽃을 가지고 놀듯 그는 연주하지 못하는 것이 없고 이해하지 못하는 곡조가 없었다.

하루는 집으로 돌아가려는 야배에게 외할머니가 말했다.

"야배야, 이제 너는 천상과 인간 세상에서 노생에 있어서는 최고의 고수가 되었다. 그런데 이 말을 꼭 기억했다가 내가 120세 되는 날 노생을 불면서 나를 묻어 다오."

야배는 고개를 끄덕이고는 즐거운 마음으로 집에 돌아왔다.

야배는 인간 세상으로 돌아와 낮에는 양과 소를 치고 밤에는 젊은 남녀를 만나 놀았다. 그가 노생을 불면 온갖 새가 날아와 듣고 야수들이 숨을 멈추고 물고기들도 꼬리 흔드는 것을 잊어버렸다. 아가씨들은 다투어 야배에게 꽃을 던지고 자신의 마음을 표현했다.

야배에게 가장 달콤한 사탕은 벌꿀이고, 가장 아름다운 아가씨는 몽지채곡취蒙芝彩谷翠였다. 야배는 달콤한 사탕은 따지도 않고 그저 몽지채곡취의 꽃만 받았다.

꽃이 피고 꽃이 지고 몇 번의 가을이 지나고 겨울이 가고 봄이 왔다. 사오 년의 시간이 흘렀지만 야배는 늘 몽지채곡취와 함께 어울려 다니며 놀았다. 그녀도 야배를 진심으로 사랑하고 있었다.

하루는 야배가 밭을 갈고 있는데, 갑자기 찬바람이 서너 차례 몰려오더니 하늘에서 말을 탄 손님 세 명이 내려와 그에게 물었다.

"밭 가는 젊은이, 노생의 고수인 야배 집이 어디입니까?"

그러자 야배가 물었다.

"무슨 일로 그를 찾으십니까?"

"야배의 외할머니가 120세가 되었는데 그를 불러다 외할머니 장사를 치르려고 그럽니다."

"제가 바로 야배입니다. 먼저 저희 집에 가서 썬 담배를 한 대 피우고 따라 올라가겠습니다."

야배는 일손을 멈추고 집으로 돌아왔지만 마음이 불편했다. 그는 한참 동안 생각하고 또 생각했다.

어머니가 와서 물었다.

"야배야, 오늘은 어째서 이렇게 일을 일찍 끝내고 돌아왔니. 어디 불편한 데라도 있는 거냐?"

"아무 데도 아프지 않아요. 오늘 천상에서 손님 세 명이 왔는데, 우리 외할머니가 벌써 120세가 넘었다면서 저더러 노생을 불어 할머니 장사를 치르라고 하는군요."

어머니는 그 말을 듣자 몹시 슬퍼하며 말했다.

"아, 그렇구나! 외할머니는 살아생전 너를 그렇게 좋아하셨으니 가서 할머니를 위해 노생을 연주해 드리고 장사도 지내고 오너라."

"어머니, 제 꼴을 한번 보세요. 먼지 묻은 다람쥐 같은 꼴을 하고 어떻게 하늘로 올라가겠어요."

"마로 만든 화려한 옷을 한 벌 만들어 주면 되겠니?"

"어머니께서 마로 만든 옷을 입고 하늘로 한번 올라가 보세요. 천상 사람들은 배꼽 빠지도록 비웃을걸요."

"그럼 어떤 옷을 입고 싶으냐?"

"저는 비단으로 만든 화려한 옷을 입고 싶어요."

"애야, 우리한테 무슨 돈이 있어서 그런 옷을 만들 수 있겠니?"

"몽지채곡취가 있잖아요. 어머니께서 좀 빌려다 주세요."

야배 어머니는 몽지채곡취의 집으로 옷을 빌리러 갔다. 몽지채곡취는 웃으면서 말했다.

“어머니, 그런 옷은 얼마든지 있으니 야배 오라버니께서 직접 와서 고르라고 하세요.”

어머니가 집으로 돌아와 몽지채곡취의 말을 전하자 그는 기뻐하면서 그 집으로 달려갔다. 몽지채곡취는 가장 좋고 화려한 옷을 가져다 야배에게 주면서 말했다.

“야배 오라버니, 반드시 기억하세요. 누가 묻거든 제가 그 옷을 수놓아 만든 것이라고 말해서는 안 돼요.”

야배는 머리를 끄덕이고 기뻐하면서 집으로 돌아왔다.

이튿날 야배는 그 화려한 옷을 입고 외할머니를 위해 노생을 연주하고 장사를 지내러 하늘로 올라갔다. 그는 길에서 자신처럼 장사를 지내러 올라가는 많은 사람을 만났는데, 모두 그의 화려한 옷을 부러워하며 누가 이런 뛰어난 솜씨를 가지고 있느냐고 물었다.

야배는 기분이 좋아져서 몽지채곡취의 부탁도 잊고 솔직하게 말해 버렸다. 하지만 누가 알았으랴! 인간으로 변신한 호랑이神虎가 그 무리 가운데 있었던 것이다. 호랑이는 몽지채곡취의 이름을 듣자 속으로 중얼거렸다.

‘저 옷이 아름다운 몽지채곡취가 수놓은 옷이란 말이지. 어쩐지 내 옷보다 좋더라. 몽지채곡취는 정말 듣던 그대로구나. 흥! 내가 야배로 변장해서 그녀를 얼러 봐야지…….’

그런데 더 좋은 생각이 떠올랐다.

‘야배가 천상에 가서 노생을 불고 장사를 지내려면 적어도 며칠 뒤에야 돌아오겠지. 내가 먼저 가면 몽지채곡취가 의심할지도 몰라. 그렇다면 야배와 함께 천상에 올라간 뒤 그가 연주하는 노생곡을 배워 몽지채곡취한테 가자.’

교활한 호랑이는 이렇게 마음먹고 야배를 따라 하늘로 올라갔다.

야배가 외할머니 집으로 들어가자 사람들이 자리를 비켜 주었다. 용왕태자와 뇌공태자는 그에게 담배와 차를 건네주었다.

야베는 잠시 앉아 있다가 노생을 불기 시작했다. 그가 연주하는 곡은 외할머니가 살아생전에 전수해 준 곡조로 은은하고 부드러워 사람들에게 고인을 더욱 생각나게 만들었다. 모두들 눈물을 흘리면서 숨죽이며 듣고 있었다. 용왕태자와 뇌공태자는 계속해서 칭찬을 아끼지 않았다.

호랑이는 심혈을 기울여 듣고 야배와 비슷할 정도로 연주를 익힌 뒤에 혼잣말을 했다.

"나는 이제 가 봐야겠다."

그러고는 단목으로 노생을 만들고 야배처럼 분장한 뒤 몽지채곡취를 속이러 인간 세상으로 돌아왔다.

그날 몽지채곡취는 어디선가 들려오는 야배의 노생 곡조를 듣고 불안한 마음으로 꽃을 수놓다가 어머니께 거짓말을 했다.

"어머니, 물을 좀 길어 와야겠어요."

"꽃을 수놓는다고 했으면 수나 놓을 것이지, 갑자기 웬 물 타령이냐. 그리고 독에 물은 얼마든지 있단다."

몽지채곡취는 어머니의 말을 듣지 않고 물독을 등에 지고 물가로 갔다.

호랑이는 그곳에 앉아 그녀를 기다리고 있었다. 몽지채곡취는 웃으면서 그에게 물었다.

"야배 오라버니, 왜 이리 일찍 돌아오셨어요? 제가 그렇게도 그리우셨나요?"

호랑이는 여전히 입을 열지 않았다. 그러자 몽지채곡취가 또다시 물었다.

“옷이 찢어져서 부끄러우세요? 괜찮아요. 솜씨가 없어지는 것도 아니니 제가 다시 한 벌 지어 드릴게요.”

이때 호랑이가 벌떡 일어나더니 몽지채곡취를 때려 기절시키고 말았다. 깨어나 보니 그녀는 이미 호랑이에게 잡혀 있었다.

“나는 야배가 아니라 호랑이다. 내 너를 부인으로 삼아야겠다!”

몽지채곡취는 호랑이의 비린 냄새를 맡고 자신이 계략에 말려들었음을 깨달았다. 달아날 방법을 찾을 수 없으니 그저 죽는 수밖에 다른 도리가 없었다.

몽지채곡취가 큰 소리로 외쳤다.

“당신은 나의 야배가 아냐, 이 못된 놈아! 너한테 절대로 시집가지 않겠어.”

이번에도 호랑이는 그녀를 때려 기절시켰다.

한참 뒤에 기절한 몽지채곡취가 깨어나자 호랑이는 다시 한 번 윽박질렀다.

“나는 너를 내 부인으로 만들 것이다. 네가 가기 싫다고 해도 갈 수밖에 없을 거다.”

“나는 절대 가지 않겠다. 차라리 여기서 죽겠다!”

그러자 호랑이는 그녀의 한쪽 다리를 물었다.

“가겠느냐, 아니 가겠느냐?”

몽지채곡취는 큰 소리로 대답했다.

“안 가! 절대 안 갈 거야!”

호랑이가 다시 그녀의 어깨를 물면서 물었다.

“이래도?”

몽지채곡취의 목소리가 작아졌다.

“나는…… 안…… 안 가! 안…… 안 간…….”

호랑이는 그녀가 죽을까 봐 급히 놓아 주었다. 잠시 뒤 몽지채곡취가 천천히 숨을 내쉬자 호랑이가 말했다.

"너는 이제 야배를 만나지 못할 것이다. 그는 천상에서 선녀를 부인으로 맞아들였는데, 뭣 때문에 너를 생각하겠느냐. 그러니 나와 함께 가자."

몽지채곡취는 시간을 끌면서 야배가 돌아오길 기다리려고 호랑이에게 거짓말을 했다.

"집으로 돌아가서 부모님을 한 번 뵙게 해 줘. 부모님도 사위를 보고 싶어 하실 테니 함께 가자."

이 말에 호랑이는 몹시 기뻐하면서 몽지채곡취와 함께 그녀 집으로 갔다.

그런데 공교롭게도 그날 야배가 돌아왔다. 야배는 몽지채곡취에게 옷을 돌려주기 위해 그녀 집에 들렀다. 그러자 그녀는 울면서 야배에게 말했다.

"야배 오라버니. 제가 다른 사람들한테 옷을 만든 이를 말하지 말라고 당부했는데 어째서 제 말을 한 귀로 흘려버리고 이런 일이 일어나도록 하셨나요. 이제 우리 두 사람은 헤어져야 해요."

"무슨 큰일이 일어났단 말이냐? 얼른 말해 보아라. 그 죄를 내가 짊어지겠다."

"제 방에 가 보면 아실 거예요."

몽지채곡취의 방에 가 보니 정말로 얼룩덜룩한 호랑이가 그곳에서 잠을 자고 있었다. 야배가 돌아와서 어찌 된 일이냐고 물었다.

몽지채곡취는 호랑이가 야배의 모습을 하고 와서 노생 곡조를 연주하며 자신을 속여 밖으로 끌어낸 뒤 협박한 이야기를 상세히 들려주었다.

야배는 그 말에 불같이 화가 나서 목숨을 걸고 호랑이와 싸우기로 마음먹었다. 그러자 몽지채곡취가 그를 말리며 말했다.

"야배 오라버니, 그렇게 했다간 오히려 죽음만 당할 거예요. 먼저 돌아가셔서 날카로운 칼을 찾아 무예를 익힌 뒤에 저를 구하러 오세요. 호랑이가 저를 데리고 석문을 지나갈 테니, 오라버니께서는 그곳에 숨어서 그를 기다리세요."

야배는 집으로 돌아와서 그 사실을 부모님께 말했다.

아버지는 그에게 마흔아홉 근이나 나가는 긴 칼을 주었다. 야배는 칼을 사흘 밤낮 동안 갈았고, 다시 사흘 밤낮 동안 무예를 익혔다. 야배는 뒤뜰로 가 나뭇잎을 따서 불며 말했다.

"내 반드시 그 호랑이를 죽이리라! 하지만 칼이 예리한지 아닌지를 알 수 없으니, 어머니 치마를 시험 삼아 잘라 보고 몽지채곡취를 구하러 가야겠다."

야배의 어머니는 치마를 들고 와서 말했다.

"네가 가서 몽지채곡취를 구할 수만 있다면 이 어미는 치마가 아깝지 않다."

야배는 어머니 치마를 던진 뒤에 뛰어가서 하늘에서 떨어지는 치마를 칼로 한 번 그었다. 그러자 치마가 반으로 나누어졌다.

야배가 또 나뭇잎을 불며 말했다.

"내 반드시 호랑이를 죽이러 가겠다. 그런데 이 칼이 날카로운지 아닌지를 알 수 없으니, 아버지의 소를 시험 삼아 잘라 보고 몽지채곡취를 구하러 가야겠다."

아버지가 소 한 마리를 끌고 오면서 말했다.

"네가 몽지채곡취를 구할 수만 있다면 이 아비는 소도 아깝지 않다."

야배는 아버지의 소를 던진 뒤에 달려가 하늘에서 떨어지는 소에게 칼을 휘둘렀다. 소는 두 토막이 났다.

야배는 쇠가죽으로 주머니를 만들고 쇠고기로 포를 만들고 나서 예리한 칼을 챙긴 뒤 호랑이를 뒤쫓아 갔다.

부모님은 눈물을 흘리면서 오랫동안 야배를 전송했다. 잰걸음으로 멀리 사라지는 야배의 모습은 처음에는 커다란 사람 같더니 조금 뒤에는 까치 같고, 한참 뒤에는 참깨알처럼 보였다.

야배는 산과 물을 날듯이 재빠르게 건너갔다. 쫓고 쫓다가 어느 평야에 이르렀는데, 야배는 거기서 거위를 치는 한족 젊은이를 만났다. 야배는 그에게 호랑이의 행방을 물었다.

"마음 좋아 보이는 젊은이여, 내게 좀 알려 주십시오. 혹시 호랑이 한 마리가 젊은 처자를 업고 이곳을 지나가는 것을 보신 적이 있습니까?"

거위를 치던 젊은 사람이 말했다.

"어제 얼룩무늬 호랑이가 아름다운 몽지채곡취를 업고 이곳을 지나가면서 제 거위를 세 마리나 잡아먹었답니다."

야배는 거위 치는 한족 젊은이에게 고맙다는 말을 남기고 호랑이의 뒤를 쫓았다. 쫓고 쫓다가 어느 산에 도착했는데, 그곳에서 양치는 이족彝族 노인을 만났다. 야배가 노인에게 물었다.

"마음씨 좋은 아저씨, 제게 좀 알려 주십시오. 혹시 호랑이가 젊은 처자를 업고 이곳을 지나가는 것을 보신 적이 있습니까?"

양을 치던 이족 노인이 말했다.

"어제 얼룩무늬 호랑이가 아름다운 몽지채곡취를 업고 이곳을 지나가면서 내 양을 세 마리나 잡아먹었다네."

야배는 양치는 이족 노인에게 고맙다는 말을 남기고 계속 달려갔다. 쫓고 쫓다가 어느 산비탈에 도착했는데, 그곳에서 돼지 치는 묘족 노인을 만났다. 야배가 노인에게 물었다.

"마음씨 좋은 아저씨, 제게 좀 알려 주십시오. 혹시 호랑이가 젊은 처자를 업고 이곳을 지나가는 것을 보신 적이 있습니까?"

돼지 치던 묘족 노인이 말했다.

"어제 얼룩무늬 호랑이가 아름다운 몽지채곡취를 업고 이곳을 지나가면서 내 돼지를 세 마리나 잡아먹었다네."

야배는 묘족 노인에게 고맙다는 말을 남기고 계속 앞으로 달리면서 호랑이를 쫓아갔다. 급하게 달려 석문에 도착했더니 호랑이와 몽지채곡취는 아직 도착하지 않았다. 야배는 몹시 피곤해서 잠시 쉬어야겠다고 생각했다. 그러다가 그만 깊은 잠이 들고 말았다.

호랑이와 몽지채곡취가 지나갈 때까지 야배는 일어나지 못했다. 호랑이는 사람 냄새를 맡고 이렇게 말했다.

"어, 좋은 냄새가 나는군. 이 사람을 잡아먹고 배를 채운 후 다시 길을 가야겠다."

몽지채곡취는 그 사람이 야배임을 알아채고 말했다.

"당신은 그저 당신 처를 데리고 가던 길이나 계속 가세요. 다른 사람이 자신의 부인을 기다리느라 거기서 쉬고 있는데, 당신이 그를 해쳐서 무슨 소용이 있겠어요? 그 사람도 당신을 괴롭히고 싶지 않을 거예요."

그녀의 말에 호랑이는 할 말이 없었다.

몽지채곡취는 야배를 깨우려고 호랑이에게 이렇게 거짓말을 했다.

"소변이 보고 싶으니 저기 앞에서 잠시만 기다려 주시겠어요."

호랑이는 앞으로 걸어갔다.

몽지채곡취는 야배 곁에서 고함도 치고 때려도 보고 밀어도 봤지만 그는 깨어나지 않았다. 몽지채곡취는 시간을 많이 지체했다가

정체가 탄로 날까 두려워서 자신의 팔찌를 벗어 야배의 손에 채워 놓고 갔다.

야배는 이튿날까지 잤다. 잠에서 깨어났을 때 그의 손에는 몽지채곡취의 팔찌가 채워져 있었다. 야배는 그제야 호랑이와 함께 그녀가 이미 지나갔음을 깨달았다.

잠을 자고 일어났더니 정신이 맑아지고 힘이 솟아 야배는 부지런히 그들 뒤를 쫓아갔다. 쫓고 쫓다가 야배는 아직피阿直皮 고갯마루에 호랑이가 불을 지핀 흔적을 발견했다. 불씨에 온기가 남아 있었다. 곧 따라잡을 수 있을 것 같다는 생각이 들자 야배는 기뻐하면서 높고 높은 아직피 고갯마루에 서서 손으로 햇빛을 가리고 산 아래를 내려다보았다. 푸른 들판에는 소와 말, 돼지와 양이 개미처럼 이리저리 움직이고 산허리에는 잠자리 떼가 베틀의 북처럼 날아다녔다. 짙은 남색 하늘에서 매가 천천히 활공하는 중이었다. 하지만 호랑이와 몽지채곡취는 어디에도 보이지 않았다. 그래서 야배는 나뭇잎을 따서 불며 이렇게 물었다.

아아아! 야배가 너무 오래 잤구나.
몽지채곡취는 어디에 있는가.
나뭇잎아, 내게 말해 다오.

부드러운 나뭇잎 소리가 흐르는 물을 건너고 산을 넘어서 호랑이와 몽지채곡취의 귀에까지 들렸다.

호랑이가 깜짝 놀라 말했다.

"누가 우리 뒤를 쫓아오고 있지?"

몽지채곡취가 말했다.

"당신은 정말 의심이 많군요. 누가 우리 뒤를 쫓아온다고 그러세요? 그저 매미가 우는 소리일 뿐이에요. 정말 답답하군요. 저도 그 소리를 한번 흉내 내어 보지요."

몽지채곡취는 나뭇잎을 따서 불며 노래했다.

아아아! 호랑이가 저를 아직탈산阿直奪山까지 데려왔어요.

야배 오라버니, 얼른 오세요. 빨리 오셔서 저 몽지채곡취를 구해 주세요.

야배는 이 소리를 듣고 앞으로 달리고 달려서 아직탈산에 이르렀다. 이번에도 호랑이가 불을 지핀 흔적을 찾았다. 불 속에는 아직 붉은 재가 남아 있었다.

야배는 매우 기뻐하며 말했다.

"그를 잡아야 한다. 내 먼저 고기를 구워먹고 힘을 내서 반드시 호랑이를 죽이리라."

야배는 배불리 먹고 다시 나뭇잎을 따서 불며 물었다.

아아아! 야배가 날아서 달려왔다.

몽지채곡취는 어디에 있느냐? 나뭇잎을 불어 대답해 다오.

부드럽고 은은한 나뭇잎 소리가 흐르는 물을 건너 높은 산을 지나 호랑이와 몽지채곡취의 귀에까지 들렸다.

이번에도 호랑이는 깜짝 놀라며 말했다.

"기분이 나빠! 틀림없이 누군가 우리 뒤를 쫓아오고 있어."

그러자 몽지채곡취가 또 한 번 그를 속였다.

"누가 우리를 쫓아온다고 그러세요? 매미 우는 소리인걸요. 정말 답답해라. 제가 한번 흉내 내어 볼게요."

그녀는 또 나뭇잎을 불며 노래했다.

아아아! 호랑이가 나를 아직도산阿直刀山까지 데려왔네.

야배 오라버니, 빨리 오세요. 얼른 오셔서 저 몽지채곡취를 구해 주세요.

야배는 다시 앞으로 달려갔다. 야배는 쫓고 쫓아서 아직도산에 도착해 호랑이가 남긴 불씨를 발견했는데, 아직도 연기가 피어오르고 있었다.

야배는 몹시 기뻤다.

"이제는 다 잡았다! 지금 어디에 있는지 또 물어봐야겠다."

그가 나뭇잎을 불며 노래했다.

아아아! 야배가 아직도산에 도착했다.

몽지채곡취는 어디에 있느냐? 나뭇잎으로 내게 알려 다오.

때마침 호랑이가 몽지채곡취를 데리고 자신이 사는 동굴로 들어가다가 나뭇잎 소리가 점점 가까이에서 들리는 것을 수상하게 여기고 물었다.

"몽지채곡취, 나를 속일 생각일랑 하지 마라. 누군가 우리를 쫓아온 것이 틀림없다."

그러나 몽지채곡취는 당황하지 않고 대꾸했다.

"사실대로 말해 주마. 우리 야배 오라버니가 여기까지 쫓아왔다.

그러니 어서 나가 손님 맞을 준비나 해라."

"그래? 손님은 내가 처리하겠다."

호랑이는 놀라는 것도 잠시뿐 곧 태연히 말을 받으며 동굴로 들어갔다. 몽지채곡취가 나뭇잎을 불면서 말했다.

아아아! 호랑이가 저를 두직흑동杜直黑洞 안으로 끌고 왔습니다.

야배 오라버니, 빨리 오세요. 얼른 오셔서 저 몽지채곡취를 구해 주세요.

야배는 계속 앞으로 달려 나갔다. 그는 두직흑동에 도착해서 아래를 내려다보았다. 발아래에 검은 동굴이 있고, 몽지채곡취는 동굴 안에서 수를 놓는 중이었다.

야배가 칼을 뽑아 앞에 있는 생강나무를 내리쳤더니 수놓는 몽지채곡취의 옷 위에 나뭇잎이 떨어졌다. 그녀는 머리를 들어 올려다보더니 신이 나서 큰 소리로 말했다.

"야배 오라버니, 오셨군요. 얼른 와서 저를 구해 주세요."

"어디로 내려가면 되지? 어서 알려 줘."

몽지채곡취는 손을 흔들면서 동굴을 가리켰다.

"작은 소리로 말하세요. 그가 동굴 안에 있어요."

그러자 야배가 낮은 목소리로 말했다.

"두려워하지 마. 그런데 어디로 내려가면 되지?"

"오른쪽으로 몇 발짝 걸어가면 그곳에 굵은 칡덩굴이 동굴 입구까지 연결되어 있어요."

야배는 칡덩굴을 타고 동굴 입구까지 타고 내려왔다.

"야배 오라버니, 얼른 저곳에 숨으세요. 제가 가서 그를 불러올게요.”

야배가 꼭꼭 숨자 몽지채곡취가 안으로 들어가서 호랑이에게 말했다.

“밖에 살찐 소 한 마리가 있으니 얼른 가서 죽여 제 오라비를 맞을 준비를 하세요. 조금 있으면 곧 도착할 거예요.”

호랑이는 밖으로 뛰어나와 사방을 둘러보았다.

“살찐 소가 어디 있느냐?”

몽지채곡취는 아무런 말도 하지 않았다. 대신에 야배가 뛰어나오며 소리쳤다.

“여기 있다. 얼른 덤벼라! 오늘 네 놈의 머리 껍질을 벗겨 주마.”

호랑이는 야배를 보더니 자신감에 찬 웃음을 지었다.

“그래 너냐! 내 너를 잡아 술안주나 해야겠다.”

그러고는 갑자기 위로 펄쩍 뛰어오르더니 8장 높이의 공중에서 야배에게 달려들었다. 야배는 잽싸게 뒤로 돌아간 뒤 칼로 호랑이 꼬리를 잘라 버렸다.

호랑이는 고통스러워 천지가 갈라지는 듯한 고함을 내지르고는 다시 위로 뛰어올라 공격을 해 왔다.

이번엔 야배가 왼쪽으로 뛰어올라 칼을 휘둘렀지만, 호랑이는 잽싸게 몸을 돌려 피했다. 그리고 곧이어 몸을 돌려 반격을 해 왔다.

야배는 다시 한 번 오른쪽으로 뛰어올라 그 기세를 이용해 호랑이를 내리쳤다. 하지만 이번에도 호랑이는 칼을 피해 달아났다.

공중에서 세 번이나 달려든 호랑이는 어느새 지쳐 있었다. 호랑이는 달아나려다 한숨을 쉬고 다시 야배와 싸우려 들었다. 몽지채곡취가 달려들어 호랑이의 뒷다리를 잡더니 뒤쪽으로 잡아당겼다.

깜짝 놀란 호랑이는 뒤로 나자빠졌다. 야배는 이 기회를 놓치지 않고 번개처럼 칼을 내리쳤다. 호랑이는 두 동강 난 채로 피를 흘리며 죽었다.

몽지채곡취는 몹시 흥분해서 고함을 쳤다.

"야배 오라버니! 저놈 피를 제게 주세요. 제가 마셔야 한이 풀릴 것 같아요."

야배는 호랑이 피를 담아 몽지채곡취에게 마시게 했다. 두 사람은 검은 동굴을 떠나 즐겁게 고향으로 향했다.

몽지채곡취는 걸어가면서 속으로 생각했다.

'내가 호랑이를 따라온 지 꽤 오래되었는데, 야배 오라버니는 예전처럼 나를 사랑하고 있는 걸까? 한번 시험해 봐야겠다.'

"야배 오라버니, 저는 호랑이와 함께 이곳에 온 이래로 오로지 날고기와 썩은 고기만 먹었어요. 게다가 좀 전에는 호랑이 피까지 마신 탓에 병들어 곧 죽을 것 같아요. 제가 죽고 나면 저를 여기 묻은 뒤 대나무를 잘라 제 무덤 위에 꽂아 주세요. 만약 오라버니께서 이곳에 초가집을 짓고 제 무덤을 보살피면서 마른 대나무에 새싹이 날 때까지만 기다려 주신다면 저는 다시 살아날 거예요."

몽지채곡취는 말을 마친 다음 숨을 거두었다.

야배는 눈물을 흘리면서 그녀를 묻고 유언에 따라 대나무를 잘라 무덤 위에 꽂고 초가집을 짓고 살면서 무덤을 지켰다.

그곳에는 삼충三沖이라는 약초가 있었는데, 다른 먹을거리가 없었던 야배는 약초를 먹고 배를 채웠다. 그는 3년 동안 무덤을 지켰다. 그런데 약초를 다 먹고 겨우 세 뿌리만 남았지만, 대나무는 푸르게 변하지 않았다. 계속 무덤을 지키고 있는 한 끼니를 해결할 방법이 없었다. 그래서 야배는 무덤을 지키다 굶어 죽으면 그녀 곁에 묻히리라 결심했다.

그날 저녁 마지막 약초를 먹었지만 무덤 위의 대나무는 똑같았고 이제 희망도 점점 사라졌다. 야배는 속으로 생각했다.

'닷새 밤낮만 더 지켜야겠다. 그때 가서도 대나무가 푸르게 변하지 않는다면 나는 무덤을 파고 그녀와 함께 묻히리라.'

그는 무덤을 지키면서 대나무를 몽지채곡취라고 여기며 매일 눈물을 흘렸다.

그런데 신기하게도 닷새째 말라붙은 대나무가 푸르게 변하는 것이 아닌가! 야배는 너무 기쁜 나머지 바로 무덤을 파헤쳤다. 그러자 몽지채곡취가 웃으면서 기어 나왔다. 야배는 그녀를 끌어올린 뒤 서로 꼭 껴안았다. 새들은 두 사람을 위해 노래 부르고 나비들은 전처럼 춤을 추었으며 태양도 환하게 웃어 주었다.

몽지채곡취가 웃으면서 말했다.

"야배 오라버니, 저는 오라버니께서 예전처럼 저를 사랑하고 있다는 것을 확인할 수 있었어요."

야배는 그 소리를 듣자 어리둥절해하며 물었다.

"네가 나를 시험해 보았단 말이야?"

"제가 호랑이와 함께한 지 오래되었는데, 오라버니께서는 어떻게 생각하세요?"

"나는 호랑이를 죽여 너를 구하고, 또 3년 동안 너를 지켰다. 삼충이라는 약초를 모두 캐 먹은 뒤에는 굶어 가며 너를 지켰다. 또한 대나무가 푸르게 변하지 않으면 함께 죽을 작정이었다. 이제야 나를 믿겠느냐?"

몽지채곡취가 머리를 끄덕이자 두 사람은 웃으면서 고향으로 돌아왔다.

그날 저녁 집에서는 두 사람이 모두 죽었다고 생각해서 혼을 불러 한참 장례를 치르고 있었다. 처음에는 아무도 그들을 알아보지 못했다. 야배는 장례 일을 돕는 사람에게 말했다.

"마음씨 좋으신 나리, 날이 저물었으니 하룻밤 머물렀으면 좋겠습니다."

그 사람은 미안하다는 듯 말했다.

"이 집은 오늘 장례를 치를 예정이라 손님을 재울 수가 없습니다. 죄송합니다. 다른 집에 가 보시지요."

야배는 바깥에 있는 소 우리를 가리키며 말했다.

"마음씨 좋으신 나리, 저희는 집에 돌아가는 길입니다. 집 안에 머물 수 없다면 저 소 우리에서라도 자고 갔으면 합니다."

그 사람은 안으로 들어가 주인에게 물어본 뒤에 나와서 말했다.

"누추해도 괜찮다면 쓰십시오."

야배와 몽지채곡취는 소 우리로 들어갔다. 그들은 예전에 불던 노생을 발견하고는 먼지를 턴 뒤 한 곡조 불었다.

야배는 몽지채곡취한테 갔다가 벌써 집으로 돌아왔습니다. 부모님, 이제는 혼을 부르지 마세요. 이제는 눈물 흘리지 마세요.

아름다운 노생의 곡조는 사람들을 불러 모았다. 사람들 모두 숨을 죽이고 연주를 들었다.

야배의 아버지는 벌떡 일어나 초혼 장부를 발로 걷어차고 큰 소리로 말했다.

"우리 아들이 돌아왔구나."

그는 고함을 치면서 밖으로 뛰어나오다가 미끄러져 다리를 다쳤다. 그래도 아픈 줄을 몰랐다.

집 안에 있던 야배의 어머니도 뛰어다니며 큰 소리로 말했다.

"하느님, 내 아들이 돌아왔습니다! 내 아들이 돌아왔다고요!"

두 늙은이는 소 우리로 가서 아들과 며느리를 보며 기쁨의 눈물을 흘렸다. 아버지는 아들을, 어머니는 며느리를 껴안고 천천히 소 우리를 나왔다.

야배가 호랑이를 죽이고 아름다운 아내 몽지채곡취를 구해 돌아오자 장례를 치르러 집 안 가득 모여 있던 사람들은 이제 기쁨에 들떠 흥분하기 시작했다. 이들은 젊은 부부를 축하하며 한평생 행복하기를 빌고, 부모의 건강과 장수를 축복했다. 얼마 지나지 않아 이 아름다운 사랑 이야기는 바람처럼 사람들 사이에 퍼져 온 마을을 떠들썩하게 만들었다.

이 이야기는 후에 하늘에도 전해졌다. 옥당옥모는 야배와 몽지채곡취의 이름을 듣고 대신을 인간 세상에 보내 그들을 천상으로 초청해서 노생과 수놓는 방법을 전수하게 했다.

야배와 몽지채곡취는 천상에서 야배의 외삼촌 집에 살았다. 천상의 신선들은 이 두 사람이 재주와 용모를 모두 겸비한 것을 보고 매우 존경했으며, 집집마다 돌아가면서 그들을 초대해 정성껏 음식을 대접했다.

야배와 몽지채곡취는 처음에는 몹시 만족했지만, 나중에는 날마다 같은 생활을 하다 보니 지루하기 짝이 없었다. 신선의 생활에 뭐 그리 좋은 것이 있겠는가! 먹고 마시는 것 이외에는 아무것도 할 일이 없었던 것이다. 그래서 게걸스러운 사람이 아니어도 게걸스럽게 변하고, 게으르지 않은 사람도 게으른 사람으로 변했다. 인간 세상에서처럼 남자는 농사를 짓고 여자는 베를 짜고, 아침 일찍 일어나 저녁 늦게 돌아오면 좋겠지만 그런 모습은 찾아볼 수 없었다.

그 무렵 몽지채곡취가 천상에서 아이를 낳았다. 그녀는 더 이상 천상에 머물고 싶지 않았으며 인간 세상에 돌아가는 꿈을 꾸기도 했다.

하지만 옥당옥모는 그들이 인간 세상으로 돌아가는 것을 허락하지 않았다. 천상 사람들에게 노생 부는 방법과 예쁜 옷을 만드는 방법을 다 가르쳐 준 뒤에 떠나라고 말했다. 그리고 남천문을 모두 굳게 닫아 버렸다. 천상 사람들은 욕심이 많고 게을러서 심혈을 기울여 배우려 하지 않고 최선을 다해 연습하지 않았다. 반평생에 걸쳐 그들을 가르쳤지만 인간 세상으로 돌아갈 일이 막막하기만 했다. 그래서 부부는 몰래 달아나기로 마음먹었다.

어느 날 야배가 신선들에게 노생 부는 방법을 가르치러 나가자 집에는 외숙모와 몽지채곡취만 남아 있었다. 외숙모는 몽지채곡취가 천상에 머물 마음이 없다는 것을 알고 말했다.

"인간 세상으로 돌아가야 한다면 우리 집에 있는 큰 항아리 안으로 들어가거라."

몽지채곡취는 기쁜 나머지 곧장 나가서 항아리 뚜껑을 열어 보았다. 거기에는 자신이 아침저녁으로 그리워하던 인간 세상이 있었다. 그곳에는 맑은 공기가 있고 태양은 높이 떠올라 세상을 비추고 푸른 산과 물이 있고 참새가 재잘거렸다. 이 얼마나 아름다운 곳인가!

그녀는 보면 볼수록 인간 세상으로 한시바삐 돌아가고픈 마음이 간절해졌다. 몽지채곡취는 외숙모에게 물었다.

"어떻게 내려가면 되나요? 하늘이 이렇게 높을 줄 몰랐어요."

그러자 외숙모가 말했다.

"봐라. 여기 벽에 얼마나 많은 부채가 걸려 있느냐. 이를 날개로 삼으면 된단다. 너희 부부가 각자 부채를 한 쌍씩 들면 인간 세상으로 돌아갈 수 있을 것이다."

몽지채곡취는 감격해서 외숙모에게 몇 번이고 고맙다고 머리 숙여 인사했다.

그날 밤 야배가 집으로 돌아오자 몽지채곡취는 큰 항아리와 부채의 비밀을 그에게 말해 주었다. 야배는 그 이야기를 듣더니 몹시 기뻐했다.

삼경三更, 오후 11시부터 이튿날 오전 1시까지이 되어 다른 사람들이 잠들자 몽지채곡취는 아이를 등에 업고 야배는 노생을 든 채 몰래 항아리 안으로 뛰어들어 가서 인간 세상으로 돌아왔다.

이날부터 야배와 몽지채곡취는 남자는 농사짓고 여자는 길쌈하는 그런 생활을 했다. 또한 한가로울 때는 사람들에게 노생 연주법이나 예쁜 옷 만드는 방법을 가르쳐 주었다. 두 사람은 서로 사랑하며 120세까지 살았다.

노인들은 묘족의 노생 곡조가 이렇게 아름답고, 아가씨들의 손기술이 뛰어난 것은 바로 야배와 몽지채곡취가 이를 전해 주었기 때문이라고 말한다. 후에 사람들은 야배와 몽지채곡취를 그리워하면서 그들의 굳은 사랑을 노래로 만들어 불렀다. 매년 도화절跳花節, 귀주성과 사천성, 운남성에 분포되어 사는 묘족이 배우자를 선택하는 명절이 돌아오면 사람들은 「야배와 몽지채곡취」의 노래를 불렀다. 이 이야기는 대대로 전해져 갈수록 많은 이야기가 생겨나고 더 멀리 퍼져 나갔다.

●—주

1 갈대로 만든 생황으로, 주로 묘족과 동족이 사용하는 취관악기(吹管樂器)이다.

고아와 용왕의 딸

•••묘족

오랜 옛날 부모를 일찍 여윈 어느 고아가 살고 있었다. 그는 마을 족장을 위해 역격방力格榜 강변 한 가축우리에서 양과 돼지를 치며 살고 있었다. 그는 매일같이 화살 통을 메고 채찍을 휘두르며 가축들을 열심히 돌보았다. 그런데도 늙은 족장은 이 고아를 마치 흉한 괴물 보듯 하면서 배를 곯리고 따뜻한 옷도 주지 않으며 마음대로 때리고 욕설을 퍼부었다.

하지만 명랑한 고아는 산채 사람들과 잘 어울려 지내며 밤마다 산채 청년들이나 아가씨들과 함께 달을 구경하며 즐겁게 지냈다.

그해 어느 날 산채 젊은이들이 여느 때와 마찬가지로 달을 구경하는데, 웬 낯선 아가씨가 불쑥 나타났다. 그녀의 얼굴은 꽃보다 아름다우며 노래는 새소리보다 듣기 좋았다. 청년들은 모두 한눈에 반해 그 아가씨 주위를 맴돌며 앞다퉈 그녀와 노래하고 춤을 추었다. 청년들이 몹시 즐거워하는 반면에 웬일인지 그 아가씨는 어느 누구와도 말을 섞지 않았다.

고아도 처음에는 다른 청년들과 마찬가지로 아가씨를 둘러싸고 즐겁게 노래하고 춤을 추었지만, 조용한 그녀를 보며 자신도 춤추고 노래하고픈 마음이 점차 사라졌다. 그저 아가씨의 모습을 마음속에 새겨 두고 혼자 그리워할 뿐 자신의 마음을 어떻게 표현해야 할지 몰랐다.

아가씨의 마음은 불보다 뜨거운 듯 보였지만, 행동은 바람보다 차가워서 언제나 혼자 은밀히 다니기를 좋아했다.

고아는 아가씨와 어울릴 한 가지 좋은 방법을 생각해 냈다. 어느 날 달빛 아래서 흥겨운 놀이가 벌어질 때, 그는 실타래를 가지고 와서 실을 바늘귀에 꿰고 아가씨와 춤추는 틈을 이용해 바늘을 몰래 그녀의 치마에 꽂았다. 다른 날처럼 한밤이 되자 아가씨는 소리 소문도 없이 종적을 감추었다. 하지만 그녀가 어디를 가든 흰 실이 따라다녔다. 이튿날 고아는 그 실을 따라 아가씨를 찾아 나섰다.

그런데 실은 역격방 강변까지 이어지고, 다시 강물 속으로 들어가 있지 않은가. 무언가를 골똘히 생각한 고아는 저녁에 달 구경하는 장소로 가지 않고 강변에서 혼자 아가씨를 기다렸다. 과연 한밤중이 되자 그녀는 바람처럼 경쾌하게 강변으로 달려 나왔다. 고아는 아가씨를 보자 너무 기뻐 제대로 말 한마디 건네지 못했다. 신기하게도 아가씨는 고아가 자신을 기다리고 있다는 사실을 이미 아는 것처럼 곧장 고아에게 걸어왔다. 고아는 급히 앞으로 나가 그녀에게 한 손을 넌지시 건네면서 자신의 사모하는 마음을 낱낱이 고백했다.

아가씨는 고아의 속마음을 듣고는 웃으면서 대답했다.

"저는 역격방 강변에서 날마다 당신을 보고 밤마다 들판에서 당신과 달 구경을 했습니다. 한시도 당신을 잊은 적이 없습니다. 저는 이곳 용왕의 딸입니다. 제가 마음에 드시거든 얼른 사람을 저희 집으로 보내 청혼을 해 주세요."

너무 뜻밖의 일이라서 고아는 한참 뒤에야 겨우 입을 열었다.

"당신 아버지는 용왕이고, 저는 일개 고아일 뿐입니다. 이런 나한테 당신 아버지께서 딸을 시집보내려 하시겠습니까?"

용왕의 딸은 그를 격려하며 말했다.

"당신 결심이 굳고 용기만 잃지 않는다면 아버지가 아무리 어려운 문제를 낸다 하더라도 능히 해결하고 우리 두 사람은 부부가 될 수 있을 것입니다."

하지만 고아는 또 다른 걱정거리가 있었다.

"당신 아버지께서는 물속에 계신데, 제가 보낸 사람이 어떻게 물속으로 들어갈 수 있단 말입니까?"

"당신이 지팡이로 먼저 물 동쪽을 세 번 두드리고, 다시 서쪽을 세 번 두드리면 길이 생길 것입니다."

이렇게 해서 두 사람은 구혼 약속을 잡았다. 고아는 집으로 돌아와 할멈 하나를 매파로 청하여 강변으로 데리고 갔다. 할멈이 지팡이로 수면의 동쪽을 세 번 두드리고, 다시 서쪽을 세 번 두드리자 강물이 두 줄기로 갈라지면서 평평한 대로가 나타났다.

할멈은 용궁에 이르러 용왕을 알현하게 되자 두 사람의 혼담을 꺼냈다. 용왕은 처음에는 가당찮은 제의에 버럭 화를 내더니 고심 끝에 세 가지 제안을 했다.

"내 딸을 데려가고 싶거든 다음 예물을 가져오너라. 첫째는 금가루와 은가루를 각각 세 말씩 가져오너라. 둘째는 보석 세 덩어리를 가져오고, 셋째는 금초金草 세 필을 가져오너라. 이 가운데 하나라도 부족하면 내 딸을 데리고 갈 생각일랑 하지 마라."

할멈은 속으로 걱정했다.

'이 가운데 한 가지도 없을 텐데…….'

할멈은 돌아와서 용왕이 제시한 혼수 세 가지를 전하고 나서 고아를 위로했다.

"어디 될 법이나 한 소리인가! 그러니 단념하게. 인간 세상에도 좋은 배필은 얼마든지 있는데, 왜 하필 그렇게 높은 데를 올라가려고 하나."

고아는 용왕의 요구에 정말 난감했다. 하지만 용왕 딸의 격려를 떠올리자 힘이 불끈 솟으면서 다시 결심을 확고히 굳힐 수 있었다. 고아는 오히려 할멈을 위로했다.

"할머니, 마음 놓으세요. 어떤 일이 있어도 예물을 다 마련하겠습니다."

고아는 즉시 사방으로 예물을 찾으러 다녔다. 동쪽을 다 돌고, 남쪽과 북쪽을 모두 훑었지만 어느 것 하나 찾을 수 없었다. 하지만 그는 조금도 개의치 않고 곧이어 서쪽으로 예물을 찾으러 갔다.

고아는 밤낮을 가리지 않고 계속 앞으로 걸어 나갔다. 걷고 걸어서 어느 깊은 산골짜기에 다다랐는데, 그곳에서 뜻밖에도 바위 위에 걸터앉아 있던 귀신을 만나게 되었다. 고아는 즉시 등에 메고 있던 활을 내려 화살을 먹이며 귀신에게 달려갔다. 그런데 귀신은 도리어 환한 얼굴로 그를 맞이하는 게 아닌가! 고아의 화살을 본 귀신은 큰 소리로 말했다.

"소년이여, 두려워 말게. 나는 마음씨 좋은 선량한 귀신일세. 자네를 괴롭히는 일은 절대 없을 걸세. 나는 그저 자네가 어디로 가는지 묻고 싶을 뿐이라네. 어디로 가는 중인가?"

고아는 그제야 안심하고 공손하게 말했다.

"일이 있어서 사방을 돌아다니다가 마지막으로 서쪽 지방에 가는 중입니다."

귀신이 그 말에 웃으면서 말했다.

"여보게, 그런 엉터리 같은 말이 어디 있는가. 사방을 모두 둘러보겠다면 하늘에도 올라가겠단 말인가? 나는 사람들한테 300년 동안 봉양을 받았는데도 아직 서천西天으로 올라가지 못하고 있는데, 자네가 어떻게 올라갈 수 있단 말인가?"

"당신이 오르지 못한다고 해서 다른 사람도 오르지 못하리라는 법이 어디 있단 말이오?"

그의 말이 일리가 있다고 생각한 귀신은 대답했다.

"만약 자네가 정말로 서천에 갈 수 있다면 나를 대신해 일 한 가지만 처리해 줄 수 있겠는가? 그곳의 옥황상제께 물어봐 주게. 나는 사람들한테 봉양을 받은 지가 300년이나 되었는데, 어째서 하늘에 올라갈 수 없는지 말일세."

고아는 부탁을 받아들이고는 가던 길을 갔다. 걷고 또 걷고 얼마나 많이 걸었는지 알 수 없지만 아주 험한 바위에 도착했다. 고아는 그곳에서 똬리를 틀고 있는 뱀 한 마리를 보았다. 고아는 급히 활을 내려 화살을 걸었다. 활시위를 당기려는데 뱀이 갑자기 깨어나 급히 말했다.

"제발 쏘지 마시오. 나는 사람을 해치지 않으니까 그냥 지나가면 됩니다. 그런데 당신은 어디를 그렇게 급하게 가는 겁니까?"

고아는 화살을 거두고 대답했다.

"일이 있어 서쪽 지방을 둘러보러 가는 중입니다."

뱀은 그 말을 듣더니 즐거운 듯 말했다.

"그렇다면 나를 대신해 일 한 가지만 처리해 주지 않겠습니까? 만약 당신이 서천에 도착한다면 제발 그곳의 옥황상제께 한번 물어

봐 주시오. 어째서 나는 늙었는데도 이 바위를 기어오를 수 없는지 말이오."

고아는 그렇게 하겠다고 대답한 후 계속 앞으로 나아갔다. 그런데 많은 시간과 노력을 들여 사방을 다 둘러보았지만, 금은보석은 커녕 금싸라기 한 톨도 찾을 수 없었다.

후에 고아는 어느 낭떠러지를 무사히 건너뛴 다음 신기하게 허공에 걸려 있는 나무 한 그루를 보았다. 이를 보고 고아는 속으로 생각했다.

'저 나무는 틀림없이 서천으로 통할 것이다. 먼저 서천에 올라가서 귀신과 뱀의 일을 처리하고 그다음에 내 부탁을 말해 보는 것이 낫겠다.'

고아는 곧장 나무 아래로 갔다. 나무는 가시를 달고 있었지만 조금도 개의치 않고 기어서 나무 꼭대기까지 올라갔다. 하지만 고아는 나무 끝이 하늘과 아주 멀리 떨어져 있는 것을 보고 크게 실망했다. 한참 이런저런 생각을 하다가 고아는 나뭇가지 끝자락에 새 둥지 하나가 걸려 있는 것을 발견했다. 마침 둥지 안에서는 까치가 알을 품고 있었다. 까치가 고아에게 물었다.

"젊은이는 무슨 일로 이 나무 위까지 올라왔습니까?"

"일이 있어서 서천의 옥황상제를 뵈러 가는 중입니다."

"이곳은 서천으로 통하지 않아요. 하지만 젊은이가 서천에 도착한다면 나를 대신해 상제께 하나만 물어봐 주세요. 내가 새끼를 품은 지 3년이나 되었는데, 어째서 한 마리도 알을 깨고 나오지 않는지 말이에요."

고아는 조금도 꺼리지 않고 그 부탁을 수락하며 한마디 덧붙여 물었다.

"서천에는 어떻게 가야 합니까?"

"몰라요. 하지만 듣기로는 하늘과 지상이 맞닿은 곳에 서천으로 가는 통로가 있대요."

고아는 나무에서 내려와 속으로 생각했다.

'귀신과 뱀, 까치까지 모두 자신의 어려운 일을 상제께 물어봐 달라고 부탁했다. 내가 하늘 끝까지 가서 예물을 찾지 못한다 하더라도 그들의 고민을 꼭 해결해 줘야지.'

그는 천신만고 끝에 결국 서천에 도착해 옥황상제를 알현하게 되었다.

상제는 옥좌에 앉아서 이맛살을 찌푸리며 고아에게 말했다.

"네가 이곳에 온 이유는 자신의 일 때문이냐, 그렇지 않으면 다른 이의 일 때문이냐?"

"제 자신의 일도 있고, 다른 이의 일도 있습니다. 사실은 제가……."

그러자 상제는 고아의 말허리를 싹둑 잘라먹으면서 기세등등하게 자신의 말부터 내뱉었다.

"먼저 다른 이의 일부터 묻겠느냐, 아니면 네 일부터 묻겠느냐?"

조심성 많은 고아는 상제의 의도가 무엇인지 궁금해 물었다.

"다른 이의 일을 묻는 것과 제 일을 먼저 묻는 것은 각각 어떤 차이가 있는지요?"

"다른 이의 일을 물으면 네 일을 물을 수 없고, 네 일을 말하면 다른 이의 일을 말할 수 없다."

고아는 속으로 고민했다.

'내 코가 석 자이긴 하지만 귀신과 뱀, 까치의 일도 중요하다. 하물며 나는 그들의 부탁을 받고 이곳까지 오지 않았던가.'

생각에 여기에 미치자 고아는 조금의 망설임도 없이 말했다.

"다른 이의 일을 질문하겠습니다."

그러고는 바로 귀신과 뱀, 까치의 부탁을 일일이 상제께 고했다.

"너는 돌아가거든 그들한테 말해 주어라. 까치가 새끼를 부화시키지 못하는 까닭은 새 둥지 아래에 있는 금초 세 필 때문이니 이를 사람한테 주면 된다고 전해라. 뱀이 바위를 올라가지 못하는 까닭은 머리 위에서 보석 세 덩이가 그를 누르고 있기 때문이니, 이를 사람한테 나누어 주라고 전하라. 마지막으로 귀신이 하늘에 오르지 못하는 것은 몸에 서 말하고도 석 되나 되는 금가루와 은가루가 있기 때문이니 이를 사람한테 베풀면 된다고 전하라."

고아는 이를 하나하나 마음속에 새기고 상제께 절을 올린 뒤 하늘나라를 떠났다. 그는 커다란 나무 아래에 가서 황제의 말을 까치에게 전해 주었다. 그러자 까치는 매우 고마워하며 둥지 아래의 금초 세 필을 꺼내 고아에게 주었다.

"젊은이, 이걸 당신께 드리겠어요."

그 후 바위 아래에 도착해서 상제의 말을 뱀에게 전하자 뱀은 머리 위에서 보석 세 덩이를 내려놓으며 고맙다고 머리를 연신 조아렸다.

"당신 말고 또 누구한테 주겠습니까? 당신이 가져가십시오."

고아는 보석을 받고 다시 길을 떠났다. 마지막으로 산골짜기에서 귀신을 만나 상제의 말을 전하자, 귀신은 몸에서 서 말 석 되의 금가루와 은가루를 꺼내면서 말했다.

"고맙소, 젊은이. 이걸 당신 말고 누구한테 주겠소? 그러니 얼른 가져가시오."

이렇게 해서 고아는 예물 세 가지를 모두 마련하게 되었다. 그리고 역격방 강변으로 돌아온 뒤, 즉시 할멈한테 예물을 들고 용왕에게 가도록 했다. 용왕은 예물을 받고 마음이 편치 않았다. 그가 이 같은 예물을 제시한 것은 고아를 곤란하게 만들기 위해서였는데, 모두 마련하리라고 생각지 못했던 것이다. 하지만 한번 내뱉은 말인지라 주워 담을 수도 없었다. 용왕은 내키지 않지만 하는 수 없이 어린 딸을 고아에게 시집보냈다.

그날 저녁 광풍이 일고 번개가 치면서 폭우가 쏟아졌다. 고아는 잠을 잘 수 없었다. 고아가 초가집이 휩쓸려 갈까 봐 걱정하자 용왕의 딸이 위로하며 말했다.

"서방님, 걱정하지 마세요. 지금 부모님과 형제들이 우리의 빈곤함을 딱히 여겨 사람들을 시켜 새집을 짓고 있습니다."

고아는 그 말에 겨우 안심하고 잠을 잘 수 있었다.

이튿날 아침 일찍 일어나서 보니 초가집 맞은편 평지 위에 커다란 기와집이 세워져 있었다. 그래서 두 사람은 초가삼간을 버리고 기와집으로 들어가 살았다.

한편 족장은 고아가 절세미인의 부인을 얻은 데다 고대광실 같은 집을 짓고 산다는 소문을 듣고 어찌해도 믿기 어려워 사람들을 데리고 직접 가서 확인하기로 했다. 시종들을 앞세우고 고아를 찾아오던 족장은 역격방 강변에 이르자 정말로 으리으리한 청기와를 얹고 솟을대문을 하고 있는 저택을 발견했다. 부아가 치민 족장은 속으로 생각했다.

'세상의 어느 부자도 이만 못할 것이다.'

족장은 사람을 보내 고아를 불러 물었다.

"이 집을 누가 지었느냐?"

"제 아내의 하인들이 지었습니다."

족장은 그가 대단한 부잣집 아내를 맞았다는 말을 듣고 이를 빼앗아야겠다고 생각했다. 족장은 예의도 차리지 않은 채 곧장 고아의 기와집으로 들어가 의자에 걸터앉으며 남의 제사상에 밤 놔라 배 놔라 하는 식으로 명령했다.

"얼른 가서 자네 부인을 데려오너라."

고아는 소리 높여 아내를 불렀다.

"여봐요, 부인! 족장 나리께서 당신을 만나보길 청하시니 얼른 나오시오."

아내가 "예." 하고 대답하며 침실에서 나왔다. 그녀가 문 뒤에서 얼굴을 반쯤 내밀자 갑자기 집 안이 밝아지며 범상치 않은 빛이 어른거렸다. 날카롭게 쏘는 빛에 족장은 현기증을 느끼며 땅으로 미끄러졌다. 잠시 후 족장은 겨우 몸을 일으키더니 고아에게 말했다.

"이 아리따운 여인이 자네 부인인가?"

"그렇습니다."

족장은 질투심에 속이 부글부글 끓어올랐으나 아무 말도 하지 않고 시종들과 함께 말을 타고는 집으로 돌아갔다. 며칠 뒤에 족장은 고아를 불러 놓고 말했다.

"우리 두 사람이 말 타기 시합을 해서 자네가 질 경우 자네 부인은 내 것이 될 걸세."

할 말을 잃은 고아는 다급하게 집으로 돌아와 아내와 이 문제를 상의했다.

"걱정할 필요 없습니다, 서방님. 내일 강변에 가셔서 지팡이로 동쪽 세 번, 서쪽 세 번을 두드리면 아버지의 천리마가 나올 테니 그 말을 끌고 가서 족장과 시합하세요."

고아는 아내 말대로 해서 용왕의 천리마를 얻었다. 그는 말을 타고 족장 집으로 갔다. 족장이 고아에게 말했다.

"내가 앞에서 달릴 테니 자네는 나를 쫓아오게."

족장은 득의양양하게 말 잔등에 올라타더니 채찍을 몇 번 휘둘렀다. 하지만 말은 평지를 달리다가 곧 진흙탕에 고꾸라져 더는 달리지 못하게 되었다.

고아는 족장이 멀리 가기를 기다렸다가 말에 올라탔다. 용왕의 말은 채찍을 가하지 않았는데도 쏜살같이 달려 나갔다. 평지에서 진흙탕까지 나는 듯이 건너뛰고 다시 몸을 되돌려 진흙탕 끝쪽에서 평지까지 바람같이 날아서 되돌아왔다. 하지만 말의 네 발굽에는 티끌 하나 묻지 않았다. 족장은 하는 수 없이 자신이 졌다는 사실을 인정하고, 잠시 후 다른 속임수를 생각해 냈다.

"이번 것은 관두고 활쏘기 시합이나 하세. 누구든 맞은편 바위를 뚫지 못하면 그 사람이 지는 걸로 하세. 만약 자네가 지면 자네 부인은 내 것일세."

활쏘기라면 고아도 어느 정도 자신이 있었지만, 화살로 바위를 뚫기란 쉬운 일이 아니었다. 그는 집으로 돌아와 아내의 의견을 구했다. 그러자 아내는 남편에게 묘책을 일러 주었다.

"서방님, 이번에는 아버지의 검은 쇠노 여러 발의 화살을 넣어 발사하는 물건 를 사용하세요. 이것을 빌려 쏘면 화살이 능히 바위를 뚫을 수 있을 거예요."

그래서 고아는 다시 강변에 가서 용왕의 검은 쇠노를 빌려 족장에게 갔다. 꾀 많은 족장은 이미 사람을 시켜 바위 맞은편 돌구멍 안에 화살을 꽂아 놓은 상태였다.

곧 시합이 시작되고 먼저 화살을 쏜 족장은 자신의 화살이 바위에 박혔노라고 의기양양해했다. 고아는 족장의 화살이 가까운 강에 빠지는 것을 보았으나 개의치 않고 활시위를 힘껏 당겼다. 고아의 화살촉은 바위에 난 구멍을 뚫고 바위 맞은편으로 나왔다. 이 신기에 가까운 실력을 보자 족장은 할 말을 잃고 혼까지 빠져 달아났다. 하지만 여전히 진 것을 인정하지 않고 바득바득 우기며 또 다른 시합을 제안했다.

"내일 안으로 도끼 세 자루를 가져와 우리 집 문 앞에 있는 큰 나무를 자르게. 만약 자르지 못한다면 자네 부인은 내 것일세."

고아는 집으로 돌아와 아내의 지혜를 빌렸다. 이번에도 아내는 다시 역격방 강변에 가서 용왕의 도끼를 빌려 오게 했다. 고아는 용왕의 도끼를 빌려 족장 집으로 갔다. 족장 집 문 앞에 자란 나무는 매우 단단하여 일반 도끼로는 이빨도 들어가지 않을 정도였다. 고아는 용왕의 힘을 빌려 단 한 번에 나무를 쓰러뜨리고 득의에 찬 얼굴로 족장을 바라보았다. 족장은 더는 다른 방법이 없음을 깨닫고 단도직입적으로 흉포한 심술보를 드러냈다.

"나는 자네 부인과 집을 내 것이랑 바꾸었으면 하네. 내일 안으로 연락하게."

족장의 최후통첩에 다급해진 고아는 서둘러 집으로 돌아왔다. 아내에게 모든 것을 말했더니 그녀는 오히려 웃으면서 대답했다.

"서방님, 뭐가 두려우세요. 바꾸면 되지요."

고아는 펄쩍 뛰면서 물었다.

"부인, 설마 그렇게 되길 진심으로 바라는 거 아니오?"

"내일이 되면 자연히 아시게 될 거예요."

이튿날 고아는 족장을 만난 자리에서 말했다.

"족장님 말대로 모든 걸 바꾸겠습니다."

족장은 매우 기뻐하며 오도방정을 떨면서 말했다.

"좋네, 좋아! 자네가 우리 집을 관리하게나. 나는 자네 집으로 가겠네."

족장은 한걸음에 달려 고아의 집에 도착했다. 아내는 짐짓 귀한 손님을 대접하듯 깍듯이 족장을 대했다. 저녁때가 되자 아내는 족장을 먼저 잠자리에 들도록 권하고 자신은 등불 아래 앉아서 바느질을 했다. 절세미녀를 안아볼 생각에 애가 탄 족장은 찬찬히 구슬리며 말했다.

"부인, 피곤한데 바느질은 내일 하고 그만 잡시다."

"나리께서 오셨는데, 제가 비단옷 한 벌 지어 드리지 못해 여간 죄송하지 않습니다. 옷이 다 지어지면 내일 나리를 모시고 아버지를 뵈러 갈까 합니다."

족장은 그러마 하고 대답했지만 속으로는 애가 타 죽을 지경이었다. 그래서 큰 소리로 다그치듯 말했다.

"부인, 대충하고 이제 잡시다."

"다 지어 갑니다."

한밤중이 되자 족장은 쏟아지는 잠을 이기지 못하고 그대로 곯아떨어졌다. 아내는 그 틈을 이용해 몰래 집을 빠져나왔다. 늙어 잠귀가 밝은 족장이 인기척을 듣고 깨어나 보니 아내가 보이지 않았다. 침상에서 내려와 사방을 휘둘러 찾았지만 그녀는 보이지 않았다. 그 순간 커다란 굉음이 들리더니 청기와 저택이 와르르 무너져 내려앉았다. 욕심 많은 족장은 한바탕 꿈도 꿔 보지 못하고 그만 청기와에 깔려 죽고 말았다.

아내는 족장이 죽은 것을 확인하고 남편을 찾아갔다. 두 사람은 강변을 떠나 다른 곳으로 이사한 뒤 아들딸 낳고 백년해로했다.

아세 아가씨의 홍록색 허리띠에 얽힌 내력

•••이족

미륵서산은 산이 아주 높고 나무가 구름을 찌를 듯 높이 솟아 있다. 전해 오는 말에 따르면 아주 오래전 어느 날 저녁 태양이 하루 일을 마치고 서산 너머에서 휴식을 취하는 중이었다. 공교롭게도 달님마저 일이 있어 나오지 못했다. 별들은 일찍부터 그곳에서 장난스럽게 눈을 깜빡였지만, 지상과 꽤 떨어진 탓에 서산을 환하게 비출 방법이 없었다. 그래서 서산은 완전히 어두컴컴했다.

갑자기 굉음이 들리더니 하늘에 빛나는 별 하나가 나타나 서산을 포함해 온 세상을 밝게 비추었다. 잠시 후 별은 천천히 아래로 기울더니 면룡촌冕龍村 마을 어귀에 떨어져 대낮보다 밝게 온 마을을 비추었다. 마을 사람들 중 어떤 이는 놀라고 어떤 이는 기뻐하면서 서로 귀에 대고 몰래 소곤거리며 이에 대해 토론을 벌이기 시작했다. 어떤 사람이 말했다.

"별이 우리 마을에 떨어졌으니 머지않아 틀림없이 좋은 일이 생길 거요."

한편 걱정하는 사람도 있었다.

"별이 떨어져 흉한 일이 일어날까 걱정스럽습니다."

사람들은 왁자지껄 떠들면서 갖은 예측을 쏟아 냈다.

바로 그때 면룡촌 남쪽의 한 집에서 예쁜 여자아기가 태어났다. 아기는 태어나면서부터 다른 아기들과 달랐다. 보통 아기들은 태어나면 울기부터 하는데, 이 아기는 방글방글 웃는 것이 아닌가! 백령새가 그 웃음소리를 듣더니 급히 날아와 축하인사를 건넸다. 봉황도 웃음소리를 듣고 날아와 함께 기뻐했다. 아기의 집은 순식간에 화창한 봄날 야생화가 핀 들판처럼 각종 새가 모여 지지배배 노래하느라 시끄러울 지경이었다. 아기의 부모는 너무 기뻐 눈물을 흘리면서 산편山翩이라는 이름을 지어 주었다. 산편의 출생 소식은 빠른 속도로 서산으로 퍼져 나갔고, 각 마을과 산채에 전해졌다. 멀리 아세인阿細人, 이족의 한 부류인 불의 민족으로 운남성 미륵서산 일대에 거주까지 축하 인사를 하러 사람들이 찾아왔다. 평소 손님을 좋아하는 어머니는 얼굴에 기쁜 미소를 띠며 아기를 안고 모든 축하객에게 일일이 감사의 말을 전했다.

산편의 보드라운 얼굴은 마치 천상의 달처럼 둥글고 막 따다 놓은 사과처럼 붉으며 작은 보조개와 짙은 눈썹 등도 예쁘게 생겨 보는 사람마다 흐뭇해하지 않는 이가 없었다.

시간이 흘러 산편은 성인이 되었다. 대낮에 그녀는 어머니의 가르침 아래 베 짜는 법, 꽃을 수놓는 법, 농사짓는 법 등을 배우고 저녁에는 어머니 곁에서 노래를 부르고 향멸響楉, 대나무로 만든 악기로 입가에 놓고 불며 소리가 가늘고 부드러워 이족 여자들이 좋아하는 악기 연주를 배웠다. 산편은 여자들이 해야 하는 아흔아홉 가지 일에 모두 정통하며, 남자들이 해야 하는 여든여덟 가지 일도 전부 할 수 있었다. 그녀가 수놓은 꽃에는 꿀벌이 날아와 꿀을 따려 하고, 그녀가 선기先基, 이족의 말로 '노래'라는 뜻를 부르면 산 위의 양들은 풀 뜯어먹는 것조차 잊어버리고 양쪽 귀를 쫑긋 세웠다.

산편이 자라면서 그 자태가 열여덟 번이나 변했는데, 하나같이 목단처럼 붉고 예뻤다. 서산의 봉우리 108봉이 면룡산冕龍山 연봉에서도 가장 높은 것처럼 아세 아가씨들 아흔아홉 명 가운데 산편이 가장 아름답다고 꼽을 수 있었다. 나비들은 산편 주위를 돌면서 춤추고 젊은이들은 앞을 다투어 그녀에게 청혼했다. 태양이 뜨기도 전에 그녀의 집 문 앞에는 매파로 가득 찼다. 이런저런 말에 아가씨는 얼굴이 붉어지고 마음이 뛰었으나 좀처럼 대답을 하지 않았다. 어머니는 참다 못해 딸을 앉혀놓고 주의를 주었다.

"좋은 말은 사람이 타게 마련이고, 좋은 목단 역시 사람들이 구경오는 것이 당연하다. 나무도 자라면 가지가 나눠지듯 여자도 자라면 시집을 가야 한다. 어떻게 한평생 혼자 살 수 있겠느냐. 높은 산의 외로운 소나무는 접목할 수 없지만 푸른 가지와 나뭇잎과 함께하고, 물가의 원앙새는 말을 할 수 없지만 짝을 이루어 함께 물 위를 거닌단다. 너는 한 송이 장미꽃처럼 아름다우니, 어찌 사람들이 너를 지목하지 않을 수 있겠느냐."

딸은 천천히 머리를 들더니 수줍은 듯 다시 고개를 숙이면서 어머니에게 자신의 진심을 털어놓았다.

"어머니, 저는 어머니의 혈육이니 어떻게 분부를 따르지 않을 수 있겠습니까. 꿀벌의 말은 꽃만이 알아들을 수 있고, 제 마음의 일은 저를 낳으신 어머니만이 추측하실 수 있을 것입니다. 높은 산의 산다화는 햇살을 받지 못하면 피지 않고, 깊은 숲 속의 비취새는 봉황을 만나지 못하면 노래를 부르지 못합니다."

어머니는 딸의 속마음을 듣고 난 뒤 더는 딸을 괴롭히지 않았다.

산편의 마음속을 알려면 작년 횃불 축제[1] 때로 거슬러 올라가야 한다. 매년 그날이 되면 원근에 사는 젊은이들이 모여 교장跤場, 공개적으로 씨름을 할 수 있는 장소로 무술대회나 집회를 열기도 했음에서 남자들은 무술 시합을 하고, 아가씨는 춤을 추고 놀았다. 사람 소리, 폭죽 소리, 삼현三絃 소리 등으로 서산 천지가 뒤집힐 정도로 떠들썩했다. 작년 횃불 축제 때 산편은 열일곱 살이었다. 아침에 그녀는 가장 마음에 드는 옷을 입은 뒤 어머니가 주신 팔찌와 반지로 치장했다. 머리는 황금색 장식품과 붉은 털실로 꾸미고 맑은 물 위로 자기 모습을 이리저리 비춰본 뒤에 만족해하며 마을을 나와 교장으로 갔다.

그런데 숲 속에 도착할 즈음, 갑자기 천지가 찢어질 듯한 괴성과 함께 호랑이 한 마리가 뛰쳐나왔다. 호랑이는 피를 묻힌 큰 아가리를 벌리고 산편에게 달려왔다. 숨을 곳이라곤 한 군데도 없는 위급한 상황에서 발톱을 세우고 달려들던 호랑이가 갑자기 피를 흘리며 땅에 고꾸라졌다. 산편도 너무 놀라 기절했다. 그녀는 정신이 가물가물 돌아오면서 어느 낯익은 젊은이가 와서 자신을 부축하는 것을 느끼고 안도의 한숨을 내쉬었다. 하지만 감사의 말을 하기도 전에 젊은이는 죽은 호랑이를 등에 메고 산 아래로 사라졌다.

산편은 젊은이가 내려가는 것을 넋 놓고 바라보다 자신도 천천히 산을 내려와 교장에 도착했다. 그날 교장의 웃음소리와 삼현 소리는 산편의 흥을 불러일으키지 못했고, 맑은 피리 소리마저 그녀의 마음을 흔들지 못했다. 산편은 교장에 가자마자 자신을 구해준 젊은이를 찾아 감사의 말을 할 작정이었다. 사람들 속을 헤집고 다녔지만, 산편은 그 사람을 알아보지 못했다. 교장을 모두 둘러보아도 그 사람의 목소리가 들리지 않았다.

산편은 그저 커다란 돌 위에 앉아 씨름하는 젊은이들을 우두커니 바라보고 있었다. 태양이 서쪽으로 넘어가면서 교장의 사람들도 점점 줄어들었다. 아세인의 규칙에 따라 가장 많이 이긴 장사가 붉은 천을 걸 때가 되었다. 교장 안은 징 소리로 떠들썩했다. 일제히 예포를 쏘자 사람들의 눈은 곧바로 교장으로 향했다. 산편의 눈도 징 소리를 따라 움직였다. 이때 낯익은 장사 하나가 그녀 눈앞에 나타났다. 그는 붉은 수건을 걸고 한 바퀴 돌았는데, 바로 그녀를 구해 준 젊은이였다. 순간 산편은 그가 같은 마을의 아자阿自임을 기억해 냈다.

아자는 건장한 신체에 검고 밝게 빛나는 두 눈망울을 가졌으며 사람됨이 바르고 힘이 좋아서 원근에서는 이름난 장사였다. 산편과 아자는 일찍부터 알고 지냈다. 그들은 어릴 때부터 같은 마을에 살았고 같이 자랐다. 보이지 않는 붉은 거미줄이 일찍부터 그들 두 사람을 한데 묶어 놓았던 것이다. 그녀 마음속에 새겨진 아자는 서산의 정상에 있는 소나무처럼 위대해 보이고 바위 위에 앉은 매처럼 용감했다. 산 위의 수많은 나무 가운데서도 가장 크고 튼튼한 나무이고, 교장의 많은 준마 가운데서도 가장 앞에서 달리는 말이었다. 산편의 마음은 이른 아침 막 봉오리를 열고 피어난 한 떨기 꽃 같았다. 그녀는 자신의 마음속 꽃을 아자가 와서 따 주기를 바랐다. 아자가 호랑이의 아가리 속에서 자신을 구해 내고, 그곳에 모인 젊은이들 중 으뜸이라는 사실은 산편의 마음을 더욱 설레게 만들었다.

한편 아자 역시 일찍부터 마음속에 산편을 담아 두고 있었다. 아자는 꿈속에서도 늘 산편의 웃는 얼굴을 보았다. 길을 걸을 때도 때때로 산편의 그림자가 보이는 듯했다. 아자는 집이 몹시 가난해서 횃불 축제날에도 산에 가서 나무를 해야 했다. 이날도 아자는 일찍부터 산에 올라 땔감 한 짐을 해서 집에 부려 놓고 나서 곧장 교장으로 가서 무술 시합에 출전할 생각이었다.

공교롭게도 아자는 땔감을 줍던 숲 속에서 사나운 호랑이가 한 아가씨에게 달려드는 것을 보았다. 용감한 아자는 땔감을 내려놓고 단칼에 굶주린 호랑이를 내리쳐 죽였다. 아가씨를 부축하다 그가 그렇게 사모하던 산편임을 알고는 속으로 몹시 놀라 몇 마디 중얼거리다가 부끄러워 산을 내려가 버렸던 것이다.

아자는 죽은 호랑이와 땔감을 집에 내려놓은 뒤 바로 교장에 가서 무술 시합에 참가했다. 그는 아침 일찍 땔감을 줍고 호랑이도 죽였지만 조금도 피곤하지 않았다. 몸의 열기를 밖으로 내뿜으며 한 사람씩 한 사람씩 자빠뜨려 연달아 다섯 명을 쓰러뜨렸다. 무술 시합이 끝난 뒤에 아자는 붉은 수건을 목에 걸었다. 하지만 그는 마음이 놓이질 않아 급히 교장 밖으로 뛰어나와 산편을 찾아다녔다. 인파 속을 돌아다니고 산비탈까지 올라가 보았지만, 그녀의 그림자조차 보이지 않았다. 아자는 낙담하여 집으로 돌아오다가 산편이 혼자서 커다란 돌 위에 앉아 있는 것을 보았다. 그는 급히 뛰어가 조용히 물어보았다.

"어디 다친 데는 없습니까?"

"고맙습니다. 다친 데는 없어요."

아자는 자신의 마음을 억누르고 있던 커다란 돌이 떨어져 나가는 것을 느꼈다. 그는 산편에게 말했다.

"갑시다! 곧 날이 어두워질 것 같소. 오늘 저녁에 또 횃불 축제가 있으니 집에 들르지 않는다면 부모님께서 걱정하실 거요."

아무런 대답도 하지 않았지만 그녀의 발길은 아자를 따라 함께 집으로 가고 있었다. 그들은 길을 가면서 이야기를 나누었다. 날이 점점 어두워지기 시작했을 때 두 사람은 마을 어귀에 도착했다. 헤어질 때 아자가 산편에게 물었다.

"횃불 축제에 올 수 있습니까?"

산편은 얼굴에 미소를 띠며 수줍게 고개를 끄덕였다.

저녁에 아가씨들은 밝은 횃불을 들었다. 산편이 선두에 서서 남쪽으로 돌기 시작하자 청년들도 횃불을 들고 아자를 선두에 세우고 동쪽으로 돌았다. 양쪽의 등불 행렬이 공방公房, 젊은 남녀가 모여서 노는 곳으로 마을마다 이런 집이 있음 앞의 광장까지 이어졌다. 양쪽 행렬은 나란히 줄을 서서 한 사람이 나가면 한 사람이 들어가고, 광장의 불꽃 꼬리가 이리저리 출렁이며 마치 춤추는 것 같았다. 두 사람의 사랑은 바로 횃불 축제가 열리던 이날 밤에 시작되었다.

그들 두 사람은 낮에는 함께 일하고 밤에는 함께 선기를 불렀다. 아자가 선창했다.

높은 산의 산다화는
얼마나 많은 나비를 불러들이는지
그 수를 셀 수 없고,
정원에 핀 붉은 장미엔 날마다 벌이 날아들어 꿀을 따먹네.
나 역시 모란꽃을 감상하고 싶지만
모란꽃이 피었는지 어쩐지 알 수 없네.

산편이 답가를 불렀다.

산국山菊은 꽃피우기 위해 따뜻한 햇살을 기다리고
달이 없으니 태양도 그 빛을 발산할 수 없네.

민들레는 꽃피우기 위해 이슬을 기다리고
앵두꽃은 활짝 피어 주인이 와 감상하기를 기다린다네.

아자가 이어 노래했다.

아침 이슬, 아침 햇살 비치자마자 사라지고
산꼭대기의 붉은 거미줄, 바람 한번 지나가자 흔적 없이 흩어지네.
거미줄 영원히 이어지게 하고 싶어
누가 감히 바람을 막을 수 있을지 묻고 싶네.

산편이 이에 화답했다.

푸르디푸른 소귀나무 달기도 하여라.
얼마나 많이 먹었는지 이가 다 아프네.
넓디넓은 수풀은 끝없이 펼쳐져 있구나.
시간이 오래되니, 서리와 눈이 푸른 잎사귀에 내리네.
거미줄 영원히 잇고 싶거든
얼른 매파 보내 함께 술 마시기를 청하면 되지.

두 사람은 이렇게 주거니 받거니 노래하자 마음이 꿀처럼 달콤해졌다. 하지만 이들의 달콤한 사랑은 마치 가을달이 다 차기도 전에 유성을 만나 이지러지는 꼴로 그렇게 순조롭지만은 않았다. 아자는 너무 가난해 혼사를 치를 돈이 없었다. 반면에 마을 족장인 연낙掠諾은 소 아흔아홉 마리, 무명천 일흔일곱 필, 그리고 조개껍데기일찍이 아세인은 이를 화폐로 사용했음 한 자루를 혼인 예물로 보내 청혼했다.

하지만 아자를 사모하는 정이 깊은 산편은 이 청혼을 단호하게 거절했다. 연낙은 무력을 사용해 그녀를 빼앗으려 했지만, 산편은 차라리 죽겠다면서 따르지 않았다. 그녀의 뜻도 그렇고 무력을 사용해 봤자 자신의 명예만 훼손할까 두려워 연낙은 혼인을 강행할 수도 없었다.

어느 날 연낙은 산편과 소작인 아자가 사이좋게 지낸다는 소문을 듣고 방법을 강구해 아자를 쫓아내기로 결정했다. 하루는 아자가 집에서 일하고 있는데, 연낙의 집사가 한 무리의 하인을 데리고 그의 집으로 와서 말했다.

"족장 어르신께서 자네가 나리 집의 신성神星을 범했기에 더는 이 마을에 살게 해서는 안 된다고 하셨다."

아자는 연낙의 못된 마음씨를 익히 알고 있기에 하는 수 없이 마을 밖으로 나갔다. 연낙은 자신의 계책이 성공했다고 생각했다. 하지만 꿀과 물을 섞어 놓은 것 같은 아자와 산편의 사랑을 어떻게 떼어 놓을 수 있겠는가! 아자와 산편은 낮에 만나지 않고, 밤에 아자가 횃불을 들고 마을로 왔다. 두 사람은 이전처럼 함께 정을 나누며 노래를 불렀다.

칠흑같이 어두운 밤을
많은 별이 환하게 비추고,
자갈 많은 산길은
황토가 평평하게 길을 골라 주었네.

연낙은 그들이 밤마다 만난다는 소식을 전해 듣고 또 다른 방법을 생각해 냈다. 그 방법은 자신의 졸개를 시켜 밤을 지키다가 횃불이 보이면 족족 따라가 방해하는 것이었다. 그리하여 두 사람은 마을 어귀를 포기하고 산에서 만나는 수밖에 없었다. 두 사람은 큰 나무 아래에서 모닥불을 피워 놓고 노래했다.

큰 나무를 방으로 삼고
푸른 풀을 침상으로 삼고
돌을 베개로 삼으니,
별들이 와서 환하게 밝혀 주고
이슬이 몸에 스며드니
서로에 대한 동정심이 마음속까지 젖어드네.
한 쌍의 기러기 되어 창에 맞아 죽을지언정
봉애蓬哀, 무정하고 의리가 없으며 구차하게 삶을 도모하는 새 되어 구차한 삶을 구걸하지는 않겠네.
현세에서 부부가 될 수 없다면 내세에서 부부로 살리라.
홍수는 볏모를 삼킬 수 있지만,
칼로 어찌 서로에 대한 애틋한 정을 잘라 버릴 수 있겠는가.

아자와 산편이 횃불을 피우고 서로 만나면 사냥개들이 이들을 쫓아왔다. 그래서 두 사람은 불을 피우지 않고 어두운 밤길을 더듬어 가면서 만났다. 깊은 산에는 들짐승이 떼를 지어 다니기 때문에 아자는 산편이 위험에 처할까 봐 매일 저녁 면룡촌까지 마중 나갔다. 들짐승이 나타나 사람을 해칠 것에 대비해 그는 조롱박에 모래를 채워 넣고 흔들면서 호랑이와 승냥이들이 이 소리에 놀라 달아나게 했다. 누군가 "강가에 나룻배가 없을 때 바다로 나가면 고깃배를 찾을 수 있고, 땅에 길이 없을 때 그저 앞으로 나아가면 곧 길이 생긴

다."라고 했다. 연낙의 방해는 몹시 악랄하고 계속되었지만 아자와 산편의 뜨거운 사랑을 막기에는 역부족이었다. 아무리 큰 시련이 닥쳐도 그들은 모두 극복해 냈다. 아자와 산편은 낮에는 각자 다른 곳에서 일했지만, 밤에는 몰래 만나 함께 마음을 나누었다.

어느 날 아자의 어머니는 아자가 조롱박을 가지고 집으로 돌아오는 모습을 보았다. 그가 없을 때 어머니가 몰래 조롱박을 열어 보니 속에 모래가 가득 담겨 있었다. 이를 본 어머니는 아들이 매일 산편을 만나러 갈 때 먹을 것이 없어 모래로 배고픔을 채웠을 거라고 생각하고 마음이 몹시 아팠다. 그래서 어머니는 모래를 다 쏟아 버리고 옥수수를 볶아 그 안에 넣어 두었다.

날이 저물자 아자는 예전처럼 조롱박을 들고 산편을 만나러 갔다. 산편은 아자가 매일 밤 어둠 속을 더듬으며 먼 길을 찾아와 자신을 마중 나오는 일이 마음에 걸려 늘 괴로웠다. 그날 밤도 두 사람은 어김없이 만났다. 산편이 먼저 아자에게 물었다.

"아자, 당신은 어둠이나 들짐승이 두렵지 않으세요? 혹시 짐승한테 해를 입지 않을까 걱정이에요."

"산편, 나는 산길 걷는 데 이미 이골이 났고 들짐승의 습관도 잘 알고 있소. 또 내게는 호랑이와 승냥이도 두려워할 만한 조롱박이 있지 않소."

산편이 호기심 어린 눈으로 물었다.

"그건 어디에 쓰는 거예요?"

"무기로 쓰지요."

아자는 조롱박의 비밀을 자세하게 말한 뒤 그 소리를 들려주었다. 그가 득의양양해하고 있을 때 조롱박의 마개가 떨어지더니 그 안에서 잘 익은 옥수수가 굴러 나왔다. 아자는 이상하게 여겼지만 옥수수를 가리키며 산편에게 말했다.

"정말 옥황상제께서 보고 계신 모양이오. 연낙이 우리 두 사람을 갈라놓고 굶어 죽게 하려고 하자 상제께서 우리한테 먹을 것을 주시는군요. 모래를 넣어 두었는데 옥수수로 변해 있다니. 자, 우리 빨리 먹읍시다."

두 사람은 옥수수를 사이좋게 나눠 먹었다. 이튿날 아자는 예전처럼 모래를 넣어 집으로 들고 들어왔다. 마음씨 좋은 그의 어머니가 조롱박을 다시 열어 보니 옥수수는 없고 모래뿐이었다. 어머니는 자신의 추측이 맞았다면서 이번에는 메밀떡을 빚어 안에 넣어 두고 아들이 산편과 함께 먹기를 바랐다. 날이 저물자 아자는 평소대로 조롱박을 들고 길을 나섰다. 그때 숲 속에서 먹이에 굶주린 들짐승과 부딪쳤다. 아자는 들짐승의 울음소리가 들리자 급히 조롱박을 흔들었지만, 조롱박에서는 아무 소리도 나지 않았다. 아자는 도대체 어찌 된 영문인지 몰랐다. 들짐승 한 마리가 달려들어 그의 갈비뼈를 물었다. 그 바람에 아자는 잠시 정신을 잃었다. 얼마나 많은 시간이 흘렀는지 알 수 없지만, 그는 천천히 깨어나서 손으로 자신의 갈비뼈를 만져 보았다. 그는 찢어지는 고통 속에서도 머릿수건을 찢어 상처 부위를 동여매고는 무거운 몸을 이끌고 약속 장소로 갔다.

그날 저녁 산편은 저녁밥을 먹고 몸단장을 한 다음 평소대로 약속 장소에서 아자를 기다렸다. 시간이 흘러 별이 가물가물해지기 시작했지만 아무리 기다려도 아자가 오지 않았다. 바람에 길가의 나뭇잎이 흔들리고 모래 소리가 요란했다. 산편은 아자가 왔다고 생각하고 뛰어가 보았지만 나뭇잎만 흔들릴 뿐 그의 모습은 보이지 않았다. 산편은 마음이 불안해지자 혼잣말로 중얼거렸다.

"아자는 평소에 일찍 오는데 오늘 저녁은 어째서 이렇게 오지 않는 걸까?"

별들이 동쪽에서 하나 둘 떠오르고 산은 흑색에서 재색으로 바뀌었다. 수풀과 풀, 돌 들이 희미하게 보이기 시작하더니 아자가 오던 방향에서 검은 그림자가 나타났다. 그림자가 가까이 다가오자 산편은 들짐승이 기어온다고 생각했다. 그녀는 돌을 들고 커다란 나무 뒤에 숨은 채로 괴물한테서 눈을 떼지 않았다. 검은 그림자는 다가올수록 커졌고 잠시 뒤에 신음이 들렸다. 시간이 지나자 신음은 더욱 또렷해졌다. 신음 속에 "산편 아가씨." 하고 부르는 소리가 들려왔다. 그녀는 드디어 자신을 부르며 기어 오는 아자를 발견했다. 산편은 깜짝 놀라 "아자! 아자!" 하고 소리를 지르며 뛰어갔다. 그녀가 앞에 섰을 때 그는 이미 인사불성이었다. 산편은 놀라서 아자를 껴안으며 큰 소리로 외쳤다.

"아자, 어찌 된 일이에요? 어서 일어나서 말 좀 해 보세요. 어째서 말이 없는 거죠?"

산편은 그의 몸을 더듬다가 가슴에서 꼭 졸라맨 머릿수건을 발견했다. 찐득찐득해서 눈을 크게 뜨고 자세히 보니 온몸이 피였다. 그녀는 모든 것을 알아채고 끊임없이 눈물을 흘렸다.

"아자! 아자! 저를 호랑이한테서 구해주신 당신이 물리다니요."

바로 그때 아자가 깨어나서 천천히 눈을 뜨고 떨리는 손으로 산편의 머리를 쓰다듬더니 숨을 헐떡이며 말했다.

"산편, 당신을 못 보는 줄 알았소. 나는 이미 틀렸으니 서둘러 집으로 돌아가시오. 조심하시오, 연낙이 당신을 쉽게 놓아주지 않을 텐데……."

아자는 목소리가 점점 작아지고 숨도 거칠어지더니 천천히 눈을 감았다. 그러더니 이내 심장도 멈추었다. 산편은 대성통곡하기 시작했다. 산편의 울음에 놀란 토끼도 그녀와 함께 눈물을 흘리고, 숲속의 새들도 그녀와 함께 슬퍼했다. 바람소리와 가랑비도 모두 아자의 죽음을 슬퍼하며 눈물을 흘렸다. 날이 밝자 산편은 고통을 참으며 그곳을 떠났다. 하지만 몇 걸음 가지 못하고 돌아보니 아자가 외롭게 그곳에 누워 있었다. 산편은 차마 발걸음을 떼지 못하고 다시 달려가 아자를 껴안고 울기 시작했다.

"당신 생전에 우리는 푸른 나무 아래서 이렇게 맹세했지요. 인간세상에서 한 번 사랑하면 저승에서는 세 번 사랑하자고. 만약 내가 먼저 죽으면 이튿날 당신이 따라 죽고, 당신이 먼저 죽으면 제가 이튿날 따라 죽기로 말이에요. 오늘 당신이 먼저 죽었으니 내일 저도 당신을 따르겠어요. 우리 두 사람의 이별은 호랑이때문에 벌어진 것이 아니라 연낙 때문이에요. 현세에서 복수할 수 없다면 내세에서라도 그를 지옥으로 보내고 말겠어요."

산편은 아자의 시체를 등에 지고 한 걸음씩 걸어 집으로 돌아왔다. 집에 도착하긴 했지만 그를 누일 장소가 없었다. 산편은 생각 끝에 마구간에 파초 잎사귀를 깔고, 흙벽돌을 베개 삼아 아자의 시신을 눕히고 풀로 몸을 덮어 주었다. 산편네 마구간은 동쪽 행랑채를 사이에 두고 있었다. 그곳은 바로 산편이 태어난 장소이자 그녀가 잠자는 침실이었다.

산편은 매일 저녁 손수 말에게 먹이를 주었는데, 말도 그녀를 무척 좋아했다. 여물을 더 주면 말은 귀를 쫑긋 세우고 코로 산편의 손 냄새를 맡았다. 이때도 말은 산편이 먹이를 가지고 왔다고 생각하고 아자의 몸을 덮은 푸른 풀을 소리 없이 씹어 먹었다. 산편은 아자의 시신을 안치한 뒤 침상으로 돌아와 이불을 덮어쓰고 울기 시작했다.

산편은 평소 제일 늦게 자고 제일 먼저 일어났다. 그녀는 이른 새벽 태양이 달게 잠자고 있을 때부터 일어나 물을 긷고 마당 청소를 했다. 또한 종달새가 하늘의 문을 열기도 전에 밭에 나가서 일했다. 하지만 그날은 태양이 떴는데도 침상에서 일어나지 않았다. 물독이 비었지만 그녀는 물을 긷지 않고 집 안에 쌓인 먼지도 쓸지 않았다. 어머니는 조바심이 나서 딸이 어젯밤에 귀신에 씐 것이 아닌지, 아니면 어제 일을 너무 많이 해서 피곤해 일어나지 못하는 것은 아닌지 걱정스러웠다. 어머니가 침상에 가서 보니 딸은 머리까지 이불을 덮어쓴 채 자고 있었다. 어머니는 딸을 몹시 사랑하기에 산편의 달콤한 잠을 깨우지 않았다. 그러고는 자신이 물을 긷고 마당을 쓸고 밥까지 지은 뒤 딸에게 먹일 요량으로 계란을 반숙해 준비해 놓았다. 그런데 밥이 식고 해가 중천에 떴는데도 딸은 일어나지 않았다. 어머니는 조급한 마음에 딸을 흔들어 깨우며 일어나서 식사하도록 했지만 아무런 반응도 없었다. 어머니는 딸의 머리를 만지면서 어디가 불편한지 물었지만 산편은 고개만 가로저을 뿐이었다.

사흘이 지나도록 산편은 음식물을 전혀 입에 대지 않았다. 그러자 희고 부드러운 얼굴은 점점 누렇게 뜨고 마르기 시작했다. 어머니의 마음도 칼에 찔린 듯 아팠다. 계속 말을 걸어 보았지만 딸은 그때마다 고개만 흔들 뿐이었다.

다시 며칠이 지나자 초파리들이 웅웅거리며 집안을 시끄럽게 날아다니기 시작했다. 마구간 안에서 고약한 냄새가 나자 말은 먹이를 입에 대지 않고 그저 시끄럽게 울기만 했다.

어머니는 딸이 입을 열지 않자 방법을 생각해 냈다. 어머니는 날이 밝자 산으로 일하러 나간다고 말한 뒤, 다시 집으로 돌아와 창문 밖에 숨어 딸의 행동을 몰래 살펴보았다.

산편은 며칠 동안 밥 한 끼, 물 한 모금 먹지 않은 탓에 사지가 부러진 나뭇가지처럼 축 늘어져 있었다. 그녀는 그동안 아자를 보지 못해 마음이 더욱 심란했다. 산편은 침대에서 일어나 천천히 마구간으로 간 뒤 멍하게 아자를 바라보면서 바짝 마른 손으로 그를 만지며 슬픈 목소리로 그를 불렀다.

"아자, 아자. 빨리 나를 맞이하러 오세요."

여러 번 아자를 불렀으나 그는 그저 조용히 누워 있었다. 산편은 다시 침상으로 돌아와 베개 속에 숨겨 두었던 향멸을 어루만졌다. 몇 해 동안 불었던 악기였다. 이 향멸은 아자가 산편을 위해 직접 만들어 준 것이었다. 두 사람이 함께할 때 아자가 피리를 불면 그녀는 향멸을 불었다. 피리를 불면 꽃과 나무도 모두 머리를 끄덕이고, 향멸을 불면 나비가 쌍쌍이 날아와 춤을 추었다. 그런데 오늘 산편이 탄 향멸 소리는 즐겁지 않고 슬펐다. 그녀는 자신의 속마음을 아자에게 들려주고 싶었지만, 그는 이제 들을 수가 없었다.

산편은 멍청하게 향멸을 바라보며 상심에 잠겨 계속해서 울었다. 두 줄기 눈물이 얼굴을 타고 내려왔다. 딸의 행동을 창문밖에서 지켜보던 어머니는 문을 밀치고 마구간 안으로 들어가 보았다. 그곳에는 뻣뻣하게 굳은 시체 한 구가 놓여 있었다. 어머니는 놀라움을 참지 못하고 고함을 지르다 마구간에서 뒤로 나자빠졌다. 산편은 비명을 듣고 급히 달려가 부축했지만 어머니는 벌써 사람을 알아보지 못했다.

이때 연낙의 집사가 소식을 듣고 기뻐 날뛰며 이 이야기를 전했다.

"아자가 들짐승한테 물려 죽었답니다."

연낙은 그 말을 듣자 기쁨에 목이 메는 것 같았다. 그는 즉시 매파를 산편의 집으로 보내 구혼했다. 매파는 많은 돈을 지참한 뒤 혼담을 꺼내고 많은 양과 소를 끌고 가서 예물로 주었다. 매파가 좋은 말로 여러 차례 타일렀지만 산편은 꼼짝도 하지 않았다. 매파는 다시 이런저런 말로 얼러도 보고 구슬려도 보았지만 산편은 전혀 반응을 보이지 않았다. 뱃속의 못된 속셈이 다 드러나자 매파는 하는 수 없이 예물을 남겨 두고 연낙을 찾아갔다.

연낙은 이 소식을 듣고 불같이 화를 내고 펄쩍 뛰면서 사람을 보내 산편을 감시하게 했다. 다른 한편으로는 사람을 보내 아자의 시체를 태워 버리게 했다. 산편을 감시하던 졸개는 매파가 남겨 둔 조개껍데기와 무명천을 보자 욕심이 나기 시작했다. 졸개가 군침을 3척이나 흘리는 동안 산편은 눈물로 독을 가득 채웠다.

아자의 시신을 태우는 연기가 피어오르자 산편은 마치 바늘로 가슴을 찌르는 듯한 아픔을 느끼며 처참하게 울었다.

"아자, 내 마음의 연인! 당신은 화염에 쌓여 재가 될 판이네요. 당신을 한 번만이라도 보고 싶은데, 저는 이 방 속에 갇혀 꼼짝도 못 하는군요. 만약 내가 꿀벌이라면 창문 틈으로 날아가 당신을 볼 수 있을 텐데. 만약 내가 호랑이라면 저 졸개들을 물어뜯어 죽이고 당신 제사상을 차리고 싶군요."

산편은 한바탕 통곡을 했다. 그런데 갑자기 집 안의 조개껍데기가 눈에 들어왔다. 그녀는 앞치마를 두르고 거기에 조개껍데기를 담은 뒤 남은 것은 창문밖으로 던졌다. 졸개들은 조개껍데기를 보더니 벌처럼 달려들어 이를 줍기에 여념이 없었다. 산편은 그 틈을 타서 창문으로 달아났다. 졸개들은 조개껍데기를 모두 줍고 난 뒤에야 창문이 깨진 것을 알았다.

"산편 아가씨가 달아났다, 얼른 잡아라!"

산편은 달아나면서 미리 준비한 조개껍데기를 하나씩 흘렸다. 졸개들은 입으로는 "아가씨를 잡아라! 잡아라!" 하고 쉴 새 없이 외쳤지만, 정작 손으로는 조개껍데기를 줍느라 아무도 쫓아오지 않았다.

산편은 얼른 화장터로 갔다. 몇몇 노인이 아자를 태우느라 정신이 없었다. 이를 본 그녀는 불 속으로 들어가 아자의 시체를 구하고 싶었지만, 날개가 없는 것이 한스러웠다. 이제는 조개껍데기도 떨어지고 없었다. 산편의 마음이 조급해졌을 때 저기 두둑 위에 배가 주렁주렁 달린 배나무 한 그루가 눈에 띄었다. 산편은 그곳으로 뛰어가 배를 따서 앞치마에 가득 담고 화장터로 돌아왔다.

보통 때 같으면 한 사람이 시체 한두 구를 태우고도 남을 시간인데, 오늘은 이상하게도 십여 사람이 달려들어 장작불을 조절해도 시체 한 구를 태우지 못하고 있었다. 노인들은 피곤한 탓에 온 얼굴이 땀으로 범벅이 되고, 연기를 많이 들이마신 탓에 목이 컬컬했다. 바로 그때 산편이 갑자기 그들 곁으로 와서 예의를 갖추며 말했다.

"어르신들 고생이 많으시네요. 배나 좀 드시지요. 이 배는 정말 물이 많네요."

그러고는 배를 그들 앞에 쏟아 놓았다. 마침 목이 말랐던 노인들은 너나없이 배를 먹기 시작했다. 아무도 보지 않는 틈을 타 산편은 불 속으로 뛰어들어 가서 아자를 안았다. 그 순간 하늘로 푸른 연기가 피어오르더니 산편과 아자가 함께 불타기 시작했다.

연낙은 산편이 달아났다는 소식을 듣고 졸개들과 함께 뒤쫓아 왔다. 이들이 화장터에 도착했을 때 산편은 아자와 함께 이미 재가 되어 있었다. 연낙의 꿈도 하늘로 사라졌다. 하지만 일말의 동정심도 느끼지 못하던 연낙은 사람을 시켜 이들의 뼈와 재를 나누어 아자의 것은 산 비탈길에 뿌리고 산편의 것은 면룡촌 비탈길에 뿌리게 했다. 서쪽으로 부는 바람을 빌어 이 두 연인을 영원히 갈라놓을 심산이었다. 그런데 뼛가루를 뿌리자 산편의 가루는 비취색의 구름으로, 아자의 가루는 검붉은 구름으로 바뀌었다. 두 구름은 천천히 한데 뭉치더니 결국에는 새까만 먹구름으로 변했다. 순식간에 번개가 치고 폭우가 내리면서 천지가 갈라지고 홍수가 나더니 연낙과 그의 졸개들 모두 홍수 속에 휩쓸려 죽고 말았다.

비가 그치고 구름이 흩어지면서 태양이 찬란하게 빛나자 면룡촌 어귀에 무지개가 떠올랐다. 마을 사람들은 무지개 위에서 아자가 피리를 불고 산편이 향멸을 타면서 아세인이 좋아하는 춤을 추는 광경을 보았다.

아자와 산편의 사랑을 기리기 위해 아세인 아가씨들은 붉은 수건과 녹색 수건을 함께 허리에 매었다. 전해 오는 말에 따르면 아세인 아가씨들의 몸에 두른 홍록색 허리띠는 이렇게 해서 생겨났다고 한다.

● 주

1 매년 6월 24일부터 시작하여 사흘 내지 일주일 동안 지속되며, 이 기간에 귀신을 쫓기도 하고 젊은 남녀는 배우자를 구하기도 한다.

아이처와 아이구 자매

•••이족

어느 마을에 아이처阿伊處와 아이구阿伊苟 자매가 살았는데, 아이처의 어머니는 본처로 원래 성격이 온화하고 마음씨가 고왔다. 반면에 아이구의 어머니는 첩인데 성질이 못되고 속이 좁았다. 그래서인지 두 자매 역시 성격이나 품성이 정반대였다.

아이구의 어머니는 늘 남편을 부추겨 아이처의 어머니를 학대했다. 갖은 학대를 받으면서 아이처의 어머니는 딸만 아니면 일찍 죽었을지도 모른다는 생각을 했다. 그녀는 영리한 아이처를 데리고 집을 멀리 떠나고 싶었다. 하지만 이 집을 떠나 어디로 간단 말인가? 여러 날을 얼마나 울었는지, 얼마나 고심했는지 모른다. 그러다가 결국 딸을 남겨 둔 채 자기가 먼저 길을 떠나 머물 곳을 정한 뒤에 다시 딸을 찾아오기로 결정했다.

어느 날 저녁 모두 잠들었을 때 아이처의 어머니만은 집 모퉁이에 숨은 채 울고 있었다. 그녀는 길을 떠나려고 굳게 마음먹었지만 사랑하는 딸과 헤어지기가 싫었다. 곧 닭이 울고 동이 틀 것 같았다. 어머니는 아이처의 고운 얼굴을 어루만지면서 흐느끼다가 몰래 창문을 열고 달아났다.

아이처는 잠에서 깬 뒤 어머니가 보이지 않자 일하러 갔다고 생각했다. 하지만 하루가 지나고 이틀이 지나도 어머니는 돌아오지 않았다. 아이처는 몹시 슬프고 또 두려웠다. 어머니가 나간 뒤 자신이 계모의 눈엣가시 같은 존재임을 깨달았다. 아이처는 소리 내어 울고 싶었지만, 감히 그렇게 할 수도 없어 그저 남몰래 눈물을 훔칠 뿐이었다. 이때부터 아이처는 고아 아닌 고아가 되어 계모의 갖은 구박을 받았다. 착한 이웃 사람들은 모두 아이처를 불쌍하게 여겨 그녀 대신 어머니 소식을 수소문하기도 했다.

어느 날 아이처는 어머니를 찾아 함께 살기로 결심했다. 아이처는 몰래 자루에 길양식을 담고 아버지와 계모가 없을 때 집을 빠져나왔다. 소녀는 어머니를 찾겠다는 마음에 아무것도 두렵지 않았다. 아이처는 동이 틀 때 출발해서 해가 질 때까지 줄곧 걸었다. 이렇게 며칠을 걷다 보니 얼마나 걸었는지, 이곳이 어디인지 도무지 알 수가 없었다. 어느 날 아이처는 조금 떨어지지 않은 곳에 인가 몇 채가 있는 것을 보았다. 인가 근처의 삼밭에서 어느 할머니가 삼씨를 틀고 있었다. 아이처는 곧장 할머니 곁으로 달려가 물었다.

"삼씨를 틀고 있는 할머니, 제 어머니를 보지 못하셨나요? 만약 어머니가 계신 곳을 가르쳐 주시면 3년 동안 할머니 종으로 삼으셔도 좋아요."

"내가 삼씨 트는 것을 도와준다면 네 어머니가 있는 곳을 가르쳐 주마."

아이처는 할머니를 도와 삼씨를 튼 뒤에 매우 기뻐하면서 어머니 계시는 곳을 알려 주기만 기다리고 있었다. 그런데 할머니는 뜻밖에도 이렇게 말했다.

"고맙다, 애야! 나는 네 어머니를 본 적이 없단다. 그렇지만 하늘의 보호 아래 너는 틀림없이 어머니를 찾을 수 있을 게다. 내 너한테 특별히 줄 것은 없고 조롱박 안에 삼씨를 넣어 주마."

실망한 아이처는 삼씨를 받은 뒤 할머니와 작별하고 다시 어머니를 찾아 길을 나섰다. 걷고 또 걸어서 아이처는 벌꿀을 따는 백발의 할아버지를 만났다. 아이처는 그 곁으로 가서 물었다.

"벌꿀을 따고 계시는 할아버지, 제 어머니를 보지 못하셨나요? 만약 어머니가 계신 곳을 가르쳐 주시면 3년 동안 할아버지 종으로 삼으셔도 좋아요."

"벌꿀 따는 일을 도와주면 네 어머니가 있는 곳을 가르쳐 주마."

아이처는 신이 나서 할아버지의 벌꿀 따는 일을 거들었다. 하지만 할아버지도 자상하게 그녀를 바라보며 이렇게 말했다.

"고맙다, 애야! 나는 네 어머니를 본 적이 없지만, 하늘의 보호 아래 틀림없이 어머니를 찾을 수 있을 게다. 내 너한테 특별히 줄 것은 없고 소 뿔 안에 벌꿀을 넣어 주마."

아이처는 벌꿀을 받은 뒤 계속 어머니를 찾으러 다녔다. 그녀는 만나는 사람마다 물어보았지만, 어느 누구도 어머니가 어디 있는지 알려 주지 못했다. 양식이 곧 바닥날 지경에 이르자 아이처는 마음이 급해졌다. 그녀는 나뭇잎 세 장을 뜯어 남은 밥을 세 덩이로 나누어 사흘 양식을 마련한 뒤 다시 길을 떠났다. 배가 몹시 고팠지만 하루에 한 끼 외에는 더 먹을 수가 없었다. 이튿날 정오에 어느 평지에 도착했다. 아이처는 그곳에서 돼지를 치는 한 노파를 보았다. 아이처는 노파에게 걸어가서 말했다.

"돼지 치는 할머니, 제 어머니를 보셨나요? 만약 어머니가 계신 곳을 가르쳐 주시면 3년 동안 할머니 종으로 삼으셔도 좋아요."

노파는 이 아이가 친딸 아이처임을 한눈에 알아보았다. 하지만 자신은 집을 떠난 지 벌써 2년이나 되어 이 아이가 정말 자기를 찾아온 것인지, 아니면 다른 사람의 사주를 받고 왔는지 알 수가 없었다. 그녀는 딸아이를 짐짓 모르는 척하며 손으로 앞을 가리키며 말했다.

"나를 도와 이곳에서 돼지를 세 번 몰아 주면 네 어머니가 있는 곳을 가르쳐 주마."

아이처는 노파의 말을 듣고 이쪽에서 세 번, 저쪽에서 세 번 돼지를 몬 뒤에 말했다.

"할머니, 제 어머니가 계신 곳을 가르쳐 주세요."

"얘야, 너무 서두르지 마라. 나 대신 돼지를 몰아 줘서 정말 고맙다. 네 어머니가 계신 곳을 말해 줄 테니 내 머리에 있는 이를 모두 잡아 주렴."

아이처는 그렇게 하겠다고 대답했다. 노파가 머리에 쓴 수건을 벗자 아이처는 이리저리 이를 찾다가 문득 머리에 난 상처를 보았다. 아이처는 과거를 떠올렸다. 2년 전 어머니가 문 앞에 앉아서 머리를 빗고 있는데, 아버지가 다가와서 나무빗으로 상처를 냈다. 그래서 어머니는 그날 밤에 달아났던 것이다. 생각이 여기에 미치자 아이처는 놀랍기도 하고 기쁘기도 해서 노파를 붙잡고 말했다.

"당신이 바로 내 어머니이지요?"

아이처는 어머니를 찾아서 몹시 기뻤다. 하지만 어떻게 하면 좋은가? 만약 두 모녀가 지금 돌아간다면 틀림없이 계모와 아버지의 마수에서 벗어날 수 없고, 아이처 혼자만 돌아간다면 모녀는 또다시 긴 이별을 해야만 했다. 결국 어머니가 물소로 변해서 딸을 따라

간다면 아이처의 아버지와 계모도 알아차릴 수 없으리라고 생각했다. 물소를 몰고 집으로 간 아이처는 아버지에게 말했다.

"아버지! 제가 떠도는 물소 한 마리를 데리고 왔는데 키우도록 허락해 주세요."

이때부터 아이처는 매일 남몰래 집 밖으로 빠져나와 두 사람이 먹을 음식을 준비했다. 아이처는 날이 밝자마자 물소를 데리고 산으로 올라갔다. 산에 이르면 물소는 사람 모습으로 변했다. 그리하여 어머니와 딸은 웃기도 하고 이야기도 하면서 시간을 보냈다. 어머니는 낮에는 딸을 도와 삼을 잣고 밤에는 물소로 변해 집으로 돌아왔다.

아이처는 매일 많은 마 다발을 들고 나가 마대를 여러 자루 짜서 집으로 돌아왔다. 샘이 많은 아이구는 어떻게 마대를 그렇게 많이 짤 수 있느냐고 물었다. 이에 아이처가 대꾸했다.

"나는 매일 마 다발을 물소 뿔에 걸고 '먹어라, 물소야!' 라고 소리친 뒤 물소가 마를 다 먹기를 기다려. 그리고 해질 무렵 물소 꼬리를 잡아당기며 '똥을 누어라. 물소야!' 하면 물소가 다 짠 마대를 내놓곤 해."

아이구는 이 신묘한 기술을 부모님께 말한 뒤, 아이처에게 물소를 하루 동안 끌고 가지 말라고 했다. 어쩔 도리가 없어 아이처는 그렇게 하기로 했다. 이튿날 아이구는 마 다발을 등에 지고 새 옷을 입고 물소를 몰고 산으로 가서 아이처의 말대로 했다. 그런데 물소가 마대를 내놓기는커녕 똥만 싸서 그녀의 새 옷이 소똥으로 더러워졌다. 아이구는 화가 나서 물소를 매몰차게 끌고 와 어머니에게 이 물소를 반드시 죽여 달라고 했다. 그러자 아버지도 물소를 잡아먹기로 결정했다.

"아버지, 하루만 더 보살피게 한 뒤에 죽이세요."

아이처가 여러 번 간청하자 아버지는 마지못해 이를 허락했다.

다음 날 산으로 올라간 모녀는 아침부터 저녁까지 울었다. 돌아갈 때가 되자 어머니는 아이처에게 당부했다.

"애야, 죽임을 당한다면 너무 고통스러우니 차라리 네가 우물물을 정원에 뿌려 두어 엄마가 미끄러져 죽게 해 다오. 어미가 죽은 뒤에 다른 사람들이 고기를 먹을 때 너는 절대 먹지 마라. 또 다른 사람들이 국을 끓여 마실 때도 너는 절대 먹지 마라. 그리고 나중에 네가 자라면 반드시 이 어미를 위해 복수해 다오."

활활 타오르는 불길 위에 놓인 큰 솥에서는 한창 물소 고기가 익고 있는 중이었다. 물소 머리는 벽 위에 걸린 대 광주리 안에 놓여 있었다. 아이처는 연기가 너무 맵다고 핑계를 대고 멀리 떨어져 하염없이 눈물을 흘렸다. 아버지가 아이처에게 맛을 보라고 했지만 그녀는 고기를 좋아하지 않는다고 말했다. 또한 아버지가 고기를 이웃집에 가져다주라고 분부하자 아이처는 몰래 고기를 울타리 아래 버리고 빈 그릇을 들고 들어왔다.

사람들은 고기를 먹느라 바빴지만 아이처만은 아무 말 없이 물소 머리 옆에 서 있었다. 그런데 물소 머리가 갑자기 움직이더니 까마귀 세 마리로 변해서 날아갔다.

몇 년 뒤 아이처는 매우 예쁘게 자랐다. 단정하게 땋아 늘어뜨린 흑단 같은 머리가 족히 아홉 척 아홉 촌 아홉 푼은 되었다. 주례酒禮, 이족의 혼인식 때 부르는 노래를 부를 때면 그 노랫소리가 마치 종달새가 지종지종 지저귀는 듯 맑고 낭랑했다. 집안의 좋은 일은 모두 아이처한테서 오는 듯싶었다. 그리하여 아이처의 이름은 입에서 입으로 몇십 리 밖까지 전해졌다.

어느 해 겨울치곤 아주 따뜻한 날에 젊고 건장한 젊은이 사우니마라撒屋尼賣拉가 아이처의 집에 청혼의 초대장을 보냈다. 어느덧 주기酒期[1]의 날짜가 다가왔다. 이웃 사람들은 모두 주기 축제에 참석하느라 바빴고, 마을 아가씨들은 모두 예쁘게 단장하기에 여념이 없었다. 주기 첫날 계모는 짐짓 공평한 척하면서 말했다.

"너희 둘은 물을 길어 오너라. 누구든 물을 길어 오는 사람을 데리고 축하주를 마시러 가고, 물을 길어오지 못하는 사람은 집을 봐야 한다."

그러고는 성한 독은 아이구에게 주고 밑 빠진 독은 아이처에게 주었다. 아이구는 얼른 물을 채우고 돌아갔다. 아이처는 물을 가득 채워 독을 들면 물이 새고, 다시 가득 채우면 또 물이 샜다. 곤란한 지경에 빠져 있을 때 어디선가 까마귀 한 마리가 날아왔다. 아이처는 그 새를 보자마자 물소 머리의 화신임을 단번에 알아차렸다. 까마귀는 아이처에게 소리쳤다.

"어리석은 아가씨, 어리석은 아가씨. 진흙으로 구멍 난 곳을 메우면 되잖아!"

아이처는 매우 기뻐하면서 얼른 손으로 진흙을 긁어모아 새는 곳을 막은 뒤 물을 길어 집으로 돌아왔다. 계모는 이튿날 아침 일찍 또 다른 방법을 생각해 아이처를 떼어 놓을 궁리를 했다.

"똑같이 돌을 섞은 물건을 가지고 올 것이다. 너희 두 사람 중 누구든 먼저 돌을 모아 오는 사람과 축하주를 마시러 가겠다."

붉은 콩을 담은 그릇은 아이구, 야채 씨앗을 담은 그릇은 아이처의 차지였다. 아이구가 돌을 거의 다 추렸을 때 아이처는 겨우 하나를 골라냈다. 한참 이러고 있을 때 창밖에서 까마귀 한 마리가 이렇게 소리를 질렀다.

"이 어리석은 아가씨야, 체로 치고 키로 까불면 되잖아!"

아이처는 얼른 체와 키를 가지고 와서 씨앗에 섞인 돌을 모두 골라냈다. 아이처가 두 번 만에 일을 전부 해냈지만, 계모는 또 가지 못하게 했다. 이웃집 아가씨들은 새 옷을 입고 서로 이름을 부르며 떠날 채비를 했다. 개중에는 아이처를 부르는 이도 있었는데, 그녀는 한마디도 하지 못했다.

아이구는 아름다운 예복을 입고 곱게 단장한 뒤에 비웃듯 아이처를 바라보았다. 저녁때가 되자 사람들은 사우니마라의 집으로 축하주를 마시러 갔지만 아이처는 호롱불 아래에 앉아 상심하고 있었다. 다른 친구들이 어머니가 있어 좋은 옷을 입고 잔치에 참가하는 모습을 보면서 자신도 어머니만 살아계시다면 이렇게 등불 아래에 앉아 혼자 상심하고 있지 않을 거라고 생각했다. 그런데 갑자기 까마귀 한 마리가 곁으로 다가오더니 이렇게 소리를 질렀다.

"이 어리석은 아가씨야, 어머니가 사용하던 상자와 장롱을 열어 봐!"

까마귀가 연달아 몇 번 소리를 지르자 아이처는 어머니가 사용하던 상자와 장롱을 열어 보았다. 아이처는 그 안에서 어머니의 은 귀걸이와 옥 팔찌, 그리고 어머니가 명절 때 입었던 옷인 오완수인伍完愁忍, 묵육안채墨六安釆, 잡자鴉子를 발견했다.

아이처는 얼굴을 깨끗이 씻고 삼단 같은 머리카락을 빗었다. 이어서 옷을 갈아입은 뒤 귀걸이와 팔찌를 하고, 품속에서 작은 거울을 꺼내 자신을 비춰 보았다. 오완수인에 달린 금속 장식과 이마 앞에 걸린 구슬 세 줄이 마치 별처럼 빛났다. 아이처는 너무 기쁜 나머지 눈물까지 흘렸다. 하지만 사람들은 이미 잔치에 참가하느라 아무도 없고, 타고 갈 말과 인도할 사람도 없으니 낭패가 아닐 수 없었다. 그러자 까마귀가 소리쳤다.

"어리석은 아가씨야, 마구간 문을 열어 봐!"

아이처가 급히 마구간으로 달려갔더니 마부 하나가 붉은 말을 끌어내고 있었다. 그녀는 말을 타고 마부를 따라 사우니마라의 집으로 달려갔다. 날이 저물기 직전이었다. 멀리서 보니 사람들이 분주히 움직이며 잔치 분위기가 무르익었기에 아이처의 가슴은 설렘으로 콩닥콩닥 뛰었다.

아이구와 계모는 이미 모닥불 옆에 앉아서 사우니마라의 손님들과 이야기를 나누고 있었다. 이때 갑자기 아이처가 말을 타고 혜성처럼 나타나자 깜짝 놀란 아이구가 말했다.

"엄마! 저기 보세요. 아이처가 왔어요."

"얘야, 너는 다른 사람들이 말하는 것이나 잘 듣거라. 어떻게 그 애가 여기를 올 수 있겠니. 아마 지금 집에서 울고 있을 거다."

"저기 말을 타고 오는 사람이 아이처가 아니란 말이에요?"

계모가 반신반의하며 그쪽을 쳐다보려고 할 때, 아이처는 벌써 앞에 와 있었다.

등불을 대낮처럼 밝혀놓고 아가씨들과 젊은이들은 너른 평지에서 술을 마시고 춤을 추었다. 저녁 식사 시간이 되자 한 무리의 젊은이가 대문을 들어섰다. 맨 앞에 젊고 잘생긴 사람이 앞장서고, 그 뒤로 서너 사람이 등불을 들고 들어왔다. 앞장선 사람은 다름 아닌 젊고 용감한 사우니마라였다. 그는 그곳에 모인 사람들 사이에서 마음에 드는 아가씨를 고르는 중이었다. 사람들은 호기심 어린 눈으로 그가 어떤 아가씨를 고를까 주시하고 있었다. 사우니마라는 갑자기 한 곳에 멈춰 서더니 맞은편에 앉은 아이처를 몰래 훔쳐보았다. 그녀 옆에는 아이구가 앉아 있었다.

사우니마라는 앞으로 한 발짝 걸어가더니 부끄러운 듯 금 그릇과 금 젓가락을 아이처 앞에 놓으며 말했다.

"금 그릇과 금 젓가락을 사용하는 아가씨, 당신이 바로 내 부인이오. 금 그릇과 금 젓가락을 사용하지 않는 아가씨, 당신은 내 하녀에 불과하오."

아이처가 사우니마라의 청혼을 받자 질투심에 휩싸인 계모는 아이처한테서 그릇과 젓가락을 잽싸게 빼앗아 자기 딸 아이구에게 주었다. 그러자 뜻밖에도 사우니마라가 다시 말을 건넸다.

"금 그릇과 금 젓가락을 사용하지 않는 아가씨, 당신이 바로 내 부인이오. 금 그릇과 금 젓가락을 사용하는 아가씨, 당신은 그저 내 하녀에 불과하오."

저녁상을 물리자 아이처는 노래하고 춤을 추었다. 그녀가 어디를 가든 그곳에서 나는 노랫소리는 특별히 높고 컸으며 춤도 특별히 흥겹게 보였다. 사우니마라는 아이처에게 더욱 애정을 느끼며 술 한 잔을 따라 주었다.

배가 아파 견딜 수 없었던 계모는 지금까지 아이처를 괴롭힌 것도 모자라 밤에 그녀가 잠든 틈을 이용해 그 두 눈에 송진 가루를 뿌려 눈을 뜰 수 없게 만들 계략을 꾸몄다. 그런데 그날 무슨 까닭에서인지 아이처와 아이구가 잠자리를 바꾸었다. 미처 이 사실을 알지 못한 계모는 그만 자기 딸 아이구의 눈에 송진 가루를 잔뜩 뿌리고 말았다. 그날 밤 계모는 아이구와 사우니마라가 부부가 되는 꿈을 꾸었다. 꿈속에서 아이처는 그 옆에 앉아 울고 있었다. 어느새 날이 밝자 사람들은 소리치며 말했다.

"사우니마라의 신부를 보러 가세."

계모는 설레는 마음으로 이른 아침부터 깨어 있는데, 갑자기 누군가 비명을 질렀다.

"엄마, 제 눈이 붙었어요. 눈을 뜰 수가 없어요."

"여기에 네 어머니는 없단다. 어머니가 있는 그 아가씨는 이미 신부가 되었단다."

다급해진 아이구는 고래고래 소리를 지르며 어머니 말을 받았다.

"엄마, 제가 진짜 딸이에요. 제 목소리를 잘 들어 보세요."

계모는 그럴 리가 없다고 생각하면서 이불을 젖혔더니 정말 자신이 낳은 친딸이 눈이 딱 붙어 꼼짝도 못 하고 있는 게 아닌가! 아이구의 어머니는 너무 기가 막혀 말도 제대로 나오지 않았다.

결국 마음씨 착한 아이처와 젊은이 사우니마라는 혼례를 무사히 마치고 부부의 연을 맺었다. 두 사람은 행복한 나날을 보내며 소아흥小阿興이라는 예쁘고 포동포동한 갓난아이를 낳았다.

그해 설 명절이 되자 난데없이 동생 아이구가 아이처에게 친정에 와서 설을 보내고 가라는 전갈을 보내왔다. 착한 아이처는 집과 고향이 그리워 그렇게 하겠다고 답장을 보냈다. 그날따라 날씨가 아주 좋았다. 아이처는 새 옷을 입고 예물을 챙긴 다음 아이를 등에 업었다. 그때 아이구가 찾아왔다.

"언니, 동생이 언니더러 집에 와서 설을 보내라고 부탁했는데, 언니가 수고스럽게 직접 아이를 업는 게 어디 있어요? 조카는 제가 업을게요."

고양이 쥐 생각하는 태도가 마뜩잖았지만 아이처는 하는 수 없이 아이를 동생에게 맡겼다. 산과 물을 건너고 정오쯤 되자 집이 더욱 가까워졌다. 오랜만에 고향땅을 밟은 아이처는 즐거워 앞으로 뛰어나갔다. 아이구는 뒤따라가면서 손톱으로 아이를 꼬집었다. 그러자 아이가 "앙!" 하고 크게 울기 시작했다. 아이처가 물었다.

"애가 왜 갑자기 우는 거지?"

"소아홍이 언니의 오완수인을 가지고 놀고 싶대요."

아이처는 머리에서 조심스럽게 오완수인을 뽑아 아이구에게 건네주고 계속 앞으로 걸어갔다. 잠시 뒤 아이구는 다시 손톱으로 아이 다리를 비틀었다. 그러자 아이는 또 울기 시작했다.

"소아홍이 왜 또 우는 거지?"

"아홍이가 언니의 꽃무늬 옷을 가지고 놀고 싶대요."

아이처는 옷을 벗어 아이구에게 주고 계속 걸어갔다. 어느새 그들은 인가가 보이지 않고 길옆 고목 아래 큰 동굴이 있는 곳에 도착했다. 동굴 안에는 아름다운 꽃이 피어 있었다. 이때 아이구가 또 한 번 손으로 아이 다리를 잡아 뜯었다. 그러자 아이는 다시 울음을 터뜨렸다.

"이번에는 소아홍이 무엇을 달라고 우는 거니?"

"언니는 동굴 안에 핀 예쁜 꽃도 보지 못했어요? 소아홍이 그 꽃이 가지고 싶은가 봐요."

아이처가 동굴로 들어가 손을 뻗어 꽃을 꺾으려는 순간 아이구는 언니의 등을 힘껏 밀었다. 순식간에 당한 일이라 미처 손도 써 보지 못하고 아이처는 삼단 같은 머리칼이 동굴 가시덩굴에 걸리더니 그만 아름다운 새 한 마리로 변해 날아갔다.

아이구는 집으로 돌아와 어머니의 도움을 받아 가며 언니처럼 보이려고 몸치장을 했다. 그녀는 아이처의 옷을 입고 오완수인을 쓰고 아이를 등에 업고 사우니마라의 집으로 돌아갔다. 교묘하게 꾸몄지만 사우니마라는 약간 의심하는 듯했다. 그는 고개를 갸우뚱하며 생각했다.

'아이처의 머리가 언제 이렇게 짧아졌지?'

남편의 의아해하는 눈빛을 보자 그녀는 병이 나서 머리카락을 잘랐다고 둘러댔다.

그리고 세월이 흘러 아이구도 아이를 낳아서 소아희금小阿喜金이라는 이름을 붙여 주었다. 날이 갈수록 그녀는 소아홍한테 냉담하게 대했다.

어느 봄날 사우니마라가 소를 몰고 밭을 갈다가 검은 돌부리에 걸렸는데, 그때 갑자기 예쁜 새 한 마리가 나타나서 소리쳤다.

"찌르르, 사우니마라. 다른 사람은 흰 쌀을 잘 구분하던데, 어째서 당신은 구분하지 못하나요."

새의 목소리가 누군가를 닮은 듯 귀에 익었다. 사우니마라는 급하게 말했다.

"아름다운 작은 새야! 네가 나의 아버지라면 내 머리 위로, 네가 나의 어머니라면 내 어깨 위로, 네가 나의 부인이라면 내 호주머니 안으로 들어오너라."

말이 끝나자마자 작은 새는 사우니마라의 호주머니 안으로 날아들어 왔다. 사우니마라는 작은 새를 집으로 데려와 잘 보살펴 주었다. 집에 사람이 없을 때면 작은 새는 집 안의 아이들과 어울려 놀았는데, 소아홍의 눈에 눈곱이 끼면 깨끗이 닦아 주고 소아희금의 눈은 쪼아 댔다.

이를 눈치 챈 아이구는 작은 새를 잔인하게 죽여 두 아이에게 먹였다. 소아희금은 살코기만 원했고, 소아홍은 뼈만 먹으려 하자 아이구는 뼈를 불 속에 던져 버렸다.

하루는 어느 할멈이 와서 실을 삶으려고 하는데 재가 필요하다면서 불구덩이 속의 재를 모두 긁어 등에 짊어지고 갔다. 할멈은 집에 도착한 뒤 잿가루 더미에서 가위를 발견했다. 그녀는 즉시 사우니 마라의 집에 돌려줄 생각이었으나, 길이 너무 멀어 가위를 잠시 자기 집 장롱 안에 넣어 두었다.

할멈은 아들과 둘이 살고 있었는데, 어느 날부턴가 아들과 온종일 밭에서 일하고 집에 돌아오면 집 안이 말끔히 정리되어 있었다. 게다가 밥과 반찬도 차려져 있어 할멈은 이웃 사람들에게 고맙다고 인사했다.

"정말 고맙기도 하지. 우리 집 일손을 도와 밥까지 차려 놓다니 말이야."

그러자 이웃 사람들은 오히려 손사래를 치며 이렇게 말하는 것이었다.

"할머니, 사람을 속일 생각일랑 하지 마세요. 우리는 진작부터 고운 며느리를 맞아들인 것을 보았습니다."

할멈은 어리둥절하며 무슨 소리인가 싶었다. 어느 날 할멈은 꾀를 내어 밭으로 일 나가는 척하며 집 밖에서 문틈으로 안을 살펴보았다. 얼마 지나지 않아 장롱이 열리더니 가위가 밖으로 튀어나왔는데, 땅에 떨어지는 순간 젊은 여자로 변했다. 할멈은 이제야 모든 것을 알았다는 듯이 고개를 끄떡이며 젊은 아가씨를 놀라게 하지 않으려고 조용히 밭으로 일하러 나갔다. 일을 마치고 집으로 돌아오니 역시 집 안이 잘 정돈되어 있었다.

이튿날 할멈은 일하러 나가는 척하면서 문을 잠그고 장롱 옆에 몸을 숨겼다. 할머니는 가위가 장롱 밖으로 나와 사람으로 변하자 빗자루로 젊은 여자의 머리를 훑어 내리면서 소리쳤다.

"며느리는 변하지 마시오!"

젊은 여자는 더 이상 가위로 변하지 않고 이때부터 할머니를 도와 집안일을 돌보았다.

그해 새해가 얼마 지나지 않아 사우니마라는 일이 있어 말을 타고 할멈 집에 들렀다. 그리고 그곳에서 일하는 젊은 부인을 보았는데 낯익은 얼굴이지만 어디서 보았는지 전혀 기억이 나지 않았다.

할멈은 젊은 며느리에게 음식을 만들어 손님을 대접하게 했다. 닭을 잡고 닭 창자로 닭 간을 잡아매면서 젊은 며느리는 머리카락 한 올을 뽑아 고기 안에 넣었다. 그리고 사우니마라에게 저녁상을 올렸다. 그는 음식에 긴 머리카락이 있는 것을 보고 이상한 생각이 들어 그것을 품속에 넣어 두고 상을 물린 다음 방 안에서 그것을 꺼내 길이를 재어 보았다. 길이는 아홉 척 아홉 촌 아홉 푼이었다. 사우니마라는 곧 누구의 머리칼인지 깨달았다. 그래서 그 집을 떠날 때 일부러 우산을 떨어뜨리고 멀지 않은 곳에서 소리쳤다.

"할머니, 할머니. 제 우산을 그 댁에 놓고 왔으니 며느리를 시켜 좀 가져다주세요."

할멈이 손수 우산을 챙겨서 나오려 하자 사우니마라는 다급히 말머리를 잡아당기며 다시 소리쳤다.

"나이 많은 할머니께서 가져다주신다면 저는 하늘의 벌을 받을 겁니다. 그러니 젊은 며느리를 보내 주세요."

할머니는 하는 수 없이 며느리에게 우산을 들려 보냈다. 사우니마라는 젊은 부인을 말에 태우고 함께 집에 가서야 비로소 그녀가 진짜 아내인 아이처임을 알게 되었다.

한편 아이구는 이 젊은 부인이 자신이 동굴 아래로 밀어 버렸던 언니인 줄은 꿈에도 모르고 그녀의 윤기 나는 굵고 검은 머리를 보며 질투했다. 어느 날 아이처가 집 안에서 머리를 빗고 있자니 아이구가 비결을 물었다.

"아주 쉬워요. 물을 몇 동이 길어서 한 솥 끓이다가 새끼줄로 발을 묶어 들보에 매달아 머리를 솥 안에 넣어 삶으면 돼요."

욕심 많은 아이구는 곧장 실행에 옮겼다. 그런데 불행하게도 머리를 솥 안에 넣으려는 순간 새끼줄이 느슨해지면서 결국 솥 안에 빠져 펄펄 끓는 물속에 빠져 죽고 말았다.

동생이 죽은 뒤 아이처는 계모에게 편지를 보내 딸이 모저풍母猪瘋, 간질의 속칭에 걸려 치료할 수 없으니, 죽기 전에 한번 만나 보라고 전했다. 그러고는 암퇘지 한 마리를 방 안으로 끌고 와 술을 많이 먹여 취하게 한 뒤에 이불로 덮어 두었다.

자신이 도착했어도 이불 속에서 "꿍!" 하는 소리만 들리자 아이구의 어머니는 속으로 매우 슬퍼했다. 계모가 손을 넣어 만지자 돼지는 콧바람을 뿜어냈다. 계모는 너무 놀라 얼른 손을 빼더니 아이처인 줄 모르고 하녀로 생각해 그녀에게 어찌 된 영문인지 물었다.

"지금 풍이 몹시 심하니 어머니께서는 그녀를 괴롭히지 마세요."

계모는 며칠이 지나도 딸의 병세가 호전되지 않자 그냥 집으로 돌아갔다. 계모가 집으로 돌아갈 때 아이처는 그녀에게 예전에 어느 할머니 일을 돕고 받았던 조롱박 하나를 주면서 말했다.

"이 안에 점심을 담았습니다. 가다가 드세요."

이어서 아이처는 예전에 어느 할아버지를 도와주고 받았던 소 뿔 하나를 건넸다.

"이 안에는 벌꿀이 들어 있어요. 길을 가다가 배가 고프면 조롱박 안의 밥을 드시고 목이 마르면 소 뿔 안에 담긴 꿀을 드세요."

아이처는 문밖까지 계모를 배웅했다. 계모는 길을 가던 도중 배가 몹시 고프고 목이 말랐기에 조롱박 마개를 열고 음식을 조금 먹으려고 했다. 그런데 그 속에서 갑자기 말벌들이 튀어나와 침을 쏘고 달아나는 바람에 온몸이 퉁퉁 부어올랐다. 소 뿔 마개를 여니 이번에는 독사가 기어 나와 순식간에 그녀의 뱃속으로 들어가 악랄한 계모를 단박에 물어 죽였다.

●—주

1 이족은 어린 시절 부모에 의해 배우자가 결정되어 대략 12~19세에 결혼을 한다. 주기는 신부 들러리가 신랑 집에 가 살면서 신랑의 품성 등을 관찰하는 풍속이다.

영웅 슈갈 이야기

•••이족

아득히 먼 옛날 하늘에 떠 있는 해 일곱 개와 달 여섯 개가 땅 위에 따사로운 빛을 뿌려 주어 가는 곳마다 날짐승과 길짐승 들이 무럭무럭 자랐다. 바로 이때 영웅 슈갈이 세상에 태어났다. 세월이 흘러 그는 어느덧 혼례까지 올렸다.

어느 날 그는 동양 대해의 섬에 살고 있는 두 아내와 작별을 고한 뒤 홀로 보검을 차고 신마를 타고 집을 나섰다. 세상을 두루 돌아다니며 사람과 날짐승, 길짐승 들이 상제의 뜻대로 평등하고 평화롭게 사는가를 살펴보고 싶었기 때문이다.

슈갈은 길을 걷고 또 걸어 하루는 양산 부근에 이르렀다. 그런데 드넓은 갯가에서 수많은 새가 한데 모여 구슬피 울고 있는 것이 아닌가!

'사람이나 짐승들 모두 평등하고 평화롭게 사는데, 왜 저 새들만은 저렇게 슬피 우는 걸까?'

이런 생각이 든 슈갈은 가까이 다가가 살펴보기로 했다.

"세상의 날짐승과 길짐승이 모두 행복하고 평화롭게 사는데, 너희만은 어찌하여 이처럼 슬피 우느냐?"

슈갈의 우렁찬 목소리에 새들은 일시에 그에게로 시선을 돌렸다. 뛰어난 말재주를 가진 종달새 한 마리가 앞으로 나와 말했다.

"세상의 날짐승과 길짐승이 모두 평화롭게 살고 있다고요? 그건 지나간 일입니다. 산에 악귀 같은 큰 구렁이가 나타난 뒤로 세상의 평화는 깨지고 말았습니다."

"뭐?"

"큰 구렁이 말입니다. 바로 산 위에 도사리고 있는 그 구렁이 말입니다. 그놈은 여섯 개의 달빛을 받아 몸을 튼튼히 단련하고 일곱 개의 태양 열을 받아 누구도 함부로 덤비지 못할 힘을 키웠답니다. 그놈은 직접 먹이를 찾지 않고 우리더러 매일 새 한 마리씩 바치라면서 못 바치는 날엔 날짐승을 당장 몰살해 버리겠다고 협박했습니다. 오늘은 자고새가 목숨을 바칠 차례가 되어 지금 그와 이별을 하는 중입니다."

종달새는 말을 마치고 눈물을 흘렸다. 새들을 바라보던 슈갈은 마음이 몹시 괴로웠다.

"너희는 왜 그놈과 싸우지 않고 그렇게 제 발로 목숨을 갖다 바치는 거냐?"

그러자 새들이 너도나도 다투어 말했다. 그들 가운데 그래도 종달새의 말이 가장 논리적이었다.

"싸운다고요? 누가 감히 그놈을 건드린단 말입니까? 해와 달을 몽땅 찍어 없애지 않고선 그놈을 죽게 할 수 없습니다."

"좋다, 그럼 내가 가서 그놈을 요절내겠다!"

슈갈은 말도 채 끝맺지 않고 말머리를 돌려 앞으로 내달렸다.

산꼭대기에 오른 슈갈은 활에 살을 먹인 다음 해를 겨누고 힘껏 당겼다. 첫 번째 해가 살에 맞아 검은 연기로 변하더니 하늘에서 굴러 떨어졌다. 이어서 두 번째, 세 번째…… 이렇게 슈갈이 여섯 번째 해까지 쏴 떨어뜨렸을 때 마지막 일곱 번째 해가 입을 열었다.

"멈추게, 슈갈! 자네가 나까지 쏴서 떨어뜨리면 세상은 앞으로 따사로운 빛을 받지 못할 걸세. 그렇게 되면 천하의 만물뿐 아니라 자네까지도 다 얼어 죽고 말 걸세!"

슈갈은 한동안 생각한 뒤 말했다.

"그렇다면 좋소. 하지만 당신은 오늘부터 더는 그 악한 짓을 하는 짐승에게 빛을 비추지 마시오."

새들은 슈갈이 연거푸 해를 여섯 개나 쏴서 떨어뜨리는 것을 보고 환호했다.

"됐어! 이제 우리는 남을 잡아먹고 사는 그 구렁이가 어떻게 얼어 죽는가 보러 가자!"

새들은 떼를 지어 큰 구렁이가 있는 산으로 날아갔다. 그런데 누가 알았으랴! 구렁이란 놈은 죽지 않고 추워서 똬리만 틀고 있었다. 새들은 잠깐 의논한 끝에 매를 보내 슈갈에게 이 소식을 알렸다.

"만약 달까지 쏴 떨어뜨리면 구렁이가 다시는 행패를 부리지 못할 겁니다."

슈갈은 선뜻 화살을 빼내어 달을 하나하나 겨누고 쏘았다. 첫 번째 달이 명중되고 이어서 두 번째, 세 번째…… 달이 차례대로 명중됐다. 그런데 다섯 번째 달을 쏘고 났을 때 마지막 여섯 번째 달이 입을 열었다.

"멈추시오, 영웅 슈갈! 만약 나까지 쏴서 떨어뜨리는 날엔 앞으로 세상은 광명을 볼 수 없게 되어 천하의 만물뿐 아니라 당신까지도 장님이 되고 말 거요."

슈갈은 잠깐 생각한 뒤 말했다.

"그럼 좋소. 하지만 당신은 오늘부터 더는 그 악한 짓을 하는 짐승에게 빛을 비추지 마시오."

일을 끝마친 슈갈은 매와 함께 산에서 내려왔다. 그들이 갯가에 이르니 새들이 이를 축하하려고 모여 있었다.

각양각색의 몸매와 깃털을 가진 새들이 벌판이 좁아 보일 정도로 꽉 들어차 있었다. 그들은 서로 밀치락달치락하며 기뻐서 어쩔 줄 몰랐다. 자고새와 종달새는 멀리서 번쩍거리는 슈갈의 보검을 보고 여러 새와 함께 몰려와 영웅에게 감사를 표했다.

"영웅 슈갈님께 감사 드립니다. 평화를 깨뜨리는 악독한 구렁이는 이미 얼어 죽었습니다. 우리는 행복한 생활을 되찾았습니다. 영웅님의 은덕에 어떻게 보답해야 좋을지 모르겠습니다."

슈갈은 말 위에서 빙그레 웃으며 대답했다.

"너희가 영원히 행복하고 즐거운 생활을 누리기를 축원한다!"

새들과 작별한 슈갈은 계속 세상을 돌아보러 떠났다.

얼마 가지 않아서 그는 얼굴에 수심이 가득한 사람들이 바삐 오가는 마을에 들어섰다. 길가에 서서 그 광경을 한참 바라보고 있노라니 슈갈은 자신도 모르게 마음이 아팠다. 이 마을에 틀림없이 큰 재난이 닥쳤을 것이라고 짐작한 그는 한 할머니가 다가오기를 기다려 얼른 말에서 내려 인사를 올렸다.

"할머니, 세상 사람과 만물이 다 즐겁고 평화로운 생활을 하고 있지 않습니까? 그런데 이 마을 사람들은 어째서 모두 수심에 잠겨 있습니까?"

"평화로운 생활이라고? 그건 이미 지나간 일일세! 우리는 영원히 평화로운 생활을 할 수 없게 되었다네. 젊은이, 좀 보게나. 우리 마을에 어디 소 한 마리, 양 한 마리 있던가? 동구 밖엔 풀이 저렇게 제멋대로 높이 자라고 바위 옆의 샘물도 땅속으로 흘러들어 가고 있다네. 이젠 사람들이 잡아먹힐 차례야. 하느님 맙소사, 무엇 때문에 내가 늘그막에 이런 처참한 꼴을 봐야 한단 말인가."

"어떻게 된 일입니까? 어떤 요괴라도 나타나서 인간 세상의 평화를 파괴하고 있습니까? 평화로운 세상은 상제의 뜻으로 그 누구도 파괴해서는 안 됩니다!"

슈갈은 몸집이 크고 늠름하게 생긴 데다 말소리 또한 우렁찼다. 그의 말을 들은 사람들이 주위에 모여들어 서로 하소연하기 시작했다. 한 노인이 먼저 입을 열었다.

"서쪽 바다에 괴물이 하나 나타나 이곳에 와서 늘 못된 짓을 하면서 우리가 기르는 소와 양을 모두 잡아먹었다네. 나중에 그놈은 제가 잡아먹기 귀찮으니까 숫제 사람들을 시켜 매일 소와 양을 잡아서 바닷가로 가져오라고 했네. 그러지 않으면 이 마을을 잿더미로 만들어 바닷속에 처넣겠다고 협박까지 했다네."

노인이 숨이 차서 말을 멈추자 젊은이 하나가 이를 이어받았다.

"소와 양 모두 그놈에게 다 먹히고, 이젠 사람이 잡아먹힐 차례가 되었소."

"도대체 어떻게 생긴 괴물이오?"

"무당이 말하길 무슨 독룡이라고 하는 것 같았소."

슈갈은 말이 채 끝나기도 전에 말을 잡아타고 무당 집으로 달려갔다.

"당신은 독룡에 대해 알고 있소?"

슈갈은 무당을 보자 분을 못 이겨 큰 소리로 물었다. 무당은 그를 훑어보고 나서 눈을 내리깔며 대답했다.

"물론 알고 있지요."

"경서를 뒀다 뭐하는 거요? 사람들이 잡아먹히게 되었는데도 가만히 앉아 있으니 말이오."

"나도 염불을 한두 번 외운 게 아니오. 입이 닳도록 몸이 지치도록 외웠지만 그 독룡은 염불로 정복할 수 있는 괴물이 아니오. 물속에서는 아예 붙잡을 엄두도 낼 수 없거니와 태워 죽이면 모를까 아무리 잘 벼린 칼로 찔러도 꿈쩍도 하지 않소. 그런데 당신이 무슨 재간으로 그놈을 태워 죽이겠소?"

"어쨌든 방법이 있을 거요."

슈갈은 고개를 숙이고 한동안 생각하더니 신마에 풀쩍 뛰어올라 서쪽으로 날아갔다. 얼마 지나지 않아 그는 큰 산에 이르렀다. 그 산은 온통 시꺼먼 쇠산으로 풀 한 포기 자라지 않았다. 슈갈은 산을 세 바퀴나 돌면서 사발 아가리만큼 굵은 쇠몽둥이를 세 개 주워 가지고 마을로 돌아왔다. 마을에서 산까지 오가는 데 수천 리였지만 신마를 탄 그는 불과 밥 한 끼 먹는 시간밖에 걸리지 않았다.

슈갈은 마을 사람들을 시켜 땔나무를 쌓아 놓고 불을 지펴 쇠몽둥이 세 개를 시뻘겋게 달구었다. 그러고는 마을에 한 마리밖에 남지 않은 양을 잡게 해서 그 쇠몽둥이와 함께 바닷가로 가져갔다. 슈갈은 쇠몽둥이 세 개로 문틀 모양을 만들고, 그 단 밑에 양을 가져다 놓았다. 그러자 고소한 양고기 냄새가 바람을 타고 사방으로 퍼져 나갔다.

이윽고 바다에서 거센 바람이 일며 몇 길이나 되는 물기둥이 솟아오르더니 물속에서 검은 독룡이 뛰쳐나와 양을 덮쳤다. 그런데 양고기를 한 입 베어 물기도 전에 붉게 달아오른 쇠몽둥이 세 개가 몸을 짓눌러 버렸다. 독룡은 처음에 발악했지만 나중에는 비명을 지르며 숨을 헐떡거리다가 이내 타 죽고 말았다.

마을 사람들은 모두 동구 밖까지 나와 이 모습을 구경했다. 담이 큰 사람들은 좀 가까이 다가가 똑똑히 보고 기뻐 날뛰며 되돌아와서는 몸이 허약하고 담이 작은 사람들에게 목격한 사실을 낱낱이 들려주었다.

젊은이들은 슈갈의 용감함과 지혜를 흠모하고, 아낙네들은 자기 아이들에게 그의 이름을 기억하라고 당부했다. 그들은 흥분과 감격에 싸여 하나 둘 모여들기 시작하더니 이내 송가를 부르면서 슈갈에게 감사를 드렸다. 그는 말을 멈춰 세우고 마을 사람들에게 말했다.

"오래전 상제께서는 만물은 모두 평화롭게 살아가야 하며, 누구도 이를 파괴해서는 안 된다고 했습니다. 독룡이 죽었으니, 이제 여러분을 억압하는 자가 없을 것입니다. 나는 이 마을의 무사태평과 얼마 지나지 않아 수많은 소와 양이 다시 번성하기를 진심으로 축원합니다."

마을 사람들은 슈갈의 크나큰 은덕에 감사하는 마음에 춤을 추면서 영웅을 환송했다. 그들은 그가 탄 말이 보이지 않을 때까지 떠난 쪽을 지켜보면서 오래오래 서 있었다.

마을을 떠난 슈갈은 곧장 동양 대해에 사는 첫째 아내에게 갔다. 오랫동안 남편을 보지 못한 아내는 그가 돌아오자 곧 울음을 터뜨렸다. 아내는 슈갈이 큰 구렁이와 독룡을 때려죽인 일을 들려주자 그제야 울음을 그치고 기뻐했다.

그런데 아내는 어리석게도 남편이 다시 먼 길을 떠나지 못하게 하려고 밤중에 몰래 신마의 한쪽 날개를 베어 버렸다.

이튿날 슈갈은 둘째 아내를 보러 날이 밝기 전에 일어나서 살금

살금 신마에 올라 문을 나섰다. 한쪽 날개를 잃은 신마는 아주 힘겹게 날아 죽을힘을 다해 슈갈을 둘째 아내 집에까지 데려다 주었다. 둘째 아내도 남편을 보자 눈물을 흘렸다. 그녀 역시 슈갈이 큰 구렁이와 독룡을 때려죽인 이야기를 들려주자 비로소 눈물을 거두고 기뻐했다.

그런데 둘째 아내도 남편이 다시는 집을 멀리 떠나지 못하도록 밤중에 몰래 신마의 나머지 한쪽 날개를 베어 버렸다.

슈갈은 또다시 떠날 생각으로 더 일찍 일어났다. 그날은 달도 없는 어두운 밤이었다. 그는 조심스레 신마를 탔지만 두 날개를 잃은 신마는 그저 공중에서 빙빙 돌면서 애처롭게 울부짖을 뿐이었다.

아내는 말의 울부짖음을 듣고 얼른 일어나 밖으로 나왔다. 하지만 아내가 입을 떼기도 전에 슈갈은 벌써 신마와 함께 깊은 바닷속으로 떨어지고 말았다.

슈갈이 바다에 떨어졌다는 소식이 사람과 짐승들 사이에 퍼지자 그들의 슬픔은 이루 다 형언할 수 없었다.

때는 바로 6월의 어느 하루였다. 사람들은 떼를 지어 바닷가로 달려가 영웅을 추모하고, 새들은 하늘을 날며 바다를 향해 그를 돌려 달라고 지저귀었다. 하지만 바다는 울부짖는 파도 소리 말고는 아무 대답도 하지 않았다. 그래도 새들은 단념하지 않고 해마다 바다를 향하여 슈갈을 내놓으라고 울어 댔다. 해마다 6월이 되면 갯가에 새 한 마리 볼 수 없는데, 그것은 자신들의 영웅인 슈갈을 내놓으라고 바다로 날아갔기 때문이다.

그러나 바다는 그저 울기만 할 뿐 아무런 대답이 없다.

외할머니에게 가다

•••이족

오래전 심산에 한 일가가 살고 있었다. 그 집안에는 세 자매가 있는데 첫째는 열 살, 둘째는 여덟 살, 셋째는 다섯 살이었다. 그들 모두 하나같이 총명하고 예쁘게 생겨 사람들한테 귀여움을 독차지 했다.

외할머니는 손녀들이 보고 싶어 세 자매에게 외갓집에 와서 며칠 묵으라고 했다. 어머니는 집안일 때문에 손을 놓을 수가 없었는데, 딸들이 말을 잘 듣는 것을 보고 큰딸에게 동생들을 데리고 외갓집에 가도록 했다. 세 자매는 외할머니 집에 가라는 말을 듣고 매우 좋아했다. 세 자매는 지금껏 외할머니를 만나본 적이 없어서 어떻게 가야 하는지 물어보았다.

"어떻게 가요?"

"외갓집은 어디에 있어요?"

어머니가 말했다.

"외갓집은 농사를 짓고 있는데, 소가 무척 많단다. 갈림길이 나오거든 바로 쇠똥이 떨어져 있는 길로 가거라. 내일 출발해도 좋다."

때마침 한 압변파鴨變婆, 어린 아이만 잡아 먹는다는 산속에 사는 괴물가 집 뒤에 숨어 그 이야기를 듣고는 곧장 달려가 밤새 외갓집으로 가는 길에 떨어진 쇠똥을 깨끗하게 치우고 나서 이를 자신의 집으로 가는 길에 뿌렸다.

이튿날 세 자매는 문을 나섰다. 그들은 길에서 깔깔대며 어머니가 해 준 외할머니 이야기를 나누었다. 외할머니는 나이가 많은 탓에 이빨이 모두 빠졌고, 채마밭에는 고구마와 호박이 아주 많고, 연못에는 물고기가 가득하다고 했다. 세 자매는 이런저런 이야기를 하면서 걸어가다가 갈림길이 나오자 어머니의 말을 떠올리며 쇠똥이 떨어진 길로 갔다.

압변파는 일부러 예쁘게 치장하고 문 앞의 돌판자에 앉아 있다가 세 자매가 오는 것을 보고 소리를 질렀다.

"내 외손녀들아, 너희를 마중 나왔단다!"

세 자매는 정말 외할머니 집에 도착한 줄 알고 "외할머니, 외할머니." 하며 달려갔다. 집에 들어서자 둘째가 할머니에게 고구마를 구워 달라고 졸랐다. 압변파는 고구마가 없어서 거짓말을 했다.

"고구마를 아직 캐 오지 못했단다."

첫째는 이상하다고 느끼며 속으로 생각했다.

'설이 다 지나도록 어째서 고구마를 캐지 않았을까?'

저녁때가 되자 둘째가 호박을 삶아 달라고 졸랐다. 압변파는 호박도 없어 이렇게 둘러댔다.

"호박 요리는 그만두고 이 할미가 계란 볶음을 해 줄 테니 먹으렴. 단 조건이 있다. 할미가 계란을 볶을 때 보아서는 안 된단다. 너희는 눈을 꼭 감고 있어야 한다."

첫째는 점점 더 이상한 생각이 들어 일부러 눈을 감은 척하고 엿보았더니 할머니가 코를 짜서 콧물을 솥 안에 떨어뜨린 뒤에 요리를 하는 것이었다. 첫째는 속으로 생각했다.

'외할머니는 어째서 저런 행동을 하실까?'

음식이 나왔을 때 첫째는 눈을 깜빡이며 둘째에게 신호를 보냈다. 둘째는 그 뜻을 알아차리고 음식을 먹지 않았지만, 셋째는 알아차리지 못하고 계란 노른자를 달라고 떼를 썼다. 콧물이 어떻게 노란색으로 변할 수 있단 말인가? 그러자 압변파가 말했다.

"막내야, 계란 노른자는 맛이 없고 흰자가 맛이 있단다. 내가 먹는 것을 보렴."

그러고는 한 덩이를 들어 이를 드러내고는 씹어 먹기 시작했다. 첫째는 그 광경을 보고 깜짝 놀랐다. 할머니의 이빨이 어째서 저렇게 시뻘건지 알 수 없었다. 어머니가 외할머니는 이빨이 모두 빠졌다고 한 말도 생각났다. 첫째는 마음속으로 생각해 보았다.

'어머니 말에 따르면 압변파의 이빨이 붉다고 했어. 압변파는 아이만 골라 잡아먹는데, 너무 많이 잡아먹어 이빨이 전부 붉게 변했다고 말이야. 혹시 이 할머니는 압변파가 아닐까?'

첫째는 급히 밥을 먹고 난 뒤에 동생들을 데리고 뒷간에 갔다오겠다고 거짓말을 한 뒤에 둘째와 막내를 데리고 나와 작은 연못가를 살폈다. 연못 안은 온통 붉은 피투성이고, 핏물 안에는 아직도 어린아이들의 옷과 머리카락이 떠다니고 있었다. 세 자매는 그제야 외할머니가 아니라 압변파임을 알았다. 셋째는 놀라서 오들오들 떨기 시작했다. 둘째 역시 약간 두려워했다. 첫째는 두려워해 봤자 소용없다는 것을 알고 얼른 방법을 강구하여 동생들을 데리고 달아나야겠다고 생각했다. 첫째는 문 앞에 있는 큰 나무 한 그루를 보고 좋은 방법이 떠올라 동생들에게 일러 주었다.

압변파는 세 자매가 오랫동안 돌아오지 않자 그들이 도망쳤을까 봐 얼른 문 앞으로 나가보았다. 첫째가 셋째를 업고 둘째와 나무 위로 올라가는 중이었다. 압변파는 손을 흔들며 고함쳤다.

"얼른 내려오너라! 얼른 내려와!"

둘째가 말했다.

"이 나무 위가 너무 시원해서 내려가고 싶지 않아요."

이번에는 첫째가 말했다.

"저희 머리가 너무 헝클어졌으니 할머니가 빗을 가지고 나와 저희 머리를 빗겨 주시면 내려갈게요."

압변파는 세 자매의 비위를 맞추기 위해 빗을 들고 나무 위로 올라와 첫째와 둘째의 머리를 빗겨 주었다. 그러자 첫째가 또 말했다.

"외할머니, 외할머니 머리도 헝클어져 있으니 저희가 빗겨 드릴게요. 오늘 밤은 막내가 할머니와 함께 자고 싶다고 했어요."

이번에는 둘째가 말했다.

"할머니 머리카락에 묻은 재가 눈에 들어갈지도 모르니 저희가 수건을 가져와서 눈을 가려 드릴게요."

두 자매는 연신 "외할머니." 하면서 머리를 빗기기 시작했다. 머리를 빗기면서 압변파의 머리카락을 나무에 꽁꽁 묶었다. 첫째는 둘째에게 먼저 내려가라고 신호를 보내더니 압변파에게 이렇게 말했다.

"아니, 이 일을 어쩐다지. 외할머니, 빗이 떨어졌어요. 제가 내려가서 주워 올게요."

첫째는 얼른 셋째를 등에 업고 나무에서 내려온 뒤 둘째와 함께 원래 왔던 길로 쏜살같이 달아났다.

세 자매는 갈림길에서 마을 노인 한 사람을 만났다. 그들은 자신이 겪은 일을 상세하게 말해 주었다. 노인은 손으로 앞쪽을 가리키며 말했다.

"이 길이 너희 외할머니 집으로 가는 길이란다. 두려워하지 말고 얼른 외할머니 집에 가거라. 내게 압변파를 처치할 방법이 있다."

세 자매는 고맙다고 인사한 뒤 쏜살같이 도망갔다.

한편 압변파는 나무 위에서 한참 동안 세 자매를 기다렸지만 아무리 기다려도 다시 올라오지 않았다. 여러 번 고함을 치면서 세 자매를 불렀지만 아무 대답이 없었다.

압변파는 얼른 눈을 가렸던 수건을 찢고 나무 아래를 내려다보았다. 세 자매는 그림자도 보이지 않았다. 그녀는 나무를 내려가 얼른 뒤쫓아 가려 했지만 머리카락이 나무에 묶여 있었다. 압변파는 비로소 세 자매에게 속았음을 알게 되었다. 손을 뻗어 머리카락을 풀려 했지만 잘 풀리지 않았다. 머리카락을 잡아당기고 또 잡아당기다가 결국에는 머리카락이 모두 뽑혀 나가 머리에서 피가 났다. 압변파는 얼른 나무에서 내려와 세 자매를 뒤쫓아 갔다. 갈림길까지 쫓아갔을 때 그녀는 짐을 지고 있는 노인을 만나자 짐짓 불쌍한 척하면서 말했다.

"머리가 아파 죽을 지경이오. 여기 어디에 의원이 있는지 알면 좀 가르쳐 주시오."

노인은 그녀의 머리에 피가 흥건한 것을 보고 틀림없는 압변파라 생각하고 말했다.

"내가 바로 두통을 전문적으로 치료하는 의원이오."

압변파는 그 자리에 앉아 머리를 보여 주면서 고쳐 달라고 했다.

노인은 조용히 광주리 안에 있는 석회 가루를 모두 그녀의 머리 위에 끼얹었다. 압변파의 눈은 따가웠고, 머리 가죽은 완전히 벗겨졌으며, 입에서는 수포가 생기기 시작했다. 다른 사람을 해치던 요망한 할멈은 "아야! 아야!" 하면서 고통을 호소하다가 결국에는 죽고 말았다.

뇌공을 사로잡는 바람에 생긴 일

•••동족

●—뇌공을 사로잡다

옛날 어느 마을에 네 형제가 살고 있었다. 첫째는 장비수長臂手이고, 둘째는 장퇴각長腿脚, 셋째는 순풍이順風耳, 넷째는 천리안千里眼이었다. 이들 네 형제는 자신들의 이름대로 각자 재주를 한 가지씩 가지고 있었다.

하루는 어머니가 병이 나서 여러 의원에게 보였지만 효험을 보지 못했다. 그러던 차에 어떤 사람이 형제들에게 뇌공의 쓸개를 먹으면 병이 나을 것이라고 말해 주었다. 그리하여 네 형제는 곧장 뇌공을 잡을 방법을 궁리하기 시작했다. 순풍이가 큰 귀를 쫑긋 세우고 들어 보았더니 어떤 사람이 이렇게 말했다.

"조왕신이 바로 밀고자로 그는 인간 세상의 선악을 들으면 모두 하늘에 가서 아뢰는데, 오곡을 소홀히 하는 사람은 누구든지 천왕이 곧장 뇌공을 보내 벌을 내린다고 하는군요."

순풍이는 자신이 들은 말을 형제들에게 말해 주었다. 그들은 어머니 병을 치료하려고 뇌공을 잡을 방법을 고민했다. 그리하여 장비수와 장퇴각은 곧장 산으로 가서 비니랑鼻些隘, 나무 이름 껍질을 많이 주워다가 집 옥상에 깔아 놓은 뒤 물을 그 위에 뿌려 놓았다. 그런 뒤에 황반화密蒙花의 다른 이름으로 부들레야(섬머라일락)로 알려져 있음 물에 찹쌀을 담가 놓았다가 쪄서 아주 노란 찹쌀밥을 지었는데, 보기에 밥과 대변이 함께 뒤섞여 있는 모양으로 조왕신이 오인하기에 딱 좋았다.

장비수는 일부러 막대기로 똥통을 휘저어 조왕신에게 냄새를 풍겼다. 조왕신은 그들이 오곡을 소홀히 한 것으로 생각하고 바로 그 사실을 천상에다 알렸다.

천왕은 조왕신의 보고를 듣자마자 곧장 뇌공을 보내 그들을 벌할 작정이었다. 그런데 뜻밖에도 지상에 내려간 뇌공은 그 집 옥상에서 "삐걱!" 하는 소리를 내며 미끄러져 그만 네 형제에게 잡히고 말았다.

형제는 뇌공을 사로잡고 그의 쇠망치와 부삽을 빼앗은 뒤 철창 안에 가두었다. 그러고는 소금이 오기를 기다렸다가 뇌공의 쓸개를 절여 어머니의 병을 치료할 작정이었다.

장퇴각은 바다로 가서 소금을 찾고 순이풍과 천리안, 장비수 세 형제는 집에서 뇌공을 감시했다. 하지만 장퇴각이 바다로 출발한 뒤 세 형제는 하나 둘 잠들기 시작했다.

뇌공은 철장 안에 갇혀 한창 고민하다가 마침 물을 길으러 가는 강량姜良과 강매姜妹를 보고 물 한 모금만 달라고 애원했다. 강량과 강매 오누이는 웬일인지 뇌공이 애처로워 보여 그에게 물을 조금 주었다. 그러자 뇌공은 표주박 씨앗을 그들에게 주며 말했다.

"너희는 이 씨앗을 땅에 심은 뒤 그 옆을 지키면서 이렇게 외워라. '인시寅時에 씨 뿌리고 묘시卯時에 싹이 트고 진시辰時에 꽃이 피고 사시巳時에 열매를 맺을 것이다.' 라고 말이다. 열매가 자라기 시작하면 너희한테 좋은 일이 있을 것이다."

물을 받아든 뇌공은 그들에게 비키라고 소리를 지르더니 무어라 중얼중얼 외우기 시작했다. 그러고는 "푸" 하고 물을 한 번 뿜자 철장이 "펑!" 하는 소리와 함께 갈라졌다. 뇌공은 철장을 나와 자신의 쇠망치와 부삽을 찾아들고는 쿵쿵 소리를 내며 허둥지둥 하늘로 날아올라 갔다.

●——큰물이 하늘을 뒤덮다

뇌공은 천상으로 달아나 천왕 앞에서 인간이 얼마나 흉악한지 일러바치면서 홍수를 내려 자신을 죽이려 했던 네 형제를 익사시켜 달라고 간청했다. 천왕은 곧바로 표주박에 물을 담아 뇌공에게 주면서 말했다.

"인간을 모두 죽여 후사를 끊어서는 안 되니, 반만 붓고 반은 남겨 두도록 하라."

강량과 강매 오누이는 뇌공한테서 표주박 씨앗을 받은 그날 바로 땅에 심고는 옆에서 지키면서 계속 그 구절을 외웠다. 그랬더니 정말 표주박 씨앗에서 곧장 싹이 나고 덩굴이 생겼으며 꽃이 피고 열매가 달리더니 아주 커다란 통으로 자랐다.

뇌공은 표주박에 가득 담긴 물을 쏟았다. 그랬더니 순식간에 큰물이 천하를 뒤덮었다. 뇌공이 보았더니 산마루에 있던 짐승과 새, 사람들 모두 물에 빠져 죽을 것 같았다. 오직 강량과 강매 오누이만 표주박에 구멍을 내고 함께 그 안으로 들어가서 물을 따라 도처를 떠다녔다.

순풍이는 뇌공이 보복한다는 이야기를 듣고는 장비수와 장퇴각에게 얼른 나무를 구해서 뗏목을 만들게 했다. 그들은 홍수가 막 시작될 무렵 뗏목에 탔다. 물이 불고 불어서 하늘까지 차올랐다. 네 형제는 뗏목을 타고 돌고 돌다가 천상의 남천문南天門에 부딪혔다. 그 소리를 들은 뇌공이 물었다.

"누구냐?"

"장비수, 장퇴각이 달아난 뇌공을 잡으러 왔다."

이 말을 들은 뇌공은 깜짝 놀라 얼른 천왕 꽁무니에 숨어 전전긍긍하며 말했다.

"큰일 났습니다! 그들이 하늘까지 저를 잡으러 왔습니다. 그러니 얼른 하늘을 높이 올려야 합니다."

천왕은 어쩔 줄 몰라 하며 엉덩이로 뇌공의 두 눈이 탱탱 부어오를 정도로 깔고 앉았다. 이때부터 뇌공은 퉁방울눈이 되었다.

천왕은 급한 나머지 깊이 생각하지 않고 하늘을 지상과 떼어 놓았다. 이때부터 하늘이 아주 높아졌지만 이미 때는 늦었다. 네 형제는 벌써 남천문에서 천상으로 들어와 뇌공을 쫓아오는 중이었다. 그들은 뇌공을 쫓아오면서 쿵쿵 소리를 내고 천둥을 쳤다.

천왕은 홍수로 네 형제를 죽일 수 없게 되자 인간 세상에 뿌린 물을 빼라고 명령을 내렸다. 하지만 이미 불어난 물을 다시 거두어들일 수 없었다. 이를 해결하기 위해 천왕은 태양 열두 개를 지상으로 내보냈다.

●──태양을 쏘아 맞추다

천왕이 내보낸 열두 개의 태양은 마치 불덩이처럼 활활 타올랐다. 태양이 밤낮으로 쉬지 않고 빛을 따갑게 내리쬐는 바람에 돌은 깨지고 물은 바싹 말라 버렸다.

강량과 강매는 지상으로 돌아왔으나 햇볕이 따가워서 살 수가 없었다. 이들은 대나무로 화살을 만든 뒤에 상천제[1]를 따라 나무 끝까지 올라가서 태양을 쏘려고 했다.

하지만 태양과의 거리가 가까워질수록 햇볕은 더욱 뜨거웠다. 나무 꼭대기까지 올라간 강량은 내리쬐는 햇볕에 숨도 제대로 쉴 수 없었지만, 꾹 참고 힘껏 활을 잡아당겨 연속으로 화살 열 발을 쏘아 열 개의 태양을 맞혀 떨어뜨렸다. 이를 지켜보던 강매가 얼른 끼어들었다.

"제발 다 쏘지 마세요. 오라버니께서 농사짓고 제가 비단 짤 때 비춰 줄 태양 하나는 남겨 둬야지요."

그제야 강량은 활을 거두어들였다. 그런데 무서워서 고사리 잎 아래에 숨어 있던 작은 태양 하나가 나중에 달로 변했다.

강량이 태양 열 개를 쏘아 떨어뜨리자 천왕은 당황해하며 어찌 된 영문인지 알아보려고 천문을 열었다. 그랬더니 강량이 상천제를 따라 위로 올라와 태양을 쏘아 떨어뜨린 것이 아닌가. 천왕은 상천제가 너무 높이 자란 것을 나무라며 악담을 퍼부었다.

"상천제는 높이 자라서는 안 되니 3척尺 정도 자라고 나면 잘라 버려라."

그래서 지금 보이는 상천제는 그다지 크지 않은데, 그때 천왕이 그렇게 만들었기 때문이다.

●──혼인할 배우자를 찾아다니다

강량이 태양 열 개를 쏘아 떨어뜨리자 지상은 시원해지고, 밤과 낮도 생겼다. 하지만 홍수가 천하를 뒤덮는 바람에 지상에는 집도 없고, 사람과 가축도 없었다.

그리하여 강량과 강매 오누이는 다시 살 집을 짓고 밭을 개간하며 오이, 콩, 곡식, 목화 등을 심었다. 얼마 뒤 오누이는 성장하여 어른이 되었지만 혼인할 사람을 찾을 수 없었다. 그래서 이들은 도처를 돌아다니며 배필을 구했다.

강매는 청년을, 강량은 아가씨를 찾아 3년 6개월을 돌아다니며 동서남북을 다 뒤졌지만 결국 찾지 못했다. 더는 방법이 없자 이들 오누이는 대나무를 찾아가서 물었다.

"대나무야, 사람이 살고 있는 곳이 어디인지 우리한테 말해 주렴. 우리는 짝을 찾아 혼인해야 해."

"홍수가 천하를 뒤덮는 바람에 세상 사람이 모두 죽고 없으니, 혼인하려면 오누이끼리 하는 수밖에 없어."

얼굴이 온통 발개진 강매는 몹시 화가 나서 대나무를 잘라 버리려고 칼을 휘두르며 꾸짖었다.

"네가 입에서 나오는 말이라고 막 하는구나. 세상에 오누이끼리 혼인하는 법이 어디 있단 말이냐! 네 마디마디를 자른 뒤에도 다시 그런 말을 할 수 있는지 두고 보자."

대나무는 사실을 말했다가 도리어 욕을 자초하고 잘리는 처지가 되자 억울하다는 듯 해명했다.

"나는 사실대로 말했을 뿐인데 도리어 내게 상처를 입히다니. 만약 다른 배필을 찾지 못하게 되면 그때는 내 끊어진 마디마디를 다시 이어 줘야 한다."

결국 두 사람은 배우자를 찾지 못했다. 그래서 오누이가 혼인할 상황에 놓이게 되자 강매는 끊어진 대나무를 다시 이어 줄 수밖에 없었다. 그 뒤로 오늘날까지 대나무가 마디로 구분되어 자라고 있다.

이들 오누이는 소나무를 찾아가 다시 물었다.

"소나무야, 너는 산에 높이 서서 먼 곳까지 바라볼 수 있으니 세상 어디에 사람이 살고 있는지 우리한테 말해 줄래? 우리는 짝을 찾아 혼인을 해야 해."

"홍수가 천하를 뒤덮는 바람에 세상 사람이 모두 죽고 없으니, 혼인하려면 오누이끼리 하는 수밖에 없어."

강매는 노기가 충천해서 소나무를 가리키며 욕했다.

"소나무가 정리에 어긋난 말을 하는구나. 세상에 오누이끼리 혼인하는 법이 어디 있단 말이냐. 네가 다시 허튼소리를 하지 못하게 네 뿌리를 잘라 버릴 테다!"

이때 강량이 얼른 끼어들었다.

"그렇게 하지 마라. 그냥 저쪽에다 옮겨 심어야겠다."

그래서 훗날 소나무는 잘려 나간 그루터기에서는 더 이상 싹이 나지 않고 다른 곳으로 옮겨다 심어야 자손을 번성시킬 수 있다.

그들은 마지막으로 돌을 찾아가 물었다.

"돌아, 너는 소리를 잘 들을 수 있다고 하던데, 세상 어디에 사람이 살고 있는지 우리한테 말해 줄래? 우리는 서로 짝을 찾아 혼인해야 해."

"홍수가 천하를 뒤덮는 바람에 세상 사람이 모두 죽고 없으니, 혼인하려면 오누이끼리 하는 수밖에 없어."

강매는 돌마저 이렇게 말하는 것을 듣고 처음처럼 화를 내지 않았지만, 마음이 불편한 듯 중얼거렸다.

"오누이가 어떻게 혼인할 수 있단 말인가?"

●──오누이가 혼인하다

강량과 강매는 천하를 다 돌아다니며 대나무와 소나무, 돌에게 물어보았지만 모두 살아남은 사람이 없으니 오누이끼리 혼인할 수 밖에 없다고 말했다.

강량은 자손을 널리 퍼뜨리기 위해 강매에게 혼인 이야기를 꺼냈다. 그러자 강매가 세 가지 조건을 제시했다. 동서 양쪽에 있는 불의 연기를 한곳에 모으고, 영남嶺南 · 영북嶺北으로 흐르는 강물을 한곳에 모으고, 동서 양쪽에 있는 맷돌 두 개를 산비탈까지 굴려 합치라는 것이었다.

강량은 강매의 말을 듣고 몹시 난처해하며 이곳저곳을 돌아다니면서 어떻게 해야 할지를 물었다. 그는 거북이에게 물었다.

"동서 양쪽에 있는 불의 연기를 어떻게 하면 모을 수 있습니까?"

"동풍이 불 때를 기다렸다가 먼저 동쪽에 불을 붙이고 난 뒤에 서쪽에 불을 붙이시오."

강량이 거북이 말대로 먼저 동쪽에 불을 붙이자 연기가 서쪽으로 움직였다. 그러고 나서 서쪽에다 불을 붙이자 연기가 위로 피어올라 마침 동쪽에서 날아오던 연기와 합쳐졌다. 강량은 첫 번째 조건을 해결하자 속으로 몹시 기뻐했다.

강량은 다시 거북이에게 물었다.

"영남 · 영북 두 곳의 물줄기를 어떻게 하면 합칠 수 있습니까?"

"서쪽이 높고 동쪽이 낮으니, 개천을 파면 두 곳의 물줄기를 끌어당겨 합칠 수 있소."

"동쪽과 서쪽 양쪽에 있는 맷돌은 산 아래로 굴려 어떻게 합칠 수 있습니까?"

그러자 거북이가 웃으면서 말했다.

"강량, 강량! 당신은 어찌 그리도 어리석단 말인가. 먼저 맷돌 한 쌍을 산기슭에 가져다 놓은 다음 산 위로 올라가서 다른 맷돌을 굴리시오. 그 맷돌이 어디로 굴러가든 간에 당신은 강매를 데리고 미리 맷돌을 갖다 놓은 곳에 가서 이를 보여 주면 되지 않소?"

거북이는 강량을 도와 세 가지 일을 모두 처리해 주었다. 하지만 강매는 강량이 어리석어 스스로 이 같은 생각을 해냈을 리가 없다고 생각하고 누가 그를 도왔는지 물었다.

강량은 처음에 입을 굳게 다물었으나 강매가 계속해서 추궁하는 바람에 하는 수 없이 거북이가 도와주었다고 실토했다. 강매는 그 말을 듣고는 불복했다.

"다른 이가 도와주었으니 오라버니가 한 것이라고 말할 수 없어요. 이번에는 오라버니가 앞에서, 내가 뒤에서 산비탈 주위를 세 바퀴 도는 동안 정면에서 나를 잡는다면 혼인하겠어요."

강량은 강매의 의견을 따르는 수밖에 없었다. 그들 두 사람은 산비탈을 돌고 돌면서 두 바퀴를 돌았지만 강량은 계속해서 강매의 뒤만 쫓아다녔다. 강량은 강매를 잡을 수 없음을 깨닫고 마음은 급해졌지만 몸은 자꾸 늦어졌다. 길에서 그 광경을 보던 거북이가 급히 고함쳤다.

"거꾸로 도시오, 거꾸로!"

강량은 문득 깨달은 바가 있어서 얼른 몸을 뒤로 돌려 달렸고, 얼마 지나지 않아 정면에서 강매를 와락 껴안았다. 강매는 더 이상 할 말이 없었다.

후에 강매가 강량에게 물으니 거북이의 생각이었음을 실토하고 말았다. 그녀는 강량이 없는 틈을 타서 발로 거북이를 밟아 죽였다. 이 사실을 알게 된 강량은 조각난 거북이 등을 바늘로 짜깁기했다. 그래서 지금 우리가 보는 거북이 등 껍데기에 갈라진 무늬가 생긴 것이다. 강량은 거북이의 도움에 몹시 고마워하며 자신의 머리 위에 있으면서 수시로 자신을 위해 조언해 줄 것을 부탁했다.

강매는 결국 강량과 혼인하는 데 동의했다. 하지만 오누이가 혼인한다는 자체가 몹시 부끄러운 일이었으므로 강매는 우산으로 얼굴을 가리고 집 안으로 들어갔다.

강량과 강매는 혼인하고 3년 뒤에 고깃덩어리 하나를 낳았는데, 어디가 어디인지 알 수 없는 동굴 같았다. 두 사람은 몹시 걱정되어 거북이를 찾아가 물었다. 그러자 거북이가 말했다.

"칼을 잘 갈아 그것을 자르시오. 그런 뒤 뼈와 살을 발라내고 심장과 간, 창자를 꺼내 버리시오."

강량과 강매는 고깃덩어리를 가른 뒤 뼈는 밭두둑에 버리고, 고기는 강가에 버렸으며, 심장과 간은 바위 동굴 가에 버리고, 창자는 산기슭에 던졌다.

이튿날 둘이 함께 밭이랑에 가 보았더니 도처에서 연기가 나고 물가, 동굴 옆, 산기슭에서 누군가가 노래를 부르며 춤을 추고 있었다.

밭두둑에 던져진 뼈는 한족으로 변했는데, 아주 건강하고 단단했다. 강가에 던진 고깃덩어리는 요인瑤人으로 변했는데, 모두 노래를 부르고 춤을 출 줄 알았으며 꽃무늬 모양의 치마 입기를 좋아했다. 한족漢族, 동족侗族, 묘족苗族, 요족瑤族은 아주 오래전부터 같은 민족으로 같은 어머니를 모셨다.

●—주

1 마상수(馬桑樹). 옛날부터 전해 오는 말에 따르면 마상수가 하늘에 닿을 만큼 높이 자라서 상천제라 불렀다고 한다.

개갑 이야기

•••동족

●—세 가지 조건

머슴에게 아주 가혹하게 구는 지주가 있었다. 이를 아는 사람들은 모두 그 집에 가서 일하는 것을 두려워했다.

하루는 그 지주가 개갑開甲을 찾아와서 일 년만 머슴으로 일해 달라고 부탁했다. 개갑은 마음속으로 생각해 보았다.

'다른 사람들은 모두 그를 두려워하지만 나는 두렵지 않으니, 이번 기회에 따끔하게 혼내 주어야겠다.'

개갑은 그저 알았다고 하면서 지주에게 세 가지 조건을 들어주어야만 일하겠다고 말했다.

그러자 지주가 물었다.

"세 가지 조건이 뭐요?"

"첫 번째 엉덩이를 빼고 하는 일은 하지 않겠소."

지주는 가만 생각해 보았다.

'엉덩이를 빼고 하는 일이 어디 있단 말인가.'

"좋소. 두 번째 조건은 무엇이오?"

"정방형의 모자는 쓰지 않겠소."

지주는 속으로 생각했다.

'정방형의 모자를 어떻게 쓸 수 있단 말인가.'

"받아들이겠소. 세 번째 조건을 말해 보시오."

"세 번째는 세 사람이 함께 길을 가야 한다면 나는 가지 않겠소."

지주는 잠시 생각하더니 결국 세 가지 조건을 모두 받아들이겠다고 말했다.

이렇게 해서 두 사람은 이야기를 모두 끝내고 개갑은 지주 집으로 일하러 갔다. 눈 깜짝할 사이에 모를 심을 계절이 되자 지주는 개갑에게 함께 일하자고 했다. 그러자 개갑이 말했다.

"내가 전에 말하지 않았소. 엉덩이를 빼고 하는 일은 하지 않겠다고 말이오."

지주는 개갑의 말을 듣고 말문이 막혔다. 탈곡할 계절이 되자 지주는 개갑에게 탈곡하라고 했다. 그러자 개갑이 말했다.

"말하지 않았소? 정방형의 모자는 쓸 수 없다고 말이오."

지주는 이번에도 말문이 막혔다. 그리하여 지주는 이렇게 말을 바꾸었다.

"그렇다면 자네는 낟알이나 짊어지고 오게."

"어르신, 당신이 약속한 조건을 또 잊으셨소? 내가 이전에 세 사람이 함께 가야 한다면 가지 않겠다고 한 말 말이오."

지주는 뭐라 말도 하지 못하고 약속대로 하는 수밖에 없었다.

그 결과 약속된 일 년의 시간이 흘렀지만 개갑은 모를 심고, 탈곡하고, 물건을 메는 일을 전혀 하지 않았다.

●—똥을 져 나르다

개갑이 어느 지주의 집에서 머슴살이를 했는데 봄이 되자 지주는 개갑에게 똥을 져 나르는 일을 시키고 다른 머슴들에게는 다른 일을 나누어 시켰다. 아무리 똥을 져 나르는 일이 중요하지 않다 해도 똥을 져 나른 며칠 뒤에 지주는 그에게 열심히 일을 하지 않는다고 욕했다. 또 똥을 져 나르는 일은 쉬운 일이라며 갈 때는 똥을 지고 가지만 올 때는 빈 몸으로 오니 반나절 일감밖에 되지 않는다고 했다. 그 말을 들은 개갑은 지주를 혼내 줘야겠다고 생각했다.

이튿날 개갑은 바짝 마르고 가벼운 똥을 잘 담은 뒤에 똥을 메고 왔다 갔다 하다가 다른 사람들이 일을 끝낸 다음에야 그 똥을 멘 채로 집으로 돌아왔다. 개갑은 며칠 동안 이를 반복했다.

이 사실은 알게 된 지주는 펄쩍 뛰면서 욕했다.

"개갑, 어째서 요 며칠 동안 한 번도 똥을 져 나르지 않는가? 똥을 지고 가서 다시 또 지고 오다니 혹시 미친 것 아닌가?"

"당신이 돌아올 때는 빈 몸으로 와서 가볍다고 말하지 않았소. 내가 그렇게 하지 않는다고 해서 또 어쩔 것이오?"

지주는 대노하여 말했다.

"이 바보 같은 놈! 돌 두 개를 지고 돌아오는 것이 더 낫겠다."

"당신은 내게 똥을 져 나르라고 했지, 돌을 져 나르라고는 하지 않았소!"

지주는 어찌할 도리가 없었다. 이때부터 지주는 개갑이라는 머슴을 다시는 업신여기지 않았다.

호랑이 담배 피우다

•••동족

아주 옛날에는 사람과 짐승이 함께 산채에 살면서 같은 밥과 과일을 먹으면서 화기애애하게 살아갔다.

그러다 얼룩 호랑이 대에 와서 상황이 달라졌다. 흉악한 몰골을 하고 이를 드러내던 호랑이는 자신이 힘세고 강하다고 생각했다. 놈은 대대로 내려오던 우정을 깡그리 잊어버리고 자신을 스스로 왕이라 불렀다. 사람들은 야만적이고 도리를 모르는 얼룩 호랑이를 못 견뎌서 산채 밖으로 몰아내야겠다고 상의했다.

한참 이야기하던 중에 얼룩 호랑이는 또 어디서 못된 짓을 했는지 입가에 피를 잔뜩 묻히고 어깨를 으쓱대며 돌아왔다. 호랑이가 돌아온 것을 보고 바로 이때다 싶어 농부가 먼저 입을 열었다.

"호랑이 동생, 또 어느 집에 가서 뭘 먹고 왔는가? 이렇게 나가다간 우리의 자손이 끊길까 걱정이네. 다른 사람들이 마음 편하게 살아가려면 이제 헤어져야 할 것 같네. 이 집은 우리 할아버지들이 삼나무를 자르고 띠풀을 엮어 지은 것이니 우리가 여기 살겠네. 자네는 산 위로 올라가서 살게나."

"무슨 까닭에 나더러 산 위에 올라가서 살라고 하는 거야. 내가 무서우면 너희가 산 위에 올라가야지!"

얼룩 호랑이는 거친 목소리로 대답했다. 그러자 농부가 부드럽게 말했다.

"네가 두려운 게 아니라 오랫동안 같이 산 정분을 생각해서 너를 귀찮게 하고 싶지 않아서였어."

"내가 두렵지 않다면 서로 재주를 비교해 지는 쪽이 산에 올라가서 살도록 하자."

재주를 비교해 보자는 말에 평소 호랑이에게 해를 당하던 어린 산양들은 무서워서 조심스럽게 농부에게 말했다.

"호랑이와 재주를 비교해서는 안 돼요. 그러다간 우리 모두 잡아먹히고 말 거예요"

농부는 어린 산양을 달래고 나서 호랑이에게 당당하게 말했다.

"그래, 비교해 보자! 누구든 지는 쪽이 산에 올라가는 거다. 만약 네가 지면 다시는 산채에 와서 우리를 괴롭혀서는 안 된다. 네가 한 말이니 책임을 져야 한다."

"당연히 책임을 지겠다. 내가 지면 기꺼이 산에 올라가겠지만, 만약 너희가 지면 어떻게 할 건가? 그럼 모두 내 아침밥이 되어야 한다."

얼룩 호랑이는 마치 이기기나 한 것처럼 의기양양하게 수염을 만지작거렸다.

이튿날 태양이 동산東山에 떠오르자 사람들과 짐승들은 집 안에 모여 호랑이와 농부의 재주 비교를 지켜봤다.

호랑이는 먼저 앞으로 나오더니 구리 방울 같은 큰 눈을 똑바로 뜨고 이빨을 드러낸 채 포효하면서 돌 벽에 뛰어올랐다가 내려왔다. 작은 동물들은 그 고함을 듣고 깜짝 놀라 전부 사방으로 달아나 풀숲으로 들어가 숨었다.

농부는 호랑이가 겉으로는 강해 보이지만 속이 비었다고 생각해 조금도 두려워하지 않고 그곳에 버티고 있었다. 농부 옆에는 이제 막 세상에 나온 송아지가 머리를 들고 서 있었다. 고함 탓에 정신이 번쩍 들었는지 송아지는 작은 눈을 뜨고 호랑이를 훑어보았다.

얼룩 호랑이는 재주를 한 번 부리고는 더 이상 아무것도 보여 주지 못했다. 농부는 침착한 모습으로 화로에 타고 있던 장작개비를 꺼내 지붕의 띠풀에다 불붙이고 나서 송아지를 데리고 달아났다. 그 순간 딱딱거리면서 삼나무들이 갈라지기 시작했는데, 그 소리에 얼룩 호랑이는 놀라서 털이 곤두설 지경이었다. 호랑이가 보았더니 불길이 활활 타올라 숨을 곳이 없었다. 그리하여 호랑이는 꽁무니를 빼고 심산으로 들어갔다.

송아지는 농부와 친구가 되길 원했다. 그들은 삼나무와 녹나무를 베어 새 집을 짓고 평안하게 살았다.

눈 깜짝할 사이에 몇 년이 흘러 농부의 턱에도 수염이 많이 자라고, 송아지도 큰 물소로 자랐다.

어느 봄날 농부는 물소를 끌고 남쪽 산기슭에서 밭을 갈다가 한낮이 되자 풀어놓고 풀을 뜯어먹게 했다.

파랗게 돋아난 산의 풀은 보드랍고 연했다. 물소는 풀을 뜯으며 천천히 거닐다가 자신도 모르게 너무 멀리 와 버렸다. 그때 갑자기 초목 숲에서 얼룩 호랑이 한 마리가 뛰쳐나왔다. 호랑이는 물소를 보자마자 곧 예전의 그 송아지임을 알아차리고 잡아먹어야겠다고 생각했다. 하지만 호랑이는 혹시 농부가 나타나서 물소를 도와주지 않을까 걱정하며 살살 꼬드겼다.

"물소 형님, 당신은 힘도 세고 재주도 많은데 왜 농부의 부림을 당하고 있소? 나를 한번 보시오. 얼마나 자유로운지! 좋아하는 것은 아무것이나 다 먹을 수 있고, 어느 누구의 간섭도 받지 않으니 말이오. 나를 따라 산으로 갑시다."

"그 사람은 총명하고 재주도 아주 뛰어나오. 그 사람이 나를 구해 주었으니 나 역시 그를 위해 일할 뿐이오."

호랑이는 화가 나서 이빨을 드러내며 말했다.

"그 사람이 무슨 재주가 있단 말이냐! 2년 전에는 내가 어떻게 된 영문인지 모르고 얼떨결에 당했을 뿐이다. 이제는 두렵지 않으니까 다시 한 번 재주를 비교해 보자고 그 사람에게 전해라."

물소는 호랑이의 말을 듣고 돌아와서 잠깐 쉬며 담배를 피우고 있는 농부에게 그 사실을 알려 주었다. 농부는 물소를 시켜 호랑이를 데려왔다.

농부는 화승총을 쥐고 호랑이를 맞이했다.

"오, 호랑이 형님! 오랫동안 보지 못했소이다. 먼저 담배나 한 대 피우고 시작합시다."

그렇게 말하고 화승총을 담뱃대처럼 걸쳐 놓았다. 호랑이는 속으로 생각했다.

'이번에는 내가 두려운가 보지? 나를 형님이라고 부르면서 담배를 권하다니.'

호랑이는 주둥이를 벌리고 총구를 물면서 위엄 있게 말했다.

"얼른 나를 도와 담배에 불을 붙이게."

농부가 부싯돌을 쳐서 불을 붙이자 딱딱거리는 소리와 함께 불꽃이 일면서 연기가 피어오르기 시작했다. 호랑이는 있는 힘껏 연기를 한 모금 빨아들이고 나서 "펑!" 하는 소리와 함께 그 자리에서 고꾸라져 죽고 말았다.

물소는 피를 흘리며 죽은 호랑이를 보면서 방금 큰소리치던 모습이 생각나 웃음을 참지 못하고 크게 웃고 말았다. 물소는 눈도 뜨지 못할 정도로 배꼽을 잡고 웃다가 그만 발에 미끄러져 돌부리에 앞니가 떨어져 나가고 말았다. 그때부터 물소는 앞니가 없다.

총명한 부인

•••동족

뇌채雷寨에 암채岩寨로 시집가게 된 아가씨가 있었다. 시집갈 때 아버지는 말 한 필을 혼수품으로 딸려 보냈다. 하지만 아가씨의 남편은 아주 어리석은 사람이라 말을 먹일 줄 몰라서 갈수록 말은 점점 말라 갔다. 그러자 부인은 남편에게 말을 끌고 천주성天柱城에 가서 팔게 했다.

성 안에 마침 현금 없이 말을 사러 온 수재가 있었다. 수재는 말 파는 사람이 어리석어 보이자 그를 속일 생각에 다음 날 돈을 받으러 오라고 했다.

남편이 수재에게 물었다.

"선생님 성이 어떻게 되십니까? 어디에 사십니까?"

"나의 성은 '춥지도 덥지도 않다' 이고, 네 번째 거리에 살고 있습니다."

수재는 그렇게 말하고 나서 말을 끌고 가 버렸다. 남편은 수재의 말을 명심한 채 집으로 돌아왔다. 부인이 그에게 물었다.

"말은 파셨습니까?"

"팔았소."

"돈은 어디 있습니까?"

"산 사람이 현금이 없다고 했소."

"어째서 따라가서 돈을 받아 오지 않았어요?"

"그가 돈을 내일 받아 가라고 했소."

"어디에 가서 돈을 받아 낼 거죠? 누구에게 돈을 달라고 하실 건가요?"

"그 수재의 성은 '춥지도 덥지도 않다' 이고 네 번째 거리에 산다고 했소."

부인은 곰곰이 생각해 보았다.

'이 수재가 사람을 속이려고 작정을 했군. 좋다! 글을 읽는다는 사람이 말을 사면서 사람을 속이다니 말이야. 어디 한번 망신이나 당해 봐라.'

"그 선생은 사거리에 사는 온씨溫氏입니다. 당신은 내일 사거리 입구에 가서 큰 소리로 "온 수재, 말 값을 주시오!" 하고 외치세요. 그러면 그가 곧장 돈을 들고 나올 것입니다."

이튿날 어리석은 남편은 사거리 입구에 가서 큰 소리로 외쳤다.

"온 수재, 말 값을 주시오! 온 수재, 말 값을 주시오!"

과연 그렇게 두 번 불렀더니 온 수재는 어리석은 남자가 사거리에서 자신의 이름을 부르며 말 값을 받으러 왔음을 알아차리고 망신을 당할까 봐 얼른 나와서 그를 집 안으로 들어오게 했다. 그러고는 물었다.

"어떻게 내 성이 온씨이고, 또 여기 산다는 것을 알았소?"

"집사람이 내게 가르쳐 주었소."

온 수재는 마음속으로 생각했다.

'본래 그를 놀릴 생각에 이렇게 한 것인데, 뜻밖에 그가 나를 찾아내서 망신을 줄 줄이야.'

수재는 꾀를 내어 복수하기로 했다. 수재는 먼저 어리석은 남편에게 밥을 먹이고, 그가 밥을 먹은 뒤에 말 값을 치러 주었다. 또 잘 익은 고기와 파를 주면서 말했다.

"내게 특별한 물건은 없고, 이것이나 당신 부인한테 가져다주시오."

어리석은 남편은 매우 기뻐하며 포장된 물건을 가지고 와서 그 부인에게 주었다. 부인은 포장된 물건을 보자 화가 났지만 어리석은 자신의 남편보다 '파로 구운 고기를 싸 보내는' 방법으로 사람을 골탕 먹이려는 온 수재가 원망스러울 뿐이었다. 부인은 속으로 생각했다.

'좋다! 네가 이렇게 예의 없이 구는 이상 나도 네게 말 못할 손해를 입히고야 말겠다.'

그날 부인은 잘 익은 고기를 잘게 썰어 실파에다 양념을 넣어 맛있게 볶은 뒤 남편과 함께 먹었다.

이튿날 그녀는 무정란 몇 개를 들고 와서 남편에게 주며 말했다.

"온 수재한테 고맙다고 인사하면서 이렇게 말하세요. 어제 보내 준 음식에다 양념을 넣어 솥에 볶아 먹었더니 정말 맛있었다고 하세요. 그리고 무정란이 이보다 훨씬 맛있어 특별히 맛보시라고 가져왔다고 하세요."

남편은 성으로 가서 부인이 말한 그대로 온 수재에게 전한 뒤 무정란을 건넸다. 온 수재는 답례품을 받고 남편의 말을 들은 뒤 비로소 자신을 이렇게 욕하는 말임을 알아차렸다.

"돼먹지 못한 일을 하면 틀림없이 자손이 끊길 것이오."

수재는 마지못해 끓는 물에 무정란을 삶아 먹으면서 벙어리처럼 아무 말도 하지 못했다.

중국 소수민족 민담을 소개하며

● ● ● ● ●

●—중국 소수민족 민담과 그 가치

중국 문학사의 서막을 열어 준 민담은 문자 그대로 가장 오랜 역사를 가진 구두 문학으로 인류 문학의 보고寶庫이다. 다민족 국가인 중국은 민족마다 매우 아름다운 이야기가 전하며 그 내용 또한 대단히 풍부하다. 광의의 개념으로는, 민간에서 창조하고 전승해 온 것으로 허구적 내용과 산문 형식을 갖춘 구전문학, 즉 신화, 전설, 동화, 생활 고사, 우언寓言, 소화笑話 등을 가리키고, 협의의 개념으로는 동화, 생활 고사, 우언, 소화 이렇게 네 종류를 가리키는 것으로 신화와 전설은 다른 체재로 다루고 있다. 협의적 개념의 민간 고사와 신화, 전설은 표현 방식에서 모두 서사 산문체 작품에 속한다는 점에서는 일치하지만 창작, 유전 방식, 특징과 같은 구체적인 면에서 서로 다르다. 신화가 원시 관념을 그 기초로 하고 있다면, 고사는 사람과 사람의 관계를 기초로 하고, 전설이 특정 인물, 사건, 풍물과 밀접한 관계를 갖는다면 고사는 오히려 이러한 제한을 받지 않는 점에서 그러하다.

인류 역사 발전의 단계마다, 중국 소수민족 민담은 도덕 교과서와 청량제의 역할을 해 왔다. 다시 말해서 인간의 아름다운 미덕, 즉 서로 돕고 서로 사랑하는 일, 정직하고 성실하게 사는 일, 선량하고 사사로움에 얽매이지 않는 일, 그리고 불의에 맞서며 약자를 돕는 일, 은덕에 보답하는 일 등을 형상화하는 모델이 되어 왔던 것이다. 이는 인류 사회의 건강한 발전을 촉진하는 데 중요한 역할을 해 왔을 뿐 아니라, 오늘날까지도 영원히 계승하고 발양 시킬 만한 전통 미덕으로서의 가치를 잃지 않고 있다.

도덕적 교화 이외에도 특히 민담은 그 신비롭고 변화무쌍한 내용으로 인해 아이들의 호기심과 지적 욕구를 자극시켜 왔을 뿐 아니라, 동시에 끊임없는 상상력을 불러일으키는 원천이 되어 왔다.

또 다른 면에서 민담은 역사 발전 단계에서, 민간인의 생활상과 심리 상태를 재현한다. 전문 작가의 작품과 마찬가지로 민간 고사 역시 민간인이 생활하고 노동하는 과정 속에서 만들어 낸 것이다. 민담은 현실을 반영하는 거울과 같아서, 일상 속에 살아가는 민간인의 강건함과 유약함을 그대로 담아 주고, 또 그들의 위력과 한계성을 드러내 준다. 이 또한 바로 민간 생활 문화사의 지체로서 그 가치를 보여 주는 것이다.

●—중국 소수민족 민담 번역의 의의

중국의 민담이라고 할 때는 그 속에 포함된 각기 다른 소수민족의 고사를 포함한다. 중국 내에 있는 소수민족들은 모두 자기들의 언어를 가지고 있지만, 문자를 서로 통용할 수 있는 민족은 소수에 불과하다. 때문에 중국 소수민족 민간 문학은 주로 구두 문학인 셈이다.

중국에서도 소수민족의 언어를 연구하고 동일 국가 내의 소수민족 생활상인 풍습과 제도 및 역사를 이해한다는 차원에서 민간 고사를 발굴하고 수집하여 문자로 채록하는 작업에 심혈을 기울이고 있다.

민담은 민족적이며 동시에 전 인류적이다. 이것은 그들만의 것인 동시에 우리의 것임을 의미한다. 세계 곳곳의 민간 고사를 살펴보면 서로 유사한 내용들이 많은데, 특히 한국, 중국, 일본, 베트남 등의 경우가 더욱 그러하다. 이에서 느낄 수 있는 것은 인간이 서로 다른 역사적, 지리적 환경 속에서 살아가면서도 사람과 사람의 관계를 기초로 하고, 특정 인물, 사건, 풍물 등에 대한 제한을 받지 않는 민간 고사의 경우는 다른 민간문학이나 민속예술에 비해서 지역적 한계에서도 비교적 자유로울 수 있다는 점이다. 이러한 의미에서 바라볼 때 중국 소수민족 민담의 번역은 그들을 이해하는 동시에 바로 우리를 이해하는 것이라 하겠다.

●—중국 소수민족 민담 구성

중국 소수민족 민담은 중국 소수민족 문학 학회에서 출간한 『중국 소수민족 민간 고사선』을 저본으로 삼았으며 방대한 양을 모두 수록하기에는 어려움이 있어 대표적 작품 31편만을 수록했다.

중국은 한족漢族과 55개의 소수민족으로 구성되어 있다. 이들 소수민족은 비록 그 인구수는 적지만 이들이 거주하는 면적은 중국 국토 전체 면적의 50~60%를 차지할 정도로 그 분포도가 넓다. 뿐만 아니라 55개의 소수민족은 그 수만큼이나 분포 지역, 개별 역사와 민족의 명칭, 인구수, 문화, 자연환경, 그리고 이들이 처한 현재적 위치가 다양해 그들의 문화적 특성을 한마디로 표현하는 것은 불가능하다.

소수민족을 주요 분포지에 따라 구분하면 크게 화북 지역인 동북 · 내몽고 지역, 서북부 지역, 서남부 지역, 중남부 · 화남 지역으로 나눌 수 있다.

화북 지역인 동북 · 내몽골 지역은 동북평원이 넓게 펼쳐져 있고 삼림 자원이 풍부하여 중국에서도 가장 풍요롭고 경제적 가치가 높은 지역이다. 특히 이곳은 비옥한 평원과 넓은 습지대로 이루어진 흑룡강성, 동북평원의 일부인 길림성, 광물 자원이 풍부한 요녕성과 내몽골 자치구로 이루어진 초원과 고원문화권에 속하는 지역이다. 이곳에는 만주족, 몽골족, 조선족, 다우르족達斡爾族, 시버족錫伯族, 어원커족鄂溫克族, 오로첸족鄂倫春族 및 허저족赫哲族 등 여덟 민족이 분포해 있는데, 그중에서도 만주족과 몽골족의 비율이 높다. 만주족과 몽골족은 자신들의 고유 문자를 사용하고 있으며 기타 민족은 한자나 몽골어를 사용하고 있다. 자신들의 문자를 사용하는 몽골족과 만주족은 구비문학의 전통이 우수할 뿐만 아니라 중국의 4대 기서를 자신들의 언어로 번역해 자국민에게 소개할 정도였다고 한다. 또한 이곳은 대부분 샤머니즘을 신봉하기 때문에 이와 관련된 뱀과 새, 곰 토템 등의 이야기가 많이 전하고 있는데, 특히 곰과 뱀에 대한 숭배가 만연해 있다. 또 어원커족은 날아가는 백조를 향해 내차술, 우유, 양의 젖을 넣은 차를 뿌리며 가뭄이 없기를 기원하는데, 이것은 강수량이 적은 동북·내몽고 지역의 기후 특성을 반영한 것이다.

서북부 지역은 험준한 산지와 넓은 고원 그리고 황량한 사막으로 뒤덮여 있다. 즉 감숙성과 내몽골 자치구 사이에 위치한 닝싸寧夏 회족 자치구, 고비사막 끝에서부터 동남쪽으로 섬서성의 외곽인 황토고원까지 뻗어 있는 감숙성, 강수량이 부족하고 기온의 차이가 심한 신강 위구르 자치구로 이루어진 이곳 역시 초원과 고원 문화권에 속한다고 할 수 있다. 이곳에는 회족, 위구르족, 투족, 카자흐족, 뚱썅족東鄕族, 싸라족撒納族, 보안족保安族, 위구족裕固族, 키르기즈족, 타지크족塔吉克族, 우즈베크족, 러시아족, 타타르족 등 13개의 민족이 분포해 있다. 이곳의 소수민족들은 대부분 이슬람교를 신봉하여 이슬람 문화권을 형성하고 있다. 이슬람교의 주류인 회족들은 이슬람 교리에 따라 돼지고기를 먹지 않으며 관혼상제 및 모든 명절의 규범 역시 이슬람 교리를 따르고 있다. 투족은 라마교를 신봉해 부엌신, 재물신, 산신, 용왕 등을 특별히 숭배한다.

이곳의 각 소수민족은 일찍부터 인도와 자주 왕래했는데, 그로 인해 불교문학의 영향을 많이 받았다. 또한 10세기 중엽 아랍에서 들어와 지금까지 신봉하고 있는 이슬람교의 영향으로 『코란경』 고사와 『아라비안나이트』가 널리 유행했으며, 그들의 창세신화에도 영향을 미쳤다. 따라서 이 지역의 문학 작품은 종교적 색채가 농후하고, 또한 자신들이 직접 창작한 작품보다 외부에서 유입된 작품의 제재나 모티프를 사용하여 만들어진 작품이 대다수이다.

서남부 지역은 고원과 분지 그리고 협곡으로 이루어진 운남성, 광물자원이 풍부한 귀주성, 비옥한 평원과 구릉지대인 사천성으로 고원과 도작 문화권에 속한다. 이곳에는 다른 지방에 비해 많은 소수민족들이 거주하는데, 묘족, 티베트족, 먼바족門巴族, 로바족珞巴族, 강족, 이족彝族, 바이족, 하니족, 따이족, 리수족, 와족, 라후족拉祜族, 나시족, 징퍼족景頗族, 부랑족布朗族, 아창족阿昌族, 푸미족普米族, 누족怒族, 더앙족德昂族 등 25개의 민족이 분포한다. 많은 민족이 거주함에 따라 종교나 언어, 문자의 상황이 매우 복잡하다. 이 지역에서는 라마교, 소승 불교, 도교, 토속 신앙 등 다양한 종교를 숭배하고 있다. 바이족은 일종의 부락신인 본주本主가 마을을 수호해 준다고 믿어 마을마다 본주신을 모셨다고 한다. 또한 묘족은 원시 신앙을 잘 믿었는데, 예를 들면, 사람의 영혼은 하나이지만 사자死者의 영혼은 셋이라는 관념이 있으며 바위나 나무 등을 신으로 숭배하여 병이 나거나 자손이 적은 집에서는 나무나 바위에도 제사를 지냈다고 한다. 그 외 장족이나 타이족은 불교를 주로 믿었는데, 서남부 지역이 다른 지역에 비해 그 상황이 다소 복잡하다고 할 수 있다.

중남부 · 화남 지역은 장강 하류 유역과 해안의 저지대에 위치하여 토양이 비옥하고 수자원이 풍부하며 농사짓기에 유리한 강소성, 면적은 좁지만 지형의 기복이 심하지 않은 평야 지대인 절강성, 여름이 길고 따뜻하며 강수량이 많아 벼농사에 유리한 기후를 가진 고산 지대, 그리고 동남 지역에 속하는 복건성으로 이루어져 있다. 이곳에는 장족, 요족, 무라오족, 마오난족, 징족京族, 투자족土家族, 리족黎族, 써족 및 고산족 등 아홉 민족이 주로 분포하는데, 그중에서도 장족의 인구 비율이 높다.

이곳에서는 주로 불교와 도교를 종교 신앙으로 삼고 있는데, 불교보다는 도교적 색채가 강하게 나타난다. 이 가운데 요족은 대표적인 도교 숭배 민족으로 도교 신령들을 요족화시키고 옥황대제玉皇大帝, 태상노군太上老君 그리고 장천사張天師 등을 조사신祖師神으로 섬기고 있다. 그들은 성년식을 치르거나 재앙을 당하고 질병이 퍼졌을 때 사공師公과 도공道公에게 의식을 올리고 신의 가호를 구하며, 산을 넘어 다른 곳으로 이동할 때마다 조상의 우상偶像을 휴대한다. 요족은 자신들과 뿌리가 같은 베트남 등지에서 문학적 형식과 표현 수법을 들여왔기 때문에 민가民歌가 풍부하고 신화, 전설 고사에 철리哲理가 녹아들어 있다. 투자족 또한 도교를 종교 신앙으로 삼고 있기 때문에 마을에 토지당土地堂이 있고 토지공공土地公公과 토지파파土地婆婆를 숭배하며 토지신이 이 지역의 평화를 수호해 준다고 믿는다. 도교와 불교를 동시에 믿는 장족은 고유의 불교를 만들어 내어 이곳 승려들은 자신들의 가정을 이룰 수 있고 육류를 먹을 수 있었다고 한다.

중국의 소수민족들은 이와 같은 자연환경과 문화적 환경을 바탕으로 일찍부터 자신들의 문학적 전통을 만들어 왔는데, 이것은 오늘날 중국 문학의 다양성과 풍부함을 제공하는 원천이 되었다.

소수민족의 문학은 크게 작가 문학과 민간 구전 문학으로 나눌 수 있고, 그 가운데 특히 민간 구전 문학이 아주 뛰어나다. 민간 구전 문학은 신화, 전설, 옛이야기, 민가民歌, 민요, 속담, 격언, 수수께끼, 우화 및 역사시 등으로 구성되며 지역에 따라 매우 다양한 형식으로 표현되고 있다.

강수량이 적어 물이 귀했던 동북 · 내몽골 지역의 창세 신화나 민담에서는 물을 모티프로 한 이야기와 새와 곰 등 토템에 관련된 이야기가 상대적으로 많다. 특히 만주족은 장족 다음으로 인구가 많은 민족으로 다수의 민족 문학을 남겼다. 자연 산천, 초원풍광에서부터 정치, 군사, 문화, 민족 풍속, 인물에 관한 일화 및 사회 여러 계층의 생활에 이르기까지 다양한 소재와 형식에서 우수한 많은 작품이 있으며, 특히 영웅을 소재로 하여 그들의 지혜와 인생 역정을 잘 묘사하였다.

초원 문화와 고원 문화권으로 험준한 산지와 넓은 고원, 황량한 사막으로 뒤덮인 서북 지역은 기후가 건조하고 강수량이 부족하며 폭설이 잦아 인간이 생활하기에 부적합하다. 따라서 이 지역의 신화, 민담, 전설 특히 창세 신화에서는 대부분의 창세신이 자신의 강력한 신력을 발휘하여 창세를 이룰 뿐 다른 조력자는 필요로 하지 않는데, 이것은 황야에서 자연을 그대로 받아들일 수밖에 없는 이들의 모습이 그대로 나타난 것이다. 또한 홍수 신화에서도 홍수 후 인간이나 신의 개입 없이 홍수가 자연스럽게 해결되는 과정을 볼 수 있는데, 이것 역시 강수량이 적은 서북 소수민족들에게 물 자체가 갈망의 대상이었기 때문이다. 뿐만 아니라 동북 · 내몽골의 영웅의 지혜와 인생 역정을 다룬 이야기보다는 일반 민중이 직접 자연에 부딪치고 살아가면서 터득한 그들의 지혜와 용기를 다룬 민담이 많이 전하고 있다.

고원과 분지, 협곡이 한데 어우러져 험한 지형을 이루고 있는 서남부 지역은 이 지역의 고르지 못한 지세地勢가 이야기에서도 그대로 반영된다. 이곳의 문학 작품들은 대개 천지 창조, 인류 기원 신화와 대홍수, 남매 결혼, 전쟁 도피, 인간과 동물의 혼인담 등 다양한 이야기가 전한다. 이 지역의 홍수 이야기는 서북 지역과 달리 홍수 발생 후 적극적으로 홍수를 해결하며, 또한 홍수 발생의 원인을 황무지 개간과 밭에 불을 지르는 인간의 행위에서 비롯되었다고 보는 것이 특징이다.

삼림으로 뒤덮인 구릉과 고산 지대로 이루어진 중남부 · 화남 지역의 문학 작품은 다른 지역의 이야기보다 이야기의 완성도가 아주 높다. 특히 이 지역의 홍수 이야기는 홍수의 발생 원인을 채집과 씨족 부락의 분열에 두고 이를 둘러싼 갈등을 해결하는 과정을 보여 주고 있으며, 그 가운데 『포백 이야기』는 매우 생동감이 뛰어나 장족의 창세 서사시로 평가받고 있다.

중국 소수민족의 문학은 문인 문학보다는 구전 문학의 내용이 훨씬 풍부하고 생동감이 느껴지는데, 이는 구전 문학 작품이 그 민족의 생활 속에서 발전했기 때문이다. 따라서 각 소수민족의 민담에는 각 지리 문화권에 해당하는 기후, 풍토 종교적 특징이 내재되어 있을 뿐만 아니라 각 민족 고유의 정기가 살아 숨 쉬고 있음을 엿볼 수 있다.

엮은이 **이영구**

한국외국어대학교 중국어과를 졸업하고 서울대학교 대학원(석사)과 대만대학교 대학원(석사), 연세대학교 대학원(박사)에서 중국 문학을 전공했다. 사단법인 한국에스페란토협회 회장을 역임했고 현재 한국외국어대학교 중국어과 교수로 있으며, 외국문학연구소 소장과 중국학연구회 회장, 글로벌문화콘텐츠학회 회장 등을 맡고 있다. 지은 책으로 『안우생의 에스페란토 문학 세계』, 『소수집단과 소수문학』, 『중국 현실주의 문학론』, 『민족혼으로 살다』, 『가오싱젠의 소설과 희극』, 『노벨문학상 수상연설집』, 『도시와 작가』, 『세계의 신화』(공저) 등이 있다.

세계 민담 전집 18

중국 소수민족 편

1판 1쇄 찍음 2009년 5월 22일
1판 1쇄 펴냄 2009년 5월 29일

엮은이 이영구
편집인 김준혁
발행인 박근섭
펴낸곳 (주)황금가지

출판등록 1996. 5. 3(제16-1305호)
135-887 서울 강남구 신사동 506 강남출판문화센터 5층
영업부 515-2000 / 편집부 3446-8773 / 팩시밀리 514-2643
www.goldenbough.co.kr

ISBN 978-89-8273-598-1 04800
978-89-8273-580-6 (세트)